译文纪实

ENDURANCE
SHACKLETON'S INCREDIBLE VOYAGE

Alfred Lansing

[美] 阿尔弗雷德·兰辛 著　　　　岱冈 译

熬

极地求生 700 天

上海译文出版社

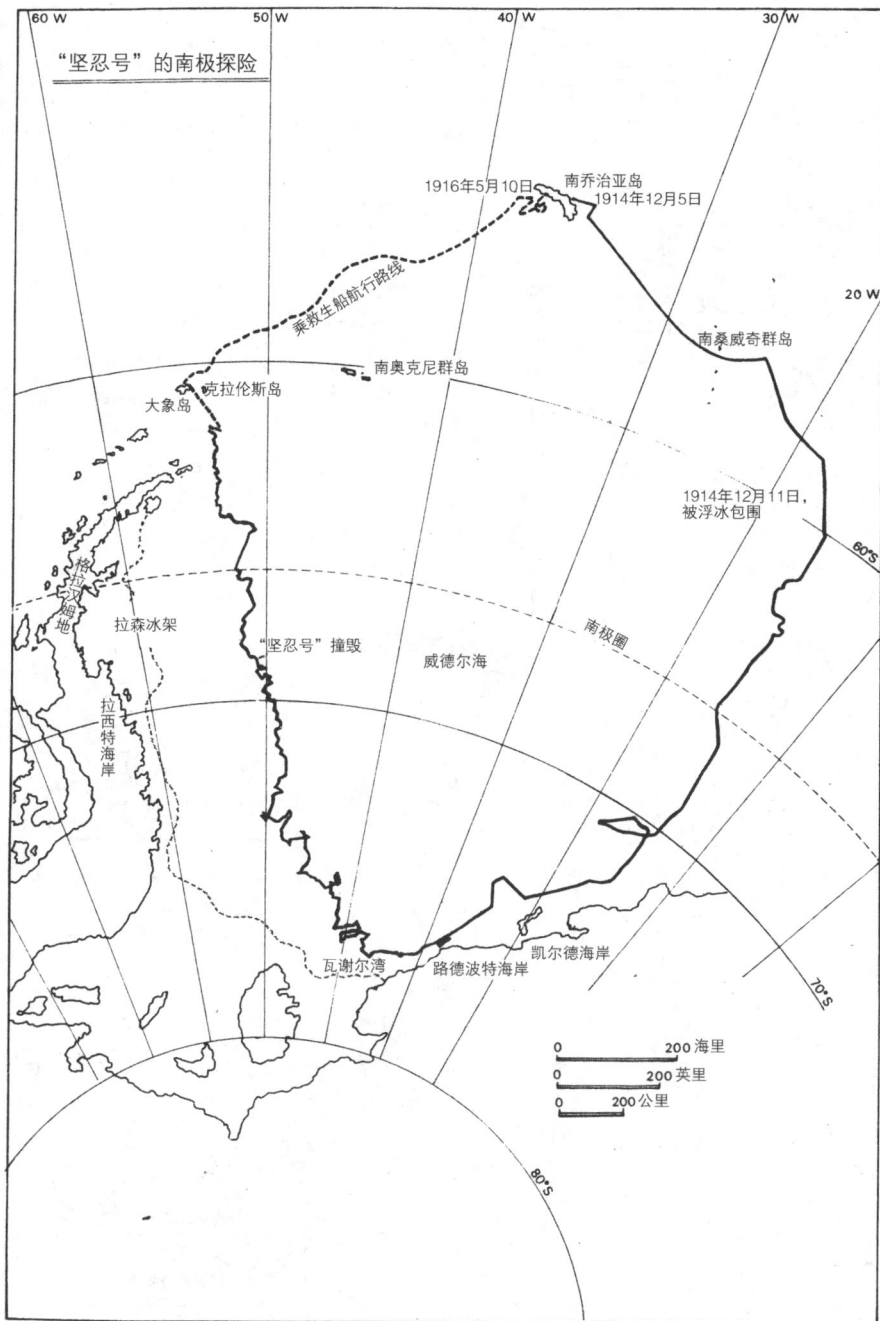

"坚忍号"的南极探险

1916年5月10日　南乔治亚岛
1914年12月5日

乘救生船航行路线

南桑威奇群岛

南奥克尼群岛

大象岛　克拉伦斯岛

1914年12月11日，
被浮冰包围

格拉汉姆地

拉森冰架

"坚忍号"撞毁　威德尔海

南极圈

拉西特海岸

瓦谢尔湾　路德波特海岸　凯尔德海岸

0	200 海里
0	200 英里
0	200 公里

20 W

80 S

70 S

80 S

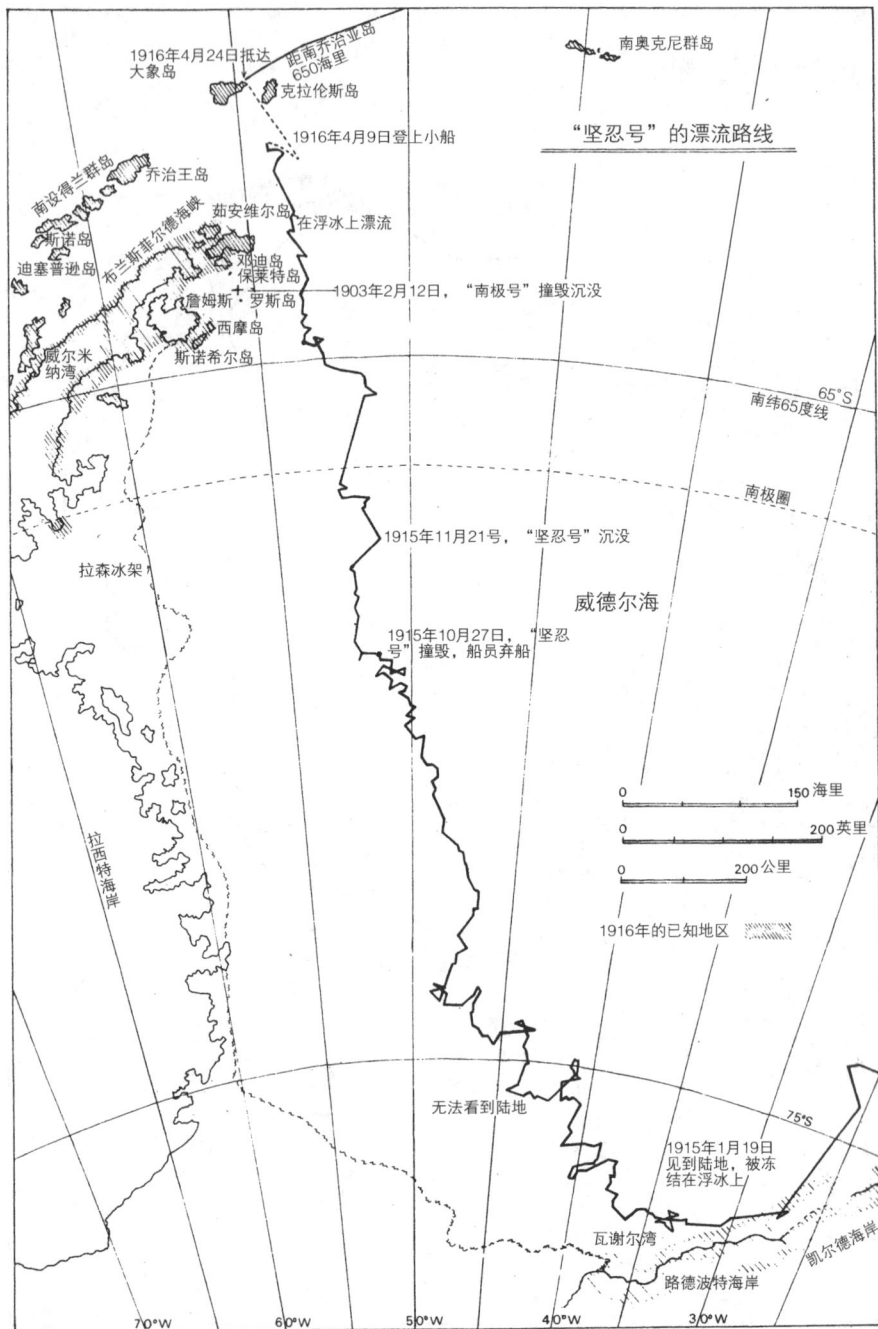

南奥克尼群岛

1916年4月24日抵达
大象岛

距南乔治业岛
650海里

克拉伦斯岛

1916年4月9日登上小船

"坚忍号"的漂流路线

南设得兰群岛

乔治王岛

布兰斯菲尔德海峡

茹安维尔岛

在浮冰上漂流

斯诺岛

迪塞普逊岛

邓迪岛

保莱特岛

詹姆斯·罗斯岛

西摩岛

1903年2月12日，"南极号"撞毁沉没

威尔米
纳湾

斯诺希尔岛

65°S

南纬65度线

南极圈

1915年11月21号，"坚忍号"沉没

拉森冰架

威德尔海

1915年10月27日，"坚忍
号"撞毁，船员弃船

0   150 海里

0   200 英里

0   200 公里

1916年的已知地区

拉西特岸

无法看到陆地

75°S

1915年1月19日
见到陆地，被冻
结在浮冰上

瓦谢尔湾

路德波特海岸

凯尔德海岸

70°W   60°W   50°W   40°W   30°W

序言

这是一个真实的故事。

我会竭力还原事发当年的情景，并尽可能准确地记录下亲历者们在事件中的应对表现。

为了做到这一点，人们慷慨地为我提供了丰富的资料。其中最引人注目的莫过于当年那些记录下一个个艰难瞬间的日记，而当时几乎每一位探险队员都写日记。这些日记记录得如此完整详实，而且还是在那样艰苦卓绝的条件下，确实令人叹为观止。其实，日记中所包含的信息量之大之丰富，已远非本书所能容纳。

这些日记林林总总，形态各异，大多污迹斑斑，不是被海豹油烟熏，就是被水浸过又干了，造成页面皱皱巴巴。有些日记是写在记账员用的账册上的，字相应地就写得比较大；还有一些写在非常小的笔记簿里，字也就绵密细巧些。但不管哪种情况，无论是遣词造句、单词拼法，还是标点符号，这些日记都被原封原样地保留了下来。

除了将日记交给我，几乎所有幸存的探险队员都慷慨而又十分配合地接受我长时间的访谈，有时一谈就是好几个小时，甚至一连好几天。对此我是既感激又钦佩，却又深感无以为报。他们还给我写来了大量的书信，字里行间透着心甘情愿，并且不厌其烦地回答了许多与日记内容相关的问题。

　　因此，我和大部分亲身经历了那场惊心动魄的南极探险的幸存者都有合作，是他们以一种豁达而又不失客观的态度，和我一起在书里共同重现当年的风云画卷。我为能与他们携手共事而倍感自豪。

　　当然，这些人对本书内容不负有任何责任。如果书中出现任何失实之处，或者有曲解讹误的地方，那全是我自己的错，与所有参与过那次南极探险的人毫不相干。

阿尔弗雷德·兰辛

帝国穿越南极探险队队员名单

欧内斯特·沙克尔顿爵士	队长
弗兰克·王尔德	副队长
弗兰克·沃斯利	船长
莱昂内尔·格林斯特里特	大副
休伯特·T·哈德逊	领航员
托马斯·克林	二副
阿尔弗雷德·齐汉姆	三副
路易斯·瑞肯森	大管轮
A·J·克尔	二管轮
亚历山大·H·麦克林大夫	外科医生
詹姆斯·A·麦克罗伊大夫	外科医生
詹姆斯·M·沃尔迪	地质学家
莱昂纳德·D·A·赫西	气象学家
雷金纳德·W·詹姆斯	物理学家
罗伯特·S·克拉克	生物学家
詹姆斯·弗朗西斯（弗兰克）·赫尔利	官方摄影师
乔治·S·马斯顿	官方美术师

托马斯·H·奥德-利兹   马达专家（后为仓库保管员）

哈里·麦克奈什   木匠

查尔斯·J·格林   厨师

沃尔特·豪   一级船员

威廉·贝克韦尔   一级船员

蒂莫西·麦卡锡   一级船员

托马斯·麦克劳德   一级船员

约翰·文森特   一级船员

欧内斯特·霍尔尼斯   锅炉工

威廉·史蒂文森   锅炉工

珀斯·布莱克波罗   偷渡者（后为乘务员）

第一部分

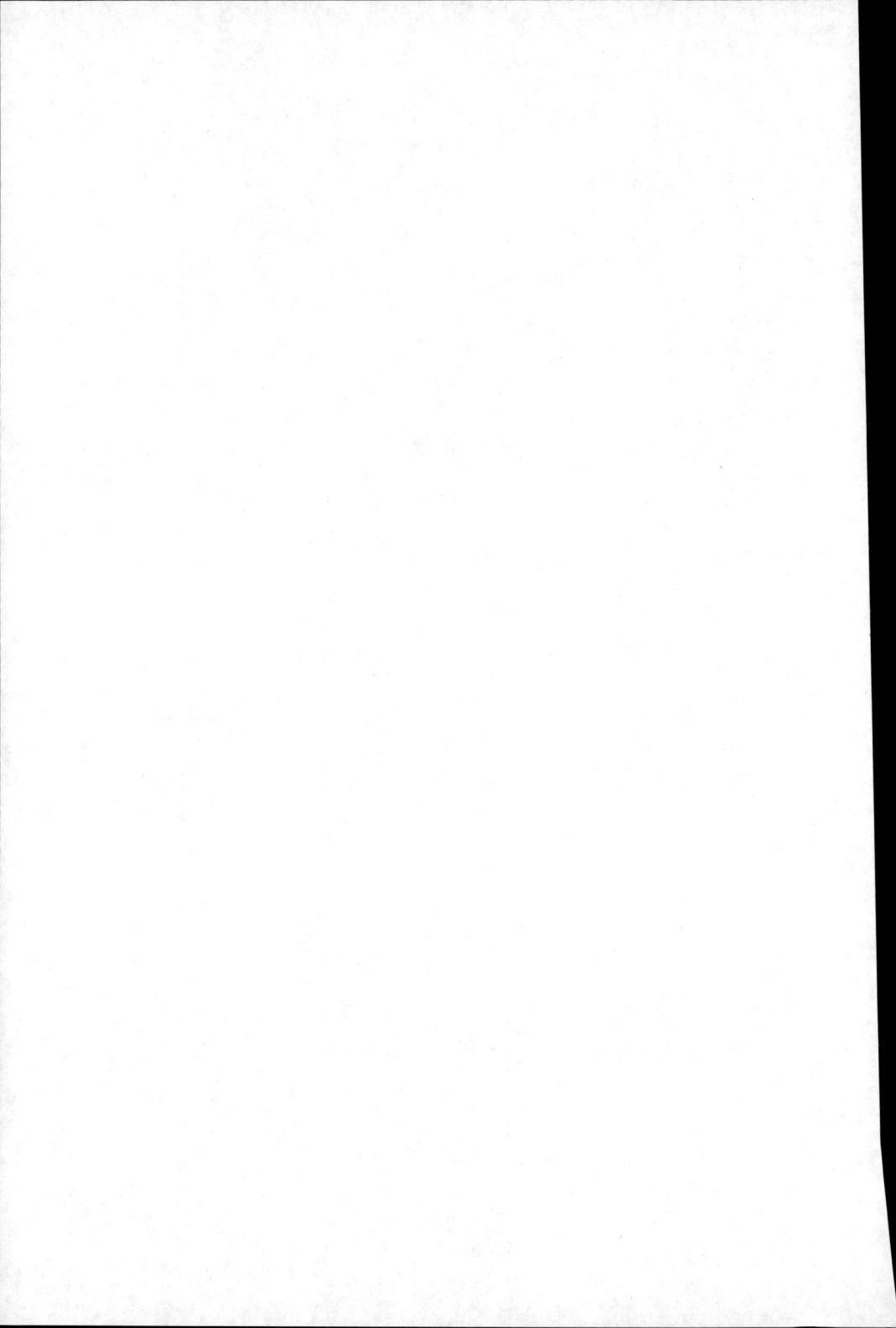

第一章

弃船的命令下午 5 时发出。然而，对于大多数船员来说，命令其实已经没必要了，因为人人都知道这船彻底完了，该是放弃救船努力的时候了。没有人表现出恐惧甚或忧虑。他们已经一刻不停地奋战了整整三天，最终还是功败垂成。他们几乎是毫无表情地接受了失败的结局。他们实在太累了，天塌下来都懒得管了。

弗兰克·王尔德，探险队的二把手，沿着扭曲变形的甲板走向船员的船舱。那里有两位船员，沃尔特·豪和威廉·贝克韦尔正躺在下铺。两个人累得差不多快要散架了，他们围着抽水泵几乎工作了三昼夜，但此刻却根本无法入睡，因为船发出的声音实在太吵了。

船正在解体，不是一下子，而是一点一点地分崩离析。上千万吨重的冰块正向船的前后左右挤压过来，命悬一线的船在痛苦中发出悲鸣。船的框架、铺板，还有硕大的龙骨大梁，大多足有一英尺厚，也扛不住急速增高的毁灭性压力而发出阵阵尖啸。那些横梁再也经受不住巨大张力的撕扯，一根根地崩断，发出大炮开火似的轰响。

船前部的横梁早在白天就已经不见了踪影，前甲板向上拱起，随着压力不断变化而缓慢地忽上忽下。王尔德把头伸进船员的舱房，平静地说："船就要沉了，伙计们。我看该弃船了。"豪和贝克韦尔从床上坐起，抓起两只装满个人用品的枕头套，跟着王尔德回到甲板上。

王尔德接着又下到狭小的轮机舱里。二管轮克尔正站在舷梯脚旁，和他一起等待的还有大管轮瑞肯森。他们在下面已经待了几乎整整七十二小时，始终让锅炉里保持充足的蒸汽，以便轮机舱里的抽水泵得以持续工作。在这期间，哪怕他们根本看不到船外汹涌肆虐的浮冰，心里也完全清楚浮冰正在对船体造成的毁伤。船两侧的船帮大部分都有两英尺的厚度，即使如此，船帮在外来压力的作用下，依然不时地朝里瘪进去六英寸。与此同时，船舱地板上的钢铁铺条左突右冲地搅和在一起，尖利的碰撞声此起彼伏，接着又纷纷朝上拱起，随着突然一声金属的巨响而轰然跌落。

王尔德没有逗留太久。"把火熄掉，"他说，"船就要沉了。"克尔一脸如释重负的神情。王尔德转身朝螺旋桨的井道走去。这艘老船的木匠麦克奈什和船员麦克劳德正在那里用撕碎的毯子加固一道防水堤，那是一天前麦克劳德搞起来的。当时的想法是要挡住不断涌进来的海水，缺口就在被浮冰撞坏的方向舵和船首柱那里。但是现在海水几乎要漫过船舱的地板了，而且上涨的速度远远快于那道堤坝所能挡住它的速度，也远远快于水泵往外排水的速度。只要船外的挤压力稍停片刻，立刻就能听到海水哗哗地朝前涌去，很快就会充满整个船体。

王尔德朝那两个人打着手势，要他们赶紧弃船。然后，他又顺着舷梯爬上主甲板。克拉克、赫西、詹姆斯和沃尔迪围在抽水泵四周，不过已经不再捣腾了，因为他们很明白自己再怎么卖力也于事无补。这会儿他们干脆坐在仓库的箱子上，或者直接坐在甲板上，背靠着舷墙。他们脸上写满了三天来奋战在抽水机旁种种无以言表的辛劳。

再远一点，几位负责狗拉雪橇的驭手已将一大块帆布绑在船的围栏上，另一头则顺着船体向下搭到冰面，做成了一个滑槽。他们把四十九条爱斯基摩犬从狗栏里牵出来，一条条地顺滑槽往下放，而另一拨队员则在下面接着。要是搁平常，狗狗们一定会兴奋得发疯，但这会儿，连它们也觉出事情有些不对劲。于是，没有一条狗起哄打闹，也没有一条狗动脑筋逃走。

大概是受到人们态度影响的结果吧。人们以极其紧张的状态忙着各自手中的事，彼此几乎连一句话都不说。然而，现场却没有任何预警的迹象。其实，若不是浮冰涌动，船又发出阵阵刺耳的喧嚣，这里还算是相对安静的。此时的气温是零下 8 度[①]（约零下 22 摄氏度），一股徐徐的南风轻轻吹来。举目望去，黄昏的天空一片晴朗。

但是，就在南边很远的什么地方，一股强劲的暴风正向他们袭来。虽然也许还要两天时间，暴风才能最终到达他们现在所在的位置，但透过积冰的不断运动还是能真切地感受到它正步步逼近。冰坂一直伸展到看不见的天边，绵延数百英里而不绝。积冰是如此恢宏辽远，又如此密不容隙，因而即便暴风还远未来到他们跟前，其远锋所传导的巨大压力还是照样把浮冰挤碎了。

整个冰坂的表面，到处都是混乱不堪、你冲我撞的浮冰块，看上去就好像一大片挤在一起的巨型益智拼板似的。浮冰向远方伸展开来，无远弗届，同时又被某种无形却又不可抗拒的力量所推挤和捏碎，发出吱吱嘎嘎的声响。冰层运动的从容不迫和淡定，更是加深了那力量巨大而势无可敌的印象。一旦两块厚重的浮冰相遇，其边缘必会彼此碰撞和摩擦一阵。接着，还没等到其中任何一方显出败迹，就又被身后那不可抗拒的力量缓缓地、常常还是颤抖着向上拱起。有时，这对浮冰也许会突然停住，仿佛那看不见的力量瞬间就神秘地没了折腾的兴趣。当然，更多的时候，这对往往厚达十英寸的浮冰会继续向上升起，以成犄角之势，直到其中的一两块分崩离析，碎落开来，形成一道冰脊。

运动中的冰坂充满各种声响，最基本的就是浮冰发出的叽叽咕咕的闷响，间或还伴随着厚重冰块碎裂开来的轰响。此外，处于巨大压

---

① 此处及后文中的"度"均指"华氏度"。——译者

力之下的整个冰坂还有数不胜数的其他声音，但让人感到奇怪的是，很多这类声音似乎与冰块在挤压下发出的声响无关。有时，就好像一列巨型火车的轮轴在转动中发出的叮铃哐啷之声；与此同时，又有一艘巨轮的汽笛拉响了，其间还混杂着雄鸡的打鸣声、远处海浪的拍岸声、离得很远的某台引擎发出的柔和的突突声，以及一位老妇人哀恸的哭声。在那些难得一见的寂静时段里，整个冰坂的运动都会暂时停下来，天空中飘过低沉的击鼓声。

在这片广袤的冰封世界里，没有哪里的运动和压力，能有向探险船发起围攻的浮冰所产生的那么剧烈、那么大。这船眼下已经到了生死存亡的最后关头。一块浮冰死死抵住船首，另一块正好卡住船尾。第三块浮冰以 90 度角从左舷正面冲击船体。这块浮冰作势要从正中央将船撞成两截。整个船体好几次朝着船首方向倾斜。

在船的正前方，集中了最严重的猛烈攻击，浮冰如狼似虎地向船扑来。随着船体每一次将海浪排开，浮冰就会一次比一次更高地撞向船首，直到盖过船的舷墙，在整个甲板上砸碎开来，碎冰的重量压得船首埋得更低。然后，这儿算是暂时消停了，但船的左右两舷却更危急地听凭浮冰冲击摆布。

探险船在每一波新的冲击下的反应都不一样。有时，它像一个人经受一次短暂的刺痛时那样蜷缩颤抖；有时，又像要呕吐似的发出阵阵猛烈的抽搐，一边还痛苦地哭喊。每当这种时候，它的三根桅杆就发了疯似的来回摆动，上面的桅索紧绷得就好像竖琴的琴弦。然而，对于队员们来说，最最痛苦的莫过于看着他们的船像巨人一样被压迫得喘不过气来，两侧船帮也在摧毁性的压力作用下瘪进凸出。

就在这最后的几个小时里，唯一给所有队员留下刻骨铭心印象的，就是他们被探险船像巨兽般在痛苦中垂死挣扎的种种样子所震惊，几乎到了恐惧不堪的地步。

晚上 7 时，所有必需的物资设备都转移到了浮冰上，船员们还在距离船右舷不远的一块结实的浮冰上搭起了一片帐篷。救生筏前一天晚上就从船上放下去了。当队员们顺着船帮下到冰面时，大多数人都有死里逃生般的巨大解脱感，因为他们终于逃离了那必沉无疑的船。而且，恐怕也没有一个人会自愿再返回船上去。

然而，还是有人非常不幸地受命返回船上找回更多的物品。其中就有亚历山大·麦克林，那位身体健硕的年轻外科医生，而且还是负责一组狗拉雪橇的驭手。他刚把自己那一组的爱斯基摩犬都用链子拴好在帐篷边上，就接到通知，让他和王尔德一起回到船上，从首舱里再弄些木料回来。于是两人出发，刚刚来到船边，就听见从帐篷营地那边传来的高声叫喊。原来是队员们安营扎寨的那块浮冰裂开了。王尔德和麦克林又冲了回去。爱斯基摩犬被一组组地套上了绺索，帐篷、粮草器具、雪橇以及所有的物资储备，也都被紧急转运到距离探险船一百码开外的另一块浮冰上。

等到一切转运停当，船似乎也即将沉没。所以，这两人又急急惶惶地奔船上而去。他们在艏楼四周散乱的冰块上左跳右跳地前行，最后他们掀起一个舱盖，从这儿向下就可以到达船的艏尖仓。舷梯从基座开始扭曲，侧倒在一旁。为了能下到舱里，他们只得手扣着手慢慢往下攀落，陷入一片黑暗之中。

船舱内的嘈杂声难以用语言来形容。已经空了一大半的船舱，犹如一个巨大的发声盒，放大着每一次撞击和钢梁折断的声音。他们现在所处的位置，离开船壁只有几英尺远，所以外面浮冰不断撞击船帮的声音也能听得清清楚楚，仿佛随时都会突进来一般。

他们等了一会儿，好让眼睛慢慢适应这里的黑暗。眼前的景象令他们感到害怕。支柱东倒西歪，头顶上的横梁构件悬于一线，似乎随时都会垮掉。仿佛有一只巨大无朋的铁钳夹住了探险船，并且一点点地越夹越紧，船再也承受不住了。

他们要找的木材就储藏在船首正下方漆黑的侧舱里，要想拿到这些木材，就得爬过一道横向的舱壁，而这舱壁严重向外隆起，仿佛随时都会崩开，并使得整个艏楼坍塌在他们周围。

麦克林迟疑了片刻，王尔德也觉察到了同伴的恐惧，于是朝他大喊一声，要麦克林待在原地别动，嗓门大得盖过了船本身的嘈杂声。接着，王尔德从坍塌的缺口冲了进去，几分钟后他开始往麦克林这边递送木板。

俩人以飞快的速度干着活儿，即使如此，看起来还是无法完成。麦克林心里明白，他们根本不可能及时地把最后一块木板都弄出去。但是，王尔德的头最终还是从缺口里又伸了出来。他们把木板都递到甲板上，自己再爬上去，一言不发地在那里站了很长时间，细细品味有惊无险的美妙感觉。后来，在私人日记里，麦克林承认："我觉得，要不是被困在即将四分五裂的探险船里，自己恐怕永远也不会有如此可怕、如此令人作呕的恐惧感。"

在最后一个人离船不到一小时之后，浮冰终于刺穿了船体两侧。先是锋利的冰尖直插进去，接着大块大块的碎冰从被刺开的创口涌入船内。船的前半部分已然全部沉入水中。船面舱室的右舷一侧被浮冰整个撞开，力量非常大，连原先存放在甲板上的几只空汽油桶也被撞得穿过舱室的破墙，滚到船的另外一侧。被冲撞力刮带到油桶前面甲板上的，还有一幅原先挂在墙上的镶着镜框的画。画框上的玻璃竟然完好无损。

后来，当一切都在帐篷营地安顿妥帖后，有些队员又回到探险船所在的位置，看到了那条被抛弃的船的残骸。但回去的人毕竟不多。因为又冷又累，大多数人宁可挤在帐篷里，而这也不会因此改变他们的命运。

逃离沉船后的那种普遍的解脱感，有个人是感受不到的——至少并未强烈地感受到。他膀大腰圆，脸宽鼻阔，说起话来带着一股子爱尔兰土腔。就在为弃船所花费的最后几小时里，当大家忙着撤离设备、犬只和人员时，他却显得或多或少有些与众不同。

他的名字就是欧内斯特·沙克尔顿爵士。那二十七位眼瞅着从受了重创的船上极不光彩地撤离的人，都是他所率领的大英帝国穿越南极探险队的队员。

这一天是 1915 年 10 月 27 日。探险船的名字叫作"坚忍号"。当时的方位坐标是南纬 69°3′，西经 51°30′——那是南极诡秘莫测的威德尔海千里冰原的深处，正好在南极点与距其最近的人类居住点之间，居住点距此有一千二百英里。

很少有人会像此刻的沙克尔顿那样担当起如此重大的责任。尽管心里很清楚目前的情况有多么绝望，但他不可能想象最终压在他们身上的是怎样的生理与心理的双重欲望，也想象不出他们必须坚忍承受的是怎样的严酷局面，更无法想象未来还会有怎样的艰难困苦在等着他们。

他们完全是为了非常实际的目的才会被困在冰天雪地的南极海域。自从最后一次同现代文明接触之后，已经过去了将近一年时间。外界根本就没有人知道他们遇到了麻烦。当时，他们没有无线电发报机，没办法及时通知潜在的营救者，而且，就算他们用无线电发出了紧急求救信号，最后能否有人及时赶来救援也还是问题。那是 1915年，没有直升机，没有小型登陆车，没有履带式雪地车，也没有合用的救援飞机。

他们就这样被困在这里，如此彻底，如此无助无望，周遭一无所有的冰海让人不寒而栗。如果要想逃出生天，那也只能靠他们自己了。沙克尔顿估测了一下离得最近的已知陆地——南极帕默半岛的陆架冰与自己的距离，大约在西南偏西方向一百八十二英里之外。但是，帕默半岛的本体陆地却在二百一十英里之外，岛上荒无人烟，甚至连只野兽都没有，更谈不上任何有助于逃难或救援的东西。

那么，已知离得最近的，至少也能让他们找到食物和住所的地方，就只有小小的保利特岛了。小岛的直径不足一点五英里，位于西北方向三百四十六英里之外，中间隔着绵延不绝的浮冰覆盖的冰坂。十二年前的 1903 年，就在这座小岛上，被威德尔海的坚冰撞坏的瑞典"南极号"的船员度过了整个冬天。该船最终获救，撤离时船员们将船上的给养留在了保利特岛上，以备日后任何遭遇海难者的不时之需。饶有意味的是，当年正是沙克尔顿本人受命购买了这些给养，而现在，整整十二年之后，恰恰又是他自己需要这些东西。

第二章

沙克尔顿的弃船命令，不仅标志着有史以来最伟大的南极历险的真正开始，也注定了有史以来最雄心勃勃的一次南极探险计划的最终命运。大英帝国穿越南极探险队的目标，一如其名所示，就是要由西向东横越整个南极大陆。

此次探险的规模空前绝后，有件事很好地证明了这一点，那就是自沙克尔顿失败之后，整整四十三年的时间里，再也没有人尝试过横越南极大陆。直到 1957—1958 年，作为国际地球物理年的一项独立活动，维维安·E·福克斯博士率领的英联邦穿越南极探险队才再次踏上征程。即便是福克斯，虽然他的探险队装备了能供暖的履带式车辆和动力设备，还是有很多人强烈敦促其放弃计划。并且，在经历了将近四个月艰苦卓绝的跋涉之后，福克斯才得以实现沙克尔顿在 1915 年时的预定目标。

那是沙克尔顿的第三次南极探险。第一次踏上南极是在 1901 年，当时他还是由著名的英国探险家罗伯特·F·司各特率领的全英南极探险队的一员。那次探险最终抵达南纬 82°15′，距南极点七百四十五英里，是当时对南极大陆最深入的一次突进。

接着是 1907 年，沙克尔顿领导了第一次真正以征服南极点为目标的极地探险。他与同行的三名队友一起，历经艰辛突进到离目的地仅九十七英里的地方，但最后因食物短缺不得不半途折返。那次回程之行简直就是在绝望中与死亡赛跑。不过，探险队最终胜出。沙克尔顿返回英国后即被尊为帝国英雄，所到之处无不受到民众热捧，还被英王封为爵士。世界各国都对他大加赞赏。

他写了一本书，并且到处游历演讲，足迹遍布英伦三岛、美国、加拿大和欧洲大部。但是，还没有等到巡讲结束，他的心早已飞回了南极。

他曾经仅差九十七英里就能到达南极点，当时他心里比谁都清楚，虽然还没能实现抵达南极点的目标，但只是时间问题。早在1911 年 3 月，他就在致妻子埃米莉的信中写道："我觉得，只要能够横越南极大陆，再来一次南极探险也并不为多。"

与此同时，一支由罗伯特·F·佩里率领的美国探险队在 1909 年抵达北极点。接着，在 1911 年底与 1912 年初之际，司各特的第二次南极探险受到来自挪威人罗纳德·阿蒙森的强势挑战，并且以晚于后者一个月多一点的结果而落败。尽管败于对手令人失望，但这远不是最悲惨的，因为司各特及其三位队友在经过顽强抗争后全都殉难，他们因患坏血病导致身体极度虚弱，最终未能再回到大本营。

当司各特征服南极点的消息和他悲惨去世的噩耗同时传回英格兰时，举国为之悲恸。感怀痛失英才之余，英国人还不得不面对这样的现实：他们以往打遍天下无敌手的极地探险纪录，如今却可耻地落在了挪威人的后面。

在这些事件的整个过程当中，沙克尔顿自己的穿越南极探险计划也一直在快速地向前推进。在早些时候为筹集资金而专门设计的企划说明书中，沙克尔顿极力强调此次壮举的无上荣耀，并将之视为穿越探险行动的根本理由。他这样写道：

"从情感的角度来看，再不可能有比这更伟大的极地之旅了，它将远比仅仅抵达极点就折返要伟大得多。我们已经在征服北极和第一次征服南极的行动中被别人打败，所以我认为，这一伟大使命必须由我们英国人来完成。这就是有史以来规模最宏大也最激动人心的极地之旅——穿越南极大陆之行！"

沙克尔顿计划将一艘探险船驶入威德尔海，在瓦谢尔湾附近，大约南纬 78°西经 36°的地方，让一支由六个人和七十只爱斯基摩犬组成的雪橇小分队登陆上岸。差不多与此同时，另一艘船将进入罗斯海的麦克默多海峡，此处几乎就是由威德尔海大本营划一横越南极大陆的直线的另一端。罗斯海小分队的任务就是从大本营开始，一路建立持续不断的食物贮藏点，直到抵近南极点。在完成这一任务的同时，威德尔海小分队则乘坐雪橇向南极点挺进，每天的给养完全靠个人自带的配额解决。抵达南极点之后，他们将继续向巨大的比尔德莫尔冰川周边移动，并且在罗斯海小分队建立的最南端的贮藏点补充给养。之后那些沿途的定量贮藏点，则可以保证他们给养充足地抵达麦克默多海峡营地。

这就是当时写在纸上的计划，具有鲜明的沙克尔顿风格：做事决绝、大胆而又干脆利落。他对此次南极探险取得成功从来没有过丝毫的怀疑。

整个探险计划被某些团体诟病为太过"胆大妄为"。此话不假，但若不是这般无畏大胆，也就对不了沙克尔顿的胃口了。说到底，他就是一个典型的冒险家，万事不求人、浪漫奔放，还有一点点神气活现。

他四十岁，中等身材，脖子粗大，宽宽的肩膀，背略微有点驼，留着深棕色的中分头。他的嘴唇宽大，性感却又表情丰富，正是这同一张嘴，能时而欢笑如斯，时而又紧抿成一线。他的下颌如铁一般坚毅。他那一双淡蓝色的眼睛，一如他的嘴唇，前一刻还溢满着快乐的光芒，转瞬又冷眼凝视得令人望而生畏。

他长相俊朗，不过经常一副若有所思的神情，仿佛思绪总是飘荡在别的什么地方似的，这让他的面色有时显得些昏暗。他的手掌不大，但握力很强，充满自信。他说话时声音柔和，语速也有点慢，略带一点男中音，直教人联想到他那爱尔兰基尔达尔郡的家乡土音。

无论他心情如何，喜悦舒畅还是纠结郁闷，他的那个尽人皆知的特点是不会改变的，就是不达目的决不罢休。

愤世嫉俗的人完全有站得住脚的理由指责说，沙克尔顿发起这次探险的根本目的其实很简单，无非就是要为他欧内斯特·沙克尔顿本人谋取更大的荣誉，当然还有在如此规模的探险成功之后，作为队长所能得到的金钱回报。毫无疑问，这些动机的确强烈地存在于沙克尔顿的心里。他非常清楚社会地位以及金钱在这一切当中所能发挥的作用。其实，他生命中从未改变过（同时也极不现实）的梦想，至少在表面上，就是要获取经济上富裕的地位，而且还要能管一辈子。他很乐意把自己想象成一名乡绅，不仅脱离了终日劳作的苦海，还有足够的财富和闲暇做自己想做的事。

沙克尔顿出身于中产阶级家庭，是一位饶有成就的内科医生的儿子。他十六岁时就加入了英国商船队，后来又稳定地逐级晋职，不过这种按部就班的升迁已经越来越不符合他那风风火火的性格了。

后来发生了两件对他至关重要的事，一件是 1901 年他和司各特一起到南极探险，另一件就是他娶了一位有钱律师的女儿。第一件事使他接触了南极大陆，从此他丰富的想象力一发不可收拾。而第二件事则大大增加了他对财富的渴望。他感到自己有责任为妻子提供她早已习以为常的那种富裕生活。"南极"与"多赚钱"在沙克尔顿的思维里或多或少成了同义词。他觉得如果在这件事上获得成功，那将是奇迹般的英勇壮举，全世界的人都会对此浮想联翩，而这也必将打开通向名誉和财富的大门。

在从事极地探险的间隙，他也从没有放弃对财富的不懈追求。他始终痴迷于开创新的计划，并且每一次都深信不疑这将会给他带来财富。这里不可能将他的计划一一列举，不过其中包括诸如生产香烟（只要用他的名气就一定能成功）、建立出租车队、在保加利亚开矿、建立捕鲸工厂，甚至挖掘埋在地下的宝藏之类。他的大多数想法基本流于空谈，即便偶有付诸实施，多半也不成功。

沙克尔顿极不情愿被日常生活的鸡毛蒜皮所累，但对那些不靠谱的创业计划却始终热情高涨，这难免让人说他不够成熟，缺乏责任心。也许他真的就是这样，如果按照世俗的标准来衡量的话。然而，创造了历史功绩的伟人们——比如拿破仑、纳尔逊和亚历山大——从来也不会循规蹈矩。因此，拿普通人的标准来评价他们就太不公允了。毫无疑问，在他所从事的探险事业中，沙克尔顿也算得上是一位非凡的领袖人物。

同样毋庸置疑的是，南极探险对沙克尔顿来说并非仅仅意味着上不了台面的赚钱手段。说真的，他还的的确确需要这样一次行动，这场行动规模浩大、要求严苛，足以成为检验其畸形自我和无法改变的内心驱动力的试金石。一般而言，在沙克尔顿大胆突进的超强能力面前，几乎任何事情都不在话下。在日常生活中，他就好像一匹法国柏雪龙重型驮马给拴到了小儿的童车上；但是在南极，这里却有着挑战其能力极限的重荷。

所以，虽然沙克尔顿在日常生活的许多方面都显得那么不合时宜，甚至缺乏能力，但他却具备可与有史以来不多的伟人们相媲美的禀赋甚或天分，那就是真正的领导才能。正如他的一位队员所说，"他的确是一个前无古人的伟大领导者，无人能及"。尽管沙克尔顿也有这样那样的弱点和不足，但是如下的称颂，他应是当之无愧的：

> 要论科学有致的领队艺术，当属司各特；要论快速高效的行进安排，非阿蒙森莫属；但要论绝处逢生，于看似无望的困境中逃脱，那就只有真心地祈求沙克尔顿。

当时，正是这位先生完善了徒步横越南极大陆的想法。

这次南极探险所需的最大物件就是运送两支远征分队去南极的两艘船。沙克尔顿从著名的澳大利亚探险家道格拉斯·莫森爵士那里买来"极光号",一艘建造得非常坚固的当时常见款式的航海船。"极光号"已经两次前往南极执行探险任务。这次她将运送罗斯海分队去南极,该队由埃涅阿斯·麦金托什海军少校率领,他曾在沙克尔顿1907—1909年的探险中在"尼姆罗德号"上服役。

沙克尔顿将亲自指挥真正横越南极大陆的那支分队,行动从南极洲的威德尔海一侧展开。为了给自己的探险分队配备一条船,沙克尔顿打算向挪威捕鲸业巨头拉斯·克里斯滕森采购,因为后者已经下单建造一条专门的船,用来运送到北极去捕猎北极熊的那些探险队。这样的捕熊探险队在当时的富人圈里正变得越来越流行。

克里斯滕森在这桩买卖上有一个搭档,那就是比利时人 M·杰拉许男爵。此公曾在 1897 年的一次南极探险中担任队长,因此能够对这艘船的建造贡献许多有益的建议。然而,就在这条船建造的过程中,杰拉许的财务上出现困难,他不得不退出。

由于合作伙伴的退出,克里斯滕森对沙克尔顿提出要买下这条船感到很高兴。他们最终的成交价是六万七千美元,这比克里斯滕森当初造船时付出的要少很多,但他情愿吃这个亏,因为他希望为沙克尔顿这样的大探险家的远征计划助一臂之力。

这艘船原本被命名为"北极星号"。购船交易结束后,沙克尔顿重新命名此船为"坚忍号",以传承其家族的族训——*Fortitudine vincimus*(坚忍以胜)。

与所有此类民间自发组织的远征一样,对于帝国横越南极探险来说,经费大概是首屈一指的头疼事。沙克尔顿花费近两年的时间筹措资金支持。英国政府和各种科学团体的眷顾是必须争取的,因为只有这样才能够使这次远征名正言顺地成为一次严肃的科考之旅。然而,沙克尔顿对科考的兴趣根本没法和他对探险的热爱相提并论,所以难为他竟然也为科考下了一些功夫。从某种意义上说这也许有点虚伪，但不管怎样，最后毕竟还是有一组能干的科考人员参加了这次远征。

尽管沙克尔顿的人格魅力和说服力相当不错，可他还是一次次地大失所望，因为很多已经答应得好好的资助最后都未能兑现。他最终从苏格兰富裕的黄麻纤维制造商詹姆斯·凯尔德爵士那里得到了十二万美元。英国政府通过了一笔大约五万美元的拨款给沙克尔顿，而皇家地理学会则象征性地贡献了五千美元，以此表明其原则上同意此项探险计划，但绝非完全意义上的正式批准。更少的捐款来自达德利·道克和珍妮特·斯坦康姆-威尔斯小姐，另外还有数百笔更小额的款项是由世界各地的人们捐助的。

出于习惯，沙克尔顿在某种意义上将此次探险做了抵押，方法是提前预售探险所能带来的各种商业收益的权利。他允诺日后撰写一本关于此行的书。他出售了电影和摄影作品的拍摄权，并同意归来后做一系列讲座。但是，所有这些安排都基于这样一个假设，那就是沙克尔顿最终能活着回来。

与寻求资金支持方面的极端困难相比，招募参与远征活动的志愿者就显得十分容易和简单。当沙克尔顿对外宣布探险计划后，他一下子就收到如雪片般飞来的五千多份个人申请，其中甚至还有三位女孩，全都要求随队远征。

因为探险队给的薪水很少，也就刚刚对得起所期望的服务，所以那些志愿者其实全都是被探险精神所打动而来的，并且可以说几乎无一例外。队员的薪酬分不同的档次，从熟练水手一年两百四十美元一直到最富有经验的科学家一年七百五十美元不等。即使这样，不少人也还是到了探险结束才拿到自己的薪水。沙克尔顿认为，能获批参加此次探险本身就足够了，特别是对那些科学家而言，因为横越南极探险为他们各自学术领域的研究提供了无与伦比的机会。

沙克尔顿以经过考核的老手为骨干制定了一份队员名单。副队长这第二把交椅归了弗兰克·王尔德，这是一个身材矮小但体格健硕的男人，他那已经稀疏的灰褐色头发正以飞快的速度脱落殆尽。王尔德谈吐文雅，待人随和，但其内心还是挺有一股子硬气的。在1908年和1909年的极地探险大比拼中，他曾经是沙克尔顿的三名队友之一，而沙克尔顿也对他表示了极大的尊重和偏爱。事实上，他们两人形成了互为依傍的绝配搭档。王尔德对沙克尔顿的忠诚毋庸置疑，其话语不多又相对缺乏想象力的性格，恰恰与沙克尔顿喜欢异想天开又时常爆发的秉性形成完美的互补。

"坚忍号"二副的差事给了托马斯·克林，这位爱尔兰人个头挺高，瘦骨嶙峋，说话直截了当。克林长期在皇家海军服役，养成了绝对服从的纪律性。他还和沙克尔顿一起参加过司各特1901年的探险。他也曾在"新世界号"上当过水手，这艘船曾于1910—1913年间运送命运多舛的司各特探险队到过南极。鉴于克林的经验和能力，沙克尔顿打算让他在六人横越小队中担任雪橇组的驭手。

阿尔弗雷德·齐汉姆是"坚忍号"的三副，从外表看正好与克林相反。他身材小巧，甚至比王尔德还要矮，为人低调谦逊，总是一副讨人喜欢的样子。沙克尔顿称齐汉姆为"南极老兵"，因为他已然参加过三次南极探险，其中一次是和沙克尔顿，还有一次是和司各特。

接下来要说到的就是乔治·马斯顿，三十二岁的他是探险队的专职画师。马斯顿长着一张娃娃脸，胖乎乎的，在沙克尔顿1907—1909年的远征中干得非常出色。他有一点和别人不一样，那就是他是一个有家室和孩子的男人。

当托马斯·麦克劳德最终签约成为"坚忍号"水手时，此次远征由老手们组成的团队核心终于尘埃落定。托马斯本人曾经参加过1907—1909年的那次探险。

在挑选新加入者方面，沙克尔顿的方法似乎完全随心所欲。如果他看谁顺眼，就会收下；如果不对眼，那就拉倒。他作出这些决定比闪电还快。从找得到的记录来看，沙克尔顿面试任何一名颇有潜力的探险队员的时间都不会超过五分钟。

莱昂纳德·赫西个子既不高也不大，但性格上不轻易服输，言语尖刻，尽管毫无相应的资历，他却能签约成为探险队的气象员。沙克尔顿就是觉得"赫西长得挺好玩"，而且赫西最近刚结束在炎热的苏丹的一次探险回到国内，当时的身份是人类学家，这一点很对沙克尔顿古怪的性情。赫西立刻参加了一期气象专业的强化培训班，事后证明很有效。

亚历山大·麦克林大夫是探险队的两名队医之一，应聘时的一句回答引起沙克尔顿刮目相看。当时沙克尔顿问他为什么要戴眼镜，他说："不戴眼镜的话，许多聪明面孔也会是一副傻样。"雷金纳德·詹姆斯签约成为物理学家，在此之前沙克尔顿问过他牙齿怎么样，有没有静脉曲张，脾气好不好，还有会不会唱歌。对这最后一个问题，詹姆斯一脸茫然。

"哦，我的意思不是说要唱得跟男高音卡鲁索似的，"沙克尔顿安抚他说，"我想不管怎样你总能跟小伙子们吼两嗓子吧？"

尽管录取与否都是顷刻之间的决定，但沙克尔顿对合适的人才却从来没有看走眼过。

1914年的头几个月用来收集数不胜数的装备物品，还有那些可能用得着的后备库存和其他装备。雪橇也都设计好了，并且还拿到挪威白雪皑皑的山上去测试。为防治坏血病而设计的新的配给方案进行了试用，同样进行试用的还有专门设计的极地帐篷。

终于，到了1914年7月底，所有该收集的物资都收集到了，该测试的东西也都测试过了，并且全部物品都已装上了"坚忍号"。8月1日，"坚忍号"从伦敦东印度码头扬帆启航。

但是，在最近这些风云变幻的日子里所发生的悲剧性政治事件，不仅令"坚忍号"的启航黯然失色，同时也威胁到了整个南极探险计划。奥地利王储弗朗茨·斐迪南大公于 6 月 28 日被刺杀，一个月后，奥匈帝国向塞尔维亚宣战。战争的导火索点燃了。当"坚忍号"锚泊在泰晤士河口的时候，德国已经向法国宣战了。

接着，英王乔治五世为即将进行的南极探险向沙克尔顿颁授了英国国旗，而这一天恰恰就是英国向德国宣战的日子。沙克尔顿的处境从未像现在这样糟糕，去探险要挨骂，不去也得挨骂。眼看着他就要成行，这可是他梦寐以求，并且整整准备了四年的一次极地探险。为了这次探险，他花掉了大笔大笔的资金，其中不少还附带着将来必需兑现的承诺，而且他为策划和做准备还花去了数不清的时间。但同时，他也非常强烈地希望在战争中尽一己之力。

沙克尔顿费了很长时间来辩论到底该怎么办，并和一些专家，尤其是他的主要支持者，就此事进行了详细的讨论。终于，他作出了一个决定。

他召集全体探险队员开会，向他们解释说，他希望他们能同意给英国海军部发一封电报，请求由帝国政府来决定整个南极探险计划的去留。所有人对此都表示赞同，于是他给海军部发去了电报。政府的回电就两个字："实施。"两个小时后，时任海军部第一部长的温斯顿·丘吉尔发来了一封长一点的电报，表明政府要求探险队照原计划进行。

"坚忍号"五天后由普利茅斯港扬帆启航，一路驶向布宜诺斯艾利斯。沙克尔顿和王尔德留了下来，他俩要最终处理一下经费安排方面的事宜。他们稍后将会搭乘速度更快的商业班轮，与"坚忍号"在阿根廷会合。

横越大西洋的航行实际上成了一次试航。对于"坚忍号"而言，这是自一年前在挪威建成下水后的第一次远程航行；而对于船上大多数的人来说，这是他们第一次乘帆船远航。

"坚忍号"的外观无论用何种标准来衡量都堪称漂亮。这是一艘典型的三桅船，三根桅杆中的前桅挂横帆，后面的两根则挂纵帆，就好像双桅纵帆船。"坚忍号"的动力来自三百五十匹马力的燃煤蒸汽发动机，使其航速最高达到十点二节；船围共长一百四十四英尺，一根主梁长二十五英尺，虽说不上超大，但也足够大了。而且，尽管"坚忍号"光滑黑亮的船壳从外面看与其他大小相似的船无异，但其实却不然。

"坚忍号"的龙骨由四块结实的橡木组成，上下重叠，合在一起的厚度达到七英尺一英寸。两侧船帮用的板材也是橡木和挪威高山冷杉木，厚度从十八英寸到二十一点五英寸不等。在船板的外面，为了防止被坚冰撞击受损，还从头到尾加装了绿心樟木做的护套。绿心樟木的分量比铁疙瘩还要重，而且坚硬得无法用普通工具来加工。"坚忍号"的框架不仅厚度翻番，从九点二五英寸到十一英寸不等，而且跟普通的船相比数量也翻番。

"坚忍号"的船首在建造时受到特别关注，因为这里是会迎头撞上坚冰的部位。每一根木材都是直接从特别挑选的整棵橡木凿塑而来，因此其自然生长的曲线方能与设计相吻合。这些部件拼装之后，总的厚度达到四英尺四英寸。

但是，打造时植入"坚忍号"船体的远非仅有坚硬度。此船建于挪威的桑德尔福德，制造者是久负盛名的弗拉姆奈斯船厂，该厂常年制造专门用于南极和北极捕鲸和捕海豹的船只。然而，当造船工匠打造"坚忍号"时，他们就意识到这条船也许是同类船中的极品，事实上也确实如此，此船还成为该厂最受重视的招牌项目。[①]

"坚忍号"由安德鲁·拉尔森设计，每一处接头和每一个转接件都和其他部件交叉重叠，以求最大的牢固度。整个工程由木船建造大

---

① 尽管沙克尔顿当时买下"坚忍号"仅花了六点七万美元，但在今天，如果拿不到七十万美元，弗拉姆奈斯船厂是绝对不会承建这样一条船的，因为据他们估计，整个工程的造价可能高达一百万美元。

师克里斯蒂安·雅各布森进行一丝不苟的全程监督。他坚持雇用那些不仅造船手艺高强，而且自己也曾在捕鲸船或捕海豹船上干过的工匠。他们对"坚忍号"的每一处细节都十分上心。他们精心挑选每一根横梁和每一块木板，并把它们严丝合缝地拼接起来。为了求吉利，在竖船桅杆的时候，这些迷信的造船工把一枚古挪威的铜币放在每一根桅杆底下，说是可以防止桅杆折断。

到1912年12月17日"坚忍号"下水时为止，这条船是挪威——也许还包括世界其他地方——所建造过的最结实的木帆船。不过，也许"弗拉姆号"是个例外，弗里德约夫·南森和阿蒙森都先后使用过那艘船。

然而，两艘船毕竟还是有很大区别的。"弗拉姆号"的船底呈圆碗形，因此，一旦坚冰合围过来，就有可能因承受不了巨大压力而散架。而"坚忍号"则是按照在相对松散的浮冰环境中航行设计的，所以没有建成圆碗形，这样便可以抵御任何强度的压力。"坚忍号"相对来说偏向直舷型，就像大多数普通船只那样。

然而，在从伦敦到布宜诺斯艾利斯的航程中，"坚忍号"的船体对于大多数成员来说却似乎太圆了。至少有一半的科考人员晕船，就连高大威猛而且直爽的莱昂内尔·格林斯特里特，这位有着长期乘帆船在海上闯荡经历的大副也宣称，这船的表现实在是"糟糕得让人受不了"。

横越大西洋的航程花了两个多月的时间。航行期间，"坚忍号"由从十六岁起就在海上漂泊讨生活的新西兰人弗兰克·沃斯利执掌。沃斯利现年四十二岁，但看上去要年轻得多。他是个胸部厚实的男人，比一般男人的平均身高略微低一点点，长相粗犷但不失英俊，常常带着一副与生俱来的淘气表情。想要沃斯利摆出严厉的样子来简直太难啦，即便他自己想这样也做不到。

他是个敏感而又好幻想的人，不管真实与否，当初如何加入此次探险的经过再好不过地诠释了他的性格特征。照他的话讲，当时他的船正好在伦敦靠岸，他自己住在一家酒店里。后来，有一天晚上，他做了一个梦，梦中看到伦敦西区原本很时尚的伯灵顿大街上到处都是大块大块的浮冰，而他则指挥着一条轮船穿行于其中。

第二天一早，他就急匆匆地赶往伯灵顿大街。当他沿着伯灵顿大街一路走过的时候，瞧见一扇大门上挂着一块铭牌，上面写着："帝国穿越南极探险队"（其实此次探险活动的伦敦办公室确实就设在新伯灵顿大街 4 号）。

走到里面，他见到了沙克尔顿。两人为对方所吸引，相见恨晚，沃斯利根本用不着说想要参加此次探险之类的话。

"你被录取了，"沙克尔顿在寥寥几句对话之后说道，"等我发报给你，就来上船吧。我会尽快告诉你所有的细节。再见！"

他说着握了握沃斯利的手，这次面试（如果姑且也算面试的话）就这样结束了。

沃斯利后来被任命为"坚忍号"的船长。沙克尔顿是探险行动的总指挥，沃斯利在其领导下负责与探险船航行相关的一切船务事宜。

沙克尔顿和沃斯利在个人气质上有一些相似的特点，他俩都是充满活力、富于想象力，还非常浪漫的人，而且都对探险情有独钟。但沙克尔顿的天性总是能让他当上领导，而沃斯利却一点也没有这方面的天分。他压根儿就是个没心没肺的人，常常会令人意想不到地兴奋万分，热情高涨。这次横跨大西洋之旅的领导职责虽然历史性地落到了他的肩上，但结果充其量只能说是差强人意。他觉得自己有责任当好这个领头人，但是很可惜，他当得一点也不到位。在一个星期天的早晨，他太过情绪化的毛病爆发了，当时大家正在做礼拜。就在几段相当虔诚的祈祷文诵读之后，他突发奇想地要唱赞美诗，于是就拍拍手打断了进行得好好的祷告程序，不管不顾地提出他的请求："红乐队在哪儿呢？"

"坚忍号"于1914年9月驶抵布宜诺斯艾利斯港。至此,沃斯利的不讲纪律导致全队士气跌至令人难过的境地。不过,沙克尔顿和王尔德总算及时从伦敦赶来汇合了,他们一到就严厉整肃队伍。

船上的大厨曾在整个航程中对什么都不放在眼里,一次他喝得醉醺醺地登船,结果立马就被炒了鱿鱼。让人吃惊的是,马上就有二十人来申请补缺。这份差事最后给了说话尖声尖气的查尔斯·格林。此人跟前任相比,整个就是另一类人,做事较真到一根筋。

后来,在一个风雨交加的夜晚,有两个水手上岸后跟格林斯特林鬼混一夜未归,结果一样被开除跑路。船方决定,所有职位都必须一个萝卜一个坑,宁缺毋滥。于是,空缺就给了二十六岁的加拿大人威廉·贝克韦尔,他在离布宜诺斯艾利斯不远的乌拉圭的蒙得维的亚港失去他曾服务的船。与他同来的还有十八岁的珀斯·布莱克波罗,这位矮壮的同船水手也暂时被聘用了,在"坚忍号"停靠布宜诺斯艾利斯期间给大厨打下手。

与此同时,"坚忍号"的专职摄影师弗兰克·赫尔利从澳大利亚赶到。赫尔利曾参加道格拉斯·莫森爵士组织的上一次南极探险,沙克尔顿之所以聘用他,完全是看中他在那次探险中以出色的业绩所赢得的名声。

最后,本次横越南极探险的最后一批正式成员们齐集甲板:一共六十九条从加拿大购买后直接运来布宜诺斯艾利斯的雪橇狗。它们被关在沿船中部主甲板修建的狗棚里。

"坚忍号"于1914年10月26日上午10点30分离开布宜诺斯艾利斯,驶往它将停靠的最后一个港口——位于南美洲最南端荒无人烟的南乔治亚岛。它沿着越来越开阔的普拉特河口驶进大海,并于翌日早晨在雷卡拉达灯船港告别了它最后的领航员。日暮黄昏,陆地终于在视线中消失。

第三章

他们终于上路了，这回是真真切切地上路了，沙克尔顿感到如释重负般地畅快。经年累月的准备工作终于结束……再也用不着苦苦哀求，用不着装腔作势，也用不着忽悠哄骗，一切全都结束了。扬帆启航这个简简单单的行动令他摆脱了那个反复无常、充满挫折和尔虞我诈的尘世。短短几个小时的时间里，原本纷乱繁杂而又难题不断的生活一下子变简单了，简单得仅剩下一个实实在在的任务，那就是实现目标。

当晚在日记里，沙克尔顿这样总结自己的感受："……终于该干正事了……战斗会很精彩。"

然而，在船头的艏楼里，气氛却没有变得轻松，而是越来越紧张。船员花名册上一共写着二十七人的名字，其中包括沙克尔顿。可实际上，船上的实有人数是二十八人。刚刚才在布宜诺斯艾利斯加入"坚忍号"的船员贝克韦尔与沃尔特·豪和托马斯·麦克劳德串通一气，擅自把好友珀斯·布莱克波罗偷偷带上了船。"坚忍号"此时正在辽阔的海面上迎击越来越汹涌的海潮，布莱克波罗半俯着身子躲在贝克韦尔的储物间的油布后。所幸船上还有好多事要做，前甲板上的大多数人手都在别处忙活，因此贝克韦尔可以时不时地溜下甲板。

第二天一早，三个密谋者觉得时候到了，因为船驶离陆地已经很远，绝不可能再倒回去。于是，一直蜷缩藏匿在逼仄空间里的布莱克波罗被转移到锅炉工欧内斯特·霍尔尼斯的储物间，而此时霍尔尼斯马上就要下班休息。霍尔尼斯来到储物间，把门打开一看，发现有两只脚从油布下面伸了出来，于是急忙跑回了后甲板。他找到正在当值的王尔德，对他说了自己的发现。王尔德立刻赶到船首，将布莱克波罗从储物间里拽了出来。布莱克波罗被带到了沙克尔顿面前。

暴怒中的沙克尔顿简直无人可敌，他直直地堵在布莱克波罗面前，宽大的肩膀耸在一起，对着布莱克波罗毫不留情地就是一通臭骂，布莱克波罗被吓傻了。贝克韦尔、豪和麦克劳德一筹莫展地站在一旁，他们压根儿就没有料到会出这种事。然而，就在沙克尔顿训斥得最起劲的时候，他突然停了下来，伸头凑到布莱克波罗的脸上。"最后告诉你，"他咆哮道，"如果哪天我们没吃的，不得不吃人的话，你就是第一个。听明白了么？"

一个微笑在布莱克波罗那圆圆的孩子气的脸蛋上慢慢地绽放开来，他点了点头。沙克尔顿转过身对沃斯利建议说，你派布莱克波罗到厨房去给格林打下手吧。

"坚忍号"于1914年11月5日抵达南乔治亚岛的格雷特维根捕鲸站。令人沮丧的消息在等着他们。威德尔海的冰层情况向来就不好，眼下就更糟了，甚至连在这块地方捕鲸的人们也从来不记得有这么糟过。有些捕鲸人预测说，这样的情况下根本就通过不了，还有些人力劝沙克尔顿等到换季后再进去。沙克尔顿决定留在南乔治亚岛一段时间，看看情况是否会好转。

捕鲸人对这支探险队特别感兴趣，因为对南极的了解使得他们能够真正洞悉沙克尔顿当下所面临的难题。另外，"坚忍号"的到来对南乔治亚岛而言就是个节日，平时，在这个人类文明最南端的终点，一切都是那样枯燥单调。现在，探险船上派对不断，捕鲸人在岸上也同样搞起他们的聚会。

大多数船员都到格雷特维根捕鲸基地经理弗里乔夫·雅各布森的

家中做客，而沙克尔顿则走了十五英里到斯特罗姆内斯镇，在当地鲸鱼加工厂的代厂长安东·安德森的家里做客。

就在沙克尔顿到访斯特罗姆内斯镇的时候，适逢这家工厂的正式厂长托拉尔夫·瑟勒从挪威度假归来。瑟勒三十七岁，孔武健壮，长着一头黑发和一副漂亮的八字胡。当年出海打鱼的日子里，瑟勒可是所有挪威捕鲸船队中首屈一指的鱼叉好手，他对极地冰海导航有着极为丰富的知识。在接下来的一个月里，沙克尔顿借助瑟勒以及其他许多船长们的经验，勾勒出威德尔海浮冰运动轨迹的全貌。说到底，下面这些才是他真正学到的东西：

威德尔海基本上是圆弧形的，环绕它的是三大块陆地：南极大陆、帕默半岛以及南桑威奇群岛。因此，威德尔海里的浮冰大都待在原地不动，环伺左右的陆地阻挡它们进入到外面的大洋，假如能到大洋里也许早就融化了。依南极的标准，这里的风很轻，不仅吹不跑威德尔海里已有的浮冰，而且还造成一年无论什么季节都有新冰出现，即使在夏季也一样。终于，一股来势汹汹的海流以顺时针方向运动，作势要让威德尔海的浮冰也划个大大的半圆，然后紧紧地堆积到威德尔海西侧的帕默半岛伸出的陆地边上。

但他们的目的地是瓦谢尔湾，大约恰好是在另外一侧的海岸。因此，有理由相信，威德尔海里的浮冰也许能够被此地的风和海流带走，漂离这伸展出去的半岛海岸。如果运气够好，他们可以跟在那些聚集在这个背风岸一线的最危险的浮冰后面钻进威德尔海。

沙克尔顿决定沿着威德尔海及其最危险的浮冰坂的东北边缘航行，同时希望瓦谢尔湾周边的海岸没有浮冰。

他们一直等到 12 月 4 日，巴望着开往捕鲸站的给养船到达，并带来他们启航之前最后一批来自国内的邮件。但事与愿违，于是"坚忍号"于 1914 年 12 月 5 日早上 8 点 45 分起锚，缓缓地驶出了坎伯兰湾。当"坚忍号"驶离巴福点之后，"升帆！"的命令响起。前、中、后三桅上的风帆都张挂了起来，前桅的中帆和顶帆被愈刮愈强的西北风鼓得紧紧的。一阵阵阴冷刺骨、令人手脚麻木的绵绵细雨，时而还夹杂着雪花，飘洒在铅灰色的茫茫大海上。沙克尔顿命令沃斯利循偏东航向朝南桑威奇群岛行进。在"坚忍号"启航两个小时之后，给养船带着他们的邮件抵港了。

"坚忍号"贴着南乔治亚岛的海岸线航行，身后是白浪逐天高的一片汪洋，船本身也构成一幅令人生畏的图景。六十九条狂吠不已的雪橇狗被锁链拴在船的前端，船中部堆积着数吨的煤，伸展在半空中的一道道绳索上挂满了一吨重的鲸鱼肉，是用来喂雪橇狗的。鲸鱼肉不断地往下淌着血，滴滴答答溅落在甲板上，惹得那些狗近乎抓狂，巴不得能从上面掉下一块肉来。

第一块映入眼帘的陆地是南桑威奇群岛中的桑德斯岛。12月7日晚6时，"坚忍号"从桑德斯岛和圣烛节火山之间穿过。就是在这里，"坚忍号"第一次遇到了对手。

一开始，只是一股很小的轻流冰，"坚忍号"没费什么周折就与之相交而过了。但是，两个小时后，他们迎头遭遇了一大片巨块浮冰构成的冰坂，厚度达好几英尺，宽度更是足有半英里。虽然可以看到冰坂的另一边就是清澈的海水，但要硬闯进这片暗流涌动的巨大冰坂还是极其危险的。

因此，他们花了十二个多小时在冰坂的边缘探寻，终于在第二天上午9点，他们发现了一条貌似安全的通道，并且以发动机接近怠速的速度从这条通道中穿行而出。有好多次，"坚忍号"迎头撞碎了浮冰，自己却毫发未损。

跟船上其他人一样，沃斯利以前从来也没有见过极地的冰坂，其景象给他留下了极为深刻的印象，而驾船闪避巨型浮冰更是令人惊心动魄。

他们绕过许多伟岸的冰山，其中有些冰山的面积甚至超过一平方英里，当冰山在暗涌的洋流之上颠沛漂移时，那场面绝对波澜壮阔：海浪从四面八方冲向冰山的前后左右，激起万丈狂澜，犹如惊涛拍岸一般。海浪的冲击在许多冰山上掏出了很大的冰洞，而当每一波巨浪摧枯拉朽般地灌入那一个个冰蓝的孔洞时，都会发出震耳欲聋的声响。不仅如此，咆哮的海浪有节奏地冲刷着汹涌洋流之上优雅起伏的整个冰坂。

整整两天，他们始终紧贴着冰坂的边缘向东航行。此刻，在12月11日的午夜，他们终于可以往南折向瓦谢尔湾了。

"坚忍号"在冰坂的缝隙中蜿蜒曲折地又航行了将近两个星期，其实就是走走停停地往前挪。很多时候，船几乎无法向前开，还有的时候干脆连发动机都停掉了，无奈之下只能一直停泊到浮冰松动。

在没有浮冰的开阔海面上，"坚忍号"的航速可达十至十一节，而且根本用不着借力于风帆，每天轻轻松松就能航行两百英里以上。但是，直到12月24日午夜的这段时间里，"坚忍号"每天的平均航程还不足三十英里。

从南乔治亚岛出发之前，沙克尔顿预计最迟12月底他们就能驶抵目的地。可是眼下，虽说夏季早已经开始，但他们甚至连南极圈都没能跨过。目前正值二十四小时都不天黑的极昼，太阳只是在接近午夜时隐退片刻，却将延绵不绝的绚烂暮光留在身后。通常在这个季节，由于大气中的湿润成分遇冷凝结下坠，常常会出现所谓的"冰雨"现象，从而给这里的景象平添几分宛如仙境的童话色彩。数以百万计晶莹剔透的冰粒，常常纤细如针，在暮色中闪闪发光，从容优美地飘落大地。

尽管冰坂看似向四面八方延伸着它那无尽的荒凉孤寂，其实却充满了勃勃生机。这里活跃着脊鳍鲸、座头鲸和巨大的蓝鲸，其中一些身长可达一百英尺，它们常常在浮冰之间的缝隙水道游弋，不时还会跃出水面。这里还有虎鲸，它们常常把既丑又尖的鼻子猛地拱到冰面上，看看能不能把什么猎物惊落水中。头顶上，巨大的信天翁，各个种类的海燕、管鼻藿和燕鸥轮番翱翔和俯冲。即使在浮冰表面，闭目养神的威德尔海食蟹海豹也是司空见惯的一景。

当然，这里也少不了企鹅。当"坚忍号"从它们身边驶过的时候，那些一本正经、昂首挺胸的帝企鹅往往保持着高贵的沉默。但是，对于安德雷岛上的小企鹅来说，完全不存在什么高贵不高贵的概念。它们对人非常友好，常会扑通一声扑倒在冰面上，肚皮贴地向前溜，两只脚不停地扒拉，口中发出类似"克拉克，克拉克……"的叫声，尤其是当罗伯特·克拉克，那位瘦长而又沉默寡言的苏格兰生物学家碰巧在开船的时候就更是如此。

尽管"坚忍号"航行受阻让人很失望，但是他们还是过了一个热热闹闹的圣诞节。他们用各色旗布把军官室装点起来，晚上在这里享用了一顿丰盛的大餐，有浓汤、烧青鱼、砂锅炖野兔，还有圣诞布丁和甜品，大快朵颐之时自然也畅饮了黑啤和朗姆酒。酒足饭饱之后，在赫西用自制的单弦提琴的伴奏下，大家伙开了一个丰富多彩的歌唱大会。那天晚上睡觉之前，格林斯特里特大副把这一天的活动都写进了日记，并在结尾处这样写道：

"又一个圣诞节就这样过去了。我不知道我们的下一个圣诞节会怎样过，或者说在何种情况下过。温度 30 度（约零下 1 摄氏度）。"

如果他能猜到答案，那一定会被吓着。

不管怎样，伴随 1915 年新年的来临，冰坂还是发生了很多变化。以往有时候，他们会被密集的圆丘般的旧浮冰四面合围在当中。而现在，他们越来越频繁地发现，在前方的航道上仅有一些易碎的新浮冰，而且，即便他们加大马力往前冲，那些新浮冰也几乎不能迟滞他们的速度。

1 月 9 日上午 11 点 30 分，他们近距离地驶过一座气势恢宏的冰山，正是因其太大，他们称之为"堡垒冰山"。这座冰山伸出水面一百五十英尺，比"坚忍号"的主桅杆还高出一倍。由于离得的确太近，所以透过靛蓝色的海水，他们可以清楚地看到那座冰山在他们的脚下，即在"坚忍号"龙骨下四十英尺的位置向外伸展下去。如果继续向下潜，沃斯利估计说，海水将会变得越来越蓝，直到完全看不见那冰山为止。就在冰山的另一侧，是一片深蓝色的、波涛翻滚却又完全没有浮冰的大洋，莽莽苍苍直达天边。他们终于走出了冰坂。

"我们的心情，"沃斯利说，"就和巴尔沃亚当年冲出巴拿马地峡森林而发现太平洋时一模一样，真可谓欣喜若狂。"

他们将航向由东向南作了调整，在辽阔的洋面上无忧无虑地全速航行了一百英里，船的前后左右不时有鲸鱼在水中尽情翻闹嬉戏。1月10日下午5时，他们看到了陆地，沙克尔顿将这片陆地命名为"凯尔德海岸"，以纪念本次探险的主要赞助者。午夜时分，他们在暮色之中向西航行，船身五百英尺开外就是一连串一千英尺高的冰崖，统称为"屏障带"。

"坚忍号"现在位于瓦谢尔湾东北方向四百英里处，沙克尔顿正指挥探险船朝那个方向开进。他们沿着屏障带平行地走了五天，一路出奇地顺畅。至1月15日，他们距离瓦谢尔湾已不足两百英里。

16日早晨8时左右，从主桅顶看到正前方有密集的冰坂。他们于8时30分开到冰坂跟前，却发现搁浅在浅滩上的几座冰山挡住了冰坂的去路，使之无法移动。他们收起了风帆，只借助蒸汽机的动力沿着冰坂的边缘航行，期望找到一条能穿过冰坂的出路，但却一无所获。快到中午时，从海天尽头刮来一股较强的风，而到了下午更是狂风大作。晚上8点，当他们发觉已经无法再前进时，就找了一座很大的搁浅冰山的背阴处避风。

暴风在17日又继续刮了一整天，而且强度有所增加。虽然头顶上的天空依旧瓦蓝，但一堆堆干净绵密的积雪从地上刮起，在空中漫天飘舞。"坚忍号"来回躲避着狂风，努力保持处于这座冰山的遮蔽之下。

暴烈的东北风在 1 月 18 日早晨 6 时左右开始减弱，于是他们张挂起中桅帆，让蒸汽发动机处于低速，然后继续向南航行。冰坂大部分已被暴风吹开，刮到了船的西南方，只留下很少一部分仍然为搁浅冰山所困。他们从两者之间穿行了十英里，直到下午 3 时，他们又一次与被吹开的冰坂主体遭遇，浮冰从眼前向西北方向蔓延开去，一直到视线的尽头。但是，就在正前方，那里暗蓝色的一线水天预示着那边有可能是一大片开阔的洋面。他们决定从冰坂中间闯过去，于是"坚忍号"在下午 5 时一头扎了进去。

他们几乎立刻就发现，这里的浮冰完全不同于以往所遇过的任何一类浮冰。这些冰块虽厚，但却很软，主要由积雪构成。它们漂浮在黏稠的充满碎冰碴的海面上，冰碴多数是碎裂开来的浮冰和成团的积雪。它们像布丁一样围拢在船身四周。

晚上 7 时，格林斯特里特引导"坚忍号"从两大块浮冰中间穿过，开向一片开阔的海面。刚走了一半，船就陷进碎冰的汪洋，接着另一块浮冰紧紧地跟在船后。尽管"坚忍号"是全速前进，但他们还是花了整整两个小时才得以从冰坂中出来。沃斯利在航海日志里记录下一个貌似例行的决定："于是我们就顶风停了一阵儿，想等这场东北风完全停下来再看冰坂是否全部打开。"

可一等就是六个寒冷多云的昼夜，直到 1 月 24 日，这场暴烈的东北风才算罢休。然而，此时那越积越紧密的浮冰已经从四面八方将船团团围住，并且一直伸向一望无际的远方。

沃斯利在日志中写道："我们必须有足够的耐心来等待一场朝南刮的暴风，或者等待浮冰良心发现自行消融。"

可是，他们既没有等来南吹的大风，也没有等到浮冰的良心发现。1 月 24 日午夜，一道十五英尺长的裂缝出现在船前方大约五十码的地方。第二天上午，裂缝已达四分之一英里宽。"坚忍号"的烟卤浓烟升腾，所有的桅帆张挂起来，所有发动机也都全速推进，他们就是想拼尽全力冲到大裂缝中去。整整三个小时，船紧紧顶着冰层使出全力往前拱，但终究未能前进一步。

"坚忍号"被困住了。正如仓库保管员奥德-利兹所说："冻住了，就好像一粒杏仁被裹在巧克力当中。"

第四章

后来发生的一切其实非常简单。劲吹的北风使威德尔海的这一片冰坂朝陆地挤压过去，让原本有些松散的浮冰聚集得更加紧密，而且，除非有同样的大风从相反方向吹来，否则地球上就再无任何力量能够将板结在一起的浮冰重新吹开。往南刮的大风一直没有等来，来的仅是风势温和的徐风而已。沃斯利的日记记载了他们日复一日苦等大风未至的故事："今日西南微风"……"今天中等微风"……"今天西南清风徐徐……""今日风平气爽"……"今天西风轻扬"。

这是个机会，也有些意外。来了一场风力很强的北风，之后便是寂静之中奇冷的天气。

在这些队员中，对于"坚忍号"其实已经永远陷于困境的认识，来得非常非常缓慢，就好比一项久拖不决的辞职，简直是一场无法醒来的噩梦。他们每天都焦急地关注着冰坂，但是冰坂的表面却丝毫没有任何变化。

事情的进展都记录在他们的日记里。在这场大风结束的 1 月 24 日，为人严厉又易发脾气的老木工麦克奈什在日记中写道：

"坚冰依旧，没有任何冰层解冻脱开的迹象。人们的压力依然很大，而且，如果我们不能很快地摆脱困境，那我觉得我们最终从这儿走出去的机会也许就真的不大了……"

25 日："坚冰依旧。我们试图破冰救船，但无功而返……"

26 日："坚冰依旧。在我们的正前方露出了一线海水，但把我们困住的浮冰还是依然如故地坚挺……"

27 日："坚冰依旧。我们又一次尝试破冰救船，……无奈还是作罢。"

28 日："温度 6 度（约零下 14 摄氏度），非常冷。坚冰依旧，无任何变化的迹象。"

29 日："坚冰依旧。我们又一次尝试破冰救船。……无奈还是作罢。"

30 日："坚冰依旧……"

31 日："坚冰依旧……"

不管怎样，对冰层变化的全面监测还在继续，船上的各项业务也都照常进行。1 月 31 日，他们第一次尝试使用无线电台。这部电台使用电池作动力，仅能够接收以火花式发射的莫尔斯码电报。原本只是想用这部电台为船上的精密计时仪对时，并收听每个月头一天从一千六百五十英里以外的福克兰群岛专门为他们发送的新闻。

考虑到电讯发射器与船之间的遥远距离，领航员休伯特·T·哈德逊和探险队充满学究气的年轻物理学家雷金纳德·W·詹姆斯竭尽所能以增加无线电频宽。他们在原来的天线上又加了一百八十英尺长的电线，并焊好了所有的接头，就是想提升无线电连接的效果。

第二天早晨 3 时 20 分，几位船员围坐在军官室里的无线电接收机边上。他们焦急地盯着无线电接收机的刻度盘足有一个多小时，但正如每个人都预想到的，他们听到的只是无线电静默时的杂音。事实上，当时人们对无线电缺乏兴趣，主要是因为他们认为无线电不仅是个新玩意儿，而且还是个派不了什么用场的玩意儿。1914 年，无线电还处于襁褓之中，至少就其长距离接收来说是如此。"坚忍号"上的人们都没太指望它，就算有时候它真的让人如愿以偿，也说不上是惊喜还是失望。要是这无线电有个发射器该多好，那样他们就能把他们的困境和位置都传播出去，而船员们现在的情绪也就会截然不同。

2月初，当离船不远的地方出现浮冰裂隙的时候，他们有两三次试图要让船脱困，但都没有成功。后来，在2月14日，一条绝佳的水道在船正前方四分之一英里处豁然出现了。于是，船上匆忙生火待命，所有的队员都接到命令，要他们带好锯子、凿子、铁镐和其他工具下到冰面上去，争取在浮冰上打开一条通道。

"坚忍号"为一片新结成的浮冰所围，这些新冰大约只有一到两英尺厚。人们将这些冰有步骤地一块块锯开，然后运走，以便为探险船猛烈撞击船首正前方的浮冰打开一条通道。船员们从早晨8时40分开始，一直不停地干了一整天。到午夜时，他们已经在封冻的冰面上凿出了一条大约一百五十码长的通道。

第二天凌晨，船员们继续干活，他们拼了命也要在水道完全封冻之前赶过去。"坚忍号"以尽可能快的速度向后倒车，然后再朝着浮冰全速撞去。人们在船前方的冰层上锯出一个V形豁口，目的是让船头能够更容易地撞出一条生路。

"坚忍号"一次次地撞进冰层，每次都会掀起一波海浪冲向浮冰表面，接着船再跌跌撞撞地倒回来。每撞击一次它都能咬下一块冰来，这时站在冰上的船员就赶紧将缆绳抛套在撞击下来的冰块上，其中有些冰块竟然重达二十多吨，接着"坚忍号"全速倒车，将那些绑好的冰块往后拖开，从而为下一轮撞击做好准备。但是，在船前方的浮冰上其实根本没有一道真正有用的裂缝，而船周围更多的是一些四处游动的小散冰，这些冰很快就会冻结起来。这种状况迟滞了他们反复发起的撞击，也减弱了撞击的强度。

下午3点，"坚忍号"在六百码长的冰区中已经撞开了三分之一通道，由此便可通往没有浮冰的开放水域，但此时人们确定，耗费了那么多的燃煤和人力简直就是徒劳无功。剩下的四百码冰区厚度达到十二至十八英尺，沙克尔顿眼看冲出去无望，只得下令熄火。

可是船员们心有不甘，他们一边在冰块上守望，一边继续打砸冰块。甚至就连弱不禁风的厨师查理·格林，也匆匆地把面包做好，就去跟其他船员汇合，希望再努一把力就能尽快让船脱困。

时至半夜，连这些自发的解困队员也不得不承认再干下去毫无希望，于是他们回到了船上。格林还为所有人煮好了热粥，好让每个人在钻进被窝之前都能暖暖身子。此时的气温为 2 度（约零下 17 摄氏度）。

格林斯特里特向来说话直来直去，而且是那种从不回避难题的人，他在当晚的日记里总结了他的感受。他用疲惫不堪的手这样写道："不管怎么说，即便真的就这样被困在这里过冬了，我们也问心无愧，因为我们心里明白大家为了解困都竭尽了全力。"

他们的时间所剩无多。他们发觉自打 2 月 17 日开始，南极洲的夏天已经接近尾声，因为就在这一天，连续两个月二十四小时高悬中天的太阳第一次在午夜时分沉入了地平线。

2 月 24 日，沙克尔顿承认，探险船脱困的可能性其实已无认真考虑的必要。瞭望海面情况的值守被取消了，取而代之的是晚值班制度。

沙克尔顿的命令无非是正式恢复了很久以前就有的东西。大家终于都接受这个现实，那就是不管发生什么情况，他们铁定只能在船上过冬了。王尔德照老规矩一字一句地传达了沙克尔顿的命令，要说有什么反应的话，那就是所有的人都非常欢迎这个命令。结束海面观察值守至少意味着船员们晚上可以好好地睡个囫囵觉。

不过，对沙克尔顿来说，那可就是另外一码事了。他内心正被纠结的思绪所折磨，不仅想到已经发生的一切，也想到有可能发生的一切。事后仔细思量，他觉得，如果当初过屏障带时，就让这支横越南极的探险队在所经过的随便哪个地方登陆，那么他们现在至少也是踏踏实实在陆岸上，开春随时都能向南极点发起最后冲刺。但是，没有人能想到竟会发生这一连串让他们身陷绝境的劫难：一会儿是反季节的暴烈北风，一会儿又是万里寂寥无风，还有那始终低于0度（约零下17.8摄氏度）的气温。

能将原本计划横穿南极大陆的这队人马平安送上陆地的机会现在也完全不存在。自从"坚忍号"被困以来，裹挟着探险船的这块冰坂就一直在瓦谢尔湾里漂移，活动范围约六十英里。一般说来，这么短的距离简直可以忽略不计。可是，如果这六十英里是在高低起伏的浮冰上，其间还有多到鬼也数不清的难以逾越的裂隙水道，而且还得载负至少一年的给养和设备供应，外加可造起一幢房子的木料，而所有这些东西全都得靠现在已经病歪歪且没有很好训练的狗拉雪橇来运的话，那么，这六十英里就是非常非常遥远的一段路。

即便之前没有出现妨碍这支南极探险队伍登陆上岸的障碍，而且船也还有可能脱困，现在也不是探险队长弃船并任由别人来搭救的时候。在季风或洋流的作用下，"坚忍号"也许会向西漂移。但会漂多远呢？又会漂到哪里呢？待到春天冰消雪融，那时又会发生什么情况呢？显而易见，沙克尔顿的职责就是坚守在"坚忍号"上。虽然这一点再明白不过，但这丝毫无助于改变这个令人痛苦的现实，那就是帝国横越南极探险队顺利前进的机会，尽管从来都不确定，眼下却变得更困难千百倍。

然而，他很谨慎，不能在队员面前露出丝毫无望的情绪，相反还得打起精神，指挥大家为在"坚忍号"上顺利度过今后漫长的冬日而做好准备。

所有的雪橇狗都移到了浮冰上，而且还用冰块和雪团搭起了"狗屋"。温暖的冬衣都发到了每个队员的手里，转移管理人员和科学家的工作也已经展开，他们将从常规的甲板船舱转移到上下甲板之间温暖的仓储区域。他们到3月初才搬进来，并且给这一新的宿舍区取名为"利兹苑"。

伴随着"坚忍号"由探险船转型为某种浮动的在岸工作基站，这里的生活节奏也明显放缓。人们已经没有太多的事情可干。冬季作息时间表只要求他们每天工作大约三个小时，剩下的时间想干什么就干什么。

真正要紧的工作就是储藏大量的肉和海豹油。整个冬天，人们和狗都得靠这些肉过日子，而海豹油则是用来弥补当时向南航行时超额使用燃煤所造成的燃料亏空。

2月里，日子还算好过。四面八方的浮冰上，到处都是一片盎然生机。有时候，他们从桅杆顶上就能够看到多达两百多只海豹，所以要捕获到所需数量简直易如反掌。只要悄悄地接近海豹，它们一般是不会逃走的。就和企鹅一样，在冰面上的海豹也不怕人，因为它们所知道的唯一敌人就是豹型海豹和虎鲸，而这些都是海洋生物。

然而，随着3月份的到来，白天变得越来越短，动物出现的数量也明显下降，因为海豹和企鹅开始向北迁徙去追逐更多的阳光。一直到3月底，人们只是偶尔碰巧看到一两只离群索居的海豹，而且眼睛还得特别尖才行。

弗兰克·沃斯利现在被大伙儿称作"智多星"，他的眼睛就特别尖。正是因为眼光特别出众，他成了探险队里首屈一指的目标观测员。在瞭望台上，他能够发现远在三英里半之外的零星海豹。为了把活儿干得更漂亮，他收罗了不少设备，高高地挂在他的铺位周边，有望远镜、双筒望远镜、扩音喇叭以及一面用来表示猎物方位或向狩猎小组发出附近有虎鲸出没警告的大号旗子。弗兰克·王尔德通常担任行刑者的角色。按照沃斯利给出的具体方位，他会徒步或者滑雪赶到海豹躺着的地点，然后一枪爆头。

狩猎行动中最困难的莫过于把打死的海豹弄回船上，因为大多数海豹体重都在四百磅以上。每一次都像打仗一样，他们总是拼尽全力要在最短的时间里把一切搞定，否则还没等回到船上海豹就会冻得硬邦邦。只有当海豹的肉还是温热时，他们才能方便地剥皮分肉，也不会把手冻伤。

这段时间里，哈士奇犬的身体状况相当令人担忧。它们一个个地病倒，一个个地废掉。4 月 6 日，一条名叫布里斯托尔的狗不得不被射杀，这使得自探险队从南乔治亚岛出发以来失去的犬只总数达到了十五条。在最初上船的六十九条狗中，现在只剩下了五十四条，即便是幸存的狗中也还有不少情况很糟糕。

探险队的两位医生，年轻的麦克林和资深外科大夫麦克罗伊，解剖了每一条死去的哈士奇犬，结果发现其中绝大多数的肠子都患有大赤虫病。雪上加霜的是，人们根本没有办法治好这些生病的狗，因为治病的虫粉恰恰就是探险队忘了从英国带出来的少数几样东西之一。

两窝小狗的到来，多多少少弥补了失去十五条狗的损失，先不说补了多少拉雪橇的牵引力，至少在数量上是有所补回。八条新狗活了下来，而且很快人们就明白，这些小家伙跟它们的父母一样没有特点，尽管它们的脾气要好得多。

那些老狗相互之间非常敌视，同时也敌视它们的人类驭手，对在训练途中遇到的任何海豹和企鹅就更加敌视。它们并不是今天意义上的纯种哈士奇犬。相反，它们是胡乱混杂在一起的一帮杂种狗，既有短毛，又有长毛，既有翘鼻子，又有尖鼻子。由于出生于加拿大偏远的旷野，这些狗有与生俱来的拉雪橇的本事，也天生不怕冷，但除此而外便一无所长。

跟这帮家伙打交道，唯一看来还有效的手段就是展示出体力上的超强实力。很多情况下，要不是有人及时赶到并用宣示力量的简单方法制止打斗的话，不少狗就会被其他狗咬死。麦克林虽然生性斯文，但却发明了一种比用鞭子抽打更有效的手段。他只消用戴着露指手套的拳头，照着那条肇事狗的下巴给它来一记狠狠的下勾拳就行了。这一拳打不坏狗，但却可以立马将其震住，再也不敢继续张狂。

4月初，沙克尔顿决定要指定一些固定的雪橇驭手，并要他们全权负责各自的雪橇小组。这些岗位分配给了麦克林、王尔德、麦克罗伊、克林、马斯顿和赫尔利。

　　一旦各个雪橇小组分工明确，并且开始有规律的训练之后，整个探险队就对狗狗发生了浓厚的兴趣。每天都有激烈的竞争比赛，人人都争着要当雪橇小组的驭手助理。雪橇小组的训练课程也被加入了实用目的，那就是偶尔当有海豹被猎杀时，他们要用雪橇将死海豹拖回船上。不过，这种机会正变得非常非常稀少。

　　虽说如此，到4月10日，整个探险队已经囤积了五千磅的肉和海豹油。沙克尔顿计算过，这些东西可供全队维持九十天之需，所以一直到南极的极夜中期之前，都完全不需要动用他们的罐头及其他干粮储备。极夜很快就会来临。在零下的温度里，人们不用担心食物变质，新鲜的肉都会自动冷冻起来。

　　整个4月份，太阳一天比一天沉得低，渐渐地白昼变得越来越短。虽然困住他们的冰坂一直很平静，但据他们观察，整个冰坂正在整体移动。刚开始，移动是很缓慢的。2月份，也就是"坚忍号"刚刚被困住不久，冰坂以几乎无法察觉的速度移动，与大陆海岸线齐平。3月初，冰坂转向西北偏西方向，速度有所加快。4月份，它转向正西北，以每天二点五英里的当月平均速度移动。5月2日，从他们的方位可以看出，自2月底以来，冰坂向西北方向整整漂移了一百三十英里。"坚忍号"就像是茫茫微观宇宙中的一粒尘埃，一百四十四英尺长，二十五英尺宽，被困在一百万平方英里的冰雪世界里，而这巨大的冰坂又被顺时针方向劲吹的无法抗拒的大风和汹涌的威德尔海洋流共同推着漂移。

　　5月初，太阳最后一次出现在地平线上，然后慢慢地在人们的视野中沉下去，南极的极夜开始了。这一切并不是一夜之间发生的，日复一日，黄昏的暮光比前一天更短、更晦暗。

有那么一阵儿，黄昏时还残留着一线朦胧而又让人上当的暗光，"坚忍号"的轮廓鲜明地凸显在地平线上。但是，此时是很难判定距离的。即便是脚下的冰也变得异常模糊起来，行走成了非常危险的事。说不定有人走着走着就会掉进看不见的冰窟窿里去，或者直接撞上冰堆子，可他心里还以为那冰堆子离自己有十多码远呢。

　　没过多久，就连这暗光都消失了。他们完全陷进了黑暗之中。

第五章

　　在这世界上，再也没有什么能比极夜更能让人感到彻底地孤寂。极夜简直就是回到冰河时代，没有温暖，没有生命，也没有运动。只有那些亲身经历过极夜的人们，才能真正理解日复一日、月复一月地生活在没有阳光的环境里意味着什么。很少有不习惯极夜的人能够战胜那些负面的影响，极夜令很多人发疯。

　　也许是巧合，曾一度作为"坚忍号"合伙人的 M·杰拉许男爵，在 1899 年也曾被困于威德尔冰海，当时他所乘的船叫作"比利时号"。随着极夜的到来，"比利时号"的船员都被一种很奇怪的忧郁所感染。几个星期过去了，这种状况慢慢发展成抑郁情绪，并进而导致绝望。很快他们就发现，在这种情况下，人们几乎不可能集中精力，也不可能好好吃饭。为了克服自己身上种种令人害怕的疯狂症状，他们开始围着被困的船做环形散步。这种绕着圈的路线后来被称为"疯人院散步"。

　　当时有个船员死于心脏病发作，部分原因就是这种对于黑暗的非理性恐惧。另一个船员则一心认定船上的其他人要杀他，于是不论何时睡觉，他都会缩起身子钻进船上一个非常小而隐蔽的角落中去。还有一个船员患上了歇斯底里症，致使他暂时性失聪和失语。

　　但是在"坚忍号"上，几乎没有什么人有抑郁的情绪。极夜的到来反倒使船上的人们更加团结。

当"坚忍号"刚从英国驶出时，其人员结构之庞杂可说是前无古人后无来者。在这些人当中，既有剑桥大学的教书先生，也有约克郡的渔夫水手。但经过九个月同吃同住的朝夕相处之后，全体队员们相互取长补短，互通有无，克服了相互之间的巨大差异。在这九个月当中，"坚忍号"上的人彼此都非常了解，而且除了极少的例外，大家还彼此都喜欢上了对方。

不再有人把布莱克波罗看成偷渡者，这个健壮的黑发威尔士青年已经成为团队中的正式成员。布莱克波罗绝对是那种不善言辞的人，但其实他又是那样地机智灵敏，人缘也极好，因此他就是那个在厨房里帮格林打下手，整天乐乐呵呵，随时随地愿意帮助别人的队友。

大家都了解生物学家克拉克，知道他是一个沉默寡言、勤于工作，而且几乎完全没有幽默感的苏格兰人。当然，他们也知道，不论什么时候，只要所有的人都响应召唤而尽职，你完全可以信赖克拉克，他一定会尽好本分甚至做得更多。每天只有当穿过冰窟窿撒到水下的拖网为他捕获到新的物种标本的时候，他才会兴奋不已。有一回，其他队员跟他开玩笑，把一些煮过的意大利面条放进盛满福尔马林药水的瓶子里，把他骗得开心得不得了。克拉克谨言慎行，从来不向任何人谈论自己的私生活。

克林个头很高，瘦瘦朗朗，而且他表里如一，是个严厉的水手，说话直来直去，从不会绕弯，讲出来的也都是些水手的糙话。他显然不是那种让人感到温暖的热心人，但是他懂得大海，熟悉自己的工作，其他人也就是冲这一点尊重他。沙克尔顿个人非常欣赏克林，他喜欢这位高大的爱尔兰人随时准备投入工作的劲头。沙克尔顿特别强调队伍的纪律性，而曾在海军服役多年的克林也一向视服从命令为毋庸置疑的天职。而且，克林也从来不会拍沙克尔顿的马屁。

说到厨师格林，人们普遍有个感觉，那就是觉得他有点小"癫狂"，或者说疯疯傻傻的，因为他有不少稀奇古怪的习惯，整个就是思维混乱，好像脑子被枪打了似的丢三落四。大家伙儿称他为大厨，或者叫他"饼干"，有时候还干脆叫他"面团"，这都得怪他那副又高又尖的嗓子，其实是因为他在一次事故中失去了一侧睾丸。大伙儿虽然当面跟他开玩笑，但私底下却打心眼里尊重和喜欢他。很少有人像他那样自觉。别人一天只工作三小时，格林却是一大早就开始在厨房里忙活，一直要干到夜里吃完晚饭才结束。

格林时常也会受到别人无情的冷嘲热讽，就像世上所有船上的厨子都无法幸免的那样，不过他也自有跟别人开玩笑的办法。有那么两三次，当某几位船员要过生日的时候，他做好了祝贺生日快乐的蛋糕。结果其中一只其实是吹大了的玩具气球，只不过用糖霜巧妙地将它包裹了起来，而另外一只竟然是一块木头，外表也是很雅致地覆盖了一层糖粉。

领航员哈德逊为人与众不同。确实，他心地善良，不过也的确有点木讷。当"坚忍号"停泊于南乔治亚岛时，他曾经被人恶作剧了一把，而且就是因为这事他得了一个"佛陀"的绰号。队友们诳他说，岸上要开化装舞会……天晓得，任谁只要亲眼见识过南乔治亚岛是什么模样——岛上冰川纵横，山峦崎岖，港口里散发着死鲸鱼腐烂的恶臭——就根本不会相信这儿能开什么化装舞会！可惜，哈德逊偏就相信。他们忽悠他脱掉了身上大部分的衣物，然后用床单把他装扮起来。他们还用几根布条子绕过他的下巴，把一个茶壶盖儿绑在他头上。如此打扮之后，他乘小船上了岸，在从山上吹下来的刺骨寒风中瑟瑟发抖。鲸鱼加工厂的厂长家里倒确实正在开舞会，但等哈德逊一踏进这里，他立马就明白，他是全舞会上唯一化了装的人。

探险队员们明白，要搞成如此这般的恶作剧，始作俑者必定是气象学家莱昂纳德·赫西。赫西这家伙二十来岁的年纪，个子小巧，但人气很高，别人都喜欢他那百试不爽的幽默感。他说话尖酸刻薄，但也能随时拿自己开涮，且兴致丝毫不减。无论谁跟赫西斗心眼，要想完全吃透他的精妙之处，恐怕都没有那么容易。大伙儿都很喜欢他，因为他会弹齐特班卓琴，如果有谁想要高歌一曲，他随时都乐意抚琴伴奏。赫西的名字已经不大有人叫了，取而代之的是各种绰号，比如赫西伯特、赫西鸟，或者干脆就叫赫丝。

探险队大多数的人都把麦克罗伊——两位外科医生中的一位——看成是云游四海的世界人。他英俊潇洒，还颇有贵族气质，只比大多数人稍稍年长一点。人们非常享受听他讲以往英勇征战的故事。麦克罗伊讽刺起人来也是十分犀利，可有人还就是欣赏他这一点。他所说所讲似乎都符合他四海为家的本性，而且他的话里从来不带恶意。他们都管他叫米克。

乔治·马斯顿是探险队的美术师，同时也是个十分情绪化的人，一天高兴一天不高兴的。当几乎所有人都深信一切都会好起来的时候，他却对未来忧心忡忡，愁容满面，这让他在人群里显得很特别。但是，每当心情不好的时候，马斯顿都会闷头不语地思念自己远在家中的妻儿。他的态度没有任何改进，沙克尔顿显然对他越来越不满意。这种事情真是怎么都扯不清，也许马斯顿的不安本身就不对。沙克尔顿似乎害怕这种不安的情绪会感染其他人。但是，除了马斯顿易变的性格，以及他并不是非常乐意投入工作之外，大多数人还是很喜欢他。

在艑楼里工作的人们——即船员和锅炉工当中，唯一特立独行的人就数约翰·文森特，这是个年轻而又野心勃勃的小恶霸。他个头很矮，但浑身的肌肉疙疙瘩瘩，比其他海员都要强壮。他试图利用自己打遍天下无敌手的蛮力来恐吓和控制船上的其他人。每到吃饭的时候，他总是要第一个打饭打菜，以便吃到最好的东西；而当分发格罗格烈酒的时候，他又总是有办法多吃多占。别的海员不单是不喜欢他的为人，而且对他的船上功夫也一点都瞧不上眼。文森特尽管曾在海军里混过，但他大部分出海的经历都只是在北海的拖网渔船上干活。不像豪、贝克韦尔和麦克劳德，这几位常年在横帆船上摸爬滚打，文森特以前连帆船都压根儿没有上过。尽管如此，他还是把眼睛盯上了空缺的水手长职位，而且他认为要夺得这一职位，最好的办法就是霸蛮耍横。过了一段时间之后，艏楼里的人们都受够了，特别是豪——那个讲话和蔼、平易近人而又绝对能干的小伙子也无法忍受了，于是他跑到沙克尔顿那里告状。沙克尔顿立即派人找来了文森特。虽然没人知道沙克尔顿都跟他说了些什么，但文森特的态度从此再没那么嚣张跋扈。

除此之外，探险队员之间也没有什么别的磕磕碰碰了，尤其是当南极的极夜开始之后，这一点相当了不起。四周变成一片暗夜，天气也无法预测，这一切将他们的活动区域限制在船的周边。现在已经没有什么能让他们全身心地投入进去，所以他们相互之间的接触比以往任何时候都更加紧密。但是，他们并没有掐来掐去，相反，整个团队变得愈发团结。

初冬时节，乔治·马斯顿和弗兰克·王尔德决定互相为对方理发，然后很快就用船上的理发剪刀剃光了各自所有的头发。第二天晚上，这种剃光头热迅速地传染了整个探险队。每个人，包括沙克尔顿都成了秃瓢。

从这以后，许多人纯粹就是在胡闹。第二天晚上，王尔德来吃晚饭，把脸深深地埋进他绒线衣的领子里，只露出个光亮光亮的脑袋瓜，马斯顿就在那上面胡乱画起来，格林斯特里特则把他乱涂的东西称之为"样子傻了吧唧的家伙"。

第二天晚上，人称"沃司令"的沃斯利公开受审，罪名是"抢劫长老会教堂募捐袋上的一粒裤子纽扣，并将之带回基地用于不光彩的目的"。审理的过程很长，而且乱而无序。王尔德担任法官，詹姆斯是控方律师，奥德-利兹是辩护律师。格林斯特里特和麦克罗伊都曾对被告质证，但当沃斯利许诺在庭审结束后给法官买一杯酒喝时，王尔德立马就责成陪审团宣告被告无罪。尽管如此，沃斯利照样还是在第一次庭审表决时被认定罪名成立。

除了这些自发的事情之外，通常还有一系列正常的社交活动。每逢周六夜晚，还没等所有的人都到齐，船员就开始按限量分发格罗格烈酒，接着祝酒道："为了我们的情人和妻子干杯！"毫无悬念的是，此时人们一定会众口一词地补充道："希望她们永远不要碰头。"

每到星期天晚上，队员们一边躺在铺位上休息或写日记，一边听着手摇留声机里传出的音乐，而且一听就是一两个小时。不过，播放留声机都是限时的，因为船上缺唱针。当时王尔德曾在英国国内订了五千支唱针，但在发订货单时忘了特别注明是"唱机用针"。所以，直到"坚忍号"出航很久之后，仓库保管员奥德-利兹才发现船上有五千支富余的缝纫针，但却仅有少得可怜的可供留声机用的唱针。

每个月所有队员都会到"利兹苑"齐聚一次，由摄影师弗兰克·赫尔利推出穿插播放幻灯片的讲座《灯下奇谈》。他的讲座以介绍他曾经去过的地方为主，例如澳大利亚、新西兰以及莫森探险队。最受欢迎的是被称为《爪哇掠影》的那一次讲座，幻灯片里最有特点的就是迎风摇曳的棕榈树和原住民少女。

在这样的夜晚，"利兹苑"就是一个温馨之家。这里曾经是堆放货物的区域，就位于主甲板下面，艏楼船员住宅区的后面。现在，仓库和人员互换了各自的地方。后勤给养都转移到甲板上舱面楼里的军官区，船员们则接管了腾出来的这片区域。这里长三十五英尺，宽二十五英尺，麦克奈什竖起间隔的挡板，为管理人员和科学家隔出各自睡觉的小卧室。在正当中，放着一张长桌子，头顶上方是点着石蜡的灯。他们在这里吃饭、写日记、打牌、看书。在一个角落里，一只烧着煤炭的炉子让舱室内温暖如春。"坚忍号"厚实的侧帮发挥着完美的保暖功能。

然而，在船舱外，天气正变得越来越糟。5月下旬，气温就降到了0度（约零下17.8摄氏度）以下，而且再也没动过。6月的前半个月，气温的平均读数为零下17度（约零下27摄氏度）。但是，由"坚忍号"甲板向外看去，经常是令人难以置信的绝美画面。天气晴朗时，如果皓月当空，它会一连几天不断地划着巨大而又高悬的弧线掠过繁星闪烁的夜空，将柔和的银色月辉洒向广袤的冰坂。在另一些时间，这里还会上演堪与北极光相媲美的南极光盛宴，绚丽得让人窒息。不可思议的太阳耀斑将绿、蓝、银色的光芒从地平线上瞬间投入暗蓝的天空，熠熠闪耀的虹彩极光仿佛也是从脚下坚如岩石的冰坂升腾而上。不过，除了越来越冷之外，天气倒是非常稳定，而且也没有大风来袭。

接近6月中旬，是南极冬天里最暗黑的时节，弗兰克·赫尔利却宣称这是他让自己的狗队在比赛中跑得最快的好时机。即便是在比赛举行的正午，外面的天色也暗得让这场"南极赌彩跑狗比赛"的观众无法看到赛场跑道的尽头。王尔德的狗队在比赛中胜出，但赫尔利却说自己狗队的载荷比王尔德的要重得多，所以要求重新比赛。后来居然还真的算他赢了，那是因为沙克尔顿在驾乘王尔德小组的雪橇做一转弯动作时被甩了出去，王尔德被取消了参赛资格。

第二天晚上，机灵的麦克罗伊大夫"曝光"了一对骰子，说是在自己的一堆东西里偶然发现的。他首先和格林斯特里特掷了一回，赌回到国内后谁请客买香槟。格林斯特里特输了。这时"利兹苑"的长桌边已经聚起了好几个人，在其后的几轮掷骰子中，一晚上的娱乐节目都被分段下注了。王尔德输了，他负责为晚餐买单；麦克罗伊自己也输了，他负责买戏票；赫尔利负责看完戏之后的宵夜；而小气的"苏格兰大头兵"沃尔迪，那位地质学家，则负责出钱给大家打出租车回家。

6月22日，也就是冬至这一天，他们举行了一个特殊的庆祝仪式。整个"利兹苑"被彩布和旗帜装扮得焕然一新，赫尔利还专门搭了一个舞台，一排煤气脚灯被拿来作照明。所有人晚上8时齐集这里参加活动。

沙克尔顿作为主席，首先介绍了活动的参加者。仓库保管员奥德-利兹，他打扮得像个卫理公会的牧师，号称"梦幻之爱牧师"，他告诫听众要反对罪人詹姆斯的薪酬，而作为"Herr Professor von Schopenbaum"（冯·叔本鲍姆教授先生），他发表了关于"卡路里"的长篇演讲。麦克林朗诵了一首情感热烈的诗作，那是他为豪情奔放的航海家"恩诺船长"写的，诗中的船长非豪情奔放的沃斯利莫属。

格林斯特里特在日记中这样描述这个晚会："我想今晚令我笑得最多的就是克尔，这家伙打扮成流浪汉，还唱什么《斗牛士斯帕格尼》。他一上来就唱走了调，有的音唱得太高了，而且也不管和他一起表演的赫西跟不跟得上，赫西只能无谓地低声说：'低一点，低一点！'并且自己努力唱得低一些；克尔却继续自顾自地唱下去，直到彻底跑调。当要唱到'斯帕格尼'这个词儿时，这老兄竟然想不起来了，于是就唱成了'斗牛士斯图伯斯基'，并且完全忘了这时应该合唱，只是一个劲儿地说：'他会死，他会死，他会死！'这副德行简直就是要人命，我们笑得眼泪水顺着脸颊往下淌。麦克罗伊化装成了一位西班牙女郎，而且还是一脸邪恶相的那种，穿着低胸晚礼服，开衩的裙子露出了长统袜上方光溜溜的大腿……去他妈的鬼西班牙女郎！"

马斯顿唱歌，王尔德朗诵《晨星号的沉没》，哈德逊扮成混血女郎，格林斯特里特装成一个红鼻子醉鬼，瑞肯森则是一个伦敦站街女。

晚会在午夜结束，大家吃了冷冰冰的晚餐，还干了杯。然后所有人一起唱起了国歌《天佑国王》。

南极的冬天就这样过掉了一半。

第六章

探险队员们的心思开始转向春天，转向太阳和温暖的回归，到那时"坚忍号"将打破坚冰的禁锢，他们也将向瓦谢尔湾发起新的冲击。

在整个 6 月末，他们只听到过一次压力释放的声音。那是 6 月 28 日，沃斯利在日记里这样描绘道："晚间不时听到远处传来密集而又深沉的隆隆声，间或又变成了长长的嘎吱声，仿佛还带着威胁的意味。这些声音起初都是逐渐响起来的，可说停马上就停了，远处的声音很好听，离得越远声音就越好听。"

但是，到了 7 月 9 日，气压计开始下降，很慢很慢。连续五天，读数都一直往下掉：29.79、29.61、29.48、29.39 和 29.25。

7 月 14 日上午，读数终于落至气压计的底部。中午时分，一种不祥的忧郁气氛不期而至。风从西南方回归，并开始刮起来，虽然一开始并不猛烈。直到晚上 7 时，天才开始下雪。

第二天凌晨 2 点，整个船身都在呼啸的狂风中颤动，而横穿索具而过的风达到了时速七十英里。大雪就像是从南极点刮来的沙尘暴一般，任什么都无法拒之门外，就算队员们在每个舱门上都挂起防水油布来阻挡也无济于事。到了中午，已经无法看到半个船身之外的情景了。气温低至零下 34 度（约零下 36.7 摄氏度）。

沙克尔顿命令，任何人外出都不得超过狗窝，而狗窝距船仅几英尺之遥。去喂狗的人，必须手脚并用地在地上爬过去，否则就会被狂风刮跑。离开船仅两分钟，令人头晕眼花、喘不过气来的暴雪顷刻间就封住了他们的眼和嘴。

在"坚忍号"背风的一侧，暴风的力量销蚀了冰层，留下深深的沟壑甚至水道；而在迎风的一面，雪堆高达十四英尺，整整有一百来吨重。沿着船身一侧的浮冰被这样的重量压得往下坠，而船本身也因自身的载荷下沉了一英尺。

翌日，气温降到零下 35 度（约零下 37 摄氏度）。人们给雪橇队的每一条狗都喂了半磅猪油，以使它们能够抵御严寒。吃完早饭，沙克尔顿命令所有人都到冰面上去，将左舷一侧浮冰上的积雪清扫干净。狗窝周边的区域已经被积雪重压得危在旦夕，他害怕浮冰会扛不住而断裂下沉，把狗也带下去。

那天晚上，暴风雪肆虐了整整一宿。但到了 7 月 16 日，雪开始渐渐下得小了，清晨的天上甚至出现了几片蓝蓝的晴空。透过微弱的曦光，可看到东西南北各方向都出现了新生成的冰脊，看上去就好像一道道灌木篱墙把浮冰隔成不同的区域。在正对着这些新冰脊的地方，大堆大堆的积雪形成了，而在没有冰脊的地方，咆哮的暴风将浮冰表面的雪吹得一干二净，就好像将冰面抛光了似的。

暴风雪之前，这片冰坂几乎整个就是一块结实的冰，但现在冰坂四分五裂，其间还出现了一片通向北边的开阔水面。

正是下面这种态势造就了不可抗拒的压力。既然这块冰坂已经被扭曲，分崩离析，因而也就造成了以千万计的新的受风面。每一块浮冰都能够不再受制于冰坂其他部分而独立运动。冰坂将随风而动，同时也将确立起贯穿整个冰坂的宏大动势。这一动势就被称为压力，始于 7 月 21 日。压力并不针对船本身，因为船已经被封在一块厚实坚挺的浮冰的正中央。但是，人们还是能听见冰块争相往南或西南方向运动的声音。

嘈杂声彻夜不断，一直延续到第二天上午。午饭之后，沃斯利决定到四周巡视一番。他戴上自己的针织防护帽，穿上值班大衣，爬上了楼梯。他几乎一刻也没有耽误就立马回来了，因为他带来的消息是困住他们的浮冰已经开裂。一时间，人们争相去取巴宝莉防雨衣和防护帽，接着所有人都冲到甲板上。裂缝就在那儿，大约两英尺宽，从浮冰的外缘裂起，一直延伸到离"坚忍号"左舷船尾不到四十码的地方，极端的压力就在这里搅得碎开的冰块相互倾轧。雪橇立刻被重新装上了船，海面观察值守也全面恢复。

冰层断开似乎近在眼前。他们就这么等了一整天，又等了整整一晚上，直到第二天，又等了一天。冰层还是没有断裂开来。压力声从四面八方传来，有时甚至能感觉到冰层当中传导的沉重震撼，然而，"坚忍号"依然被牢牢地封死在浮冰不开裂的正中央。

位于左舷船尾附近的裂缝又重新冻结起来，随着日子一天天过去，形势却没有明显的改善，人们充满期待的心又一次凉了。海面观察值守取消，雪橇训练也只是小规模地恢复。

每当队员们外出，他们都会遭遇压力，有时候还会碰到从未见识过的大自然强大力量的展示。7月26日，格林斯特里特和王尔德的小组一起到外面短距离地走了走。看到一些冰块在运动，他们就干脆停下来观察。正当他们站在那儿观察的时候，一大块结实的足有九英尺厚的蓝盈盈的浮冰，被压力推着撞向旁边的另一块浮冰，相撞之后两块浮冰就好像软木塞似的轻而易举地立了起来。

格林斯特里特一回到船上，就立刻在日记里写道："我们的船迄今为止还没有遇到这样的压力，这真是不幸中的万幸。我怀疑要是真碰上了，恐怕没有哪条船能够扛得住这样的压力，因为它不费吹灰之力就将两大块浮冰弄得立了起来。"

在其他队员当中，安全感也迅速地消失殆尽。那天晚上吃了晚饭之后，"利兹苑"中弥漫着一种阴郁的沉默。正午过后，太阳的折射倒影在天边出现了一分钟，这让整个探险队的人都着实高兴了一下。这可是七十九天来他们头一回看见太阳呢。但是，这还不够将普遍的不安情绪一扫而光。

麦克奈什从来不会回避难题，他在当晚的日记里直截了当地写道：

"这［太阳］对我们意义太重大了，因为这意味着我们将会迎来越来越多的阳光。我们都期望气温再升高一些，但我们可不希望脚下的这块浮冰裂开来，除非它周围有无冰的开阔水面。否则，一旦眼下解困脱开，那可就意味着我们的船将被撞得粉碎。"

六天之后，即 8 月 1 日的上午 10 时，正当雪橇狗的驭手们把狗窝里的积雪清扫出去的时候，突然发生了一阵剧烈摇晃，随之传来一声刺耳的摩擦声；"坚忍号"猛地向上腾起，尾部侧倾，接着又重重地落回水中，左右稍稍有些摇摆。浮冰终于裂开了，船重获了自由。

沙克尔顿立刻奔上甲板，紧随其后的是所有的探险队员。转眼之间，他已经看清眼前正在发生什么，他随即大喊一声："赶紧把雪橇狗弄上船来！"所有人立刻下到船边颤抖不已的浮冰上，冲进了狗堆里，使劲把钉在冰里的拴狗链拔出来，然后争分夺秒地将狗赶上舷梯。整个行动只用了八分钟。

行动真是非常及时。就在舷梯被收上来的时候，船身剧烈地前后左右来回摆动，那是受到浮冰上下齐进的冲力的推挤。曾经保护了"坚忍号"这么长时间的那块结实的老浮冰，转眼却成了攻击者，使劲地拍打着船的两侧，并将已成碎片的小狗窝甩打到船身上。

最严重的压力是冲着船头去的，所有的人都只能焦急而又万般无奈地看着下面的浮冰互相撞成碎片，在水中上下沉浮，并被在吃水线附近迎头撞击绿心硬木护板而碎裂的其他冰块所覆盖。

这种场景令人痛苦不堪地整整持续了十五分钟，紧接着，由于受到来自船尾推力的作用，"坚忍号"的船头缓慢地攀上了位于前方的一块浮冰表面。船上的人都能感受到船在上升，与此同时，人们发出重获自由的呼喊。此时此刻，"坚忍号"安全了。

船四周的浮冰始终处于严重的压力之下，直到中午过后不久，这一切才彻底稳定下来。"坚忍号"的船首依然高高骑在浮冰上，左舷有五度侧倾。救生艇都已就绪，随时可以解缆放下，而所有船员也都接受了必要的培训指导，以便将自己最暖和的衣物放在手边待用，因为随时都有可能被迫"下船行走"。但是，那天整个下午，直到晚上，一切都显得非常平静。

在当晚的日记里，沃斯利记录下了这一天所发生的每一件大事，他最后这样总结道："如果当时有什么别的力量想要拽住船，不让其受制于如此强大的压力的话，那么这条船也许早已像空蛋壳那样被撞得粉粉碎了。狗狗们的表现简直棒极了……它们好像把转移这事当成了我们专门为它们定制的娱乐节目。"

晚上，从西南方向开始起风，到了早晨，已经是在刮大风了。就是这些风压制着他们前面的冰坂，并且也是造成浮冰压力的始作俑者。

早晨，漂浮在船四周的巨大冰块重新冻结成一整块浮冰。令人好奇的是，在那次大分裂中，从老浮冰分离下来的一大块冰体，竟然丝毫未变地闯了过来。但是，浮冰压力驱动这一大块冰朝船顶过来，并且还以四十五度的仰角向上拱起，如此一来，浮冰表面那些差不多快磨掉的雪橇印痕就一下子朝上跑了。

大多数队员都领受了新任务，要为雪橇狗在甲板上重新搭建狗窝。这个活儿得好几天才能完成，但令人惊奇的是，还没等到任务完成，前面所发生的一切就在人们的记忆中开始褪去。

8月4日，浮冰开裂后仅三天，沙克尔顿在"利兹苑"里遇到了一伙队员，他们信心满满地料定"坚忍号"能够扛得住任何浮冰压力。他在他们的桌子边上坐了下来。

沙克尔顿说，从前有只老鼠住在一家小酒窖里。有一天晚上，老鼠发现一个啤酒桶漏了，于是敞开肚皮狂喝起来。当老鼠喝够了，它坐起来，一边捻着自己的胡须，一边狂妄自大地环顾左右。"怎么着，"它说，"那该死的猫在哪儿呢？"

尽管沙克尔顿讲的故事寓意深刻，可他们这些人心中不断膨胀的自信心却根本不买账。他们了解浮冰压力是怎么回事。他们亲眼看到自己的船是怎么闯过来的，而且还是毫发无损地闯过来的。重新归来的太阳也给了他们振作精神的动力。现在，每天大约有三个小时的白昼，七到八个小时的黎明和黄昏。队员们重新在冰面上打起了冰球，还举办了几场非常激烈的比赛。当人高马大的克林给那些新生的小狗套上行头，准备开始第一次拉雪橇训练时，他的努力引起了人们极大的兴趣。沃斯利这样描述他的观察："少半是被忽悠，主要是被硬赶，小狗们跑的路线曲里拐弯，根本不确定，甚至比可怜的'坚忍号'在威德尔海上的航行路线还要让人捉摸不定。"

在 8 月 15 日的日记里，沃斯利又一次反映了队员当中普遍的高涨情绪。在描述各支雪橇狗队的驭手，或说"老板"之间爆发的激烈竞争时，沃斯利用他那颇有特点的夸张口吻写道：

"……有些人为了他们狗队的荣誉和表现，常常口无遮拦地吹大牛。有支狗队似乎罹患了心脏病，其老板显然期望在他的狗队走过的时候，整个赛场最好都屏住呼吸别出声。偏偏有个俗人，经常喜欢大喊大叫'偶吼吼，快点呀'之类的吆喝，这回又是厚颜无耻到无以名状的地步，竟然在乘坐由那些高贵但又有点紧张的狗狗们拖拉的运输工具时，肆无忌惮地放出他那令人毛骨悚然的战争怒吼，并由此受到那些狗狗的老板的责难。人家指着俗人的鼻子说，瞧你给这些漂亮但又十分紧张和柔弱的狗狗们带来了多么大的恐怖。我得把这个记下来，尽管十分痛苦，但这是我义不容辞的职责：就在第二天，那个可怕的俗人带着一支普通的狗队外出，在路过'心脏病'狗队时，又发泄似的发出了令人害怕的吼叫。这次后果很严重，简直就是灾难，两只可怜的狗吓晕了，不得不用鹿角精去抢救……而其余那些狗狗也立马发了狂，直到俗人和他的跟班们消失在地平线上。"

那支"心脏病"狗队属于麦克林，他相信要尽可能温柔地对待狗狗。那位"可怕的俗人"就是沃斯利自己。

促成全队上下普遍欣喜的另一个因素就是他们在海上的漂流。自从 7 月份的那次暴风之后，他们大多数时间都运气超好，因为一直都是南风相随，而这期间他们已经航行了一百六十多英里。

然而，就在 8 月 29 日午夜，船遭到一次剧烈的震动。片刻之后，远方传来一声炸雷般的巨响。队员们从床上坐起，等待后面还会发生什么，但却什么也没有再发生。

第二天早晨，他们看到船尾出现了一条裂缝，但也仅此而已。白天就这样平安无事地过去。到了晚上 6 点 30 分，队员们正在吃晚饭，"坚忍号"由于受到第二次震动而发抖。有几个队员从饭桌边跳起来，奔向甲板。可是又是什么事也没有，只是船尾的那道裂缝加宽到了半英寸。

31 日全天，直到晚上 10 时之前，都非常平静。但这会儿，"坚忍号"开始嘎吱嘎吱地响个不停，就跟万圣节的鬼屋似的。晚上值夜班的人报告说，位于船前方和左舷的冰块正在移动，但谁也无能为力，因此他们便退回船内。连续不断的撞击声在整个船舱里回荡，闹得他们大半个晚上都没睡着。

睡在船左舷的人最受罪。他们躺在船上努力想入睡时，就听见外面冰块猛烈撞击和刮擦船身的声音，而这离开他们的耳朵仅仅三英尺之遥。嘈杂声天亮之前就停了，但到第二天早晨大家坐下来吃早饭的时候，这些人依然疲惫不堪，神经紧张。

浮冰压力在近黄昏时分又开始发作了，并一直延续到晚上。那天晚上的情况是最糟糕的。沃斯利在日记中写道：

"午夜刚过，就传来一连串浮冰开裂、冰块撞击的震耳声响，冰块的不断冲撞使得船上下左右、忽前忽后地摇摆。许多人匆匆穿上衣服就冲到了甲板上。就我个人而言，已经厌倦了那些我们对之无能为力的警报声，因此当最响的撞击声传来时，我竖起耳朵仔细听了听，发现并没有任何木梁被撞碎的开裂声，从而断定那冰块并没有撞穿船体冲进来，于是扭头回去睡觉了。"

　　翌日午后，浮冰压力停止了，"坚忍号"再一次死里逃生。

第七章

　　探险队员对他们的船所抱定的信心又一次得到了加强。正如格林斯特里特在 9 月 1 日的日记中所写的那样："这船比我们想象的还要坚固，要是没有更大的浮冰压力来袭……我们肯定能顺利渡过难关。"

　　不过，在格林斯特里特的话里，谈不上有什么真正的信心。有谁敢说以后不会有更大的浮冰压力来袭呢？这并不是说他们怀疑"坚忍号"的牢固程度，而是说他们是那样强烈地明白，这条船并没有被设计成能够抵御真正的浮冰压力，更不要说能够抵御威德尔海这样恐怖的浮冰压力了，那可绝对是地球上头号厉害的浮冰压力。

　　而且，一连三天对船的不停冲击，搞得他们全都筋疲力尽，快要崩溃了。他们不知道未来会是什么样。最初的新鲜感已然过去，乐观情绪也已然不再。可冰坂还跟他们没完，他们心里都明白。但是，他们所能做的，也就是在无助和令人沮丧的不确定中等待，熬过一天是一天，任随漂移的冰坂带着他们相安无事地往北走，每天都祈盼"坚忍号"再也别遭遇比之前还要严重的磨难。

　　即便是沃斯利，虽然极少垂头丧气，他日记中也反映了一种普遍的焦虑情绪：

　　"许多顶部扁平的冰山，乍看起来像是硕大无比的仓库和谷物升降机，其实更像是出自才华横溢的建筑大师的杰作，只不过是在他神经错乱，并由于长时间凝视这个该死的地狱般一成不变的冰坂而受到诱惑时的作品……冰坂似乎注定要一直这么漂流下去，直到世界末日才分崩离析，并在东西南北各个方向同时被撼动，使之化作数以千万计的碎片，越碎越好。这里观察不到任何活物，也看不到陆地——什么都没有！"

他们尤其对看不到一只海豹而耿耿于怀，要是有海豹的话，不仅能带来追逐猎物的快乐，也还能带来品尝新鲜肉食的机会。他们已经有五个多月没有享受过这种待遇了。

尽管如此，时不时还是有迹象表明，南极的春天就要来了。眼下，太阳每天照耀的时间已接近十个小时，而且在 9 月 10 日，气温升高到 1.9 度（约零下 16.7 摄氏度），这是 7 个月来最高的读数。对探险队员而言，已经算得上是热浪滚滚了；他们可以光着头和手，舒舒服服地潇洒走一回。一个星期后，克拉克的生物拖网带回了更多的证据，表明海水中浮游生物的数量正在增加，而这正预示着春天即将来临。

在南极，浮游生物——那些细微的单细胞动植物，是所有生命的基础。最小的鱼类要靠它们而活，小鱼成为大鱼的食物，大鱼又成为鱿鱼、海豹和企鹅口中的美食，而后面这些则构成虎鲸、豹型海豹以及巨型抹香鲸的食物。生命的循环始于浮游生物，所以当浮游生物出现时，其他南极生物的现身也就不远了。

克拉克的报告发出五天之后，大头兵沃尔迪看到一只帝企鹅，并且把它诱骗出了一片开阔的水面。这只帝企鹅立刻就被杀死。第二天，一只雌海豹也被捕杀。

但是，除去这些令人鼓舞的迹象外，一种准确无误的恐惧气氛正在蔓延开来。10 月 1 日很快就要到了。之前已经有过两次，8 月和 7 月，那两个月的第一天都曾发生严重的压力袭击，队员们对此已经越来越迷信。

这一次，命运之神算错了一天。压力来袭在 9 月 30 日就开始了，大约是下午 3 点左右。压力袭击从头至尾只持续了令人恐怖的一小时。

这回的攻击者是位于船头左舷外的一块浮冰，它毫不留情地钻到船的前桅杆下。下层甲板剧烈抖动、跳上跳下，所有的立柱全都扣住了。机灵鬼麦克奈什此刻正在甲板下的"利兹苑"里。他头顶上方的那些巨型横梁，弯曲得就"好像一片片竹子似的"。格林斯特里特站在甲板上，无法将自己的目光从主桅杆上移开，主桅杆看上去好像"马上就要伴随着巨大的猛烈动作从船身上脱将开来。"

沃斯利在船尾的舵轮边上，当压力过去后，他在日记里写道："船展示出难以置信的力量……那块巨大的浮冰似乎分分秒秒都会像敲核桃壳一样将船撞得粉碎。全体人员都在值守并随时待命，可就在我们的船看上去再也扛不住的时候，自重超过百万吨的巨大浮冰却向我们的小船臣服了，这真让人大松了一口气，它一路向前裂开了四分之一英里，完全释放了压力。我们被冰封的船表现得太伟大了。毋庸置疑，它是有史以来最好的一艘木质小船……"

一切过去，船员们奔到甲板下检查，发现几层甲板的许多地方都永久地锁住了，各种各样的物品也都从储物架上滚落了下来。但是，船依然还在他们脚下。

原本已经被克服的盲目乐观情绪又开始回潮。"坚忍号"就是了不起。这艘船三度战胜浮冰压力的攻击，来袭的压力一次更比一次强。但每一次"坚忍号"都进行了绝地反击，而且还都大获全胜。随着 10 月最初的几天过去，浮冰块也显露出即将全面开裂的迹象。气温开始上升。10 月 10 日，温度计的读数攀升到 9.8 度（约零下12.4 摄氏度）。自从 7 月以来就一直堆积冻结在船右舷的浮冰，在10 月 14 日这天与船完全脱离开来，"坚忍号"现在置身于一小泓开放的海水之中，还是自打九个月前为浮冰所困之后第一次真正自主漂浮。

管理人员和科学家现在可以搬回舱面室的官厅了。"利兹苑"的那些隔板都被卸了下来，这个区域又恢复成了储物的仓库。

沙克尔顿于 10 月 16 日做出决定，鉴于冰坂日渐开裂的趋势，现在应乘势点火发动蒸汽机，使用自主动力破冰前行。所有人手都被派去为锅炉泵水。这个让人筋疲力尽的活儿一干就是三个半小时，结果差一点就要完成了，却发现某个连接处的紧固设置漏水，于是还得把水从所有的锅炉里再抽出来，以便工程师维修。等到这件事彻底完成，时间已经很晚，没有办法再发动机器。第二天凌晨，船的前方出现了一段打开的水道。马上点火发动也来不及了，船员们把所有的风帆都张挂起来，希望能使船开进那道裂开的水路中去。可船却趴在原地不肯挪窝。10 月 18 日，从黎明开始，整个上午迷雾重重，白雪飘飘。船前方的水道不见了，两侧的冰稍稍合拢了些。从早到晚，船仅感觉到一些压力来袭的轻微苗头，但事态并不严重。到下午 4 点 45 分，"坚忍号"两侧的浮冰开始挤压合拢过来，并且不断收紧。

船上的每一个人都惊呆了，仿佛他们自己也被浮冰夹住似的。几个人顺着扶梯飞快地冲上甲板。刹那间，甲板好像从他们的脚下滑走，而船正向左舷侧倾过去。一秒钟的停滞过后，所有能移动的东西哗地一下四散开来——木头、狗窝、绳索、雪橇、储藏品、狗还有人，全都一咕噜地摔过甲板。詹姆斯被两箱冬衣砸在下面，而一大堆汪汪乱叫的狗狗又稀里糊涂地接踵轧来。大团的雾气从厨房和官厅里升腾而出，倾倒的水罐浇在了炉火上。

五秒钟之间，"坚忍号"向左舷侧倾了二十度，并且继续往下倒。沃斯利冲向船舷护栏，看着船帮上的厚木板一层层地没入冰下。格林斯特里特也站在附近，随时准备跳船。

船右舷外的浮冰咬住了船体的隆起部位，正作势要将船彻底掀翻。船向左舷慢慢地倾倒了三十度，接着就停了下来，舷墙侧倚在浮冰上，救生艇也几乎快要碰到冰面。沃斯利说："我们的船好像在对那折磨人而又饥不可耐的浮冰说：'你可以毁了我，但如果能让我再多轧一英寸在你身上，我保管叫你丫的先融化掉！'"

"坚忍号"刚一停稳，沙克尔顿就命令熄灭所有的明火；接着，所有人按部就班地投入到恢复秩序的工作中去。他们扯下已经松动的所有东西，在甲板上钉一些小木条子，以便让狗狗们能有个站稳脚跟的地方。大约7点钟，甲板上的活儿就都干完了，大家又下到下一层甲板，抬眼望去竟是这样一幅景象：每一件挂在那儿的物品都好像刚刚从一阵狂风中劫后余生。窗帘、照片、衣服以及做饭的锅碗瓢盆，全都从右舷舱壁上悬吊下来。

格林努力设法做晚饭，而其他人还在下面几层甲板上继续钉更多的压条。大多数人是坐在甲板上吃完晚饭的，他们一个比一个坐得高，盛饭的盘子就放在腿上。"看上去就好像我们都坐在大看台上似的，"詹姆斯如是说。

大约8点钟的时候，压在"坚忍号"船底下的浮冰断开了，船身迅速恢复了正常姿态。船员们被派去敲掉船舵四周的冰。他们大约在晚上10点钟左右干完。这时给大家分发了一份格罗格酒，然后他们又重新开始往锅炉里泵水。凌晨1时，除了值夜班的，所有人都回到了船舱，累得骨头都散架了。

10月19日，一整天都没有压力来袭，船上也几乎没有任何活动。在与船平行的一条开放的水道中，一头虎鲸蹿出水面，姿态优雅地跃起又落下，尽情地巡游了一番。当天气压计的读数为28.96，这是自7月那场灾难性的暴风之后最低的读数。

10月20日，冰坂依然没有多少变化。尽管如此，人们还是做好了启航出发的一切准备，只等着浮冰裂开一条水道来。发动机被慢慢地开动起来，结果发现状态非常之好。常规的四小时观海值守开始了。21日和22日都同样是在密切的观察和等待中度过的；冰坂的唯一变化就是它好像又稍微收紧了一点点。气温从10度骤降至零下14

度（约零下 25 摄氏度）。22 日晚些时候，风在西南方向与东北方向之间做着一百八十度的回旋摇摆。麦克奈什当晚在日记中写道："……非常平静，不过看起来似乎会出现一点压力。"

第八章

来者总姗姗。除了冰坂在东北风的影响下小有所动之外，10 月
23 日总算平安无事地过去了。

10 月 24 日，下午 6 点 45 分，浮冰压力终于来了，没有耽搁一分
一秒。以往也发生过压力来袭，但像这次这样的从未见过。压力就像
缓慢的冲击波横贯整个冰坂，将冰坂表面破坏得乱七八糟。麦克林只
匆匆地看了一眼，就难以置信地转身走了。"整个感觉，"他如此记录
道，"就好像来了什么庞然大物，大自然的什么庞然大物，奇大无比，
根本无法抓住。"

冰坂不费吹灰之力，就把船玩似的推来搡去，直到右舷外侧的两
块浮冰一个船头一个船尾地将她死死卡住，船中部还被另一块浮冰
顶住。

很沉重的一大块冰直接刮擦过船尾，把船尾柱撞得快要从右舷外
板上脱开。海水大量涌入。麦克奈什受命前去检查，接着就报告说，
前舱内水位正在飞快地上升。瑞肯森报告机器房里的水位同样上得很
快。那台小巧的唐顿牌便携式水泵派上了用场，同时蒸汽机也发动起
来，以便操纵机器房里的舱底泵。晚上 8 点，几台舱底泵开始工作，
但未能将水势控制住。所有的人手，只要还能分身的，都被派去操纵
沿主桅一线的主手泵。但是，水泵往外干抽了几分钟，却一点水也没
有抽出来。显然，抽入水泵的水已经冻住了。

沃斯利带着哈德逊和格林斯特里特两人一同下到煤仓里。这里黑得伸手不见五指，冰冷异常，他们在煤堆里连挖带刨，最终从潮湿、黏滑的煤炭中拱出一条道直通船底龙骨，大约有六十只海豹的油脂被丢弃在这里。饱经磨难的"坚忍号"发出震耳欲聋的吼声，声音近得仿佛就在耳边。他们把一桶又一桶的开水浇在冰冻的抽水管上。他们中的一个端着喷灯对着冻塞住的管道弯头使劲喷火，另外两人则反复敲打管子，期望将管子内凝结的冰弄碎弄松。终于，经过一个小时的拼搏，抽水泵全都弄通了。

麦克奈什开始在船尾柱前方十英尺的地方修建一个围堰，以封断船的后半部分，将水挡在外面。就在大伙都忙着捣鼓水泵的十五分钟间隙里，另有几个船员过来帮他用旧床单撕成的布条塞紧围堰。其他人则带着鹤嘴锄和冰锯来到船边，打算在突进船内的浮冰尖上凿出一些弱线来。但是，刚凿出一条沟，浮冰就会给你一路破坏掉，然后再次钻进船内。

整个晚上，他们就一直这么干着……十五分钟泵水，十五分钟休息，然后再轮番去到船边或回到轮机房。虽然经过一年多在船上和雪橇上的艰苦劳作，他们都变得清瘦硬朗，但是连续十个小时不停地摆弄水泵和冰锯，还是让那些身体最棒的人也筋疲力尽地连路都走不稳了。黎明时分，沙克尔顿命令大家休息一个小时，格林为每个人都舀了一碗粥。喝好休息好后，接着开工。到了上午九十点钟，沙克尔顿把那些雪橇驭手都派到船边去准备雪橇，以备立即弃船之需。沃斯利则带了一帮水手整备救生艇，以便随时放下来就能用。

大多数人忙于拯救这艘探险船的斗争，早已不再观望冰坂。冰坂多多少少消停了下来，但其表现却是那么不可思议。在浮冰之间矗立起一道新冰脊，高度前所未见，压力也是那样奇特，仿佛这冰坂是被推挤得一直顶到了天边的某种坚实的屏障。

队员们夜以继日地泵水和修建围堰。到了午夜时分，经过二十八个小时连续不断的工作，麦克奈什总算完成了任务，至少说完成了可以完成的。但是，这也只是迟缓了水流的速度，水泵还得继续不停地工作下去。

　　每一班工作时间，都是一段痛苦的付出，所以每当一个班头结束时，队员们就会跌跌撞撞地回到自己铺位上，或者干脆直接躺倒在哪个角落里。大概要十分钟的时间，才能让极度疲惫的肌肉松弛下来，他们也才能够睡去。可是，等他们刚刚入睡，就会被叫醒去干下一班。

　　接近夜晚时分，浮冰压力又一次增强了。沿左舷一侧的浮冰紧紧地贴上了船帮，并且从船头到船尾全线碰撞摩擦，蹂躏得船发出野兽般的哀嚎，仿佛那浮冰决意要撞碎船的脊梁似的。晚上 9 时，沙克尔顿指令沃斯利放下救生艇，并把所有必需的基本装备和补给都搬到右舷一侧的浮冰上，因为这块冰似乎最不会开裂。

　　夜深了，甲板上的队员们看到一队十只左右的帝企鹅，正朝船这边摇摇摆摆地慢慢走来，接着在离得不远的地方停了下来。帝企鹅单独或成对行动是很普遍的现象，但从未有人见过这么一大群一同行动。企鹅们站在那儿，看着饱受蹂躏的船，过了一会儿，它们昂起头，发出一阵怪异、哀恸且如挽歌一般的悲鸣。这简直太诡异了，因为没有一个人，甚至那些南极探险的老手们，曾经听过企鹅发出如此这般的声音，平时它们只不过发些叽叽哇哇的叫声。

　　海员们都停下了手中的活，麦克劳德转身对着麦克林。"你听到了吗？"他问道，"我们恐怕没有一个能再回到自己的家里喽。"

　　麦克林发现沙克尔顿咬紧了嘴唇。

　　大约在午夜，浮冰的运动部分地弥合了船头的伤口，涌入的水流减少了。但是，那些手泵还必须由人来继续操作，以免水位再上涨。他们整个晚上一直守着手泵，闭着眼睛干活，就好像死人般依附于某种邪恶的装置，而这装置就是不让他们安生。

无论是黎明，还是正午，情况都没有任何好转。4 时左右，浮冰压力又创新高。甲板弯曲翘起，横梁断裂；船尾被抛高二十英尺，船舵和船尾柱都从船体上被撕扯了下来。水向前舱奔涌，然后冻住，重量压得船头下沉，浮冰因而又爬上船首两侧，所有这一切的重量将船压得没入水中。他们依然在用泵抽水。但到了 5 点钟，他们明白，是到了弃船的关头。船彻底完了，这一点用不着任何人告诉他们。

　　沙克尔顿朝王尔德点点头，王尔德沿着摇摇晃晃的甲板向前走，想去看看艏楼里还有没有人。他发现刚从手泵那边下班的豪和贝克韦尔正准备睡觉，就把头伸了进去。

　　"船快沉了，年轻人，"他说，"我想该离开了。"

第二部分

第一章

愿上帝帮你达成义务，指引你走出所有的险境，无论是在陆地还是海上。

愿你见识上帝的杰作以及他在深海中的奇迹。

这两句话写在一本《圣经》的扉页上，那是英国亚历山德拉王太后赠给这次南极探险行动的。沙克尔顿手捧着《圣经》离开了"坚忍号"，缓缓地经过冰面走向宿营地。

其他人并没有注意到他的到来。他们忙着从帐篷里钻进钻出，用几乎冻僵的体内所剩无几的能量，倾己所能打造尽可能舒适的居所。一些人弄了一些木板来挡在他们与白雪覆盖的冰面之间，而另一些人则用一片片的帆布盖在冰面上。但是，根本不可能人人都有东西垫在身下，所以有几个人就只能直接躺在白雪上。其实有没有垫的东西还真没有多大区别。赶紧睡觉才是最要紧的。于是，他们都睡去了，大多数人都和离自己最近的队友抱在一起御寒。

沙克尔顿甚至都没有想到要去睡觉。他继续围着这块浮冰走着。压力仍然很严重，营地有好几次遭受剧烈震动。两百米开外，"坚忍号"的身影矗立在晴朗的夜空中。大约凌晨1时，沙克尔顿正来来回回地踱着步子，这时发生了摇晃；接着一条细飘带似的裂缝在帐篷之间曲曲弯弯地穿过。几乎片刻之后，裂缝就已经开始变宽。沙克尔顿急忙在帐篷与帐篷之间来回奔波，叫醒那些筋疲力尽并已经睡着的人们。他们在黑暗中巧妙地干了一小时，才把这些帐篷移到浮冰的另一半去，那儿地方更大些。

之后，营地里一片寂静，直到黎明之前，从"坚忍号"那边传来一声巨响。船的第一斜桅和第二斜桅都折断了，落到了冰面上。在那晚剩下的时间里，沙克尔顿都能听到船头斜桅撑杆所发出的幽灵般的律动声，船身的运动使得斜桅撑杆也缓慢地前后晃动。

清晨，天气阴沉，但气温却攀升到 6 度（约零下 14.4 摄氏度）。人们由于睡在冰面上而身体僵直，感觉很冷。他们花了好长时间才终于醒过来。沙克尔顿并未强求他们，过了一阵儿，他们都去干活了，就是寻找到设备，然后牢牢地绑在雪橇上。这段时间非常安静，几乎没人发出什么指令。每个人都明白自己该干啥，并且就去做了，根本用不着别人关照什么。

他们全都明白，下一步的计划就是向保利特岛进发。那个岛位于西北方向，距离这儿有三百四十六英里，1902 年留在岛上的救急物资应该还在。这个距离比纽约到宾州的匹茨堡更远一些。他们还得拖着三艘救生艇中的两艘一起走，因为大家都觉得，他们最终还是会走到无冰的开阔海域的。

麦克奈什和麦克劳德开始把小艇和小帆船安放到雪橇上。这两条船，再加上分别运输它们的雪橇，每对组合都超过一吨重。没有人会天真地以为拖着它们在情况复杂的冰面上行进是件容易的事，况且有的冰脊还达到两层楼那么高。

然而，现在毕竟看不到明显的沮丧。所有的人都处于一种迷茫的疲劳之中，谁也没有停下来反思失去探险船的可怕后果。他们也未因全队宿营于六英尺厚的浮冰上而心灰意冷。跟前些天在"坚忍号"上提心吊胆玩命苦干的经历相比，这儿简直就是天堂。能活着就已经够好啦，所以他们现在所做的一切，都是为了能好好地活下去所必须做的。

在他们的心情当中甚至还有一丝兴奋的影子。至少，他们面前的任务是非常清晰而明确的。九个月来犹疑不决、胡乱猜测、随着冰坂漫无目标漂移的日子终于结束了。现在，他们要做的就是把自己从困局中解救出来，不管这会有多么艰难困苦。

整个白天，三五成群的队员一批批地结伴去看望那已经被放弃的船。不过，这不能再被称作船了。她甚至都不能浮在水面，真的。她就是一堆支离破碎完全没有了形状的木头。那些欲置之死地而后快的疯狂的浮冰，最后突进她的两肋并留在了那里，撑起了四分五裂的船壳。她会一直这样留在冰面上，直到浮冰压力遁去。

其中有一批队员，把蓝色的英国米字旗绑在了前帆桁端上，这是唯一屹立未倒的索具。"坚忍号"就算要离去，至少也该有飘扬的彩旗相随。

往雪橇上搬运捆绑东西的活儿第二天还在继续，到了下午，沙克尔顿把所有人都召集到帐篷营地的正中央。他脸色凝重地解释说，眼下性命攸关的是要把所有的负重减到不能再少的极限。每个人，他说，只允许带能背在背上的衣服，外加两双连指手套、六双袜子、两双靴子、一条睡袋、一磅烟叶和两磅个人必需品。沙克尔顿以斩钉截铁的口吻指出，与能够活着逃出生天相比，任何东西都一文不值。他劝他们狠下心来放弃任何一盎司非必需品，哪怕它价值连城。

沙克尔顿说完之后，就伸手到自己的派克大衣里，取出一只金的香烟盒和几枚金币，然后把它们都扔进了脚下的积雪里。

接着，他打开英国亚历山德拉王太后赠与他们的那本《圣经》，撕下扉页和载有第二十三章圣歌的那一页。他还从《约伯记》中扯下载有以下诗句的一页：

冰出于谁的胎？

　　　　天上的霜是谁生的呢？
　　　　诸水隐藏如石头。
　　　　深渊之面凝结成冰。

　　然后，他把那本《圣经》扔进雪里，走开了。

　　这是一种戏剧性的姿态，但沙克尔顿要的就是这个效果。从以往各次探险的结果举一反三，他坚信，那些为了应付各种不测而不惜带全东西的人，结局必定比那些为了更快逃命而顾不上有所准备的人来得更悲催。

　　随着下午时光的消逝，被弃之积雪的非必需品的数量在稳步增加。这真是"非比寻常的物品大展示"，詹姆斯形容说。航海时计、斧子、检眼镜、锯子、望远镜、袜子、眼镜、紧身内衣、凿子、书籍、文具，以及大量的照片和私人信物。对有些人而言，两磅的个人物品限额是可以因特殊理由而有所放宽的。两位外科医生就被允许携带少量的药品及医疗器械，这当然也顺理成章。那些一直记日记的人被允许带上他们的日记本。赫西甚至受命带上他那把齐特班卓琴，虽然琴重十二磅。为了不受天气变化的影响，琴被置于琴盒中，再安放于救生艇的船头铺板下。

　　他们第二天就要上路。出发前夕，沙克尔顿写道："我祈求上帝，让我能够带领全体队员重返文明世界。"

　　10 月 30 日天气灰暗阴沉，时而还下一点雨夹雪。气温为 15 度（约零下 9 摄氏度），暖得让人不舒服，而且造成冰面发软——远不是拖拉雪橇的理想状态。

　　整个上午他们都在整理转运最后一点储备物资。大约 11 点 30 分，沙克尔顿还有王尔德，一起出去探路。出发之前，沙克尔顿下令杀死三只最小的狗崽以及"天狼星"，一条比它们稍早出世的小狗，它唯一的过错就是从来没让人给它戴上过挽具。麦克奈什的公猫，那只在还没有搞清楚是公是母时就被误叫作"花栗鼠太太"的猫，也在被消灭之列。现在谁能拉雪橇运东西，谁才能有饭吃。

汤姆·克林，一如既往地粗暴和实用主义，将那三只狗崽和"花栗鼠太太"带到离营地有一段距离的地方，毫不犹豫地开枪射杀了它们。干掉"天狼星"是麦克林的差事，但他却怎么也无法面对。他极不情愿地从王尔德的帐篷里拿走一支12号口径猎枪，然后带着"天狼星"离开营地，朝着远处的冰脊走去。他找到一个合适的地点，于是停下来，站在小狗的身边。"天狼星"是一条既热情又友好的小狗，它不停地蹦高，摇动着小尾巴，甚至还想去舔麦克林的手。麦克林不断地推开它，终于他的神经绷到了极点，总算把枪口搁到"天狼星"的脖子上。他扣动了扳机，但他的手抖动得太厉害，不得不重新装弹再开第二枪，才把小狗结果。

转移之旅始于下午2时。沙克尔顿、沃尔迪、赫西和哈德逊带着一辆雪橇最先出发，雪橇上混放着一大堆铁锹和登山用的鹤嘴镐。他们总想带领整个团队走一条平坦的路线，但是不出几百码，必定会碰到冰脊。这时，他们就只能自己动手，在冰脊上凿出让两条小船也能穿过的小型隧道。遇到那些特别高的冰脊，他们就必须用冰雪在冰脊的正面和背面分别堆起一上一下的坡道。

大部队随后赶到，他们拖着平均每辆负重九百磅的雪橇。走在最后的是那两条船，由十五个套上纤绳的人一起拽着往前，沃斯利在一旁指挥。这可是件要人命的苦活儿。由于分量太重，两条船都陷进了已经软化的表面积雪中。要想拉动船，背负着纤绳的人们就得时不时地全力向前倾，身子弯得几乎都快平贴在冰面上了。整个的行动，与其说是在拉雪橇，还不如说是在犁雪地。

沙克尔顿很英明地指挥大家采用分批接力的办法，即每隔四分之一英里的距离就换一批人上去。他担心冰面上的那些裂痕会逐渐加宽，而一旦行进路线拉得过长，整个队伍就有可能被分割开来。他们缓慢而又艰难地向前挪动，因为所有人每走大约一千码就要折回重走。到下午 5 时，在路上跋涉了三个小时之后，他们离开弃船的直线距离仅一英里，如果算上来回绕行的话，距离还得翻倍。几支狗拉雪橇小队一遍遍地返回弃船取设备，他们跑过的路加在一起恐怕要超过十英里。

晚上 6 点吃完晚饭，那些筋疲力尽的队员们立马钻进了他们的睡袋。夜里开始下起大雪，到黎明时分，地上蓬蓬松松地积起了六英尺厚的茫茫白雪。气温飞升至 25 度（约零下 3.9 摄氏度），看来拉雪橇行进的前景大不妙。

上午，沙克尔顿和沃斯利找到一条向西的好路线，全队于 1 点出发上路。但是，在深深的积雪里跋涉，非但痛苦不堪，而且速度极其缓慢，大多数人只消几分钟就累得汗流浃背，口干舌燥。

他们主要的精力都用来在雪地上为运船的雪橇开道。即便如此，拖船的十五个人还是觉得好像是在烂泥潭里往前拽东西。过了一阵，王尔德和赫尔利带着他们的小组赶回来帮忙。他们把小帆船套好，并成功地让它走了起来。

下午 4 点左右，刚刚走出四分之三英里的样子，队伍就来到一片很厚且平坦的浮冰上。由于在目力所及的范围内，再找不出比这儿更合适的宿营地，沙克尔顿决定今晚就在此原地宿营。几乎还没等到帐篷完全搭好，他们的内衣就全湿透了。要想钻进帐篷，身上又不带入大量湿滑的雪，是绝对不可能的。

所以麦克林评论说："我真心替住在帐篷口的沃斯利感到难过，因为每个人进帐篷时带进的雪水都落在了他身上。"

沃斯利自己却一点也不生气。他在当晚的日记中写道："人们彻底改变自己观点时的那种雷厉风行……以及我们在完全原始的状态中宿营，这一切简直太棒了。"

沙克尔顿为队员们普遍的乐观情绪而感到高兴。"许多人都把这当成一次狂欢，"他写道，"最好如此。"

他还观察道："这块浮冰真的很结实。今晚可以睡了。"

浮冰的确十分巨大，其直径超过半英里，由厚达十英尺的冰构成，表面还覆盖着五英尺厚的积雪。这块浮冰形成也许有两年多了，沃斯利这样估计。

第二天上午，当沙克尔顿和王尔德及沃斯利一起出去探路时，他的心里一直还在想着那浮冰的无比结实。他们看到西去的路一片凌乱。"这是一片压力之海，"沙克尔顿宣称说，"不可能再往前走。"在这样的表面，那两条小船和雪橇都扛不过十英里。

在返回宿营地的路上，沙克尔顿作出了一个决定。一到营地，他便把所有人都召集起来。他对队员们说，他们走了一天才一英里，按照这个路线往前，情况只会越来越糟。这么走，他说，真是有点得不偿失。既然不太可能找到更好的宿营地，不如干脆就在这里安营扎寨，任随这块浮冰漂移，直到有一天将他们带到靠近陆地的地方。

一些人的脸上闪过一丝失望的神情，但是沙克尔顿绝不容许有片刻的犹疑。他立刻派所有的雪橇小队返回一又四分之三英里外的原住地，以尽可能取回所有的食物、衣服和装备等。

王尔德带着六个人被派回弃船去挽救一切有价值的东西。当他们再次回到"坚忍号"上时，他们发现，在刚过去的两天里，浮冰进一步肢解了已经严重扭曲的船体。船头更深地嵌入浮冰，造成整个�楼的沉没，四周到处散乱着浮冰碎块。船的索具更是凌乱得无法形容，有倒下来的桅杆，也有绕缠在一起的缆绳，他们得砍断这些索具才能安全地干活。后来，他们在厨房的顶上凿开了一个洞，搬出来几箱子存货。然而，他们这一天最大的荣耀，同时也是需要好几个雪橇小队齐心协力才能弄回新营地的成就，就是第三艘船。

为了那天晚上的晚餐，沙克尔顿命令格林在炖海豹肉时加几大块鲸脂，好让大家吃得更合口味些。有些人看到这"胡什汤"里漂浮着一块块有弹性且带有鳕鱼肝油味儿的东西，细心地全都挑了出去。但大多数人都饿极了，他们巴不得狼吞虎咽下所有的东西，包括海豹油。

第二章

　　他们在冰面上安营扎寨正好一个星期。在这短短的七天里，他们从"坚忍号"上相当有序，甚至也相当舒适的生活一下跌入艰难困苦的原始状态，忍受着无穷无尽的潮湿和无处躲避的严寒。就在一个多星期前，他们还睡在自己温暖的床铺上，在温馨的氛围里围着长长的桌子用餐。现在，他们却人挤人地蜷缩在人满为患的帐篷里，躺进麋鹿皮或羊毛的睡袋里，这些睡袋都是直接铺在冰面上，最好的也就是在下面垫上几块硬木料。到了吃饭的时候，他们坐在积雪上，每人都捧着一只大号的铝杯吃东西，他们管这杯子叫作锅盆，不管湿的干的荤的素的都一股脑地往里盛。至于餐具，每个人只有一把小勺和一把餐刀，外加自己的手指。

　　他们被遗弃在这世界上最蛮荒的地区，不知会漂向何方，更看不到获救的希望，只能凭着上苍恩赐给他们食物而苟活。

　　然而，令人惊奇的是，他们的新生活并没有出现太多需要解决的麻烦，大多数人甚至真心过得很快乐。人类对逆境的适应能力确实了得，因为他们有时候甚至还得提醒自己正身处绝境。11月4日，麦克林在日记中写道："今天天气真是好得出奇，很难想象我们还深陷岌岌可危的困境之中。"

　　这是对整个团队的典型观察。他们当中没有一个英雄，至少没有文艺作品中的那种英雄。而且，也没有发现一篇日记所记叙的内容，有超过流水账似的记录平日琐事的范畴。

在他们的基本观念中，仅有一个重大的变化——那就是他们对食物的态度。沃斯利如是说："说来真是丢人，好像我们现在活着的目的以及我们朝思暮想的就只有食物。我有生以来从未像现在这样对食物有如此强烈的兴趣，而且人人都一样……我们随时都能吃掉任何东西，尤其是煮过的海豹油，那玩意儿我们以前碰也不会碰。也许，因为完全生活在露天，要靠摄取食物热量而非钻木取火来保持体温，这才使得我们如此思恋食物……"

他们第二天，即11月5日早晨6时就起床了，差不多每个人都回到了大船上。几个队员还尝试抢回一些私人物品。麦克林想找回母亲送给他的那本《圣经》。他穿过倾斜的艏楼上的那个破洞，来到通往他原先舱室的通道。他得站到一段高出冰和水的栏杆上，然后缩起身子，一寸一寸地往下挪。但是，他挪到水边就只能停下了，这里离开舱室还有十二英尺的距离。他能看见舱室的门就在昏暗的冰水下，可惜到不了。

格林斯特里特的运气要好很多，他一直摸到他的舱室，救出了好多本书。豪和贝克韦尔位于艏楼的舱室已经毫无希望地沉入了水中，所以他们干脆就到别的地方抢救宝藏去了。他们沿着甲板下的一条通道小心翼翼往前走，途中经过曾经被赫尔利用作暗房的一处隔间。他们往里张望，发现了好几个赫尔利用来装底片的箱子。犹豫片刻之后，这两位海员挤过半卡住的门，蹚着没到脚踝的积水，冲到书架跟前拽下了那几只箱子。这才是真正的宝藏呢，他们当天晚上就将底片交到了赫尔利手上。

总体来说，所有到船上搬东西的人都是一副捞到篮里都是菜的做派，根本不考虑搬来的东西有什么用。的确，但凡从船上搬下来的东西，或多或少总能派上用场。木头任何时候都是做饭的燃料，帆布可以铺在地上或者给帐篷打补丁，绳子可以做成拉雪橇的挽具。队员们把驾驶舱整体拆下来，运回营地做了简易仓库。木板、圆材、风帆和索具接着也都搬回来了。

他们一直工作到 5 点才返回营地，带回来最后一批东西。当他们拖着沉重的步子走在雪橇旁边时，赫尔利发现在右方约一千码之外的地方有一只硕大的威德尔海海豹。他没有枪，不能射杀它，于是拎起一根木棒，小心翼翼地向海豹靠近。等差不多摸到海豹跟前，他用手中的木棒吓呆了那只野物。然后，他举起登山用的鹤嘴镐猛击海豹的头，将它活活砸死。回营地的路上，还有两只海豹也像这样被杀死了。

不过，从大船上抢救回来的储备给养，数量实在是少得让人失望。大部分的供给都储藏在下层甲板那儿，也就是原来的"利兹苑"。要想取回这些给养，就必须把舱面甲板全都撬开，这些甲板有的地方足有一英尺厚，而且没入水下近三英尺。但是，这些给养必须要弄回来，所以第二天麦克奈什便受命负责这件事，经过小组成员数小时的艰苦奋斗，他们终于用冰镐和钻头等器具在甲板上连凿带刨地打穿了一个洞。

几乎刚一凿开，给养物资立刻就漂浮上来，最先浮出水面的是一桶核桃。其他物资则是人们用钩子钩住，拉到水面上来的，其中包括一箱子白糖和一盒子小苏打。截至当天傍晚，共有约三吨半的面粉、大米、白糖、大麦、小扁豆、蔬菜和果酱就这样被抢出，用雪橇运回了营地。这一趟跑的可是太值了，整个团队都欣喜异常。格林为了表示庆祝，晚饭时给大家烧了咖喱海豹肉。但是，第一口吃进嘴里后，大多数人就再也无法下咽了。格林往海豹肉里少说也放了三倍于平常用量的咖喱粉。"为了不饿肚子，我只好吃，"麦克林后来在日记中写道，"可惜我现在就好像吃了石膏粉似的，而且渴得嗓子眼冒烟。"

抢救物资行动不得不于 11 月 6 日暂停，因为一场由南而北的暴风雪来了，把所有人都逼进了他们的帐篷。这是他们在冰面上宿营以来第一次遭遇暴风雪。帐篷在大风的肆虐下摇摆不已，发出吱呀的声响，人们则在帐篷里挤作一团，又冷又憋屈。唯一还能让人觉着欣慰的，就是想到这场暴风雪有可能带着他们向北漂回文明世界，只不过它是那么的遥远。

沙克尔顿抓住机会跟王尔德、沃斯利和赫尔利开了个会，对当下的形势进行了评估。他们现在有了四点五吨的物质储备，这还不算早已集中的雪橇运送的一部分，那曾经是为六人横越南极小组准备的，也是沙克尔顿打算省下来救急的。他们估计，即使足额供应，食物储备也可以维持三个月。鉴于他们认为可以捕获到越来越多的海豹和企鹅，所以他们确定在后面两个月里可以放心大胆地实行足额供给。

这样一来，给养足可供应他们到 1 月份，也就是南极夏天的中点。到了那时，沙克尔顿确信，他们就能清楚等着他们的会是什么样的命运。而且，趁肆虐的冬天尚未袭来，人们还有时间采取行动，可以从容地做出最后的抉择。

一切都取决于脚下这块冰坂将漂向何方。冰坂也许会继续往西北方漂去，将他们带到帕默半岛，甚至一直到更远的南奥克尼群岛，即大约往北五百多英里之外。也许浮冰会因某些原因不再漂移，而他们也只能或多或少地留在原地。最后，冰坂也许还会改变方向，往东北，甚至正东漂移，将他们带离陆地。

无论怎样，1 月都将是开弓没有回头箭的转折点。如果冰坂真的向陆地漂移，那么，到那时他们就一定能遇到足够开阔的水面来放下他们的小船，驶向最有希望的地点。这听起来似乎还有点道理，至少理论上是这样。要是冰坂真的停下来不漂移的话，那到了 1 月份，情况也会变得明朗。那样的话，与其在冰面上安营过冬，不如丢弃那些小船，只带上木工专门做的那个小木筏子，朝着最近的陆地发起冲击，并用小木筏遇水摆渡。这是一个风险很大的方案，但总强过留在浮冰上过冬。

第三种前景很严酷。如果冰坂朝东北或正东方向漂移，而他们又没机会将小船放入水中开走，那就只好再随着浮冰漂移，并在冰面上过冬，也就是说还要在令人麻木的酷寒和暴烈的狂风中熬过漫长的南极极夜。到底是否真的会出现这样的情形，等到 1 月份的时候也就能知道了。现在他们仍然有大把的时间拭目以待，但谁也没工夫为这种可能性而过多地纠结。

第三章

弗兰克·赫尔利之所以也出现在这个讨论食物形势的高级别会议上，是有特殊原因的。邀请他一起来开会，并不是因为他有南极探险的经历——有同样经历的大有人在，比如齐汉姆或克林，他们可都比赫尔利懂得多——而是因为沙克尔顿不想惹他不高兴。从这件事上，也充分反映出沙克尔顿的基本性格。

尽管他在生理上几乎无所畏惧，但在内心深处却被一种害怕局面失控的病态恐惧所折磨。在一定程度上，这种心态滋生于一种近乎痴迷的责任感。他觉得是他把他们带进了现在的处境，所以将他们带出去是他义不容辞的责任。结果就是，他对那些有可能惹是生非的家伙极其警惕，因为这些家伙有可能一点点蚕食掉整个团队的团结。沙克尔顿感到，如果出现意见分歧，整个团队就不可能再最后努力一把，而这最后一点力在危机时刻往往意味着生死之别。因此，为了团队的亲密无间和绝对可控，他将不惜采取任何手段。

尽管赫尔利是一位技术娴熟的摄影者，干活儿也是一把好手，但他也是那种听到奉承话就浑身都舒坦的主，经常需要有人说些好听的给哄着，让他觉得自己非同小可。沙克尔顿当然觉察到了这种需要，甚至还高估了这种需要，因为他担心要是自己不迎合这种需要，说不定赫尔利就会感到他被轻慢了，从而有可能在其他人之间散布不满。

所以，沙克尔顿经常会征求赫尔利的意见，也很注意称赞赫尔利所做的工作。他甚至把赫尔利分配到自己的帐篷里，这不仅使小肚鸡肠的赫尔利颇为受用，而且最大限度地减少了他把各种潜在的不满分子拉拢在一起的机会。

在分配其他好几个帐篷的使用人时，就特别多留了防备出麻烦的心眼。沙克尔顿分到1号帐篷，一起同住的还有领航员哈德逊，物理学家詹姆斯以及赫尔利。当然，尽管他们说到底都不是什么爱找麻烦的人，但沙克尔顿似乎还是担心，如果他们长时间跟其他人过从甚密，说不定就会造成矛盾。

哈德逊还是老样子，头脑简单又有点不招人待见。他总想捣鼓点幽默出来，只可惜常常是愚蠢多于好笑，因为他缺少洞察力。他就是一喜好臭美的年轻人，对自己英俊的外表颇有些自鸣得意，但其实并非那么自信。正是由于这份基本的不自信，他非常以自我为中心，不会好好地听别人讲话。他经常会贸然打断别人的对话，然后加进一些既乏味又与别人聊的话题毫不相干的东西，多半还是关于他自己的。他如此以自我为中心，使他即便着了别人的道也毫不察觉，比如上次那个恶作剧就是很好的例子，他也因此得了个"佛陀"的绰号。奇怪的是，他本人似乎还挺享受别人拿他开涮，也许这至少让他有机会占据舞台的中心。沙克尔顿其实一点也不喜欢哈德逊，但他却偏偏要与之和平共处，目的就是通过他来搞定其他人。

至于詹姆斯，他也许根本就不该来南极探险。他有学术背景，人也相当有教养。他是学者，也是一位绝对能干和富有献身精神的科学家，但在日常实事方面，他显得非常笨手笨脚，也不大情愿。此次南极探险活动有非常冒险的一面，绝大多数人也就是冲着这一点而来，但詹姆斯对此却几乎没有什么兴趣。在性格方面，他与沙克尔顿正好相反。为了詹姆斯本身的原因，当然也还有其他原因，沙克尔顿才把詹姆斯安排在自己的帐篷里。

将麦克奈什安排在2号帐篷，并由王尔德来照应，也是经过深思熟虑的。作为船上的木工，麦克奈什是大师级的工匠。没有人看到他用过尺子。他干活异常简单，先是粗略地琢磨一下要做的物件，然后拿起锯子直接锯出一块块适宜的拼件——而这些拼件居然严丝合缝，分毫不差。

但是，别看麦克奈什长得人高马大、魁梧有型，毕竟也是五十有六的人了，年龄恰好是整个探险队平均年龄的一倍，而且还患有痔疮。他的乡愁很浓很浓，几乎从探险队启程的第一天就开始想家了。其实，还真没人明白他来探险队到底是为了什么。甭管为啥吧，麦克奈什总是喜欢抱怨。因为有在海上长期漂泊的经历，他就把自己臆想成某种"海上律师"，精通于海员的权益。沙克尔顿思前想后，觉得也得有双眼睛在暗中盯着麦克奈什，于是就向王尔德布置了这件事。

11月6日从东南方刮来的这场暴风雪，让就连麦克奈什这么难弄的长者也高兴了。虽然暴风雪把所有的人都堵在帐篷里不能出去，生活条件又十分糟糕，但他们心里却很笃定，这场暴风雪一定能把他们狠狠地往北推上一把。"我们都希望暴风雪能刮上一个月才好呢。"麦克奈什写道。

其实，暴风雪整整刮了四十八小时。等到天放晴了，沃斯利观察到一个景象，表明他们已经被暴风雪往西北方刮行了十六英里之遥，这已然是让人非常高兴的结果了。

那天下午，沙克尔顿带着一小队人马和三支雪橇小组赶回到沉船处，打算再抢救些物资出来。可惜，"坚忍号"又下沉了十八英寸，差不多和浮冰的表面齐平。进一步的拯救行动显然已经不可能了。在离开之前，他们打出了一颗信号弹，向"坚忍号"做最后的告别。

第二天，他们开始搭建一座瞭望塔，用的材料都是从沉船上弄回来的横桅杆和外墙板的残片。麦克奈什则去修理运送小艇的那个好一点的雪橇，他采用了一些非常结实的绿心硬木外壳护板作为材料，这些护板曾经保护"坚忍号"的两侧免受浮冰的撞击。

眼下，白昼要比夜晚长得多，日落大约在晚上9点，次日太阳升起约在凌晨3点。晚上的光线足够亮，看书或是打牌完全都没有问题。赫西时常会拿着他的班卓琴来到厨房所在的帐篷，在那里，燃烧着鲸油的炉膛里火苗一闪一闪地往外蹿，烤得他的手指暖暖的好弹琴，而且到时候总会有一大帮人跑来唱歌。住在沃斯利负责的5号帐篷里的七个人，首创了每天晚上的朗诵会。克拉克拔得头筹，却选了一本不合时宜的书来朗读，书名叫作《休闲椅上的科学》。克拉克和他的七位听众为了取暖而依偎在一起，他们顺着帐篷挨个儿围成圈睡觉，大伙儿的脚都伸到一堆睡袋下，以此相互取暖。轮到格林斯特里特时，他决定朗读瓦尔特·司各特的《玛米恩》。麦克林承认："我不得不说，我发现他的朗读简直就是绝好的催眠曲。"

整个团队的乐观情绪和良好的精神状态都来源于一种根深蒂固的自信，那就是他们认为眼下所处的困难境地只是暂时的，情况肯定会很快改观。夏季即将来临，因此，他们相信，虽然脚下的冰坂一直非常缓慢地漂移，但一定会快起来。即便冰坂的漂移不加速，夏季的天气也会让浮冰松散开来，那时他们就可以驾船离开了。

11月12日，即暴风雪结束后的第四天，风向转北，夏天仿佛到来了。温度计上升到创纪录的35度（约1.7摄氏度），好几个队员脱光了上衣，光着膀子钻到雪堆里舒舒服服地擦洗了一番。

但另一方面，热浪使得生活条件益发困难，让人难以忍受。白天，帐篷里闷热异常，沙克尔顿有一次甚至在自己的帐篷里测到了82度（约27.8摄氏度）的极端高温。沃斯利坚持认为，他可以眼睁睁地看着积雪化成水。浮冰表面已经变成由融雪和溶冰混合而成的一片烂泥沼。行走变得危机四伏，溶蚀成百孔千疮的浮冰随时会毫无征兆地开裂断掉，让在上面行走的人一下子陷进泥水汪汪的小冰窟里，水深至膝或齐腰。拉着雪橇往营地运沉重的海豹是最苦的活，驭手们回到营地时往往浑身都已经湿透。

不过，生活总是有失有得。奥德-利兹是探险队里一个铜板掰两半用的仓库保管员，大家伙儿给他取了一大堆的绰号，比如"上校""老娘们儿""大肚叫花子""实干家"等等，当然还有好多带贬义的。这老兄于 11 月 12 日做出决定，要搬出 5 号帐篷一段时间。

沃斯利带着嘲讽的快意在日记里这样描述奥德-利兹引起的反响："今晚从 5 号帐篷那边传来悲天悯人的痛苦抽泣声，可怜他们失去了他们非常敬爱的'上校'，因为'上校'要离开一段时间，搬到现在用作仓库的原驾驶舱里去睡觉。他宽宏大量地恩准了我们情真意切的跪求，应允会继续和我们一起吃饭，并且还安慰我们，要我们放一百个心，说是一旦我们准备重新踏上探险征程，他立马就会回到我们那谦卑却又幸福的家里来。"

在所有探险队员当中，奥德-利兹毫无疑问是最奇怪的一位。当然，也许还是最强壮的一位。在加入南极探险队之前，他曾长期担任英国皇家海军陆战队的体能训练教导主任，因此探险队里的其他二十七人没一个是他的对手。然而，尽管与之同舟共济的船友们将种种不公不断加诸其身，奥德-利兹也从未因此而愤然与人打斗。他通常总是以很受伤的声音说："喂，说真的，你们不应该说这样的话。"

即便如此，他也绝不是一个懦夫。事实上，无论面临何种风险，他都一样会勇往直前。就连外出猎取海豹，他也会在浮冰裂开的一道道水路间冲来冲去，从一个浮冰块跳到另一个浮冰块上，而此时虎鲸就在四周穿梭游弋。在"坚忍号"被困住后的冬季极夜中最黑暗的时期，有一次，他在船上发现了一辆自行车，于是跑出去在浮冰上骑车兜风。他在危险的酷寒中一去就是两个钟头，队里不得不专门派出一支小分队来找他。当他被找到并带回船上时，沙克尔顿命令他从此不得单独离船，必须要有人同行才可以，他指令沃斯利负责此命令的贯彻执行。

奥德-利兹的性格令人捉摸不透，还有些孩子气。他基本上比较懒于活动，只有像滑雪之类的少数运动除外，因为那能给他带来欢乐。但是，他从来不以自己的懒惰为耻，也从不屑于掩饰。即便到了别人都已经累得快趴下的地步，他也照样公开偷懒。也许正是因为他在这方面并没有溜奸耍滑，别人才对此睁只眼闭只眼。

作为仓库保管员，他绝对是出色的，至少在他们那种物质极端匮乏的情况下。他对饿死有一种病态的恐惧，所以对自己所保管的物资吝啬到无以复加的地步。有很多次，沙克尔顿因为发放食品不足而当面怒斥他。

他一直不断地激怒和他住一个帐篷的队员们。经常会出现这种情况，当轮到他去食堂打胡什汤的时候，他竟然会在半道上分心旁骛，结果等他回到帐篷的时候汤早已经凉了。可是，任凭你再多的苦苦哀求、恶语相加或威逼利诱，都无法改变他一分一毫。他几乎一样东西都不舍得丢，所以他的那些破烂玩意儿越积越多，所占的地方也远远超出了他应有的范围。

然而，他对沙克尔顿却极力巴结奉承，可沙克尔顿偏就最厌恶这一套。和绝大多数人一样，沙克尔顿对奥德-利兹也是深恶痛绝，而且有一次还明确告诉过他。也算是一大特色吧，奥德-利兹在日记里竟如实地记录下这件事，用的还是第三人称，就好像他纯粹是个旁观者似的。

尽管他有这么些不招人待见的毛病，然而，奥德-利兹看起来却不懂得如何刻意使坏。大多数人在日记里都把他写成傻瓜，因此他让人恨得牙痒痒的时候，其实也非常滑稽可笑。

沙克尔顿一直忙于研究可行的逃生路线，到了 11 月 13 日，他宣布自己已经做好了计划。

迄今为止，冰坂似乎带着他们径直朝斯诺希尔岛漂移。该岛大约位于西北方两百七十五英里处，就在帕默半岛的外缘，也许还有冰层与半岛相连。如果脚下的冰坂能裂开足够的水面让他们及时放下小船，也许就能够在那里登陆。然后，再经陆路行进一百五十英里到帕默半岛的西岸，并最终抵达威尔米纳湾，那里是捕鲸船夏季的停泊点。一旦与那里的捕鲸船建立联系，他们就肯定能够获救了。

沙克尔顿计划先派一个四人小组从陆路前往，途中翻越五千英尺的帕默半岛冰川，而全队其他人则留在斯诺希尔岛等待救援。

谁也无法肯定这计划一定能够奏效，但只要有百分之一的可能，就要付出百分之百的努力去争取。赫尔利着手找螺丝钉并把它们锉下来，然后再固定到四双雪地靴底上，以便四人在翻越冰川时好用。沙克尔顿自己则倾心研究所有能找到的包含这一地区的地图，希望找到一条最好的路线。

可就在当天晚上，仿佛故意要提醒他们处境无常似的，一声远方闷雷般的轰响隆隆地滚过了整个冰坂。新的一波浮冰压力开始了，大约在三千五百码以外的地方，他们看到浮冰再一次撞击他们的沉船。晚上 9 时左右，他们听到什么东西砰然碎裂的一声巨响，抬眼望去，只见沉船的主桅杆轰然倒下，带下了那面蓝色的米字旗。

第四章

虽然他们脚下的这块浮冰在此次的压力攻击后仍旧完好无损，但是沙克尔顿并不想看到虚假的安全感在他的团队里生发出来。所以，他在 11 月 15 日宣布了紧急状态令。尽管目前还不像要逃生的样子，但每个人都领受了一项具体任务，以备全队在突发情况下紧急撤离营地。如果逃生的路线是在冰面上，那么雪橇驭手必须以最快的速度上好雪橇的所有套索，而其他人则必须迅速收拢所有的物资和设备，拆掉帐篷，然后到准备好的雪橇边上集中。或者，一如他们所期望的，如果能够从水路逃生的话，那就得把所有的小船都准备好。

由于队员们越来越习惯于日复一日的营地生活，故而要想遏制某种程度的盲目自满是根本不可能的。那一顶顶的淡绿色帐篷已经再熟悉不过了，就像当初的"坚忍号"一样。有两顶帐篷是用来开会的，正当中都撑着一根竹柱。而其他那些所谓的"环形"帐篷，都是由马斯顿专门为此次探险设计的，其工作原理和婴儿车的遮阳篷如出一辙，要搭起或拆掉这些帐篷也就是几秒钟的事。但是，它们抵御暴风雨的本事，就不能和那些中央有支柱的帐篷相提并论了。

营地的每一天都始于早晨 6 点 30 分，因为此时值夜班的人会从厨房的汽油桶里舀一小勺汽油，倒进炉子底部的一只小铁碟里。他点燃汽油，接着汽油又烧着了排放在小铁碟上方炉架上的一条条鲸油。炉子是赫尔利设计改造而成的，所用的材料是从沉船上拿回的一只旧汽油桶和一段铸铁灰斗。

炉子放在厨房的中央，而厨房本身或多或少起到临时挡风物的作用，它是用砸进冰里的一根根桅横杆搭起来的。在那些桅横杆上，紧绷着一片片船帆。厨房还兼有图书室的功能，从"坚忍号"上抢救回来的一些书籍就存放在胶合板的储物箱里。另外，在厨房的一根柱子上挂着一只航海钟，另一根柱子上挂了一面镜子。

等到炉子一生好，值夜班的人就会把格林叫起来做早饭。7 点钟，人们开始陆陆续续从各自的帐篷中走出来，去附近的冰丘后面解手方便。许多人还带了已经磨得不像样的牙刷，以便在回来的路上用雪刷牙。睡得很死的家伙要到 7 点 45 分才会被值夜班的人叫醒，他一顶顶帐篷地叫过去："起床吃饭喽!"人们卷起自己的睡袋，然后坐在上面等着吃早饭——有时是海豹肉排，有时是罐头鱼，有时是粥或干肉饼，还有茶。

吃完早饭，人们就各自去忙活自己的事情了。格林花了整整一个上午的时间来烤"燕麦大饼"。其实就是一个个的炒麦粉团，常常就着狗干肉饼或小扁豆之类可以起到调味作用的东西一起吃。当然，能化成水的冰永远总是有的。

老花栗鼠麦克奈什这些天都在忙着给小艇和另两艘小船加高两侧的船帮，以最大限度地提高其适航性能，与往常一样，麦克劳德、豪还有贝克韦尔都来给他当帮手。然而，因为缺少工具和材料，他们实在难以施展开来。上次从船上仅仅抢救出了一把锯子、一把榔头、一把凿子和一把锉子。麦克奈什靠一只一只地往下拔，才从"坚忍号"的上层结构收集到了一些钉子。

赫尔利也在为小船出海而忙活。他不仅是一位出色的摄影师，也是一名技术娴熟的白铁匠。这会儿，他正在利用大船罗盘箱残破的管状部分改建成一只非常原始的船用水泵。

团队的其他人把时间花在狩猎上。大部分人结伴而行，到外面去寻找海豹；雪橇犬的驭手们则在浮冰的各个方位训练他们的团队。就在驭手们训练雪橇犬期间，他们经常会看到远处的某个狩猎小组向他们挥舞小旗，这是发现海豹的信号。于是，某个雪橇小队就得过去把死海豹运回来。

猎杀海豹通常是一件非常血腥的活儿。王尔德曾经从大船上带回一把左轮手枪、一把 12 号猎枪，以及一把点三三口径的步枪，但是子弹非常有限。因此，队员们尽可能地徒手杀死海豹。这就要求他们先是小心翼翼地接近猎物，然后用滑雪板或破船桨猛击海豹的鼻子将其打昏，接着再割断海豹的颈静脉，让它血尽而亡。有时人们会用器皿来接海豹的血，好拿回去喂雪橇犬，但更多的时候就任其流淌在雪地上。另外还有一种技巧，就是用登山镐把海豹砸得脑浆迸裂。不过，两位外科大夫不赞成这种做法，因为这样海豹的脑子就没法吃了，而海豹的脑子据称是非常好的美味，因为富含维生素。

起初，有一部分队员，尤其是大管轮路易斯·瑞肯森，对这种看上去极其冷血的猎杀方法十分反感。但他们反感的时间并不长。求生的欲望很快就消弭了在获取食物时因纠结方法不当而产生的任何犹疑。

午餐通常是每人一到两张燕麦大饼，外加果酱和茶。吃完之后，大家便各自分头去干活，有的加固雪橇索具，有的改装设备，有的去帮助修船。下午 5 时是喂食雪橇犬的时间，狗狗们吠声一片好不热闹；队员们的晚餐时间是下午五点半，最常见的内容就是海豹胡什汤、燕麦大饼，还有一大杯开水冲的可可。

到了晚上，每个帐篷的活动不尽相同。沃斯利的帐篷里总是高声朗诵，而在 1 号帐篷，即沙克尔顿的四人帐篷，雷打不动的是打扑克或打桥牌。4 号帐篷的海员和消防员也是打扑克或者围坐在一起"讲故事"。与性有关的话题几乎无人提及，这倒不是因为后维多利亚时代的假正经，而是因为此话题在这里完全彻底地不合时宜，每个人脑子里不断想到的只有寒冷、潮湿和饥饿。但凡提及女人，也是对家乡无限思念的情感流露，期盼能再见到家乡的妻子、母亲或心上人。

正式熄灯的时间是晚上八点半——这只是个比喻的说法，因为现在每天有将近十六小时的白昼。很多队员都提早睡觉，他们大都只是脱掉长裤和针织秋衣，也许再穿上一双干袜子。没有人会脱掉内衣。有些人一直待到宵禁之后也不睡，但他们不得不压低声音说话。在寒冷、清新的空气中，任何声音都会传得很远很远。

到了晚上 10 点，营地里的一切都归于寂静，只有孤独的守夜人在帐篷之间来回巡逻，并时刻留心厨房里的那挂航海钟，因为钟会告诉他一小时的巡视该何时结束。

自从放弃"坚忍号"以来的三周里，整个团队变化最明显的也许就是人们的外表。有些人从来就喜欢留胡子，所以现在的胡子也就比以前略长了一些。可对那些以前总是把脸刮得干干净净的人来说，那就大不同了，他们的脸上如今胡子拉碴，长满了半英寸长的硬毛。

每个人的脸都被海豹油烟熏得油光光脏兮兮的。油烟无孔不入，钻得到处都是，只要是它接触过的，无论什么，都会顽固地粘在上面。而若想用雪和刚刚够分的少量肥皂来对付它，可是连一点反应也不会有。

在个人卫生这件事上，存在着对立的两派，想法截然不同。虽说全身洗澡根本想也不要想，但有些人还是会在天气允许的任何时间用雪来搓洗自己的脸。而另一些人则故意让脸越来越脏，他们的理论就是，这样能使脸皮变硬些，以抵御严寒霜冻的侵蚀。

同样，在营地里，人们为了吃这件事而分成节约派和反对节约派。沃斯利是反对节约派的领头人，他们不管何时何地，只要是能搞到手的东西，都会狼吞虎咽地吃个精光。奥德-利兹则是节约派的主要倡导者，他对于饿死的恐惧压倒一切。几乎每一顿饭，他都不会把自己分到的那一份吃光。相反，他会把从口中省下的一小片奶酪或一小块燕麦饼揣进衣服里，以备后来再吃或等到更加缺吃少穿的日子再吃。他坚信这样的苦日子还在后头呢。他随时可以，而且也确实经常从自己衣服口袋里掏出一堆吃的，那些都是在一周、两周，甚至三周前发的。

不过，眼下营地里并不缺乏食物。热情的动物甚至会自己送上门来。11 月 18 日，一只忧伤的小海豹，大约仅有一个月大，在帐篷之间爬来爬去到处游荡。它显然失去了妈妈，极有可能是被虎鲸吃了。虽然太小，几乎不可能当食物吃，但人们还是把它杀了，因为靠它自己根本不可能活下来。19 日，狗群里突发一阵骚动，又有一只海豹跑进营地里来了——这回是一只大块头的雄性食蟹海豹。经过多次这种情况之后，沃斯利发展了他的理论，认为海豹一旦看到他们的营地，就会误以为是陆地或者海鸟筑巢之地，于是便径直赶来。

11 月 21 日清晨，一支拯救小队回到大船处。他们注意到插入大船两侧的浮冰正在一点点地移动。他们回到营地后，立即解除了雪橇犬的挽具，并开始给它们喂食，而这时沙克尔顿也正好出来查看情况。他站在赫尔利的雪橇很近的地方。此时是下午 4 点 50 分，他用眼角的余光瞥见大船动了。他迅速转过身来，只见船上的烟囱消失在一座冰丘后面。

“她要走了，伙计们！”他大声喊着，快步冲上了瞭望塔。片刻之后，所有人都跑出帐篷，争先恐后地往高处跑，希望能找到一个有利的观测点。他们默不作声地看着。在冰坂的那头，“坚忍号”的船尾朝空中上翘二十英尺，并以此姿态停滞了一会儿，她的螺旋桨已经不再转动，被撞坏的方向舵也高高地翘在那里。接着，她缓缓地、默默无声地沉入冰下，在浮冰间只留下一小孔暗黑的开放水面，昭示她曾经在这儿停泊。不到六十秒，就连这一小孔的水面也没了，因为浮冰马上就合拢起来。一切就发生在十分钟之内。

沙克尔顿在当晚的日记里只是简单地提到“坚忍号”的彻底沉

没，并加了一句："我实在写不下去。"

于是，他们变得更加孤单。现在，无论朝哪个方向望去，除了无边无际的冰，看不见任何其他东西。他们现在的方位是南纬 68°38′82″，西经 52°0′28″，这里简直就是一个"前不见古人，后不见来者"的地方。

第五章

"坚忍号"终于没入冰海让人感到震惊，从此他们与现代文明之间的最后一缕联系被扯断了。这是不可逆转的最终结局。这艘船曾经作为一种象征，一种将他们与外部世界联系起来的、看得见摸得着的实实在在的象征。她曾经载着他们走过将近半个地球，抑或用沃斯利的话来说，"……载着我们走过如此漫长的航程，而且表现得如此之好，从未有任何船只能像她那样如此勇敢地奋起反击，直到冷酷无情的冰坂将她击败"。现在，她永远地离去了。

但是，人们的反应很大程度上只是伤感，就仿佛看着一位老友在死亡的边缘挣扎良久之后终于故去似的。他们曾期望她能坚持几个星期。回想二十五天前全队弃船之际，她似乎随时都有可能沉没。可她居然在冰面上挺了这么长时间，的确太了不起了。

翌日清晨，沃斯利看到一个令人欢欣鼓舞的景象，尽管由北而南的风一连刮了四天，但他们却没有被倒刮回去。冰坂看起来正处于从南边来的一股有利的洋流的影响之下。然而，赫西却发现冰坂的运动规律中出现了令人不安的变化。即使在北风的影响之下，冰坂也没有像以往那样显示出冰开水现的趋势。如果搁在过去，这些风会因为一直掠过辽阔开放的洋面而相对变暖，但现在它们却与从南极点刮来的风一样寒冷。这只能有一种结论：是大量的冰，而非开放的水面，一路延绵不绝地伸展到北边。

可人们却依然表现出难以置信的乐观。加高捕鲸艇两侧船帮的活儿差不多就要完成了，大家对麦克奈什的手艺那是真心赞叹。既缺工具，又缺材料，可这一点也没有耽误他做活。为了给刚加上去的船板做密封防水，他不得不借助于棉花灯芯和从马斯顿的美术箱里弄来的油画颜料。

那天晚上，也就是"坚忍号"沉没后的第一个晚上，沙克尔顿特批加餐，慰劳大家吃鱼酱和饼干。每个人都非常开心。

"真的，这样的生活才有魅力嘛，"麦克林写道，"我好像在哪里读到过，吃饱穿暖就是一个人最大的幸福。我现在开始相信了，也许还真的就是这么回事。这儿虽然没有忧虑，没有火车，没有要回的信，也没有西装革履的应酬，但若明天这一切全都彻底改变的话，我才不信有谁能不激动地跳起来！"

麦克林的好心情一直持续到第二天，他和格林斯特里特外出去猎海豹。他们突然想到一个主意，决定沿着一条浮冰开裂后出现的比较小的狭长水道好好地逛上一逛。但他们很清楚，要是给沙克尔顿撞见，他一定会大发雷霆，因为他最受不了的就是无谓的冒险。因此，他们干脆跑得远远的，一直到好多道冰脊后面。他们在那儿发现了一块很稳定的小浮冰，于是爬了上去，拄着滑雪杆站在上面漂流。

起初他们干得一直挺漂亮，突然却发现沙克尔顿就在离他们不远的地方，驾着王尔德的雪橇。沙克尔顿也同时发现了他们俩。

"我们俩觉得，"格林斯特里特说，"自己就好像小学生在果园偷摘水果被抓到一样难为情，所以立马赶紧划拉到岸边，上岸继续去猎海豹了。后来，等回到营地，我们最后还是碰到了他。不过，并不像我们猜想的那样，沙克尔顿没有对我们劈头盖脸一顿臭骂，而仅是狠狠地瞪了我们一眼就走了。"

沙克尔顿对瞎玩命很反感是尽人皆知的。他的这种态度为他赢得了"老小心"或"小心佬"的外号，但是从没有人当面这么叫他。平时，人们就叫他"老板"，管理人员、科学家和海员都这么叫。这已经不是什么外号了，其实就是一称呼。叫"老板"透着一股子亲热，同时又显出绝对的权威。所以，这称呼倒真的挺合适，完全贴合沙克尔顿的生相和做派。他想和队员们相处得亲近些，也确实为此努力过。他坚持和大家完全一样的待遇，无论食物还是服装都不例外。他还想方设法让别人知道，他也非常乐意做些家务小事，比如他和其他人一样轮流扮演"侍女佩吉"的角色，在开饭时间去食堂打胡什汤端回帐篷。有时候，如果他发现厨师因为他是"老板"而额外关照的话，就会大为光火。

但是，这种事还真没法避免，谁让他就是老板呢。他和队员之间总像是隔着什么，一种冷漠将他与他们孤立开来。造成这种局面也不是谁刻意为之，他在情感上就是不能够忘记他的职位以及由此而来的责任，哪怕一分一秒。别人都可以休息，或者找个借口暂时躲个清静。但沙克尔顿基本上没有什么休息，也没地儿可以躲清净。责任全都是他的，只要跟他在一起，任谁也不可能看不到这一点。

无论如何，他的冷漠主要还是在内心，并非行为。他总是很高调地参加所有队员们的活动。其实，在11月26日那天，当5号帐篷的人发现了一副新扑克牌的消息在营地传开的时候，沙克尔顿是最早赶过去的人之一。随后，他和麦克罗伊一起花了好几个小时教大家打桥牌。

对这两位桥牌教练来说，再也不可能有更加热情高涨的学生了。不过四十八小时的时间，打桥牌就在营地里如火如荼地流行开来。28日，格林斯特里特如是写道："每个帐篷里都听得到有人在喊'1梅花、2红桃、2无将、双倍2无将'，等等。"那些不打桥牌的人，会感到自己完全被排斥在外。有一回，瑞肯森和麦克林还被那些拥到他们帐篷来打牌和抱膀子的人给挤了出来。

与此同时，"西行之旅"的所有准备都已经就绪。三条船被麦克奈什修葺得不能再好了。一切都好了，剩下的事就是给船起名。沙克尔顿给三条船都命了名。他决定将荣誉给予此次南极探险行动的主要赞助人。于是，捕鲸艇被命名为"詹姆斯·凯尔德号"，第一条方尾小船被命名为"杜德利·多克尔号"，第二条则被命名为"斯坦库姆·威尔斯号"。美术师乔治·马斯顿立刻就忙着用所剩不多的颜料在每条船上写上船名。

沙克尔顿还接受了沃斯利的建议，把他们建了宿营地的这块浮冰叫作"大洋营"。接着，他宣布了每条船的负责人。他自己负责"詹姆斯·凯尔德号"，弗兰克·王尔德为副手。沃斯利任"杜德利·多克尔号"的船长，格林斯特里特任大副；"佛陀"哈德逊领衔"斯坦库姆·威尔斯号"，克林做他的副手。

就这样，11月也接近了尾声。他们在浮冰上安营扎寨正好一个月。由于经历了许许多多的尝试和困难，这几个星期来的原始生活就显得格外充实。人们被迫最大限度地开发自力更生的潜能，而这远远超出他们曾经的想象。麦克林曾花了整整四个小时，才把一块精心裁制的补丁缝到他唯一的裤子的臀部上，为此他有一天这样写道："在家都是别人为我做这些事儿，可我那会儿却一点体会不到其中的艰辛。"格林斯特里特颇有同感，因为他也曾花了好几天的时间来裁剪和制备一块海豹皮，并用来给自己的靴子换底。活儿干到一半的时候，他停下手来在日记里写道："我所经历的最美好的日子之一……活着是多么开心呀！"

通过不同的角度，他们对自己更加了解了。在这片孤寂空旷的冰海世界，他们至少收获了有限的自我满足感。他们经受了各种考验，而且结果证明还不错。

他们也想家，那种非常自然的想家，并没有为了文明而要回到文明的十万火急的欲望。沃斯利如是记录："在一个美好的早晨醒来，我强烈地渴望能闻到新西兰或英格兰春季清晨所特有的那种带着露水的草香和花香。几乎谁也不会对文明有如此的渴望——美味的面包和奶油、慕尼黑啤酒、科罗曼德半岛的牡蛎、苹果派和德文郡的浓奶油，这些不过是令人愉悦的回忆，但绝不是渴望。"

全队人马都忙得不可开交的那种情况，的确让他们感觉良好。但是，11月马上就要过去，现在大家都开始无事可做了。三条船全部修葺一新，随时可以启用。而且，已经进行了一次试航下水，三条船的表现完全令人满意。西行之旅需要带的物资也都重新打包并加固过了。他们还仔细研究了本海域的各种图表，一些可能出现的风和洋流也都标注出来。赫尔利修好了船泵，转而去打造一个适合西行的小号海豹油炉。

他们该做的和能做的都已经做了。现在，万事俱备只欠东风，就等着冰坂打开了。

但是，冰坂就是不打开。日复一日，冰坂一点变化也没有，而且它的漂移也不是特别让人满意。在这段时间，风由南而来，但从来都不强，因此冰坂继续以十分拖沓的速度向北移，每天也就走两英里。

经常会这样，即便是消遣式的雪橇小组训练也都懒得搞了。冰坂常常会松动那么一点点，使他们所在的浮冰脱离成一个小岛，周边为最宽二十英尺的开放水面。在这种时候，他们所能做的也就是绕着浮冰的边缘遛遛狗。沃斯利写道："人和狗都围着浮冰边沿训练。整个浮冰的周长也不过半海里，所以，但凡转过一圈之后，该死的，无论是人还是狗都会感到无聊透顶。"

时间，的确开始一点点地变得沉重起来。现在，一天与另一天的界限不声不响地变得模糊了。尽管他们还是始终如一地努力去看事情的积极一面，但也没法摆脱越来越强的失望感。12月1日麦克林写道：

"我们在不到一个月的时间里走了一度（指纬度，约六十英里）。这当然算不上很好，但我们毕竟在慢慢地向北移动，所以一切都还有希望。"

12月7日，麦克奈什分析道："我们又往回漂移了一点，但我想这会给横亘在我们与陆地之间的冰坂一个机会移开，而给我们一个机会切入。"

自从放弃"坚忍号"之后，他们向正北方向直线移动了八十英里。但是，他们的漂移其实是划了一个不明显的弧线，而且弯向了东方，偏离了大陆方向。这虽然还不足以引起真正的忧虑，但足以让人为此担心。

沙克尔顿患上了严重的坐骨神经痛，这使他只能待在帐篷里，基本上什么事情也没法管了。不过，到了这个月的月中，他的病情有了好转，他也了解到队员们无所事事的情形。直到12月17日，整个形势还是没有改进。就在他们刚刚漂移过南纬67°线之后，风向缓慢地转向东北方。第二天观察发现，他们已经被风往回刮过了67°线。

就在那天的晚上，一种紧张的氛围，一种耐心已被推得太远的氛围，笼罩了整个营地，几乎没有人说话聊天。许多人吃完晚饭就直接睡觉了。麦克奈什在日记里发泄着压抑已久的沮丧，拿和自己同帐篷的队友的口无遮拦开涮：

"那些哥们儿真当自己在拉特克利夫公路（19世纪伦敦外滩上的红灯区）呢，要不就是平日所说的什么别的黑窑呢！我以前也遇到过各种各样的船友，不管是乘帆船的还是乘轮船的，从来没有一个像我们这儿的家伙们，居然把最最污秽的语言当成亲密字眼来用，更糟糕的是，大家竟然都见怪不怪。"

沙克尔顿很担心。相对于所面临的敌人——寒冷、冰坂和冰海而言，他更怕的是全队士气低落。12月19日，他在日记里写道："在考虑是否立即开始西行。"

第二天，立即行动的必要性已经非常明确地在他心里扎根了，于是当天下午他就宣布了他的计划。他说，次日一早，他将与王尔德、赫尔利和克林的雪橇小队一起去勘察向西的地形。

反响立即来了。格林斯特里特写道："老板似乎一门心思要往西走，反正我们现在什么进展也没有。这意味着轻装上路，最多带上两条小船，而把很多给养都留下来。根据我以往的经验，这么走会很可怕，一切都是那么不堪一击，情况甚至比我们弃船时还要糟糕。依我看，这只能是最后关头不得已的权宜之计，我真心希望他立刻放弃这个主意。我们帐篷里的人对此也是争执不下……"

的确如此，沃斯利就颇有同感："我的看法就是待在这儿，除非浮冰的漂移完全转向东方……在这儿多等上一阵有很多好处，首先不用自己费力，浮冰漂移就能把我们送上相当一段路程，其次我们也许还能够保留三条船，而且，与此同时，冰坂也许还会裂开一些水道来。"

但是，很多人都热情地维护沙克尔顿的决定。正如麦克林所说："……我个人认为，应当倾全力向西行。我们都知道，往西两百英里之外就是陆地，因此冰坂的边缘应该就在同方向一百五十至一百八十英里之外的地方……以目前的漂移速度，大约要到3月底才能到达保利特岛的纬度，而且就算到那时，我们还是不能确定冰坂会不会开裂。所以，我的观点就是'倾尽全力，尽可能地向西行'。冰坂漂移将带着我们向北，最终的方向将会变为西北，而这正是我们所想要的前进方向……无论如何，我们明天就能知道他们的想法了。"

第六章

　　探路组是上午 9 时出发的，他们四人回到营地已经是下午 3 点了，一共走出去大约六英里。沙克尔顿于下午 5 时把所有的人都召集起来，告诉他们说："我们完全可以向西挺进。"他说他们将于三十六小时之后离开，那将是 12 月 23 日凌晨。他们将主要在晚上行进，因为气温更低，冰面也会更结实。

　　另外，他说，由于圣诞节时他们还在赶路，所以他们会借出发前的假日提前庆祝，那天的晚餐以及第二天，所有人都可以想吃什么就吃什么。反正一大批食物都没法带走。

　　他宣布的最后一点，基本上可以赢得所有人的支持，当然那些反对此计划的死顽固除外。圣诞"狂欢"立刻就开始了，并且第二天热闹了一整天，所有人都敞开肚子吃，"结果一个个都吃得肚皮胀鼓鼓的"，格林斯特里特说。

　　次日凌晨三点半，队员们就被叫了起来，一个小时之后他们开始行动。所有的人手都被派去先推载着"詹姆斯·凯尔德号"的雪橇，他们成功地将它送过了脚下这块浮冰周边的狭窄水道。他们继续推着雪橇前行，直到遇到一堵很高的冰脊。此时，其中一半的人开始在冰脊上凿开一个通道，而另一些人则返回去弄"杜德利·多克尔号"。"斯坦库姆·威尔斯号"则被留下了。

　　到早晨 7 时，他们已经将两条小船送到了往西一英里之外的地方，于是所有人都回到营地吃早饭。上午9时，所有的雪橇小组的犬只都系上了挽具，拖着雪橇能够承载的物资和设备朝小船处进发。下午1时，在新营地搭起了帐篷，每个人都去睡觉了。

这里的冰面湿淋淋得叫人难受。队员们在"大洋营"搞的那些隔水"地板"都被留在那里。现在，他们只有"坚忍号"上的帆布盖布或几块风帆的残片，这些东西根本就隔不了冰面上的水。过了一会儿，麦克林和沃斯利就彻底放弃了睡在帐篷里的念头，而把湿透的睡袋铺在"杜德利·多克尔号"的船舱底板上。虽然这样睡上去很不舒服，但至少相对来说要干一些。

当晚7点，沙克尔顿把沃斯利叫了过来。他交给沃斯利一只装有字条的带木塞的泡菜瓶，并指令他带着格林斯特里特小组回"大洋营"去，把这瓶子留在那边。

字条的大意是说，"坚忍号"已经遇难沉没，并被弃于南纬69°5′，西经51°35′处，大英帝国横越南极大陆探险队的队员们当时宿营于南纬67°8′，西经52°25′处，后又一路向西前进，希望能到达陆地。留言的结尾是"祈愿一切顺利"，落款日期是1915年12月23日，签名为"欧内斯特·沙克尔顿"。回到"大洋营"后，沃斯利把装着字条的瓶子放到了"斯坦库姆·威尔斯号"的船尾处。

这个字条其实就是留给后人的，是要向那些后来的人解释沙克尔顿和他的探险队员们在1915年所遭遇的一切。沙克尔顿刻意把这字条留到大队人马全部离开"大洋营"之后再放回去，就是害怕给队员们看到，并理解为连他们的领导都不确定他们是否能劫后逢生。

沃斯利回到营地正好赶上吃早饭。他们于晚上8点继续上路，快到11点时，他们已经走了将近一英里半的路程，但此时前面的路被一大片裂缝和碎冰块阻断了。队伍在午夜搭起了帐篷，然后都睡去了。绝大部分队员都被躺着的地方的水浸湿了，当然还有他们自己出的汗。除了换换袜子和手套，他们没有一个人有干衣服可换，所以也只能穿着湿漉漉的衣服钻进睡袋里去。

第二天早上，沙克尔顿带着一个三人小组一同出去了，但未能发现行船的安全路线。又过了漫长而又烦闷的一天，大家都希望看到冰坂能有什么变化。刚刚吃好晚饭之后，他们看到冰坂开始合拢，但是一直到次日凌晨 3 点，他们才能够重新上路。

那可怜兮兮的一小段前进的路线断断续续地蜿蜒在惨淡暗光之下的浮冰上，沙克尔顿走在最前面，期望能找到一条最好的路径。在他身后是狗拉的七个雪橇，相互间保持着安全距离，以免两队的狗离得太近掐起来。再后面是一个小雪橇，上面驮着海豹油炉和全套的炊具。格林和奥德-利兹一起拉着这雪橇，他俩的脸膛由于每天贴近炉子而被海豹油熏得黑黑的。在队伍的末尾，十七个人在沃斯利的指挥下拖拽着那两条船。

即使在凌晨 3 点，一天里最冷的时段，浮冰的表面也会让人防不胜防。在已经融化且空洞滴水的浮冰上冻起了一层薄薄的新冰壳，而那上面又积了一层雪。这样的表面往往带有欺骗性，看起来好像很结实，似乎每一步都能够承受住一个人的重量。但是，当你把全身的重量移到那只脚上时，说不定突然就会在一声刺耳的碎裂声中，踏穿薄冰壳掉到下面冻彻骨髓的冰水中去。一般来说，这样的陷阱只有齐膝深，不过有时也还会更深一些。

大多数队员都穿着巴宝莉-杜洛牌长靴，一种脚踝以下为真皮，以上为齐膝高的华达呢鞋帮的长筒靴，这是专门为在坚冰上行走而设计的。但是，因为全队人员一直在泥淖似的浮冰上跋涉，他们的靴子始终灌满了水。在这种被水浸透的状态下，每一只靴子都重约七磅。要想从深达两英尺且灌满雪浆的冰洞里一只只地拔出陷进去的脚，每一步都需要使出吃奶的劲。

在全队里面，最苦的就数那些拉船的人。他们每走一步所遭遇的冰裂之陷，由于他们的负重而大大加重了。他们一次最多只能走上两百至三百码，那可真不是人受的罪。然后，他们会丢下正在拉着的船，慢慢地走回去拉第二条船，一路上都在努力地使自己喘过气来。当回到第二条船那儿，他们经常会发现被船压在下面的雪橇的滑轨已经和冰冻在一起了。没有别的办法，他们只能滑进雪橇轨辙里，在沃斯利"一、二、三……走!"的号子声中，拼上命地猛冲三到四次，直到把滑轨从冻住的冰里拔出来。

到8点钟，他们已经在路上行进了五个小时。沙克尔顿发信号要大家停下来。他们极其艰难地走出了半英里。经过一个小时的休息，他们又继续苦干至中午。帐篷搭起来了，晚饭也开了：冷的烧海豹排和茶，仅此而已。

就在一年前的这个晚上，在"坚忍号"上享用过节日大餐之后，格林斯特里特在日记里这样写道："又一个圣诞节就这样过去了。我不知道我们的下一个圣诞节会怎样过，或者说在何种情况下过。"那天晚上，他甚至连这一天是什么日子都没提。沙克尔顿非常简略地记录下应该说的话："怪异的圣诞节。想家的思绪。"

队员们午夜起床，凌晨1时再次出发。但是到了5点钟，在经过四个小时全力以赴的跋涉之后，整个队伍在一道高高的冰脊和几条开阔的水道前停了下来。沙克尔顿让大家原地等待，自己和王尔德则前出探路，希望找到一条更容易通过的路线。八点半时，他们俩回来了，告诉大家说，越过这片冰脊区域往前约半英里的地方，有一块直径二点五英里的浮冰，从那里往西北偏北方向望去，还可以看到更多平坦的浮冰。但他们决定等到晚上再动身。

大多数队员都在中午去睡觉了，他们在水淋淋的环境里断断续续地睡到晚上8点，然后就被叫起来了。吃过早饭之后，所有人都沿着沙克尔顿和王尔德找到的那条路线上路了。他们开始打通冰脊，并在最高点为两条船建起一条七至八英尺宽的堤道。

干完这些，雪橇驭手们给各自小组的狗套上挽具，沃斯利带领的那十七位拖船的纤夫各就各位，大家都跟在沙克尔顿后面出发了。凌晨 1 点 30 分，他们到达前一天发现的那块大浮冰的边缘。队伍原地宿营，每个人都从容地喝了些茶，吃了一块燕麦饼，然后于 2 点钟再次出发。

不到一个小时，他们又来到了这块浮冰的另一端边缘，在这儿他们遭遇了一片满是冰脊的区域。这路从来没有像眼下这么难走，那些拖船的人们更是苦不堪言。经过两个小时的艰苦奋斗，他们才前进了不到一千码。

麦克奈什突然对沃斯利发飙，说他再也不干了。沃斯利直接下令，要他继续在雪橇后部引导方向。麦克奈什拒绝了。

他争辩说，在法律上他没有任何义务执行命令，鉴于探险船已经沉没，他签署的有关在船上服务的法律文书就此终结，故而他有执行或不执行命令的自由，一切全凭自己选择。他那"海上律师"的本色尽显无疑。

自打这次行进开始，这老木匠就一直心里不痛快。随着日子一天天过去，工作愈发紧张，自己又老大不高兴，这一切让他从来就没有过乐观笑意的脸更加难看了。在过去的两天里，他越来越公开地发牢骚。现在，甚至干脆撂挑子不干了。

局面完全超出了沃斯利有限的领导能力。他这人一向不太容易激动，或许也能对付得了麦克奈什。但沃斯利也已经濒临崩溃，不但累得骨头都快散架了，自己也是憋了一肚子火。每天上路跋涉让他更加坚定自己的看法，他们的西行之旅根本就没用。

于是，面对麦克奈什的愚顽固执，沃斯利并没有当场与之理论，而是愤而上告沙克尔顿。他这么做使麦克奈什的火气更大了。

沙克尔顿急忙从队伍头上往回赶，并把麦克奈什拉到一旁，"非常严厉地"告诉他什么是他的义务。麦克奈什关于"坚忍号"的沉没免除了他执行命令的义务的论点，在普通情况下也许确实如此。船员签署的合同条款通常会随着船舶沉没而自动终止，同时其薪酬也会终止。然而，一项特殊条款已经加进了"坚忍号"船员们签署的法律文本中，即"按照船东及船长（也就是沙克尔顿）的指令，在（探险）船上、小艇上或在岸上履行任何义务"。按照沙克尔顿的解释，他们现在就是"在岸上"。

其实，不论是不是真的合法，麦克奈什的立场本身就很荒唐。他不可能既要留在团队里做队员，又不尽自己的本分。而且，如果他要离队单干，退一万步讲即便沙克尔顿同意了，麦克奈什独自一人很可能也活不过一星期。麦克奈什一个人的兵变，其实就是一个浑身酸痛需要休息的老者发出的毫无道理而又精疲力竭的抗争而已。在沙克尔顿找他谈话之后，他还是不买账。过了一会儿，沙克尔顿走开了，让这老木匠自己去醒醒脑子。

早晨6时，当队伍出发去寻找下一个更好的宿营地的时候，麦克奈什已经在分配给他的岗位上就位了，那就是为驮着小船的雪橇殿后。但这件事让沙克尔顿很不安。考虑到其他人也许有同样的想法，沙克尔顿在大家还未睡觉前把所有人召集起来，当众把他们签字的合同条款又大声地宣读了一遍。

那天晚上，队员们一直睡到8点，一个小时后他们再次上路。虽然冰面的情况似乎越来越糟糕，但到第二天清晨5点20分，他们已经走过了令人高兴的二点五英里，期间他们也只是在1点钟的时候停了一个小时喝胡什汤。但是沙克尔顿不放心冰面的情况，于是在新营地安顿好后，就和赫尔利的雪橇狗队出去一探究竟了。他们来到一块残余的冰山跟前，爬了上去。从顶上望出去的景象证实了沙克尔顿的担忧。他能看到前头两英里之外的地方，那儿的冰面真的无法跨越——一条条开放水道绕来绕去地交织在一起，四下里还散乱着冰脊碎裂后的残余冰块。更加糟糕的是，冰层还特别薄。他俩7点钟回到营地，沙克尔顿极不情愿地宣布说，他们无法再往前走了。大多数人听到这个消息后都感到很沮丧。倒不是因为这消息出乎他们的预料，而是听到沙克尔顿自己也承认他们无路可走了，这让人觉得很不自然，也有些不寒而栗。

然而，对于这一次的受挫，他们谁也不可能有沙克尔顿那样的痛苦感受，因为对他来说，仅仅是放弃这么个念头都是无法容忍的。他在当晚的日记中以其特有的古怪的修辞方式写道："睡觉又睡不着。把整件事考虑了个遍，决定后撤至安全的冰区，这才是万无一失的……我十分担心：这么一大队人马外加两条船，条件又这么恶劣，我们无能为力。我不喜欢撤退，但小心没大错。大家表现都很好，只有那个木匠差劲，我永远也忘不了他在这艰难和充满压力的情况下的表现。"

当晚 7 时全队开始回撤。他们后撤了大约四分之三英里，来到一处比较结实的浮冰安营扎寨。翌日清晨，所有人都被叫起来。大多数人被派去猎海豹，沙克尔顿和赫尔利往东北方向探路，沃斯利则带着麦克罗伊的雪橇组往南边探路。这两组人员都没能发现一条安全的路线。

沙克尔顿发现周边的冰层出现了一些开裂，他立即命令升起集结信号旗，召回正在外狩猎海豹的各小组。全队再一次后撤，退到了半英里之后的一处平坦且厚重的浮冰上。即使在这里，他们还是不安全。次日早晨在这个冰区发现了一个满是积雪的裂缝，于是他们又将营地往浮冰中心移动了一百五十码，希望能找到更牢靠些的冰区。但是，根本就找不到。

沃斯利这样描述当前的形势："临近的所有浮冰看起来都已经被海水淘空了，溶蚀甚至直达最表面，情况非常严重，即便只从厚达六至七英尺的浮冰表面下挖一英寸，海水也会立即涌上这个小洞。"

但是，最让他们忐忑不安的，还是他们被困在此地动弹不了的窘境。格林斯特里特解释说："看起来，我们现在既无法前进，也无法退回到'大洋营'，因为在我们通过那些浮冰之后，它们就已经四下散裂开了。"

第二天就是 12 月 31 日，麦克奈什写道："虽到新年夜（苏格兰人称为 Hogmanay），可惜是个苦难的节日，不能像大多数人那样享受人生的快乐，却在这茫茫冰海上漂浮。不是有老话说来着，世界上总得有几个傻瓜吧。"

詹姆斯这样记录："新年除夕，第二次在冰海上过，连纬度都几乎一样。恐怕没有人能有比这更诡异的经历了。"

麦克林注释说："1915 年的最后一天……明天就是 1916 年啦：真不知道这新的一年会给我们带来什么。去年的此刻，我们还曾预言一年后的现在我们已经顺利横越了南极大陆。"

最后，沙克尔顿写道："旧年的最后一天：但愿新年给我们带来好运，平平安安地摆脱这倒霉的运势，祝愿我们万里之外的亲人们万事如意！"

第三部分

第一章

　　沃斯利将此地命名为"标时营",不过这名字好像并不是特别合适。从字面看,似乎有临时驻足,很快又将上路的意思。但是,没有人会真的相信他们能很快再出发。

　　经过了五天全力以赴的拼搏之后,他们突然之间就变得无所事事了。眼下除了发呆想心事,还真没有什么事情可做,而光发呆时间也太多了一点。

　　许多队员似乎是第一次明白,事情原来真的可以如此绝望。或者说得更准确点,他们终于了解了自己的不足,了解他们是多么的无能为力。直到从"大洋营"出发之前,他们一直将沙克尔顿始终要灌输给他们的信念深深根植在心底,那就是要对自己充满信心,相信一旦有需要,他们就能够有力量有决心应对任何艰难险阻并将之彻底克服。

　　接着就是这一次的跋涉,原本他们是要走上两百英里的。可惜,五天之后,他们只向西北方直线前进了九英里,就再也走不了,甚至不得不往后撤。就这么点距离,一场大风不出一整天就能把他们送到。此刻,他们坐在"标时营"里,绝望而又不无卑微地意识到,无论下多大的决心和投入多大的人力物力,在需要克服的各种大自然力量面前,他们是如此微不足道。认识到这一点,不仅让人颜面无光,更多的是不寒而栗。

他们最终的目标当然是将自己全部解救出来，但现在却是一段空白期。他们没办法自救出去。除非这冰坂乐意，兴许还能允许他们逃出去，但是眼下他们完全无力，也根本没有行动目标，连最小的尚可达到的目标都没有。他们面临彻彻底底的不可确定的局面，目前的处境比以往任何时候都更加困难。他们丢弃了大量的物资储备，包括一条船。而且，虽说他们现在扎营的这块浮冰够结实，却远远比不上"大洋营"的那块巨型浮冰。

"大家忧心忡忡的时期开始了，"麦克林在新年元旦写道，"因为直到现在也见不到浮冰完全打开的迹象，而这种冰雪碎块混织的水面对我们的小船来说是难以通航的。如果不能尽快从这里脱身出去，我们的处境将会变得异常严峻，因为如果挨到秋天才能去保利特岛取我们所需的食物储备和狗粮的话，万一岛上没有了这些东西，那该如何是好？到那时，海豹会藏起来过冬，我们也许就将遭遇格瑞利似的厄运。"[1]

许多队员极力想使自己高兴起来，可惜都没有成功，这里实在是没有什么能让人高兴的。气温保持在冰点左右，白天浮冰表面整个成了一片碎冰融雪的沼泽。他们不得不慢慢地蹚过深到膝盖的雪水，常常还有人会猝不及防地掉进齐腰深的洞里去。就这样，他们的衣服始终都是湿漉漉的，他们唯一的乐趣就是晚上钻进潮湿程度相对可以忍受的睡袋里去睡觉。

食物的状况也远不能让人放心。如果按照每人每天两磅的配额计算，现在只剩下五十天的存量了。那种认为粮食储备足以供全队人马最后走出冰坂的日子早已成为过去。他们当然也可以指望用海豹和企鹅来补充食物的不足，但令人失望的是能猎到这些动物的机会微乎其

---

[1] 美国探险家阿道夫斯·格瑞利于 1881—1884 年在南极度过 4 年时间。由于救援船未能及时赶到，造成其二十四人的团队中有十七人饿死。——译者

微，一年里的这个季节，附近区域动物出没的概率要比他们所期望的少得多得多。但是，就在元旦这一天，仿佛预示着新的一年会带来好运似的，一共有五只食蟹海豹和一只帝企鹅被猎杀后运回营地。

在打完猎往回赶的路上，奥德-利兹脚踩滑雪板在融化的冰面上滑行，正当他就快要到达营地的时候，一只邪恶的大圆脑袋突地一下从他面前的海水里蹿将出来。他转身就逃，手中的滑雪杆使劲地往后撑，一边大声呼叫王尔德快点拿来复枪来。

那是一只豹型海豹，蹿出水面之后就跟在奥德-利兹后面紧追不舍，它以类似陆地上的驯马的奇怪姿态在冰面上跳跃前进。这头野兽看上去就像一只小恐龙，长着长长的蟒蛇般的头颈。

经过五六下跳跃之后，豹型海豹几乎差一点就咬住奥德-利兹，可它却莫名其妙地一转身又钻入水里。这时，奥德-利兹差不多快跑到这块浮冰另外一头的边缘了；就在他眼瞅着要跨到另一块安全的浮冰上的刹那间，豹型海豹的大圆脑袋又陡然从他脚前的水里冒了出来。这野兽一直在冰面下追踪奥德-利兹的身影。它张着大嘴，露出一排锯齿般的利牙，朝奥德-利兹狂野地猛扑过来。奥德-利兹吓得连喊救命的声音都变成了尖叫，转身飞逃而去。

那野兽又一次跃出水面追来，此时王尔德拎着来复枪赶到了。豹型海豹瞥见了王尔德，转身来攻击他。王尔德单膝跪地，朝着向前猛冲的野兽连开数枪。最后被撂倒时，那家伙离王尔德不到三十英尺。

动用了两个雪橇小组才把这头海豹的尸体运回营地。这家伙长十二英尺，据队员们估计体重约为一千一百磅。这是一种食肉海豹，之所以叫豹型海豹，只是因为它身上的斑点以及习性与豹子相似。开膛破肚之后，人们发现它的胃里有很多直径二至三英寸的毛球，应该是被它吃掉的食蟹海豹的残留物。这头豹型海豹的下颌骨宽近九英寸，被送给奥德-利兹留作此次生死经历的纪念物。

在当天晚上的日记里，沃斯利记下了他的观察："如果一个人步行在很软但又很深的积雪中，又没有武器，那他根本就没有机会对付得了这样一只跳跃而来的野兽，其后部发力且呈波浪形跃进的速度至少达到每小时五英里。它们往往不加试探就直接攻击人类，因为它们把人类也当成企鹅或海豹了。"

各狩猎小组第二天继续行动，尽管天气依然很热、闷湿，使得冰面还是那样烂兮兮的。四只食蟹海豹被捉住并运回了营地，就在宰杀的当口，奥德-利兹滑着滑雪板回来了，宣称他自己发现并杀死了另外三只。但沙克尔顿却坚持认为，全队已经有足够一个月所需的食物供应，所以下令将被奥德-利兹放倒的海豹留弃在原地。

好几位队员都对沙克尔顿的态度感到难以理解。格林斯特里特写道，他认为这是"相当愚蠢的……因为事情眼下还并没有发展到他们所担心的那种严重程度，所以尽量多储备一些过冬的食物怎么说都是上上之策"。

格林斯特里特是对的。与其他大多数人的看法一样，他觉得最大限度地多储备能够搞到的肉食应该是最靠谱的，也是每一个普通人都会去做的。但是，沙克尔顿不是普通人。他是一个完全相信自己天下无敌的人，对他而言失败就意味着自己无能。那些对普通人来说是小心没大错的合理举动，到了沙克尔顿这里就成了令人厌恶的对于失败的承认。

沙克尔顿的这种义无反顾的自信带有乐观主义的色彩，而且有两方面的作用：一方面使队员们激情似火；另一方面，正如麦克林所说，那就是他总是身先士卒，身体力行。正是这些使得沙克尔顿成为如此伟大的一位领袖人物。

但是，与此同时，这种基本的自我中心主义形成了一种无论什么事都要依靠自己的倾向，这常常会蒙蔽他的双眼，使他看不清现实。他还想当然地要求身边的人也都要像自己那样绝对乐观，如果不是，他就会使性子发脾气。他觉得那样的一种态度，就是对他本人的质疑，就是怀疑他是否有足够的能力带领大家逃出生天。

于是，就是这么一个要求把三只已经打死的海豹拉回营地的建议，在沙克尔顿的心里，变成了不忠不义的行为。要是在别的时候，他或许就睁只眼闭只眼算了。但是现在，他有些神经过敏。几乎他做过的所有事情，包括此次南极探险，拯救"坚忍号"，还有两次欲将队伍带出困境的跋涉，都悲惨地失败了。另外，全队还有二十七个人的性命也掌握在他的手里。"我太累了，"他有一天写道，"我觉得都是压力造成的。"于是后来他又写道："真想休息啊，最好什么都不再想……"

接下来的几天，局势仍然没有任何改观。虽然看起来完全不可能，但天气继续在恶化。白天的气温能攀升到 37 度（约 2.8 摄氏度），不时还伴随着长时间的降雪，并夹杂着雨水。"典型的苏格兰迷雾天。"沃斯利这样形容道。他们现在几乎什么也做不了，除了躺在自己的帐篷里，努力去睡觉，打牌或是干脆想想他们有多么饥饿。

"一只贼鸥出现了，"麦克林写道，"它落在我们的垃圾堆上，那里有海豹的内脏等废弃物，它敞开了肚皮猛吃，这只幸运的贼鸥！"

詹姆斯在沙克尔顿的帐篷里，"做着一些物理研究，希望能回忆起我的理论工作"，但很快他就厌烦了。王尔德帐篷里的人不得不把自己的睡袋移个新地方，因为他们身上的热量将身下的积雪融化了，从而剥夺了他们在比较干燥的地方睡觉这一丁点儿乐趣。甚至连赫西的班卓琴对某些人而言也失去了往日的魅力。麦克奈什就抱怨道："赫西用他那六首熟悉的班卓琴曲子来折磨我们。"

沙克尔顿 1 月 9 日记录道："我现在越来越替整个团队担心了。"其实，他这阵子一直很担心来着。差不多有一个月了，除了微风荡漾，几乎没有任何再大一点的风，即使这微风也是从北边吹来的。过去的一星期里，他们总共才猎到两只海豹。他们已经基本待着不动了，但肉食供应却急剧减少。沙克尔顿关于够吃一个月的论断看来是大大地言过其实了。在"标时营"里待了仅十天，食物匮乏的窘况便暴露无遗。格林斯特里特写道："这里生活的单调乏味越来越让人难以忍受。无事可做，无处可走，周边情况无任何变化，不管是食物还是别的什么。上帝啊，快为我们打开一条水道吧，否则我们都要变成呆子了。"

1月13日，有传言说，沙克尔顿在考虑杀掉所有的雪橇狗，以缓解食物供应的紧张状况。听到这个消息，队员们的反应参差不齐，有的撂挑子不干了，有的则大光其火。当天晚上，所有帐篷里都爆发了关于雪橇狗与它们所消耗的食物哪个更有价值的激烈争论。其实，在这些争论中，有一个最根本的潜在因素，那就是对许多队员来说，这些狗并非仅是跋涉途中拖拽雪橇的畜力而已，人们和它们之间还存在极其深厚的感情。热爱自然万物是人类的基本需求，也是他们在这蛮荒之地显露自己一腔柔情的心愿。尽管雪橇犬相互之间凶狠异常，但它们对人的献身和忠诚却是不容置疑的。通常情况下，人类反馈给它们的爱也同样大大超越其能够感受到的任何东西。

一想到就要失去格鲁斯，那条一年前在"坚忍号"上出生的小狗，麦克林便这样写道："它是一只非常棒的小狗，很勤劳，性情也好。打它一出生，我就要了它，喂养它，训练它。我记得，在它很小的时候，我常把它放在衣服口袋里带出去，让它只露出个鼻子在外面，常常还会冻得结层霜呢。我驾着雪橇的时候习惯把它放在上面，那时候小家伙对大狗们干的活儿还挺感兴趣。"

即便在最好的情况下，这也是个让人非常气愤的消息。而在他们目前的处境下，这消息在某些队员的心里已经放大到近乎灾难的程度。不少人，譬如格林斯特里特，就在满腔的愤懑中将这一切归咎于沙克尔顿，当然也略有辩护："……目前的食物短缺，"格林斯特里特写道，"很简单也很明白，就是由于老板不让把已经打到的海豹弄回来，甚至还不让奥德-利兹出去找造成的……他那一路走来的极端乐观主义，依我看就是彻头彻尾的愚蠢。很多事顺其自然就挺好，也没见有什么不好的迹象，而且我们不也走到这里了嘛。"

第二天早晨，沙克尔顿没提杀狗的事。相反，他只是命令队员们转移营地，因为脚下的这块浮冰正在以极其危险的速度融化。海豹油炉产生的黑油渍滴得冰面上到处都是，并且聚集了阳光的热量。他们开始用冰块和积雪造起一座浮桥，连接东南方一百五十码之外的另一块浮冰。下午很早的时候，转移营地的行动就完成了。他们把新的宿营地称为"耐心营"。

这时，沙克尔顿以平静舒缓的口吻命令王尔德射杀他自己队里的雪橇犬，以及麦克罗伊、马斯顿和克林队里的所有雪橇犬。

没有人抗议，也没有人争吵。四位驭手顺从地套好雪橇，赶着狗狗来到离营地一英里远的地方。驭手们独自返回，除了麦克罗伊，他要和麦克林一起协助王尔德。

每条狗依次被解下挽具，并被带到一长排大冰丘的后面。在那儿，王尔德让狗卧在雪堆里，然后左手勒住狗的嘴子，右手将左轮手枪抵近头部。一枪毙命。

每条狗被打死后，麦克林和麦克罗伊就把尸体拖出一段距离去，然后再回到等死的狗队那儿去牵下一条狗。所有的狗似乎都没有觉察到正在发生的情况，每条狗都毫无怀疑地跟着人绕过冰丘赴死，尾巴还一摇一摇的。事情办妥之后，三个人用积雪将堆成一堆的狗尸体埋好，慢慢地走回营地。

沙克尔顿决定"暂时"放过格林斯特里特队里只有一岁大的小狗，同时他也让赫尔利和麦克林两队的狗们多活一天，目的是利用它们回到"大洋营"去运些留在那里的食物回来。

两架雪橇准备好了，赫尔利和麦克林在当晚 6 点 30 分出发。这一趟跑得非常辛苦，前后将近十个小时，因为绝大多数路段都是行进在既深又软的积雪和碎冰上，狗狗们全都一直陷到肚皮。

正如麦克林后来所写："路实在太难走了，雪橇犬连我都拉不动，只好下来跟在雪橇边上艰难跋涉。雪橇犬常常跌倒，而只要有一条狗跌倒或压到了缰绳上，整个狗队就得停下来。遇到这种情况，狗就全都趴下了，只能拼命地抽打和踢拽它们，才能把它们轰起来继续赶路。路上还遇到好几道冰脊，要用冰镐和铁锹才能开出通道来。最后，所有的狗都累得再也站不起来了，我们才总算在清晨4时爬进了'大洋营'。"

他们发现这个地方几乎已经被水淹没了。为了能走到原来的厨房所在地去取食物，他们不得不用木板铺在水里当浮桥。不管怎样，他们总算弄了两车各五百磅的东西，包括蔬菜罐头、木薯粉罐头、狗粮干肉饼罐头和果酱罐头。他们为自己准备了一顿炖肉罐头的美餐，也喂饱了狗，然后于早晨6点30分启程返回。

回程相对要好走一些，因为可以循原路返回。雪橇犬拉得都很卖力，只有麦克林队里的头犬老博森累得一路呕吐，踉踉跄跄。这两架雪橇在下午1点回到"耐心营"，雪橇犬"全都跌倒在雪地里"，麦克林记录道，"有一些甚至连爬起来吃东西的力气都没了"。

晚上，麦克林躺在自己的睡袋里，疲倦地在日记里记下这一次跋涉中所发生的桩桩事件。最后，他用疲劳的手写下本篇日记的结语："我的狗明天就要被枪杀了。"

第二章

　　在隔开两个帐篷之外的地方，老花栗鼠麦克奈什也在写日记。天气实在令人不爽，一整天都闷热潮湿，死一般寂静。木匠也累了。从早上开始，他就一直在用海豹血涂抹两条小船的拼缝处，以封住先前的黏合物，使船入水后也不漏水。"一点风也没有，"他写道，"我们仍然希望在冬天没来之前能有西南风把我们解救出去。"

　　第二天早晨，人们发现了三只海豹，麦克林和汤姆·克林被派去猎回这些海豹。等他们回到营地时，沙克尔顿对麦克林说，既然全队现在又有了比较充足的肉食供给，他的狗队暂时就不必杀了。但是，赫尔利的狗队，包括头犬莎士比亚，那可是所有犬只当中个头最大的，都被射杀了。与上次一样，由王尔德担任行刑手。他将雪橇犬带到一块比较远的浮冰上去枪杀。麦克林后来发现其中一条狗还没有断气，于是立刻拔出刀来，补上一刀结果了它。

　　大约在下午 3 时，一阵风轻柔地掠过营地，往西南方刮去，给空气中带来一丝凉意。整个晚上，气温一直在下降，但第二天白天却一直很稳定地刮着西南风。沙克尔顿这天晚上几乎有些吃惊地写道："或许这就是我们命运的转机吧。"到了这时，人们都不能小瞧了这风。"大家谈到这阵风的时候心里都充满了敬意，"赫尔利注意到，"但愿有人摸到木头带来好运。"

　　有人似乎就正好摸到了那块好运木。翌日，大风如期而至，那是从西南方向刮来的真正的大风，它卷起漫天飞雪，并猛烈地撼动着帐篷。他们蜷缩在睡袋里，既感到十分不舒服，同时心里又止不住地阵阵窃喜。"每小时五十英里呢，"麦克奈什喜滋滋地记录道，"来得正是时候，最好风再大点，只要帐篷还扛得住。"这场大风一直势头不减地刮到了 1 月 19 日。沙克尔顿，这个一向极端乐观的人，眼下也是小心翼翼地字斟句酌，生怕哪里说得不对冒犯了这场了不起的大风。"我们应该是往北移动了。"他怀着十二分的小心说。

20 日这一天，狂风仍然大作，有几个人开始讨厌起被大风刮进帐篷而又很快融化的积雪来。"我们总也不知足，"赫尔利写道，"现在又在期待大好的晴天了。我们帐篷里的用具全都湿透了，如果能有机会晒晒那就要山呼万岁啦。"

不过，绝大多数人还是很开心地忍受着糟糕透顶的生存条件，因为他们知道他们一定正在大幅度地向北漂移着，为此感到欣喜若狂。

"谁也不愿意猜测我们已经漂移了多少距离，"沙克尔顿写道，这会儿底气大多了，"但是今晚是这场大风开始以来的第四个晚上，而且迄今丝毫没有减弱的迹象，因此我们应该已经向北漂移出相当的距离了。利兹和沃斯利都是营地里仅有的最悲观的人，可这大风刮得连利兹都相信我们一定已经移动了相当大的距离。"

大风第二天继续刮，有时候的风速甚至达到每小时七十英里。上午，太阳有两次穿破云层照射下来。沃斯利早就准备好了六分仪，而詹姆斯也站在他旁边用经纬仪测量太阳的角度。他们一边观察，一边进行计算，最后报出了结果。

"太棒啦，简直太了不起了，"沙克尔顿写道，"南纬 65°43′，往北漂移了七十三英里呢。这真是一年来最让人开心的好运了：我们现在离保利特岛一定不会超过一百七十英里。每个人都为这个好消息而欢欣鼓舞。大风还在继续刮。我们也许还能再多移动十英里。感谢上帝！我们仍然待在湿漉漉的帐篷里漂移，但没关系。我们吃燕麦大饼来庆祝离开南极圈北上。"南极圈现在已经离开他们差不多有整整一个纬度的距离了。

大风在次日减弱下来，一轮太阳当空高挂，阳光明媚灿烂。所有的人都钻出了帐篷，庆幸自己还活着。他们把船桨拿出来，使劲插进冰层里去，然后在船桨和船桨之间拉起绳子，再把什么睡袋啦、毯子啦、靴子啦，还有地上铺的碎布片啦，统统挂在绳子上。"别人还以为今天是我们的集体清洗日呢。"麦克奈什心境愉悦地记录道。

当天晚些时候，沃斯利又进行了一次观测，这次测得的坐标数据为南纬 65°32.5′，西经 52°04′，这意味着在二十四小时内他们又向北移动了十一英里。这使得自大风开始以来总的漂移距离达到了八十四英里，而且仅用了六天时间。更值得一提的是，偏离大陆向东的漂移距离仅有区区十五英里。

到傍晚时分，大风终于刮到头了，余风也转而从北方吹来。不过，谁也不会在意。来点北风也正是他们所需要的，因为这样也许就能吹开冰坂，让他们有机会乘船离开。北风一直刮到第二天，但却没有使冰坂如他们所愿地裂开来。他们继续等待。

次日，沃斯利爬到了东南方不远处的一座高六十英尺的冰山顶上。他回来说，"大洋营"所在的那块浮冰显然是在那场大风期间被刮得离这里很近了，大约也就五英里远。透过望远镜，他看到那个旧操舵室改建的仓库和那第三条小船——"斯坦库姆·威尔斯号"。那么，无冰覆盖的开放水域呢？沃斯利摇了摇头。没有，他说，除了南面有巴掌大的一小块之外。

然而，冰坂终究要裂开，它一定会裂开。1 月 25 日，一场浓雾弥漫，而对麦克奈什而言，这可是"真正的海雾"，说明附近就有没被浮冰覆盖的海面。沙克尔顿也认为，这一定是海雾。可惜，冰坂打开的情况仍然没有出现，老板的耐心正在一点点地失去。到 26 日，经过一天难以排遣的单调寂寞之后，他抓起日记本，在原本应该记录当日情况的页面上一连写了三行大大的字：

等 待！
等 待！
等 待！

等到一个星期过后，大多数队员都已经不再抱什么希望了。他们看不到冰坂开裂的任何机会。相反，冰坂倒是比以前更合拢了，那都是拜大风所赐，也许还会被风吹到北方或西北方的某个未知的陆地。那种相信变化马上就会出现的感觉一点点地消失殆尽，营地里的气氛又一次跌入万般无奈的境地之中。

幸运的是，队员们还有事情可做。在新的营地，人们不再打牌聊天，所有人都在忙着猎海豹，并将打到的猎物用雪橇运回营地。到 1 月 30 日，也就是大风过后的第八天，他们一共打了十一只海豹。沙克尔顿决定派麦克林和格林斯特里特两人的狗队再回一趟"大洋营"。由于格林斯特里特的痛风病犯了有两个星期，他没法跑这趟差，所以他的狗队就交给克林来带了。沙克尔顿要他俩把能找到的所有还有用的东西都搬回来。

这一次雪橇走的路况要好很多，整个行程只用了十个小时。两支雪橇队运回来一些杂七杂八的库存底子，包括数量不少的青鱼罐头，六十磅固态浓缩汤料以及很多烟草。他们还搞到不少书籍，其中就有好几大本《大英百科全书》，这可是最受大家欢迎的。就算是麦克奈什，这个虔诚的长老会教友，也承认他很乐意在《圣经》之外再读点别的，因为那本《圣经》他从头至尾不知读了多少遍了。

在接下来的两天里，沙克尔顿仔细地观察了冰坂的运动情况，并决定让王尔德带上他手下的十八个队员于次日早晨出发去把"斯坦库姆·威尔斯号"弄回来。这消息传来，让人陡然感到一轻松。因为好长时间以来，许多队员，尤其是那些海员，一直非常怀疑是否所有的队员都能挤得上那两条小船。

"我太高兴了，"沃斯利写道，"说到船，大家分乘三条船肯定要安全得多；如果只有两条船，还要把二十八个人都活着运出去，无论航程远近，在现实中都是绝对行不通的。"

这支雪橇运船队在次日凌晨1时就被叫醒了，好好地吃了一顿丰盛的早餐后，他们出发了。他们还带了一架专门运船的雪橇。有这么多人一起走，一路上都很轻松，两小时十分钟后便到达了目的地。王尔德让赫尔利做饭，并叫詹姆斯做他的"助理兼胡什汤总搅拌师"。他们把能找到的食物，包括狗粮干肉饼、烤豆、还有罐头花椰菜和红菜头，统统投进一个空的汽油罐里乱炖。麦克林一字一顿地大赞"棒极啦！"而詹姆斯则志得意满地宣称这顿饭是"伟大的成功"。

这队人马于早晨6点30分动身返回"耐心营"。尽管回程的负重相当大，但他们推进速度却并不慢。正午时分，他们抵达距营地不足一英里的地方。沙克尔顿和赫西带着一壶热茶赶来迎接他们。"这是我喝过的最受欢迎的茶了。"詹姆斯说。"斯坦库姆·威尔斯号"于中午1点安全运抵营地。

沙克尔顿马上就问麦克林累不累，能不能带上他的雪橇队再跑一趟"大洋营"，再多弄一些给养回来。麦克林同意了，并于下午3时和沃斯利及克林一起出发，这次他们带去的是小狗队。在距离"大洋营"还不到两英里的地方，他们在几道宽阔的水道前停了下来。沃斯利拼命想说服那两个雪橇驭手继续前进。他在浮冰的边缘跑上跑下，这里那里地给他们指着可能越过去的路径，但其实这都"不可能"。麦克林说："我真替他难过，但在当时的情况下，继续往前就是犯傻。"

沃斯利当天晚上在日记里写道，他们不得不原路返回，对此他是那么地失望，但又补充道："冰坂能保持坚挺到我们把第三条小船运回来，这真让我感到欣慰。"

他还写道："我们许多人的胃都受不了过度的肉食，现在都快反胃了。我期望很快就能适应，但我想如果能在肉里面放一些海豹油可能会好点。很多人都得了那种说得轻一点是肠胃胀气的病，也就是人们常说的'肚子叫'。"确实，这并不好笑。由于食物配给不足，结果几乎所有队员都患上了便秘，这使得原本就一塌糊涂的一件事雪上加霜。通常情况下，当一个人内急，他会就近躲到一道冰脊的后面，主要是出于避风挡雨的考虑，并非为了隐私，然后以最快的速度解决掉。"坚忍号"遇难被弃之后，他们出恭没有手纸，故而万般无奈之下只好用冰坷垃来代替。如此一来，几乎所有人都被严重擦伤，非常不幸的是，根本就得不到医治，因为所有的软膏和大部分药品都已经葬身于威德尔海底。

在酷寒的天气里，他们还会遭遇一件非常麻烦的事，那就是眼泪水。一个人的眼泪顺着鼻子往下流，会在鼻端冻成一挂冰柱，不管早晚你总要把它弄掉。但无论再怎样小心，也无可避免地会带下来一小片皮肤，在鼻端留下长期无法治愈的创面。

将"斯坦库姆·威尔斯号"搬回来的"大洋营"之行改变了许多人的心态。在此之前，希望冰坂会打开的预期多多少少还残存在人们心中。但是，在十二英里的往返途中，他们观察到的却是冰坂变得更加紧密了。充满希望幻想的日子一去不复返；现在什么也做不了，只能坐下来等待。

日子在灰暗、单调的迷雾中一天天过去。每天的气温很高，风却很小。大多数人宁可把时间睡过去，但是一个人能待在睡袋里的时间总归是有限的。现在，每一种还能搞起来的消遣游戏都已经被开发到极致了，甚至可说是玩滥了。2月6日，詹姆斯写道："赫尔利和老板每天下午都十分认真地打那种六圈一局的扑克。我觉得，好像每个人都宁可把玩牌当成义务，不过打一圈还真能消磨一个钟头呢。最糟糕的事情莫过于消磨时间，因为这太浪费了，可是这里也的确没有什么事可干。"

日复一日，几乎每天都完全一模一样，因此，但凡发生点什么不一样的事情，哪怕再小，也能引起人们极大的兴趣。

"今天晚上，搞得我们都好想家，"詹姆斯在 8 日这样写道，"从一闻到我们（从一种古老的海藻中）找到的枝桠燃烧的味道就忍不住了。任何新的或者能引起对过去回想的气味，都能奇妙地使我们得到慰藉。兴许我们自己身上也有味儿了，而且陌生人一定会觉得很强烈，因为我们已经有将近四个月没洗澡了……"

"现在，"他继续写道，"我们非常认真地看着帐篷上的一块块拼布，想看看到底哪一块会被风吹得鼓起来……我真希望有一个地方，那里的风向如何变都无关紧要。"

"我们还患上了'欣快狂症'（字面意思就是'为风而狂'），"他后来写道，"这种疾病可以有两种表现形式：要么是病态地担忧风向并且喋喋不休地唠叨个没完，要么就是由于听到其他的欣快症患者的话而引发疯狂。第二种形式更侧重于听。我是两种都有。"

除了风之外，只有一种话题能够引起大家的争论，那就是食物。2 月初，他们一连两个星期都没有猎到一头海豹，虽说肉的供给量暂时还不算太小，但做饭时要用的海豹油的储量已经低得令人警惕了，也许仅能再撑个十天左右。2 月 9 日，沙克尔顿写道："没有海豹。必须减少海豹油消耗……哦，就算是为了有一天我们能够踏上干燥的陆地吧。"

第二天，派了一群队员去挖那座被白雪覆盖的垃圾堆，要从那里面的海豹骨头上刮下还能派用场的海豹油。海豹的脚蹼被斩开，连砍下的海豹头也被剥皮，然后抠下一点点的海豹油。但是，这样收刮来的海豹油实在是少得可怜，于是沙克尔顿将他们的配额减少到每人每天一份热饮，即在早餐时提供每人一杯用奶粉冲成的热牛奶。他们最后的一点奶酪也在第二天发完了，每个人都只拿到一英寸见方的一小块。麦克奈什评论道："我整个下午都在使劲抽烟，就是想麻痹饥饿感。"

他们早就在巴望沙克尔顿2月15日的生日了，因为有人曾许诺让大家美美地饱餐一顿，"但由于物资匮乏，"麦克林写道，"生日大餐是指望不上了。我们就等着吃面粉和狗干肉做成的燕麦大饼就不错啦，耐心地等待吧。"

后来，在2月17日早晨，正当海豹油的库存即将告急之际，有人看到了一群个头很小的阿德利企鹅，一共二十只左右，在离营地不远的地方晒着太阳。二十来人抓起手边能够充当武器的任何东西，包括斧头柄、鹤嘴镐、断桨柄等，十分小心地匍匐接近目标。他们暗中悄悄地将那个地方包围了起来，截断了企鹅们跳入水中的退路。等所有的人就位之后，他们便冲上去，对准那群哀嚎不绝且四下里乱跳乱蹦的阿德利企鹅发疯似的一阵猛追乱打。他们最后一共干掉了十七只企鹅。那天上午，还陆续有人看到其他一小群一小群的阿德利企鹅，不同的队员小组也被派出去猎获它们。中午刚过，这里就升起了浓重的迷雾，而在此之前，他们已经总共猎获了六十九只企鹅。当天晚些时候，队员们坐在迷雾笼罩的帐篷里，听见四面八方都传来阿德利企鹅的嘈杂声，尖利的鸣叫像是在相互召唤和争吵。"要是天气晴朗的话，"沃斯利写道，"我们一定会看到成百上千的企鹅。"

尽管全队的食物储备获得了令人欣欣的可观补充，但当晚的晚餐却还是比较节俭的，麦克奈什写道，"主要有煮熟的企鹅下水，像心、肝、眼睛、舌头、脚蹼指等，以及其他连鬼也搞不清楚的什么东西，外加一杯白开水"送食物下肚。"我看我们没有人会因为吃得太多而做噩梦。"

吃完晚饭，天刮起了猛烈的东北风，夹杂着漫天飞舞的大雪。狂风一直不停地持续到第二天，迫使队员们待在自己的帐篷里。但是，与此同时，阿德利企鹅的喧嚣之声却不绝于耳。2月20日，天终于放晴了，等到天一亮，队员们都从帐篷里钻了出来。好家伙，他们仿佛置身于阿德利企鹅的大本营，成千上万只企鹅星罗棋布地撒满冰坂的东西南北各个角落。它们在冰坂上大摇大摆地四处游荡，还在浮冰周边的海水中欢快戏水，这么多企鹅同时发出吱吱哇哇的叫声实在令人害怕。

所有人手都被派去宰杀企鹅，只要能抓住的一个都不放过。到夜幕降临时，他们一共杀死了三百只阿德利企鹅，剥皮、掏去内脏，再大卸八块。第二天早晨，人们看到企鹅一夜之间就快要迁徙光了，匆匆地去一如匆匆地来，非常突然。但是，尽管整整一天里只看到了两百只企鹅，队员们还是努力杀掉了五十只左右。接下来的几天里，仅有几小群零星的迷途落伍的企鹅时不时继续出现在视野里。截止到2月24日，探险队总共捕杀了近六百只企鹅。然而，阿德利企鹅是一种个头很小且肉也不多的南极禽类，因此，他们真正获得的食物远没有预期的那么多。另外，阿德利企鹅身上的油也很少。

无论如何，突然之间冒出这么多企鹅，暂时消除了他们所面临的最大威胁——饥饿。由于饥饿不再是眼下最紧急的危险，他们注意的焦点也就转回到逃出生天这个终极目标上。

格林斯特里特记录下他的观察："现在的食物相当不错，全都是肉。海豹肉排，炖煮的海豹、企鹅肉排，炖煮的企鹅，企鹅肝，这玩意儿可真是美味呢。可可已经吃完一段时间了，茶叶也很快就会用完，要不了多久我们唯一的饮料就会是（奶粉冲泡的）牛奶了。面粉也所剩无几，现在只能在做狗干肉的燕麦大饼的时候才拿出来用一些。这些燕麦大饼好吃得很呢。我们现在距离保利特岛九十四英里，意味着自从我们来到这块浮冰之后，已经完成了四分之三的路程。我担心我们是否真的能够到达那里。"

麦克林则这样写道："我们已经在这块浮冰上度过了一年的三分

之一，任随浮冰听天由命地漂流。我不知道什么时候才能再看到故乡。"

詹姆斯到底是科学家，用实验室的语汇写道："我们所做的一切理论，有时是基于我们对于周边冰层状况的实际观察结果，但更多的时候则无任何依据。这不得不令人联想到'相对论'。总之，我们目力所及的视域不过数英里而已，但整个威德尔海的面积却大致为二十万平方英里（实际接近九十万平方英里）。一只处于一阵大风中的单一氧分子上的小虫，也和我们一样有机会预见到它会在哪里终了一生。"

第三章

自从上次那场由南而来的大风结束之后，到现在刚好过去一个月多一点。这期间，他们又已经漂移了六十八英里，平均每天两英里稍多一点。总体来说，大方向是朝西北漂移，但是具体到每天，漂移就呈现不规则也无规律可循的状态，有时是西北，有时是正西，有时甚至又向南，还有一次居然是正北。但有一点是肯定的，那就是他们正在接近帕默半岛的端头。

沃斯利每天都会爬上一座不大的冰山残块的顶上，一待就是好几个小时，焦虑地眼望西方，希望能看到陆地。2 月 26 日，他看到了"被光线折射而抬高的疑似哈丁顿山，比其平常的边界要更后退二十英里。"

他们都愿意相信这是真的，但也有人不相信，最不以为然的就是麦克奈什。"咱们这位队长说他看见那山了，"他写道，"可大伙儿都明白他的话不能当真。"沃斯利的确有点喜欢想入非非。哈丁顿山其实在詹姆斯·罗斯岛上，位于他们目前位置以西约一百一十英里之外。

1916 年碰巧是个闰年，于是沙克尔顿就抓住 2 月份有 29 日这么个不起眼的理由，想要提振一下队员们的士气。他们吃了一顿"单身盛宴"作为庆祝，而且是非常节俭地"奢侈"了一下。"这可是多少日子以来，"格林斯特里特说，"我头一回没有刚吃完饭就马上想着再来一顿。"

他们的漂移就这样又进入了 3 月。3 月 15 日，格林斯特里特写道："日子一天天过去，然而单调烦闷的氛围却未减分毫。我们绕着浮冰一圈又一圈地做着健体散步，但是谁也不能走得更远，因为说到底我们其实就是在一个岛上。现在根本就没有任何新鲜的东西可以阅读，也没有任何东西可以谈论，所有的话题都已经被聊滥了……我已经不知道哪天是星期几了，只有星期天还知道，因为一到星期天，午饭就有企鹅肝和培根吃，这可是一个星期里唯一的大餐。可惜，很快就连星期天也不会知道了，因为我们的培根就要吃完了。周围的冰坂一点变化都没有，还和四五个月之前一模一样，而且由于气温始终是那么低，要么 0 度（约零下 17.8 摄氏度），要么零下，故而所有的间隙水面都盖着一层新冻结的冰，而这新冰既没有办法让人从上面走过，也不能让船在水中通航。依我看，我们最终到达保利特岛的概率也就是十分之一……"

确实，最终到达保利特岛的机会现在看来的确是一天比一天更遥远了。那岛离此地的准确距离为九十一英里，方位是西北偏西。但是，他们的漂移却是稳稳当当奔正北而去。所以，除非冰坂朝北的漂移路径发生重大变化，否则他们也许就只能眼巴巴地与保利特岛擦肩而过。而且，对此他们完全无能为力，只能无助地等待。

沙克尔顿也和其他人一样，变着法儿地消磨时间。和他住同一顶帐篷的詹姆斯在 3 月 6 日记录道："老板刚发现了鲸油的一大新用途，现在正卖力地用鲸油清洗扑克牌。扑克牌给玩得太脏了，有的都根本看不清是什么了。然而，用鲸油一擦洗，扑克牌立马就焕然一新。说真的，鲸还真是有用的动物。"

最糟糕的是这些日子天气一直非常不好。队员们什么也做不了，只能待在帐篷里。而且，为了避免将外面的积雪带进帐篷里，他们严格限制进出帐篷，只有那些"老天叫去办事"的人才能出去。3 月 7

日这一天，西南风劲吹，漫天飞雪。麦克林在 5 号帐篷中写下如此的描述："……我们有八个人住在这里面，挤得就像沙丁鱼似的……克拉克老是抽鼻子，实在让人受不了，他能抽一整天的鼻子，不得已与之同住的人都快给他逼疯了。利兹和沃斯利不是争吵，就是谈论些鸡毛蒜皮的小事情，我们其他人对此无法可想，逃也无处可逃。利兹夜里呼噜打得让人讨厌，克拉克和布莱克波罗也打鼾，但没有那么严重……就在此时，克拉克抽鼻子的声音直往我的耳朵里灌，我逃避的唯一方法就是抓起日记本来写……"

3 月 9 日，他们都感觉到了涌浪——海洋那无可否认且准确无误的高低起伏。这回绝不是什么人的臆想。涌浪现在就切切实实地发生着，所有人都能够看到、感觉到和听到。

他们最早是在清晨感觉到的，还以为是冰坂发生了异常和有节奏的开裂。大家都跑到帐篷外，聚在一起观察，而且也确实能够看清楚。浮冰周边那些个松散的大冰块一会儿分开一会儿又靠拢，每次产生的距离总在四至六英寸之间。那些大的浮冰则让人察觉不出地升起——不超过一英寸，然后慢慢地回落下来。

队员们三五成群地站在那儿，兴奋不已地相互指出，这回每个人都看得清清楚楚，整个冰坂的表面正发生着一场温和慵懒的运动。某些悲观的人提议说，这也许是由本地大气状况造成的湖泊波漾。沃斯利取出自己的天文时计，来到浮冰边缘监测涌浪起伏间隔的时间，测得起伏相隔十八秒，如此之短绝不可能是湖泊波漾。毫无疑问，这一定是来自无冰覆盖的开阔洋面的涌浪。

但是，到底有多远呢？这才是问题所在。"多远，"詹姆斯沉思道，"能够使涌浪自身穿过冰坂仍能被觉察到？从经验上看，应该不远，但是，我们也还从来没有使用现在所用的精密方法去检测过这块冰坂。"

冗长且充满猜测的讨论持续了一整天。与此同时，沃斯利却一直蹲在浮冰边缘，持续测量这冰坂缓慢的一起一伏。到傍晚时分，终于每个人都满意了，因为那开阔的洋面至多也就是在三十英里之外。似乎只有沙克尔顿一个人从这涌浪中感到了一种新的威胁，其严重程度要远超出他们曾经面临过的任何一次威胁。他在当晚写道："除非水道形成，否则信任不会增加。"

他很明白，如果单是涌浪增加，而冰坂依然不变，他们是绝无机会逃出去的。因为海水的运动会肢解浮冰，并最终将浮冰撞成碎块，而这种碎块既无法承载他们在上面安营扎寨，还会阻挡他们的小船航行通过。

在睡觉之前，沙克尔顿最后再看了一眼营地四周。他很满意，帐篷和三条小船并没有靠得很紧，否则它们加在一起的总重量本身就可能压碎浮冰。这种预警措施还有另外一种优点，那就是由于他们的设备分散在一个较大区域里，所以不大可能一次就有相当数量的给养掉进冰缝里去。

第二天一早，队员们纷纷从各自的帐篷里钻了出来，希望看到涌浪变得更加强大。恰恰相反，冰坂上看不出一丝一毫的运动迹象，冰层一如既往地致密。于是，全队上下被先是失望继而哀伤的情绪所笼罩。这头一回预示有开阔洋面的真实迹象，这让他们久久期盼而仿佛终于将至的逃生希望，曾昙花一现般悬在他们面前，而后竟又如此迅疾地转眼不见了。

那天下午，沙克尔顿下令进行一次演练，以检验全队能在多短的时间里将船从雪橇上卸下，并装满物资以应对突发的紧急情况。队员们遵命执行，但他们那强压下去的火气已经开始嗖嗖地往外蹿了，而且也确实发生了好几起野蛮的交手。物资上船并不能使情况好转，相反大家都清楚地看到了他们的给养是多么少。超载看来肯定不会是他们要面对的问题之一。演练之后，队员们心情不佳地走回各自帐篷，一路上很少相互说话。

"无事可做，无书可读，也无话可说，"詹姆斯记录道，"我们发现自己每天都变得更加沉默寡言了。"

在这次涌浪出现前，许多人一连好几个月都拼命不让任何希望钻进他们的心里。最起码，他们让自己相信，不仅全队会在这块浮冰上过冬，而且这样的命运还是可以忍耐的。

可是，那涌浪来了，真真切切地来了，它客观地证实就在这看似无限的冰海囚笼之外的确存在着什么。于是，所有那些他们精心编织的防止希望进入心里的种种理由统统毁于一旦。麦克林曾义无反顾地坚守其死硬的悲观态度，现在却发现很难再继续下去。他终于在3月13日也放弃了，如是说："我始终执着于逃生的想法。我们在这块浮冰上已经待了有四个月了，这对任何人来说都绝对是彻彻底底的虚度光阴。这里完全无事可做，一个人能做的就是消磨时日。即便是在家里，即便是有那么多的剧院和各种娱乐活动，即便是每时每刻都能景换人易，四个月的无所事事也能让你感到无法忍受的枯燥烦闷。所以，你完全可以想象我们该有多么难熬。人们巴望着吃饭，其实并不是期待能吃到什么，而是在等待一天中的几次固定时刻而已。日复一日，我们的周遭始终是一成不变的茫茫白色，永远没有任何变化。"

愈来愈严重的绝望之感开始影响他们。詹姆斯在第二天写道："某些决定性的事一定会很快发生，不管到底会是什么事，都强过这持续不断的静止状态。自我们的探险船沉没之后，这已经是第五个月了。当时离开的时候，还以为一个月之内就能登上陆地呢！正所谓'谋事在人——'① 这话用在此地挺合适，不过带点不幸而言中的意味。"

甚至就连这天下午从南边刮来的大风，也未能让他们的精神有丁点儿的振作。他们都发觉再要忍受如此大风裹挟而来的种种苦难已经

---

① 出于某种原因，詹姆斯在此略掉了成语的后半部分："成事在天"。

愈发困难了，尽管他们也知道，正如沃斯利所言："我们也许正飞快地向北冲去，不可思议的速度竟达每小时一英里！"

大风呼啸嘶鸣，沃斯利继续写道："撕拽着我们那单薄可怜的帐篷，像是要把它刮成碎片似的。帐篷发出嘎嘎的声音，一刻不停地拍打和颤抖……帐篷布实在是太薄了，以至于我们抽烟斗和香烟时产生的烟雾，竟也会随着室外肆虐的阵阵狂风而婆娑摇曳。"

每隔一个小时，就会有一个人离开帐篷去站哨，另一个人则会随之返回，钻进帐篷，在漆黑之中抖掉身上的积雪，然后摸索着来到自己的睡袋边上。这些值哨归来的人，无一例外地会吵醒大多数其他人。你怎么可能睡得安稳，沃斯利说，就冲着有这么些情况就不可能，譬如"雪掉落在你脸上，脚踩在你的肚子上，狂风如雷怒吼，帐篷乒乓作响，还有上校那如雷的鼾声"。

那天晚上，狂风呼啸着横扫过整个冰坂，将他们往北推进，詹姆斯暗自神伤地揣测："保利特岛说不定已经跑到我们南边去了。"

第四章

　　雪上加霜的是，食品匮乏更加严重，尤其是做饭要用的海豹油又一次接近告罄。从最后一次猎杀海豹至今又是三个星期过去了，本来就少得可怜的阿德利企鹅油也几乎要没有了。从探险船上弄回来的其他给养也消耗殆尽。3 月 16 日，他们最后的一点面粉也没了，用来做成了狗干肉燕麦饼。有几个人愣是一小口一小口地嘬了一个多小时，才把自己那份仅有一盎司的饼吃完。

　　事情就是这样不可避免，沙克尔顿曾经不允许把本来可以弄回营地的食物弄回来，人们对此早就怨声载道，现在又一次爆发了。就连从来都克制自己不去批评沙克尔顿做法的麦克林，此时也都气得无法忍受，他甚至捣鼓出了一套暗语，这样便可以在日记里对沙克尔顿尽情评说，而不必害怕别人能读懂他脑子里的想法。

　　3 月 17 日，他用暗语写道："我觉得，老板在一切正常的情况下不许人家把能搞到的东西弄回来，实在是有些目光短浅，其实冒一下险还是值得的。"后于 18 日又再写道："利兹几天前就跟老板闹起来了，他觉得既然得在浮冰上过冬了，就应该尽量把（'大洋营'的）所有食物储备都弄回来。可还没等他说完，老板就断然打断他说：'让这帮家伙饿一饿有好处，丫的胃口也忒大了。'"

　　日子一天天地过去，他们的给养配额也不得不稳步地减少。茶叶和咖啡现在已经全部用完，再加上作为燃料用来融化雪水的海豹油也极度匮乏，他们现在每人每天只有一份"非常稀释的"奶粉牛奶。牛奶只在早餐时供应，此外另搭配每人五盎司的海豹肉排。午餐吃冷的，一夸脱罐的冷粥和一块罐头饼干。晚餐是一份海豹肉或企鹅肉做的胡什汤。

对大多数人而言，饥饿就是一种切身的生理痛苦。体内那种需要更多燃料来驱走寒冷的强迫性的欲求，使他们更加感到一种无休止的不断咬噬其肌体的饥饿感。天气变得越来越难以忍受，夜间的气温经常会跌至零下 10 度（约零下 23.3 摄氏度）以下。就这样，当他们最最需要增加卡路里的时候，却反而被迫以更少的进食来坚持更长的时间。许多人为了不让自己瑟瑟发抖，刚吃完饭没几个小时就钻进睡袋里去了，直到下一顿获取新的热量。

有些胆大妄为的家伙居然还拿吃人肉来开玩笑。"我和格林斯特里特，"沃斯利写道，"就拿马斯顿来寻开心。马斯顿可是我们营地里最胖的人，我们开始格外关心起他的安全和健康来，时常把一些被我们啃得连一点肉星子都没了的企鹅骨头送给他，以显示我们有多么慷慨大方。我们哀求他千万别瘦了，甚至过分到直接预订他身上的哪块肉、哪个部位，还为谁应该吃最嫩的那块肉而争吵。搞到最后，他对我俩实在恶心透了，每次一看到我们立马扭头就走。"

这种玩笑开得实在没水平，因为它与现实情况直接挂钩。其实，别看他们整出这些苦涩的玩笑来打趣，现在连沃斯利自己也变得沉默寡言，闷闷不乐了。

3 月 22 日，食物匮乏的情况到了危急关头，沙克尔顿对麦克林说，要他第二天就把狗都杀掉，以便大家可以吃原先留给狗的那些食物。麦克林漠然地回答说："说实话，我真看不出它们对我们还能有什么用。'大洋营'显然已经不存在了，而我们的海豹油燃料也只剩下够用十天的；现在就全指望能多打些海豹了，否则我们的处境会非常不妙。"

3月23日清晨，天一亮就非常寒冷，整个冰坂都笼罩在弥漫的浓雾之中。沙克尔顿很早就起来健身散步，当他来到浮冰边缘时，大雾暂时散开了一阵儿，这时他看到在很远的西南方向有一个黑乎乎的物体。他盯着物体看了足有好几分钟，然后急忙跑回自己的帐篷，叫醒了赫尔利。他们俩又再回到浮冰边缘，在时断时续的迷雾中，仔细地观察了数分钟。

一点没错，就在那儿，确实是一片陆地。

沙克尔顿立刻跑回营地，一个帐篷接着一个帐篷地边跑边高声喊道："看见陆地啦！看见陆地啦！"人们的反应却十分奇怪。有些人从帐篷里冲出来看，其他人则怎么也不肯离开他们的睡袋，兴许是天太冷，兴许是以往那种错把远处的冰山当陆地的事儿太多，他们都已经麻木了，所以还是等到确认是陆地之后再说吧。

但是，这回还真不是远处的冰山或者什么海市蜃楼。那是危险列岛中的一个小岛，根据《不列颠南极航行指引》中的描述，现在完全可以从其直插水中的桌面式断崖外形上辨认出来。该岛位于四十二英里之外，而且其后二十英里处就是他们的目的地——保利特岛。

队员们站在那儿眺望着那片陆地，仅片刻之后，愈发浓重的迷雾就遮断了他们的视线。然而，那天中午刚过，天气转好，晴空万里，危险列岛后面一派黑黝黝的山脉清清楚楚地呈现在眼前，只见那峰峦叠嶂若隐若现于低垂的云雾之中。沃斯利认出其中最高的那座山峰就是帕西山，即帕默半岛最端头外的茹安维尔岛上的一座山峰。

这座小岛就位于五十七英里之外，而且就在他们的正西方向，几乎与他们漂移的方向形成直角。"如果冰坂能够打开，我们用不了一天就能登陆。"赫尔利写道。

但是，他们中没有一个人认为那冰坂会打开。恰恰相反，仅眼前可以看到的范围内就足足有七十座冰山，其中多数已经搁浅，目前看来这些冰山只会阻止冰坂打开或向北漂移。如果现在就把小船都放下水去，那么不出几分钟就会被撞得粉碎。再说，拉着雪橇在冰上穿行也是不可想象的。整个冰坂现在已经成了一大片由密集的浮冰碎块所构成的区域，比起三个月前他们撤离"大洋营"后拼搏五天才仅走了九英里时的情况还要凶险千倍。

结果，他们只能"望陆兴叹"，更加清醒地明白他们有多么无助。格林斯特里特的态度可说是非常典型的带有讽刺意味："想想这世界上除了冰雪之外还有别的东西，可真是件好事，可惜我一点也兴奋不起来，因为那东西并没有使我们更接近于逃出生天。所以，我现在宁愿看到的是一群海豹冲过来，这样就又会有食物和燃料了。"

尽管现实情况让人感到沮丧，但能够看到陆地总还是值得欣慰的事，正如詹姆斯所言，别的都不说，"单是我们最后一次看到黑色的岩石到现在，也已经将近一年零四个月啦"。麦克林是最大的受益者，因为太高兴，沙克尔顿居然忘了要杀掉麦克林狗队的决定。

"求您啦，上帝，"沙克尔顿那天晚上写道，"让我们快快登上陆地吧。"但其实真正能够让他们拿来作为跳板的小片陆地所剩无几。他们已经漂移到了帕默半岛的最端头，但要到达那里的陆地似乎全无可能。

在他们与南极公海以及来自于可怕的德雷克海峡——这个地球上风暴最肆虐的海域——的合恩角长涌群之间，即位于他们北面一百二十英里处，横亘着形单影只的克拉伦斯岛和大象岛，犹如两个哨兵拱卫着南极大陆。在这两个岛的后面，便什么也没有了。

3月24日天气晴朗，阳光明媚，茹安维尔岛上的座座山峰都清晰可见。詹姆斯一边展望冰块太过密集而无法逾越的冰坂，一边情不自禁地写道："一想到只要冰坂能裂开一条宽二十英尺左右的水道，我们就能在一两天内逃出去，而这么长久以来看似最接近的成功却又几无可能，真让人悲从中来。大家都沉默寡言，就待在帐篷中不出去，相互也不说话。四周弥漫着一种有所期待的气氛，当然也就引来了各种胡思乱想。"

这种期待的氛围到了当天下午更加浓烈，当时他们所处的浮冰有两处裂隙加剧了，距离他们的小船仅九十英尺远。万幸的是，这两处裂隙并没有真正裂开。

第二天黎明，一阵突如其来的暴烈狂风由西南方向席卷而来。但是，这阵狂风也就只持续到下午三四点钟，而后很快便偃旗息鼓，天气也立刻又转晴了。日落黄昏，大有山雨欲来风满楼的架势，几抹炽烈的火烧云掠过血红的太阳。茹安维尔岛又一次出现在他们的后方，虽然很远也很模糊。

由白天那阵偏南大风裹挟而来的刺骨寒冷一直持续到夜里，把所有队员都冻得够呛。他们的身体甚至连捂热睡袋的热量都没有了。

剩下的海豹油维持不了一个星期。因此，在 3 月 26 日这天，早餐时每人五盎司一份的海豹肉排被取消了。作为弥补，队员们通常会领到半磅冷的狗粮干肉饼和半份奶粉冲的牛奶；天气特别冷的话，还会多加几块方糖。午餐是一块饼干和三块方糖，晚餐则是一天里的所谓热餐，用海豹或企鹅做的胡什汤，"但都是用尽可能短的时间烹制的"。这里任何时间都不供应水。如果有谁想要喝水的话，就得自己把雪塞进一个罐子里，通常都是香烟盒，然后将铁盒贴在自己的胸口，或者睡觉时把铁盒放到睡袋里，以此来捂化盒里的雪。但是，就算是满满一盒雪，最后也只能得到一到两汤匙的水。

3 月 26 日这天，沙克尔顿听说有几个队员从总仓库里拿走了一点冻得硬邦邦的海豹油和企鹅肉，并打算就那么生吃掉。沙克尔顿立刻命令将剩下的所有物资悉数转移到自己的帐篷外。

另外，麦克林还受命从原先用来喂狗的杂碎肉堆里挑出一些可以给人吃的。麦克林认真地进行了翻检，他把所有能吃的都挑出来放在一边,"除了那些实在臭得让人发呕的之外"。这些零七碎八的烂肉确实看着恶心,麦克林写道:"但很不幸,要是再打不到更多海豹的话,我们就只好生吃这些烂肉了。"

显然,那些狗也很快就会被吃掉。原先之所以让它们又多活了这么长时间,主要是觉得还有机会用它们最后再跑一趟"大洋营"去弄给养。而等到它们跑完这趟差,或者说这趟差已然"不可能了,这些狗就要被枪杀吃掉"。

"我会毫不犹豫地吃煮熟的狗肉,"麦克林写道,"但我可不想吃生狗肉。"

一连几天,几名队员一直极力撺掇沙克尔顿,要求在这生死攸关之际豁出去再跑一趟"大洋营",因为营地离开他们也就七英里远,看都看得见。那里还储存着六百至七百磅的狗粮干肉饼和大约六十磅面粉。然而,尽管沙克尔顿也为已经告急的供给忧心如焚,但他还是不能说服自己下令派雪橇驭手们去闯那些危机四伏的碎冰块。现在,冰坂压力传导的声音几乎一刻不停,显然是有浮冰同帕默半岛蜿蜒伸出的陆地发生了挤压。撞击声在冰层中回响,差不多每个方向都可以看到冰坂的运动。"我希望我们这块老浮冰千万别碎开来,"格林斯特里特评论道,"因为哪儿也再找不到如此之好的浮冰了。"

周边众多的冰山也在加速着整个冰坂的分崩离析。由于冰山主体悬垂于海洋深处,所以常常受到反复无常的潮汐流的左右。它们会时不时地出现异动,比如某座冰山,一开始随着整个冰坂和顺地随波逐流,可突然之间就给你来个大转向,从旁边的冰块中噼里啪啦地冲出去,不费吹灰之力就将任何挡在前面的障碍撞到一边,在其身后留下一片支离破碎、四仰八叉的浮冰块阵。而且,人们根本无法预测这些像喝醉了似的搅局莽汉们会从哪里冲出来又冲向哪个方向。

5月27日,沃斯利发现一座巨大的冰山毫无征兆地往东北方向漂去,"而(另)一座冰山从北面向我们的浮冰直冲过来,四个小时就推进了五英里，不过还算运气好，那冰山最终还是在偏东一点的地方与我们所在的浮冰擦肩而过。"

随着时间一小时一小时地过去，最后一次重返"大洋营"之行的可行性也正在一点点地减少，沙克尔顿觉得要么立马就行动，要么永远也别指望再有机会了。他当晚极不情愿地吩咐麦克林，要他做好第二天一大早就出发的准备。麦克林那时早已经钻进睡袋去睡觉了，但他听到沙克尔顿如此吩咐还是欣喜若狂，立刻起床去准备第二天需要用的挽具和雪橇。但是，第二天天亮时，冰层发生了剧烈的运动，四周也被弥漫的浓雾所包围。一到吃早餐的时候，沙克尔顿就来到5号帐篷告诉麦克林说，他决定放弃这次重返"大洋营"之行。这决定让人心里一下子凉透了，要知道刚过去的这一夜是那么悲凉，四周湿漉漉，迷雾重重，大伙基本上都没怎么睡着过。

还没等沙克尔顿完全离开帐篷，麦克林就和克拉克为一点鸡毛蒜皮的小事掐起来了，两个人差不多立马就指着对方大喊大叫起来。这阵仗传染给了奥德-利兹和沃斯利，还在他们两人之间挑起了一场亵渎神灵的对骂。在一片乌烟瘴气之中，格林斯特里特打翻了自己那份奶粉牛奶。他猛地转过身来对着克拉克就骂了起来，怪他让自己打翻了牛奶，因为就是克拉克让他分心了好一阵。克拉克想要开口辩解，但却被格林斯特里特一通高叫给压了下来。

格林斯特里特停下来喘口气，就在这一刻他的气陡然消了，他突然陷入沉默之中。帐篷里所有的人也都沉默了，齐齐地看着格林斯特里特，只见他蓬头垢面，胡子拉碴，脸上由于长期被海豹油熏烤而黝黑黝黑的，手里端着空的马克杯，低垂的目光无助地望着地上的积雪，就是在这儿他那珍贵的牛奶被吸得干干净净没了踪影。这损失太惨重，他仿佛都要哭出来了。

克拉克一言不发，走上前去，把自己的牛奶往格林斯特里特的杯子里倒了一点进去。紧接着，沃斯利、麦克林、瑞肯森以及克尔、奥德-利兹，甚至最后还有布莱克波罗，他们一个接一个地默默为格林斯特里特匀了一些牛奶。

早饭刚一吃完，他们就发现了两头海豹，于是狩猎组立刻紧急组建起来。第一组负责搞定离得近的那头，其他各组则近距离地围住他们的猎物，而这时，沙克尔顿感觉脚下的冰层太危险，下令所有人立刻撤回营地。

在回营途中，奥德-利兹饿得人都要垮掉了。和往常一样，他早饭只吃了半份，也即八分之一磅的狗干肉饼和一块半方糖，为的是给后面的日子多省点。休息了几分钟之后，他总算又能够站起来，回到自己的帐篷里去了。

那天晚些时候，迷雾天转成了滂沱大雨，气温也升到了 33 度（约 0 摄氏度）。大部分队员都钻进了睡袋，而且一进去就待在里面不出来，大雨一直不停地下了一整夜，第二天接着又下了一整天。麦克林这样形容道："一涓细流从我的睡袋下面潺潺流过，把睡袋浸得透湿透湿，屁股就像全浸在水里似的，手套、袜子以及其他东西也都湿透了……此刻，就在我写下这几行字的时候，雨水正吧嗒吧嗒地从帐篷顶上往下滴。所有能找到的容器，比如空罐头盒之类，全部拿来接雨水了，不然我们的睡袋可就湿得更惨了。可是我们也只能接住一部分雨水，因为漏雨滴水的地方要比我们所有能用的容器多三倍。我把自己的巴宝莉风雨衣摊开来盖在睡袋上，等到雨水在雨衣上积成一大摊的时候，就索性将雨衣拎起来，把雨水泼到一旁的雪地上。一直这样提心吊胆地接水倒水，实在是让人烦透了……求上帝赶快给我们一个晴天吧，这样太遭罪了。我从来没见过像今天帐篷里这样让人抑郁不堪的境况。"

那天下午晚些时候，大雨又变成了飘雪，不过到了 5 点钟，雪也停了。詹姆斯当晚 9 点到 10 点值守，就在他沿着浮冰的边缘巡视的时候，察觉到脚下的冰层正在发生运动。他又凑近看了看，果然看见

"非常明显的涌浪"正缓慢地将浮冰拱起来。他立刻向沙克尔顿汇报了自己的发现，因为沙克尔顿曾明令值守人员必须格外警惕。

第二天早晨 5 点 20 分，这块浮冰终于开裂了。

第五章

　　小个子埃尔夫·齐汉姆正在值守，他飞快地跑到每个帐篷报信。

　　"冰裂啦！"他高喊道，"冰裂啦！赶紧起来逃啊！"

　　几秒钟之内，所有的人都连滚带爬地从帐篷里钻了出来。他们看到两条裂缝，一条横贯整个浮冰，另一条则与第一条呈直角相交。不仅如此，整个冰坂正被一股非常巨大的涌浪掀起。

　　他们朝"詹姆斯·凯尔德号"跑去，把冻住的雪橇滑板从冰上撬开来，然后靠人力将它推到浮冰的中央。就在这时，横贯浮冰的裂缝又扩大了许多，有些地方甚至有二十英尺宽，而且还可以看到裂开的冰块正在涌浪的作用下忽前忽后地缓慢运动着。他们储藏的肉在裂缝的那一边，于是有几个队员从裂缝比较窄的地方跃过去，然后把肉隔空抛过那条裂开的开放水道。

　　早晨 6 点 45 分，该搬过来的所有东西都安全地搬过来了，大家都停下来吃早饭。正当他们三五成群地站在周围等待领早饭的时候，浮冰又一次开裂。这一回正好就在"詹姆斯·凯尔德号"船身下面，离帐篷区有一百英尺远。这时，完全无需任何人下命令。队员们都朝小船冲了过去，迅速地将它拖到帐篷的近旁。终于，他们可以静下心来吃早饭了——与平时一样，一块狗干肉饼、六块方糖以及半杯牛奶。

　　可是，还没等他们吃完早饭，一个奇怪的身影从迷雾中出现了，只见它不慌不忙地从旁边的冰块上走过，这块冰就是从他们那块老浮冰上断裂下来的。王尔德跑去帐篷取来复枪，单膝跪地开枪射击。一头野兽发狂地挣扎一下，然后慢慢地倒在了冰面上。一些队员立即朝那家伙倒下的地方跑去，一看原来是只豹型海豹，身长近十一英尺。

就这么一枪，仅仅一枪，王尔德彻底改变了他们的整个生存局面。现在躺在他们脚下的，是将近一千磅的鲜肉，以及至少可供两个星期之用的海豹油。沙克尔顿宣布，午餐可以美美地吃一顿海豹肝了。

大家都兴高采烈，立即放出所有的雪橇狗去把战利品运回营地。他们将海豹开膛破肚之后才发现，海豹的胃里还有五十多条没有消化的鱼，于是就把鱼小心地放在另一边，留到第二天再吃。等这一切都搞定，已经是上午9点了。

沙克尔顿这时招来麦克林，要他把他那队雪橇狗都杀了。麦克林二话没说，因为现在确实没有理由再留着它们了。由于浮冰出现了新的开裂，所以重返"大洋营"的可能性比以往任何时候都更小了，再说他们现在又打到了一头硕大的豹型海豹，已经完全没有必要去冒那个险了。

在王尔德的陪伴下，麦克林赶着他的狗队穿过一条冰缝狭窄的前端，往以前的厨房所在地赶去。在路上，他们经过原先堆放海豹杂碎的地方。那条狡猾的老狗"歌手"咬住了一只被丢弃的企鹅头，而另一条狗"波士顿"则捡了一根骨头。它俩都被允许保留自己的战利品。

麦克林伤心欲绝地一次解开一条狗的挽具，然后牵着它绕到作为掩蔽物的冰丘后面。一如前几次那样，王尔德让每一条狗蹲坐在雪地里，将左轮手枪的枪口直接抵住头部，然后扣动扳机。"歌手"死的时候嘴里还叼着企鹅头，而"波士顿"则攥着那根骨头死也没放。待到麦克林小队所有的狗都被枪杀之后，麦克林将狗全部剥皮，分宰成块，以便食用。克林的幼仔狗队也悉数被枪杀和宰割。

营地那边，简直就是一片节日的欢乐气氛，人们翘首以待两个多星期以来的第一顿热餐。有人建议是否能品尝一下狗肉，沙克尔顿欣然同意。克林从他那条名叫"尼尔森"的小狗身上切下一些小片的肉排，而麦克林也从他的"格鲁"身上切下了肉排。

狗肉煎熟之后，克林急忙趁热四处散发给别人。他首先来到沙克尔顿的帐篷，将他那张饱经风霜的爱尔兰人的脸探进帐篷的门帘里去。"我给您带了点'尼尔森'的肉来，您尝尝吧。"他恶作剧地说。

狗肉得到大家的一致好评。"这狗肉简直美味极啦，"麦克奈什如是评说，"特别是在我们吃了那么久的海豹肉之后，就是山珍海味啊！"詹姆斯也认为狗肉"好吃，特香，令人意想不到"。沃斯利吃了"格鲁"的肉之后，也说"比豹型海豹的肉可要好吃多啦"。赫尔利更是夸张地宣称，那狗肉"鲜嫩至极，无比美味，尤其'尼尔森'的肉，简直堪比小牛肉"。

那天上午，涌浪一直没有停息过，相反还稍微有些加强，因此到了吃午饭的时候，沙克尔顿发布命令说，从现在开始马上实行"不间断值守"制度，即每四小时为一班，交替上岗，一班上，另一班就休。沙克尔顿负责带一个班次，王尔德负责另一班次。如此一来，总有一半的人在值守状态，不但衣服要全穿好，物资给养也要打好包，随时准备一接到命令就启运。每个班次的值班人员当中，必须要派两个人沿着浮冰的外缘持续不断地步行巡逻，其他人则可以留在各自的帐篷里待命。

整整一个白天，出现了越来越多的似乎马上就要开裂的冰缝隐患。海角鸽和燕鸥翻飞在人们的头顶上方，沃斯利甚至看到了一只硕大无朋的海燕，浑身雪白，只在展开的双翼上有两抹黑色的羽毛，这是附近存在开阔水面的确凿迹象。克拉克则在两块浮冰之间的水道里发现了一只水母，于是他不容置疑地说，这类海洋生物只可能出现在没有冰冻的海域。这一切，再加上西北方深蓝色的天空，一息不停的涌浪，还有34度（约1摄氏度）的高温，使得沃斯利得出这样的结论："这一切当然都充满希望，"不过，他马上又补充道，"希望也常常会让人空欢喜一场。"

快到下午3点时，天开始下起了阵雨，等到了晚上8点，即王尔德应该接班的时候，阵雨变成持续不断的大雨。在整个值班期间，王尔德和麦克罗伊搬进了5号帐篷，尽管早已人满为患，而且到处都潮湿得叫人难受，但这里的氛围倒还温馨祥和。大家都已经听腻了同帐篷的队友翻来倒去的陈词滥调，所以很乐意听听别人带来的新鲜段子。

两位新来的到了不久，就被特许可以奢侈地点燃一根火柴。"各位都准备好了吗？"王尔德问道，而那些瘾君子们早已拿出烟斗或香烟在那儿等着了。于是，嚓地一下，那根极其珍贵的火柴被划燃，光亮映照在围成一圈的胡子拉碴的一张张脸孔上。一根用涂过焦油的绳纱做成的烛芯被火柴点燃，每个人又退回到自己的位置坐好，优哉游哉地吞云吐雾。

王尔德讲了一大堆他过去如何泡妞的糗事，而麦克罗伊则以整个探险队里最见多识广的人自居，对着一帮聚精会神的听众，仔细讲解自己调制各种鸡尾酒的绝密配方，其中就包括一种被称为"酥胸克"的调情春酒。如果不是他俩，这个夜晚就过得太平淡无奇了。黎明时分，雨停了，风也转向南吹，空气又冷又干。涌浪渐渐平息下来。

除了这些令人鼓舞的迹象之外，整个冰坂却连续一整天及第二天上午都没有发生任何变化。当天下午，一片深暗的水映天出现在西南方，并一直弥漫延伸至东北方。但是，考虑到南风的因素，发生突如其来的冰裂的可能性不大，因此沙克尔顿认定现在取消不间断值守应该没有问题。不过，还会继续派一人巡逻，而且是日夜不断。

当晚8点，正当麦克林在外面和奥德-利兹交接班时，他们宿营的浮冰出乎意料地被涌浪拱起，并且发生了断裂，开裂处距王尔德的帐篷仅两英尺。麦克林和奥德-利兹双双发出警报。

可惜，所有人都已入睡，而且他们还坚信不会发生冰裂，所以听到警报时，大家都没有丝毫的准备。他们在漆黑一片的帐篷里胡乱地抓抢衣服，谁都想找到自己的衣服，并穿上那些在零下20度（约零下29摄氏度）的低温里冻得邦邦硬的靴子。即使在这些队员们跑到帐篷外面之后，他们也还是没搞清楚到底出了什么状况，危险又在哪里。他们在黑暗中摸索出路，不是你碰我就是我碰你，还一不小心就跌进看不见的冰窟窿里。不过最终还是恢复了秩序。几艘小船被移到了靠近帐篷的地方，而那些储存的肉食又一次被冰裂分隔到了对面的冰块上，于是大家再一次在黑暗中把那些肉隔空扔过来。

沙克尔顿命令恢复海面瞭望值守，而且即使不当班的时候，队员也必须"整装待命"——穿好所有衣服，包括手套和帽子。

此时，很难入睡。整整一个晚上，由于涌浪的剧烈作用，整个浮冰上下摆动明显，落差也许有一英尺之大，而且，因为频繁撞上别的浮冰，剧烈的晃动也反复出现，令人心神不定。他们都明白，现在这块浮冰的体积已经很小了，如果再发生开裂，就会有东西，甚至有人掉进海里，说不定还会被撞得粉碎。

但是，等到天一亮，南风就停了，而且正午前，连涌浪也消失了。中午，沃斯利完成了六天来的第一次方位观测。他们所在位置的坐标被确定为南纬66°33′，西经53°37′。他们六天里一共向北漂移了二十八英里，这还是在五天里一直顶着北风的情况下。整个冰坂显然受到一股北向洋流的影响。

今天是4月3日，也是麦克劳德四十九岁生日。中午吃饭的时候，人们刚刚举杯祝愿他身体健康，就看到一只豹型海豹的头出现在浮冰的边缘上。麦克劳德身材矮小，但却非常结实。他走过去，模仿企鹅扇动翅膀的样子站在那儿拍打自己的双臂。那头豹型海豹信以为真，蹿出水面直冲麦克劳德而来，麦克劳德急忙转身逃命。海豹向前冲击了一两次，便停了下来，显然它在揣摩浮冰上站着的陌生家伙都是些什么东西。这么稍一迟疑就要了它的命。王尔德奔回帐篷取来来复枪。他仔细瞄准一下便开了枪，又是一千多磅的鲜肉到手了。

给养储备现在得到稳步增长。有鉴于此，他们的食物配额也就相应增加了，同时全队上下的士气也得到很大提升。几天前，他们还在担心不久就得生吃已经腐烂变质的海豹肉，但此刻这种绝望悲观的沉闷阴郁之气已经一扫而光，人们的关切重心甚至已经不仅限于单纯的逃生了。麦克劳德生日这天下午，沃斯利和瑞肯森竟然为了到底是新西兰牧场干净还是英国牧场干净这么个八竿子打不着的话题争论起来。

尽管每个人都明白，他们目前的处境分分钟都会更加恶化，但是能吃饱肚子总强于饿着肚子去应对危险。

他们所在浮冰的直径曾有一英里长，现在却只剩不到两百码。多数情况下，浮冰四周一直被开放的水面所包围，而且持续不断地受到涌浪的威胁，随时都会和别的浮冰发生碰撞。克拉伦斯岛位于他们目前位置正北六十八英里处，虽然他们现在看起来是正在朝那边前进，但他们还是很担心，也许浮冰的漂移方向会逐渐转向西方，而这种威胁正变得越来越严重。如果方向真的改变了，他们将会穿过位于大象岛与乔治王岛之间的洛帕海峡，被涌浪带到外海。

"如果真这样就太艰难啦，"麦克奈什写道，"非但会漂移到海峡中去，而且还会被刮到辽阔的外海。"詹姆斯则写道："眼下到处都弥漫一种翘首以待的气氛。某种情况即将发生，这一点毫无疑问。假如一切顺利，我们也许很快就能登陆。我们现在最主要的期望就是冰坂能够打开，而目前最大的危险就是被仍旧闭合的冰坂带到这些岛屿以外的地方。我们的目标，就是克拉伦斯岛和大象岛……"

第二天，天气潮湿多雾，脚下还耸动着让人十分不爽的巨大涌浪，故而根本不可能进行方位观测。然而，到了 4 月 5 日，沃斯利终于测到一个位置坐标，而此数据表明他们正笔直地向开阔的外海漂移过去。

第六章

然而，刚过两天，他们的漂移就转向往西去了，更令人不可思议的是在二十四小时之内，他们就移动了二十一英里的距离，而且还是在顶头风的情况下。

全队上下听到这个消息都惊呆了。顷刻之间，他们整个的思维定式都不得不彻底转变。他们一直以来的目的地都是克拉伦斯岛和大象岛，但从此刻起已经不再是了。这两个岛已经完全不用再考虑了。"这说明存在一股向西涌动的强劲洋流，"赫尔利说，"它使我们失去了在大象岛登陆的机会。"

他们的注意力就这样陡然又重新聚焦于西边的乔治王岛。"我们现在就指望东风或东北风将我们尽量往西带，以免我们往北漂得太远，"詹姆斯写道，"一两天之间，原本有利的变化转成了不利的变化，使得人们的观念也发生逆转，其意义非同小可……大家现在要么干脆一言不发，要么就只谈论与风向和漂移相关的事情。"

探险队很多人都担心，即便是很强的东风，也不见得能在冰坂还未漂进外海之前就将它尽量带到西边去，否则一旦到了开阔的外海，浮冰就必定会四分五裂消散开来。如果那样，他们最好的结局就是能乘上小船在海上漂，还要面对德雷克海峡的惊涛骇浪。"上帝不会让我们这样的，"格林斯特里特写道，"我真担心是不是还能够活下来。"

那天夜里，他们躺在睡袋里，心里很清楚冰坂又在剧烈运动了，因为四周无处不在地回响着压力发出的不祥之声。次日是个阴天，他们无法观察，也就无法确定方位坐标。然而，在 4 月 6 日夜间，天晴了，而且天破晓时，天空依然相当明亮。在离开他们一段距离的远处，几乎就在正北方，一座巨大的冰山映入人们的眼帘。但是，随着太阳越升越高，他们发现那冰山的顶部隐没于天边的云层中。冰山绝不可能这么高，这是一座岛屿。但会是哪一座呢？

许多队员估计他们正向西北方漂移，而从这一点来看，他们认为这应该是大象岛；但也有些队员反驳说应该是克拉伦斯岛。但令所有人都大惑不解的是，他们只能看见上述两岛中的一个，而看不到另一个，照理说这两岛几乎是等距的。猜是克拉伦斯岛的一派最后胜出，理由就是该岛的山峰高度为五千六百英尺，要比大象岛的山峰整整高出两千英尺，故而可以在更远的距离看到。

到了早餐的时候，云层变得更厚了，完全遮蔽了那片陆地。不过，中午时沃斯利观测到了相关数据，打消了人们对所看到的陆地是克拉伦斯岛的疑虑，该岛与他们之间相距五十二英里。更重要的是，由测得的方位可以看出，他们之前往西的漂移已经到此为止，而他们在两天里又向正北移动了八英里。人群中爆发出终于得救的欢呼声。

"……结果，"詹姆斯写道，"大象岛和克拉伦斯岛这个岛群仍然是我们的登陆目标，而由于目前正刮着西南风，因此前景暂且还是很光明的。夜里，冰坂的各块浮冰又聚拢了一些，而冰坂一路漂移也不乏海洋生物群游相随。我们一直都看到或听到鲸鱼时而在四周发出持续不断的啸声。一条特别丑陋的杀人鲸从水中探出头来，在我们的浮冰边缘向四周张望。企鹅唧唧喳喳地吵个不停……有时候会有成群的企鹅在水中游过，同时还穿插一些稀奇古怪的跳跃动作，就好像巨型的跳蚤一样在水面上跳着跑，在明媚的阳光下这一切都是那么美好。今天早上我们一次就看到了……大约二十只海豹。一群群的雪海燕展翅高飞，偶尔还有巨鹱和贼鸥从头顶掠过。"

然而，这该死的冰坂就是不肯打开。"愿上帝保佑我们在这里找到一个地方登陆吧，"麦克林写道，"那样我们就可以离开这失控的随处乱漂的冰坂，再也不会任凭它将我们带到永不知晓的去处，而无论我们怎样抗争都无济于事……但是，我们现在是被一种更加巨大的超级力量攥在手里，我们这些微不足道的凡人，根本就毫无办法抗衡大自然无限巨大的力量。如果我们不能成功登陆，而这样的结局是极有可能出现的，我认为那不如就争取登上一座冰山，这或许不失为一个好办法。其实，我们不少人好几个星期以来都在谈论和祈望这件事，但当然啦，除此之外还有其他非常有分量的意见。"

　　那些意见都属于欧内斯特·沙克尔顿。除非逼不得已，他是抵死也不会同意登上冰山的。他太了解那些冰山了，外表看着结实得很，可一旦哪一部分融化得比其它部分快，那整个冰山就会因失去平衡而陡然倾翻。

　　整整一个晚上，企鹅们就一直不停地发出叽叽喳喳的嘶哑叫声，其间一群群的鲸鱼也发出炸雷般的喷水声，所有这些交织成一片闹哄哄的嘈杂喧嚣。等到黎明来临，天变晴了，四周一派光明，吹拂着一阵不大不小的西风。现在，人们又一次能够看到克拉伦斯岛，而就在岛的左边，还隐约可见大象岛上的那些山峰。沃斯利数了数，一共有十座。

　　但是，从前一天晚上开始，克拉伦斯岛的相对方位发生了根本的变化。目前，克拉伦斯岛几乎就在他们的正北方，说明他们已经向东漂移了。沃斯利的观测数据证实了这一点。在过去的二十四小时里，他们往北偏移的程度微乎其微，至多两英里，但他们却已经向东移动了十六英里。

　　这简直让人难以置信，这冰坂竟然做了一个完整的大后转。两天前，他们还惊诧于他们正向西漂移，而现在他们却不得不面对这一现实——他们正以很快的速度向东漂移，故离所有的陆地也就越来越远。"如果风向不往东转，"格林斯特里特说，"那我们永远也别想在克拉伦斯岛登陆啦。"

而且，他们正遭遇一股自西北方而来的异常危险的强大涌浪，它汹涌澎湃，又如移动中的低矮山丘般滚过整个冰坂，不时将他们脚下的这块浮冰掀起足有三英尺高。奥德-利兹都被弄得眩晕了。

只要跟周边缓慢移动的冰山稍一对照，就能看出冰坂确实正在向东运动。他们这块浮冰现在已经变成许多如此之小的碎块，故而能像糖浆一样很顺滑地从阻挡其出路的障碍物两边绕过。

那天晚上，大约6点45分左右，麦克奈什正在写日记："既然我们这块浮冰已经碎成这么小，所有涌浪也就对我们造不成大的伤害了。浮冰正上下起伏……"他再也没能写完这句话。

这时发生了一次剧烈的撞击，浮冰从"詹姆斯·凯尔德号"船底裂开了。沃斯利正在当班值守，他立刻高声呼救。所有人都从帐篷里冲了出来，就在冰缝即将扩大之际紧紧地拽住了"詹姆斯·凯尔德号"。被冰裂分隔到其他裂块上的另两只小船，也被紧急拖拽了过来。等一切都折腾好了之后，他们这块浮冰已经变成了边长分别为一百码、一百二十码和九十码的一个三角形。

午夜后不久，风向由西转为东南，风力也大为减弱。几乎是一下子，所有的浮冰都散开来了，露出一片片宽阔的开放水面。但这种情况并没有持续很久，到天亮时，冰坂又重新合拢，北边的天空也变得黑压压的。涌浪增强了，队员们四处走动时不得不稍稍抱紧自己的身子。

后来，到吃早餐时，冰坂又一次神秘地散开来了。小块的浮冰组成了孤零零漂在漆黑冰冷海面上的一团团白色。但是，当全队人员焦急万分地观察着海面情况的时候，那冰坂又重新合拢了。涌浪从四面八方掀起更高的浪头，他们脚下那块浮冰开始被海浪狠狠地摔打着。直到上午九十点钟，冰坂莫名其妙地第三次打开，整个冰坂到处都展开了宽敞的水面和水道，并且还在不断加宽。

10点30分，沙克尔顿那激越的嗓音响了起来："收好帐篷，准备好船！"

队员们立刻奔去执行命令。几分钟之内，所有的帐篷都拆掉了，睡袋也被集中起来，堆在了三条船的船头。然后，用雪橇将三条船一次一条地分别推到浮冰的边上。

咔嚓！

浮冰再次一分为二，这回裂缝就从几分钟前还是沙克尔顿搭着帐篷的地方横贯而过。裂成两半的浮冰飞快地各自移开，将"斯坦库姆·威尔斯号"和一大部分给养从他们身边给断开了。几乎所有的队员都从正在加宽的裂隙上一跃而过，合力把小艇和给养又给推了回来。

然后，他们就开始等待……痛苦地纠结于超强的愿望与清楚的常识之间，这强烈的冲动就是要不顾风险放船下海，而那明白无误的常识就是一旦放船下海，就再无回头的可能。尽管他们这块浮冰已经非常之小，但在目力所及的范围仍然是唯一一块最好的浮冰。如果现在放弃这块浮冰，而整个冰坂又在他们还未来得及到达另一宿营地之前就重新合拢的话，那他们就真的在劫难逃了。

在别人忙着这一切的同时，格林也在有条不紊地忙活自己的工作。此刻，他已经准备好了一些油花花的海豹汤，还有奶粉冲的热牛奶。每人一份，大家都站在那里一边吃饭，一边警醒地观察着冰坂的情况。现在是12点30分，那些敞开的水面变得稍微更宽阔了一些。大家把目光都投向了沙克尔顿。

此时，冰坂仍是开放的，但这种开放到底能维持多久呢？还有，他们又能在原地待多长时间呢？曾经作为"耐心营"旧址的巨大浮冰，现如今只不过是一块宽不及五十码的不规则长方形冰块而已。这冰块离最终在他们脚下裂成碎片究竟还有多久呢？

12点40分，沙克尔顿声音平静地下令道："放船下水。"

这浮冰由于活动而恢复了生机。格林向他的火炉奔去，弄灭了炉内的火。其他人收起一片片帆布，将一小堆肉和海豹油捆扎紧。还有人则向三条船跑去。

人们把"杜德利·多克尔号"从雪橇上卸下来，慢慢推入水中。然后，大家一个接一个地往船上传递储备物资，很快就装上了几箱子的配额食品，还有一袋子肉、海豹油炉子以及吱嘎作响的陈旧的 5 号帐篷。一架空闲的雪橇被沉入水中，拴挂在船尾上。接下来，"斯坦库姆·威尔斯号"被迅速放入水中，并且也很快就装好要装入的东西。最后，"詹姆斯·凯尔德号"也被放入水中。

下午 1 点 30 分，船员们分别登上了这三条船，他们用所有能找到的船桨奋力朝开阔的海面划去。

就在他们的船驶离"耐心营"之后，冰坂又开始合拢了。

第四部分

第一章

最初的几分钟生死攸关，他们都要发疯了。划桨的人拼命要想动作协调一致，但其实他们手忙脚乱，主要原因就是缺乏练习，而且焦急的情绪也使得他们分心。渐渐合拢来的碎冰妨碍他们划桨，磕磕碰碰在所难免。其他队员们则挤在三条船的船头，试图将大块头的碎冰推开，但是那些碎冰中有不少本身就比三条船还要重得多。

"詹姆斯·凯尔德号"和"杜德利·多克尔号"加高了的船帮是另一种妨碍，因为船帮加高使得原先的桨手座位变低了，桨手难以正常划桨，就算后来在每一位桨手的屁股下垫了一只给养箱子，可划起桨来还是碍手碍脚。

拖挂在"杜德利·多克尔号"船尾的雪橇，一直不断地被碎冰块挂住，一般过个几分钟沃斯利就会气恼地把碎冰弄掉。

尽管如此，令他们吃惊的是，不管他们自己如何手忙脚乱，也无论那些嫉妒的力量如何要拖住他们，他们都照样朝前突进着。根据每一条船之间的间距来看，冰坂似乎又松动了。很难说清楚到底是冰坂打开了，还是他们正在逃离环绕"耐心营"的碎冰区。但不管是哪种情况，目前来看他们都算运气很好。

阴云密布的天空因无数翱翔的鸟儿而充满了活力，空中翻飞着成千上万只海鸥、燕鸥、管鼻燕以及南极特有的银灰海燕和雪海燕。鸟群的密度非常之大，以至于鸟儿的粪便噼噼啪啪地落到船上来，逼得桨手们不得不埋着头。另外，鲸鱼也好像无处不在，它们从船的四面八方蹿出海面，有的时候甚至近得吓人，特别是那些杀人鲸。

"詹姆斯·凯尔德号"航行在最前面，沙克尔顿在掌舵。只要浮冰的情况允许，他就会向着西北方向前进。跟在后面的是沃斯利掌舵的"杜德利·多克尔号"，走在最后的是哈德逊掌舵的"斯坦库姆·威尔斯号"。他们一起喊着号子"划呀……划呀……划呀……"，号子声中掺杂着在头顶上翻飞的鸟儿的鸣叫，以及涌浪横贯冰坂时的巨大涛声。一桨又一桨，桨手们越来越沉浸在自己拼搏的韵律之中。

一刻钟之后，"耐心营"消失于船后方那一片混沌的碎冰之中。然而它已经无关紧要了。那块油黑肮脏的浮冰曾经囚禁他们近四个月，他们对它太了解了，就好像囚犯对自己牢房里每一根裂缝都了如指掌一般；也就是这块让他们看不上眼的浮冰，曾几何时他们还得经常祈求上苍给他们保留下来，可现在这一切都已经成为过去。他们已经登船……真真切切地全部登船了，而这才是最重要的。于是，他们不再去想"耐心营"，也不再考虑什么时间。现在只有当下，那就是拼命划桨……划出去……逃出生天。

三十分钟之后，他们已经划到一片非常开阔的浮冰区，而到了两点半时，他们已经远离"耐心营"整整一英里了。现在，即使他们想要回去，也不可能再找到它了。他们的航向导引他们来到一座很高的平顶冰山近旁，来自西北方向的一股涌浪正凶猛地拍击着这座冰山。海浪撞击着冰山周边冰蓝色的冰壁，激起的惊涛足有六十英尺高。

正当他们的船横对冰山的时候，他们听到了来自海水深处沉闷的响声，而且那响声以迅疾的速度变得越来越响。他们往左舷望去，只见一股犹如岩浆似的碎冰流，其中翻滚倒立的冰块至少两英尺之高，整个宽度好似一条小河，从东南偏东方向朝他们铺天盖地压过来。这是一波激潮，也就是自海洋底部海床升腾而来的一种洋流现象，激潮撞入大量的浮冰堆里，并以约三节的时速推着浮冰堆向前冲去。

他们呆呆地看着，有好一阵都无法相信自己的眼睛。接着，沙克尔顿向左舷调转"詹姆斯·凯尔德号"的船头，同时高喊另两条船也照他的样子转向。桨手们站稳脚跟，使出浑身的力量要逃开这步步紧逼的冰阵。饶是这样，那冰阵还是快要咬上他们了。桨手们正面朝船尾，眼睛直直地看着那冰阵，越来越近的冰阵几乎与他们的目光齐平。不划桨的队员们在一旁为桨手鼓劲，一边给他们打着拍子，一边还跳着脚。"杜德利·多克尔号"是三条船中最笨重难划的，有两次差一点就被冰坂给撵上了，但最终它还是逃脱了。

　　一刻钟之后，正当桨手们几乎就要筋疲力竭之际，激潮现出了减退的迹象。又过了五分钟，激潮似乎一下子失去了力量，不久便像当初突如其来一般神秘地陡然消失了。新补上来的队员替换下了几近累垮的桨手，沙克尔顿再一次将"詹姆斯·凯尔德号"转回到西北航向。风向也渐渐转成了东南风，这样一来，海风便是从船尾吹来，极大地有助于他们的航行。

　　他们放船下水的方位是南纬 61°56′，西经 53°56′，离那个被称为海峡的水域东侧很近。布兰斯菲尔德海峡大约两百英里长、六十英里宽，夹在帕默半岛与南设得兰群岛之间。它通过威德尔海水体与危险的德雷克海峡相连，这是一个危机四伏的海域。该海峡因爱德华·布兰斯菲尔德而得名，这位布兰斯菲尔德曾在 1820 年驾驶一艘名为"威廉号"的横帆双桅船进入了后来以其名字命名的这一片水域。据英国人称，布兰斯菲尔德是有史以来第一个亲眼看见南极洲的人。

　　自从布兰斯菲尔德在此地探索南极，再到 1916 年 4 月 9 日下午沙克尔顿率领队员们驾船在浮冰区中穿行，这中间整整过去了九十六年，但人类对这片人迹罕至的海域自然条件的知识仍然所获无多。即便在今天，美国海军部的《南极航海指南》在描述布兰斯菲尔德海峡的航行条件时，也是一上来就对这一海域相关信息的"匮乏"作出了歉意的解释。"据信，"《南极航海指南》继续指出，"这里会发生强大而又完全无规律可循的洋流，其时速有时竟可高达六节。这类洋流受到海风的影响可谓微乎其微，因此，经常就会出现一种海员称之为'逆暴潮'的海况，也即海风与洋流逆向相交时发生的一种海况。在这种海况下，暴怒的海潮掀起三英尺、六英尺甚至十英尺高的狂澜，猛烈拍击船壁后跌落成无数碎浪，再与后续涌来的浪涛撞在一起。逆暴潮对小型船舶尤其危险。"

不仅如此，布兰斯菲尔德海峡的气象条件不用说也是非常不友善的。有报道称，这里的天空一年里仅有百分之十的时间是晴朗的。雪下得很大，暴风也很常见，这样的天气于2月中旬开始出现，而当南极的冬季一天天迫近的时候，暴风和大雪也就变得更加频繁和暴戾。

按说全体队员在这片禁海上所驾乘的这三条船已经够坚固的了，但从来没有任何敞开式船舶经历过他们所面临的如此艰难的航程。"杜德利·多克尔号"和"斯坦库姆·威尔斯号"都是小艇，均用实心橡木打造，船身重且尾部为方形。建造这两条船的挪威人称之为"槌鲸捕猎船"，或用挪威文直呼为 dreperbats，因为当初这些船就是设计用来捕猎槌鲸的。在这两条船的船头上都有一个矮墩墩的柱子，那是用来固定鲸叉绳的。两船均长二十一英尺九英寸，宽六英尺二英寸，有三排座位，或说横排的坐板，同时在船头和船尾还各有一小方甲板。两船还竖立有短粗的桅杆，可以用来张帆；但这种船主要还是划桨船，也即按划桨航行而非张帆航行来设计的。两船最大的不同就在于麦克奈什为"杜德利·多克尔号"增加了一些侧面横板，从而使其侧壁增高约八英寸。

"詹姆斯·凯尔德号"则是一条首尾同形的双端捕鲸船，长二十二英尺六英寸，宽六英尺三英寸。这条船是完全按照沙克尔顿的要求在英国度身定造的，船的框架使用美洲白榆和英格兰橡木打造，然后敷以欧洲赤松板材。尽管体积比其它两条船要大，但由于所使用的木材的原因，此船反而分量更轻，行动也更灵活些。麦克奈什把它的侧壁增高了十五英寸，故而即使满载，其船身也仍能高于水面两英尺。因此，"凯尔德号"无疑是三条船当中适航性最好的。

就船的重量而言，三条船都没有超载。"威尔斯号"上有八个人，"多克尔号"上有九人，"凯尔德号"则有十一人；如果是在相对风平浪静的海面，搭载的给养也没有这么多的话，每条船至少还可以乘坐多一倍的人。然而，现实情况正好相反，所以三条船其实都挤得让人难受。那些折起来的帐篷和睡袋不成比例地占据了船上很大的空间；另外，还要再加上一箱箱储备物资和相当数量的个人物品。因为装载了所有这些东西，船上留给队员自己的空间就十分紧张了。

整个下午，他们都一直保持西北航向，三条船都向前推进了非常可观的距离。海面上有好多条冰带，而且冰层还有点厚，但这些冰带还没有一条致密到可以阻挡他们前进。5点刚过，天色就开始转暗。沙克尔顿向另外两条船高声喊道："你们跟紧我，直到我们找到新的宿营地。"他们一直划船到五点半，这时他们来到了一片宽约两百码的平坦而又厚重的浮冰跟前，沙克尔顿认为它够结实，于是决定就在此宿营。他们在波涛汹涌的洋流中接连朝浮冰冲击了六七回，这才将三条船安全地拖上了冰面。待全部人员和物资都登陆完毕，已经是六点一刻了。格林架起了烧海豹油的炉子，而其他人都在忙着搭帐篷，不过没搭5号帐篷，因为那帐篷已经非常不结实了。沙克尔顿批准5号帐篷的人员睡在船里。

晚饭是每人一份四分之一磅狗干肉饼和两块饼干。吃完晚饭就到八点半了，除了值班的队员外，所有人都去睡觉了。这一天够累人的，但也非常惊心动魄。按沃斯利的估计，他们已经向西北航行了足足七英里。虽说这段距离其实也没什么了不起，但他们终于自己驾船航行这一点也算是圆了他们的梦。在浮冰上待了五个半月之后，他们终于又上路了。"得对自己好一点。"麦克林如是说。他们几乎一躺下就睡着了。

"冰裂啦!"最后一个人也睡着后没几分钟,就传来了守夜人的高声叫喊。疲惫已极的队员们跌跌撞撞地冲出帐篷,有些人甚至都没来得及穿好衣服。不过,这次却是虚惊一场;浮冰并没有开裂,人们就又重新钻进睡袋去了。

将近11点时,沙克尔顿莫名其妙地有一种不安的预感,于是就穿好衣服走了出去。他发现涌浪的强度增加了,他们所在的浮冰被冲击得直打转,并与四周的海水迎面相撞。他站在那儿仅仅观察了片刻,就听到一记从深处传来的沉闷声响,接着浮冰就在他的脚下裂开了,而且还正好从4号帐篷底下贯通,而那个帐篷里的八个艏楼船员都还在睡觉。

几乎是一瞬间,浮冰就断成两半,并且很快各自分开,4号帐篷也应声垮塌,激起海水四溅。船员们从瘫软的帐篷布下面爬出来。

"有人不见啦!"一个人喊道。沙克尔顿冲上前去,开始扯开帐篷。在黑暗中,他听见下面传来被闷住的喘息声。等他将碍事的帐篷最终挪开时,他看见水中有一团不成形的东西在拼命挣扎,那是一个还裹在睡袋中的人。沙克尔顿伸手抓住了睡袋,趁着一波向上的涌浪打来,他顺势将那睡袋从海水中拽了上来。又过了一阵,裂开的两半浮冰在猛烈相撞之后重新合在一处。

躺在睡袋里落水的人是两个锅炉工之一的厄尼·霍尔尼斯。他浑身上下全都湿透了,不过人还活着。但是,现在可没有时间考虑他的事,因为刚合起来的裂口又打开了,而且这次来势迅猛,顷刻间就将沙克尔顿帐篷里的人和睡在"凯尔德号"上的人同其他人分隔开来。一条绳索被扔到对面的另一半浮冰上,分隔于两块浮冰上的两组队员各抓住绳索的一端,然后使劲往己方一侧拉绳子,以便使分开的浮冰重新合拢。"凯尔德号"也被紧急推过了裂缝,然后这一组的队员也都跳上了这块大一些的浮冰。沙克尔顿要等到所有人都转移到安全浮冰上他才走，可是等轮到他时，这两半浮冰又各自漂移开来。他赶紧抓住那条绳子，使劲拽着，想要将脚下的冰块拉得靠上大冰块；然而，仅靠一个人的力量去拉动冰块绝对是徒劳的。不到九十秒，他就消失在黑暗里了。

仿佛经过了很长时间，没有人说话；然后，从黑暗中传来沙克尔顿的声音。"快放条船来！"他喊道。

王尔德立即下令放船下水。"威尔斯号"被推入水中，六名志愿者也攀爬进船里。他们抓起船桨就朝沙克尔顿声音传来的方向划去。终于，他们透过黑暗看到了他的身影，于是就划着船朝他那块浮冰靠了过去。沙克尔顿跳进了"威尔斯号"，他们一起又回到了营地。

现在根本不可能再睡觉了。沙克尔顿命令点燃海豹油炉。接着，他的注意力就转到了霍尔尼斯身上，只见他浑身还穿着湿透的衣服，不由自主地打着寒颤。可惜谁也没有干的衣物可以给他，因为每个人也就只有身上穿着的一套衣服。为了不让霍尔尼斯被冻僵，沙克尔顿命令他不停地跑动，直到他的衣服干了才能停。那天的后半夜，其他队员轮流陪霍尔尼斯来回走动。陪他的人都能听到他那已经结冰的衣服发出窸窸窣窣的声音，以及他身上垂挂着的小冰凌发出的叮叮当当声。虽然霍尔尼斯一点也没有抱怨自己湿透又结冰的衣服，但他却一连好几个小时都在唠叨他的烟叶掉进水里去了。

第二章

今天是 4 月 10 日。早晨 5 时，最初的一缕晨曦宣告了夜晚的终结，并预示天空将很快放亮。

黎明时的天气并不令人鼓舞，多云且大雾迷茫，还有很强的东风裹挟着雨雪一路咆哮地卷过多冰的海面。无论克拉伦斯岛还是大象岛都已看不见了，沃斯利只能估计它们大致就在北边，约摸三十至四十英里远。这阵东风将更多的冰团刮到他们所在的浮冰四周，如此一来他们仿佛又要被困在浮冰上了。

不过，也有些迹象显示浮冰坂将会打开，故而早饭之后一切都准备就绪，随时可以迅速出发。沙克尔顿决定丢弃一些破冰工具和几箱子蔬菜干，以便减轻船只重量。快到 8 点的时候，冰坂开始松动，到了 8 点 10 分，沙克尔顿便下令放船下水。

浮冰被硬生生地凿去一大块，从而打开了一片水面，同时也使得三条船都倾斜得十分厉害，而且划桨也极端困难。不过，没过多久，冰坂就开始打开了，一个多小时之后，他们发现自己已经进入一大片无冰的辽阔水域，由于开放的海面是那么宽广，以至他们在船的任何一边都已经看不到那片冰坂了。这真是让人开心的好景致，特别是在经历了一年多除了冰什么也看不到的艰辛之后。沙克尔顿向三条船都下达了升起船帆的命令。

"凯尔德号"扯起了主帆、后帆和船首的小三角帆。"多克尔号"

升起了一面四角横帆，而"威尔斯号"也挂上了一面很小的主帆和船首小三角帆。这样的配置使三条船很难与各自的风帆相得益彰，这一点在船帆挂好后立刻就得到了证实。"凯尔德号"鼓满了风，并朝左舷倾斜，稳稳地走在另两条船的前头。虽然"多克尔号"的航速多少比"威尔斯号"要快一些，但毕竟差别不大，这两条船都借不到海风的力。"凯尔德号"对此也无计可施，只能尽量稳住航速，以免太快会将另两条船甩在后面。

上午九十点钟的样子，三条船驶到了冰坂的边界，这是由密集的浮冰构成的一条长长的边线，而且很明显是与洋流运动相一致的。这里的浮冰年代久远，气势非凡，作为陈年浮冰，它们在与海洋压力的经年抗争中生存下来，并最终从威德尔海中漂移而出，直到融化在南极洲的周边。这些浮冰的边缘，哪怕就是新近发生断裂的地方，也没有那么新鲜和锐利，相反，它们显得非常破旧，而且还深受海水的侵蚀。一个多小时里，他们一直沿着这条由古老浮冰构成的绵长边缘线向西航行，刚过 11 点的时候，他们又发现了一条水道，于是划着桨从水道中穿越而出。

他们立刻就意识到，他们一定是已经来到了无冰的开阔外海。具有讽刺意味的是，当下这一时刻是他们从在"大洋营"的日子起就梦寐以求的，但是现实与梦想总是存在巨大的差异。一旦驶离了冰坂的那些障碍物的保护之后，他们马上就受到狂风的全力追打，而且一阵巨浪滔天、狂涛汹涌的海潮也自东北方奔腾而来。冰冷刺骨的海水劈头盖脸地浇在他们身上，他们在风帆下拼命往东北方向突进。一阵紧似一阵的寒风抽打在他们脸上，而由于严重缺少睡眠，就更加感到那寒风比平时还要冻彻骨髓。在"多克尔号"上，奥德-利兹和克尔重重地跌落在睡袋堆上，晕船晕得一塌糊涂。

然而，队员们都很少抱怨。他们知道，只要穿过这些迷雾，也许向北还不到二十四英里的地方，就会有陆地，他们这回确实是离成功非常之近，而且分分秒秒都在越来越接近。吃中饭的时候，沙克尔顿允许发给每人很丰盛的一份饼干（那是雪橇载来的冰冷食品）、狗干肉饼以及六块方糖。

正午刚过，风力又增大了不少，船只在海面上的航速已接近危险的程度。一个多小时的时间里，沙克尔顿坚持往东北方前进，希望这些船能证明它们并不会输给大海。但是，快到两点时，他意识到再这样硬撑下去就真的太傻了，于是他命令将船驶回冰坂的保护边缘线后面。

三船掉头，趁下一阵狂风尚未刮来，加速向南划去。没出几分钟，他们就回到了冰坂的边沿，然后继续西进，打算找到一块适合的浮冰来安营扎寨。他们能够发现的最大的单个冰体就是沃斯利所说的"浮冰-冰山"，也就是冰坂压力造成的一块结构紧密的碎冰块聚集体，通体幽蓝，大约三十五码见方，有的地方高出水面达十五英尺。这个浮冰集群是独自漂移的，跟冰坂边缘带中的其他浮冰都没有关系，而且，它显然已经在海面上漂移了很长时间。海浪已经严重地侵蚀了它的吃水线，留下一圈凹凸不平的冰蚀带。

前一晚通宵未眠的可怕情景还历历在目地留在沙克尔顿的记忆中，促使他不敢再冒任何风险。全队不得不在船上过夜了。他们把船划到那个浮冰-冰山的边上，靠上去将船桨插进冰里。然后，他们再用船头的绳索将船拴在船桨上，至此船都已停好，就等黑夜降临。

可是，仅仅过了几分钟，狂风又从东北方重新袭来，大海也再次发狂。三条船开始相互重重地碰撞，而且作势要将插在浮冰里的船桨连根拔起。不仅如此，那狂风还从浮冰-冰山的表面呼啸而过，卷起冰山表面的积雪，照着他们的脸直直地砸过来。在这样困窘的境况下过了大约半个小时，沙克尔顿也彻底没辙了。如果队员们打算睡觉，那就睡吧，其实他们也只能睡觉，因为除了在冰上就地宿营外，现在也没有别的办法。他不情愿地下达了命令。

三条船都被控制在浮冰-冰山的侧旁，约摸有一半的队员爬上了这座冰山。给养和设备也迅速地被传递到冰山上。现在，轮到把船只弄上去了，这活儿可够呛。浮冰-冰山四周因海水浸蚀而留下的那些凸出物都十分陡峭，危机四伏，几近垂直于水面，且高达五英尺。因而，当他们从远离冰山边缘的安全距离往上拽拉时，那三条船都几乎被拽得立了起来。

　　"威尔斯号"第一个被拽上来，没出什么岔子。"多克尔号"就没那么容易了。这船刚刚被拽起到一半的时候，边缘冰突然断开了，锅炉工比尔·史蒂文森扑通掉进了冰冷刺骨的海水里。五六个人一起将他捞了上来。"凯尔德号"排在最后，这回冰山边缘的突出冰又断裂了。沙克尔顿、王尔德和赫尔利及时紧紧抓住了船帮，才没有掉进海里。等把所有的船都弄妥当，已经是三点半了，这时大家都累得差不多筋疲力尽。

　　他们已经三十六个小时没有睡觉了。他们的双手由于长时间划桨而磨出了水泡，而且还有一点冻伤。他们的衣服在船上的时候就被海浪溅湿了，而当他们拉开卷着的睡袋一看，也都全湿透了。

　　但是，现在睡觉可是最要紧的。所以，在用完了冰冷的狗干肉饼、牛奶和两块方糖的晚餐之后，他们就穿着全身的衣服，扭动身子钻进了睡袋里。有几个人在闭上眼睛睡去之前，仍用尽最后的精力在日记里简要地记录下这一天所发生的事情。沃斯利写道："根据我的估算，我们今天（往西北）走了十英里，在这阵很强的东风之前，洋流应该能把我们往西带到相当的距离。"赫尔利则记录了所有人心里最强烈的念头："……求上帝（让这块浮冰）今晚都能保持完整。"

　　尽管也发生了一些小小的奇迹，但离天亮还很早的时候，他们就发觉周边的情况非常不对劲。日出时，他们一觉醒来就看到一幅令人胆颤心惊的自然景象。

　　整个夜间，风势几乎增大到暴风级别，从东北方向的某个地方，有大量的冰块朝他们漂移过来。眼下这冰坂已经延展到地平线的尽头，并且牢不可破。海面已经被数以千万计形态各异的冰山碎块和浮冰碎块所完全遮蔽。源自西北方的高达三十英尺的涌浪，在地平线之间无限伸展开去，以前后半英里的间隔一长阵接一长阵地横贯整个冰坂。在涌浪达到巅峰的时候，这座浮冰-冰山被拱抬到令人目眩的高度，接着又一下子跌入连地平线都几乎看不清楚的谷底。空中充斥着单调而又混乱的咆哮，那是狂风发出的低沉的啸声；与此同时，狂野不羁的海浪在冰坂的四面八方冲腾撕拽，冰块相互摩擦发出不绝于耳的隆隆巨响。

由于体积的原因，他们所在的冰山比冰坂的其他部分要漂移得更缓慢些，这样漂移中的其他冰块就不断地朝它挤压过来，并撞击它的前后左右，而洋流带来的巨涌也在不断破坏着它，冲蚀着它的水线。那些被涌浪淘空的部分也时不时地从冰山的侧边掉落下来，而被海浪推着不断撞向冰山的浮冰块又使更多这样的部分变得松动。每一次的撞击，都令冰山像犯病似的颤抖。

此情此景恰恰正是沙克尔顿自从这一波涌浪在"耐心营"出现以来就一直担心的。冰山在他们的脚下一点点地碎裂，每时每刻都有可能彻底断裂开来或者倾覆。然而，现在放船下水也不行，那太愚蠢了，因为如果那样，不出一分半钟他们就会被撕成碎片。

眼前整个的景象具有一种摄人心魄的魔力。队员们站在那儿待命，神情紧张，心里也十分清楚，或许就在下一秒钟，他们就有可能被卷进冰海，不是被撞得粉身碎骨，就是溺水而亡，抑或在冰寒的海中垂死挣扎，直到体内最后一点生命之火黯然泯灭。然而，眼前景象的恢宏壮观却是无论如何也无法否认的。

目睹这一切，许多队员都试图用言语来表达内心的情感，但却苦于找不到任何合适的词句。丁尼生所著《亚瑟王之死》中的句子此时闪现在麦克林的脑海里："……我从未见过，也永不会见到，无论在这里还是别处，如此蔚为壮观的奇迹，直到我死去也不会，哪怕我再活三生三世也不会……"

沙克尔顿在冰山的一侧登上了一个高十多英尺的小山包，从这里能够看到一望无际的茫茫冰原。在远远的地方，星星点点地散布着一些黑线或小黑点，显示那里或许有逐渐开裂的水道或一泓开放的水域。全队的唯一希望就是这些开放的水域能够漂移过来，围在冰山的四周，以使他得以逃出去。但是，他们的希望一次次落空，有时眼看着一条水道就要移到离冰山很近的地方了，可一转眼又偏到别的地方去了，或者因为冰坂合拢而消失得无影无踪。他们一个小时又一个小时地等待着，8点、9点、10点。自从黎明开始，三条船就已经准备就绪，储备物资和装备也都打点，随时可以装船。

队员们站在下面翘首望着小山包顶上的沙克尔顿。从下往上看，沙克尔顿那刚毅的下颌线显得格外突出，但是，他眼睛周围疲惫的黑眼圈却也揭示出他此刻所面临的紧张和压力。他时不时会招呼大家准备行动。机会就要来了。队员们会立即朝船只跑去，在那儿等待他进一步的指令，但过了一会儿，沙克尔顿又会低头朝他们望望，摇了摇头。机会又溜走了。

在他们等待机会的时候，冰山却正一点点地遭受着结构性的摧毁。上午晚些时候，一阵巨大的海浪猛地朝冰山袭来，二十英尺长的一大块从冰山上断裂下来掉进了海里，在其身后留下了一座半漂浮于水面的冰架。而这冰架几乎与海面齐平，从而极大地增加了冰山所面临的紧张压力，因为它可能使冰山不能自然地随着涌浪而滚动。冰山极有可能会水平断裂，整个上半部也就会随之倒塌。

时至中午。冰山已经变小，但整个冰坂却依然毫无松动。要说有什么不同，那就是涌浪更高了。队员们领到了一份干粮，三五成群地站着吃饭，一边轻声地交谈。下午1时，一个令人难过的想法在全队上下流传。要是天黑了冰坂还是毫不松动该如何是好？由于冰山始终受到海浪的冲击，所以它也许根本就撑不到明天早上。他们也许在半夜里就会被抛进冰海里去。

队员们拿这事开着干巴巴的玩笑，想让自己镇定一些，或者干脆不去想这事。格林斯特里特拿起日记本，试图写点什么："……眼下这会儿真是让人忧心如焚，我们的浮冰正在剧烈地摇晃和颠簸起伏……"日记就这样在句中戛然而止。情况不好，他无法静下心来继续写下去。

马上就要到两点了，离天黑只有三个小时的时间了，全队被一种忧郁的沉默所笼罩。一次次，那些开放的水道与他们擦肩而过，漂移到很远的地方，一点也帮不到他们。他们看着沙克尔顿，而此时沙克尔顿仍在盯着由北而来的一条水道，但谁也不相信这会是他们的机会。

有人突然激动地喊了起来。在他们对面的方向，出现了一泓水面。他们转过身来，朝那儿望去。他们看到的情景简直难以置信。四周的浮冰神秘地向后退去，仿佛有什么神秘的力量在操纵这一切似的。就在他们眼前，大大小小的漩涡急速地在水面上翻腾涌现。很明显，这是一股来自大洋深处的怪异潜流，它歪打正着地与冰山深入水中的下半部分冲撞在一起。他们跑上跑下，发狂似的打着手势并用手指着那由冰山向外逐渐扩展开来的深蓝水面。

"放船下水！"沙克尔顿一边高声喊道，一边飞快地从他所在的高处跑下来。"照老样子装东西上船。"急不可待的人们立刻抓起船帮，将它们迅速移动到冰山的边缘。海面要比他们的脚底低五英尺，因此他们几乎是把船从冰山上扔到水里去的。船员们也是一个个往下跳进船里，给养物资也很快装上了船。有一阵情况很不好，那块冰架升腾上来，作势要掀翻"多克尔号"，但终究"多克尔号"还是迅猛地冲破了危险。五分钟后，三条船全部驶离冰山。

他们朝这一汪水面的中央划去，从这里能看到在一条不太宽的碎冰带后面还有一片开放水面。他们冲出了那条碎冰带，而此时，整个冰坂却莫名其妙地开始消散，从而在他们四周出现了宽广的开放水域。

此刻之前，他们的目标一直是登上克拉伦斯岛或者大象岛，就看他们最先靠近哪一个了。这两个岛都是最靠谱的选择，因为也只有它们是离得最近的陆地。当他们在"耐心营"放船下水的时候，克拉伦斯岛正好位于他们的正北方三十九英里处。据沃斯利估计，由于已向北航行了一段路程的缘故，目前他们与该岛之间的距离已经减少到二十五英里，方位东北偏北。不过，自从上次观测之后，已经又过去两天了，而这两天里由东北方刮来的强风也许把他们又往西送出了相当的距离。而且，大量宽阔的开放水域眼下正朝西南方伸展，直逼八十多英里之外的乔治王岛而去。沙克尔顿当即决定，立刻放弃驶向克拉伦斯岛或大象岛，转而借风就势前往乔治王岛。

这可是一个让人更加向往的目的地。无论克拉伦斯岛，还是大象岛，都离得太远，而且仅就沙克尔顿所知而言，这两个岛还从未有人上去过。但是，由乔治王岛开始，可以一个接一个岛地航行过去，其中最长的间距也就十九英里，如此他们便可最终到达迪塞普逊岛，那应该是在几百英里之外了。在迪塞普逊岛，残留的火山口环形山造就了非常优良的港口，并成为捕鲸船经常光顾的停泊港。另外，人们都认为迪塞普逊岛上还有可供劫后余生的漂泊者应急的食物。不过，最为重要的是，这里还有一座捕鲸人建造的极其粗陋的小礼拜堂。纵然在这岛上找不到一条停泊的船，沙克尔顿也完全不担心，因为他确信他们可以把那座小教堂拆掉，然后用教堂的木料造一条能乘得下所有队员的大船。

整个下午，他们都一直往西南方航行。大约三点半时，沙克尔顿从"凯尔德号"上发出升帆的信号，几乎同时，三条船之间凭风借势的不平衡马上又再次显现出来。"凯尔德号"劈风斩浪，一路平顺地向前驶去，"多克尔号"紧随其后，只有"威尔斯号"颇为费力地落在后面，而且越落越远。经过一阵航行之后，沙克尔顿将"凯尔德号"驶到冰坂的背阴处，然后朝沃斯利大声喊道，要他返回去照料"威尔斯号"。于是，"多克尔号"花了整整一个小时，全力顶风突进，才终于将"威尔斯号"拖在后面，返回了"凯尔德号"。

当三船再一次汇合在一起的时候，黑暗迅疾扑来，沙克尔顿担心船只会撞上冰块。三条船都收掉了风帆，完全靠划桨前进。在最后一缕暗淡的天光之中，他们发现了一块浮冰，于是就沿着那浮冰一侧往前驶去。至少对沙克尔顿而言，今晚不会安营扎寨了，以后也不会了。他们已经有过两次教训了，他们和冰坂也再无瓜葛了。唯一必须上岸的人就是格林，他把海豹油炉和给养都搬上了浮冰。他煮了一些海豹胡什汤，还加热了一些牛奶。大家就在船上吃了东西。

他们吃完饭就立刻出发了。三条船驶离得很快，一条接着一条，"多克尔号"走在最前面。之后，船队开始慢慢地向西南方划去。他们轮班划船，每班两人。其他人则躬起身子在船头瞭望，以便及时发现冰坂的边缘，确保船只处于冰坂的保护线以外，同时，他们还要提防冰山或大型浮冰撞毁船只。天开始下雪，大朵大朵的雪花漫天飘舞，湿漉漉的落地便化了。飘雪使本来就很难受的观察更加困难，迫使他们在大风中睁大眼睛搜索由黑暗中漂流而下的冰块。

轮班划船的时间很短，每个人都能尽快地有机会轮上。眼下也只有这样才能保暖。那些暂时还没轮到划船或者正在观察海面的人，也想尽办法来保持自己的血脉流通。不过，睡觉是不用想啦，因为根本就没有地方能让人躺下来。每一条船底都堆满了各种给养物资，连个插脚的地儿都没有。睡袋和帐篷占据了船头绝大部分的空间，而那两个桨手座位还必须空出来给划船的人坐。如此一来，仅船中央还有很小的一块地方可留给那些不当班的人挤在一起坐，以相互取暖。

整个晚上，附近的海面常冷不丁地冲腾起一股浪头，同时，一种好似蒸汽阀门在海流压力下发出的突突声告诉人们，那儿有鲸鱼在喷射水柱。鲸鱼成了这个漫长而漆黑的夜晚里最让人担心的东西。他们曾经在数以百计的场合目睹鲸鱼为了呼吸，在冲出海面的刹那间撞翻掉大块的浮冰。而且，鲸鱼从水下区分浮冰底和他们的船底的能力到底如何，这依然是个尚未解决的严重问题。

大约凌晨 3 时，所有人都像触电似的听到哈德逊近乎歇斯底里的嚎叫。"灯光！灯光！"他一边喊一边用手指向西北方。每个人都一下子挺直身子坐起来，眼巴巴地朝哈德逊所指的方向望去。但起初的兴奋只持续了片刻就立即烟消云散，因为大家都看得很清楚，哈德逊简直就是在瞎说八道。之后，大家又恢复了先前的样子，同时开始数落哈德逊愚蠢，怪他不该把大家的希望吊起来。哈德逊则坚持说自己肯定看到灯光了，有好几分钟他就郁闷地坐在那儿喃喃自语，因为大伙都不相信他了。

将近早上 5 点的时候，天空开始放亮。没过多久，4 月 12 日的黎明就在天边的万丈朝霞之中降临了。太阳爬上了一碧如洗的天空，这壮丽的景色似乎一下子令世间万物为之改变。他们把船靠上了一块大浮冰，格林又一次跳上岸，为大家准备海豹胡什汤和热牛奶。吃完早饭，他们再次出发，航向西南，而此时的条件简直太完美了，辽阔宽广的无冰海面，周边还有保护屏障似的冰坂，上面有几百只海豹趴在那里睡觉。

十点半左右，沃斯利取出了他的六分仪。然后，他人紧靠在"多克尔号"的桅杆上，仔细地测量起来。自从离开"耐心营"后，这还是他第一次测量。中午，他又重新做一次，三条船都停下来等结果。他坐在"多克尔号"的船底板上，开始计算整理所测得的数据，而所有的人都转过脸来看着他。他们观察着沃斯利在比对两组数据以得出结论时的脸部表情变化。这一次他花的时间比平时要长得多，脸上也渐渐显出十分困惑不解的样子。他把计算过程又检查了一遍，这时脸上的困惑变成了担忧。他重新计算了一遍，之后，他缓慢地抬起了头。沙克尔顿将"凯尔德号"靠到"多克尔号"边上，沃斯利把目前所处位置的坐标拿给他看，即南纬 62°15′，西经 53°7′。

他们现在位于乔治王岛正东一百二十四英里处，克拉伦斯岛东南六十一英里处，这个位置比他们三天前在"耐心营"放船下水时离陆地还要远二十二英里！

第三章

　　他们继续向西航行，但由于强劲的东风一路在背后顶着，他们其实一直是在往相反的方向前进。从出发开始，他们实际上向东航行了二十英里，更是比他们以为应该到达的位置向东偏离了五十英里。

　　这个消息太让人伤心了，好多队员都不愿意相信。这绝对不可能！一定是沃斯利搞错了。可惜，他真的没错！沃斯利中午刚过就又做了第三次观测，结果显示，两周前就从他们视野中消失的茹安维尔岛，现在离他们只有八十英里。

　　一股往东而去的无名且无法察觉的洋流缠上了他们，它那如此巨大的力量拽着他们往回走，终于令他们被暴风死死咬住。

　　继续往乔治王岛航行意味着直接驶入这股洋流，因此，沙克尔顿第三次宣布，他们的目的地改变了。这一次，目的地改为希望湾，此地位于帕默半岛最端头，离开他们大约一百三十英里，也在茹安维尔岛后边。船只航向调整向南，队员们闷闷无语地坐在那儿，身体已经快累散了，而且心里一片怅然，原以为能尽早登陆的一切愿望都彻彻底底地破灭了。

　　傍晚时分，由西北偏北而来的风加大了风势，三条船都碰到了一些零星散落的大小冰块，沙克尔顿认为这种情况如果在黑暗中就会有麻烦。他命令各船升起风帆。沃斯利力主继续采用划桨方式航行，但沙克尔顿不同意。他们试图找到一块可以把船停靠上去的浮冰，却根本找不到，甚至连一块足以让格林上去支炉子做饭那么大的都没有。他们只找到一块非常小的浮冰，于是就将"多克尔号"先拴固在浮冰上，紧接其后的是"威尔斯号"，最后是"凯尔德号"。此时浪涌十分剧烈，就连固定船只这么点事也十分困难，无论是船还是浮冰都被浪涌捣鼓得大起大落。他们几乎花了一个小时才最后搞定。

他们将帐篷帆布张开撑起在每一条船上，之后，费了老大的劲才点燃了几只小汽化煤油炉，于是就这样加热了一些牛奶。他们喝了呼呼烫的牛奶，然后胡乱地挤在被风刮得劈啪作响的帆布下面。他们刚刚享受到这堪称奢侈的短暂温暖，一个新的危机又出现了。一些大块的碎冰开始向他们这块浮冰背风的边缘聚拢过来，而这里正好就拴着他们的船只。

帐篷布被掀开在一旁，队员们都冲到船帮边上各就各位，用可以弄到手的每一支桨和带钩撑杆去推开逼近的冰块，或者在危急时挡住它，以免冰块在涌浪作用下撞坏船。如此的抗争原本也许会持续通宵，但到了大约9点的时候，也就在几分钟之内，暴风突然转向往西南方吹去。这样一来，他们所在的浮冰立刻就失去了避风的作用，相反却成了顶风前沿，三条船都被风刮向浮冰锯齿形的边缘。沙克尔顿高喊"赶快离开"，桨手们急忙就位。事发如此突然，而且风又如此强劲，根本就没有时间收回"多克尔号"拴固在浮冰上的缆绳，只能将它砍断。他们不顾一切地拼命划船，直到最终远离那块浮冰。

一场绵密而又潮湿的雪又开始飘落。由于大风从南极点刮来，气温也开始下降。没过多久，海面就结冰了，形成很多橡胶状的冰块，而这些冰块最后还会变成"荷叶冰"。

沙克尔顿命令"多克尔号"走在前头。"凯尔德号"紧随其后，而"威尔斯号"扫尾。从"多克尔号"上伸下来两支船桨，以保证这支首尾相连的船队进入风阵中，并避免相互碰撞。到10点，他们已经完全就位。

一连两个晚上，他们都没能睡觉，当然，也有些人挤在一起抱团取暖，同时也能稍稍眯上一会儿。但是，天气实在是冷得刺骨。赫西的温度计早前已经打包收起来了，所以没法读取精确的温度数据，但据沙克尔顿估计，现在大约只有零下 4 度（约零下 20 摄氏度）。他们甚至都能听到海水结冰的声音。飞雪落在新结成的冰面上发出细小的喀啦声，而新冰本身随着涌浪起伏也会发出吱吱嘎嘎的响声。

　　由于几乎一动不动地坐在那儿，队员们身上穿的衣服都冻得硬邦邦。他们的衣服不仅被海浪和飘雪打得透湿，而且，因为他们都已经半年多没换过衣服，所以衣服都快穿烂了，还被自己身体上的油浸得油光光的。只要有谁变换一下身姿，哪怕动作再轻，皮肤也都会碰到冰冷的衣服内里。每个人都想要坐直身子，但却根本办不到。疲惫不堪、食物匮乏，再加上精力耗尽和提心吊胆，这一切都让他们虚弱到极点，因此，他们越是想坐直，就越是坐不直，还一个劲儿地颤抖，也就越发睡不着。就是划船也比这好啊！乘在"凯尔德号"上的沙克尔顿担心有人可能挨不过这个夜晚。

　　队员们不停地问沃斯利几点了，前前后后好像有上百次。每一次，沃斯利都会把手伸到衬衣下面，取出为了保暖而挂在头颈下的天文计时表。月亮透过薄薄的雪成云洒下银辉，沃斯利拿起计时表凑近自己的脸，借着微弱的月光看时针指向哪里。到后来，这竟然变成一个可怕的游戏——大家都不再出声，看到底谁能挺最长的时间而不问沃斯利现在几点了。最终，总会有人禁不住要问，而此时所有人都会抬起头等待沃斯利的回答。

　　然而，黎明终于来了。在晨曦中，漫漫长夜过后的那种身心俱疲在每一张脸孔上明明白白地写着。人们的脸颊干巴苍白，眼睛由于受到海水的盐分刺激和四天来严重的睡眠缺乏而布满血丝。凌乱而枯槁的胡须上挂满了雪，并且冻成了白花花的雪团。沙克尔顿希望从这一张张的脸上找到最困扰他的答案，那就是他们到底还能坚持多久？没有单一的答案。有些人看上去已处在崩溃的边缘，而另一些人则显然决意坚持下去。至少，他们都一个不少地扛过了这个夜晚。

太阳升起后不久，风向转为东南，空气清新了许多。沙克尔顿招呼沃斯利把"多克尔号"驶到"凯尔德号"边上来。经过一阵匆匆的碰头商量之后，他们宣布，船队将第四次改变航向。鉴于眼下的东南风，他们将再一次向大象岛进发，目前该岛的位置在西北方一百英里处。赶快祈求上帝让风一直这样温顺，直到他们抵达大象岛吧。

经过重新分配各船所载的给养物资，"威尔斯号"的拥挤程度大为降低，三船又都升起了风帆，由"凯尔德号"领头驶离了这里。他们在浮冰之间蜿蜒穿行，队员们轮番到船首值守，努力挡住漂浮而来的冰块。即便如此，还是发生了好几次碰撞，"凯尔德号"撞上了一块特别大的散冰，船身被撞穿了一点点。万幸的是，这小洞还好是在吃水线上方。不过，沙克尔顿依然命令各船降下船帆，以免再遭受进一步的撞损。

汽化煤油炉又点了起来，每人一份的牛奶也加热了。另外，沙克尔顿还说，大家要能吃多少就吃多少，以作为挨饿受冻和缺少睡眠的补偿。对有些人来说，这没有任何的诱惑力，因为晕船反应是他们经受的另一重苦难。奥德-利兹的情况最严重，或者说至少他嚷嚷得最厉害。但是，很少有人同情他。自打上船后，他做的事情比别人都要少。常常轮到他划船的时候，他就去求沃斯利不要排他，声称自己生病了，要么就说自己一点也划不好船。通常，沃斯利会觉得很难硬下心来命令他，再加上总是有很多划桨手抢着要划船取暖，于是奥德-利兹便经常能够获准跳过划船轮班。即便有过少得可怜的那么几次情况，当他得到命令或是连自己也实在感到不好意思而拿起船桨时，他也会想尽办法装傻不会划船，因而很快就被换下。有好多次，他坐在克尔的前面划船，完全不按统一节奏来，于是每划一桨之后，他都会碰痛坐在后面的克尔的手指。而且，不管你怎么骂他，警告他，对他也不起任何作用。他似乎压根儿连听也不要听。最后，克尔只好请沃斯利把奥德-利兹换掉。

当沙克尔顿发令让大伙儿敞开肚皮吃之后，"多克尔号"上的队员们就故意当着奥德-利兹的面大吃特吃，想以此作弄他，让他感到更加难受。

将近11点，四分五裂的冰坂开始散得更开，尽管他们的船依然面对着大片新冻起来的粥样冰。在某处，那里的荷叶冰上散落着成千上万条七英寸长短的死鱼，显然都是被一股奇冷的洋流冻死的。大群无以计数的管鼻燕和雪海燕从空中俯冲下来，叼走荷叶冰上的死鱼。

这期间，风势又加大了。快到中午时，风力更是几乎加大到暴风的烈度，推着船只飞快地向前驶去。

就在正午即将开始的时刻，他们冲出了冰坂的边缘线，进入一片辽阔的开放海域。

这一变化激动人心。那股西北方向的涌浪，原先是驮着那片冰坂向前运动，而现在则直接冲着三条小船而来、无遮无拦、浩浩荡荡。他们的航道正好就在这股涌浪之中，仅仅几分钟，他们就被掀高到一座当面有四分之一英里长的浪丘上。当他们跃上浪丘之巅，狂风呼号，将四溅的飞浪刮成一阵凌乱细密的雨丝。接着，他们又开始往下，缓慢但却陡峭地跌落进浪谷，去接受又一次的浪涌。一次又一次，如此场景就这样循环往复地发生着。没过多久，那片冰坂已然不见了踪影，而他们的船也时不时地从相互的视野中交替消失，隐入那一座座翻滚的浪丘背后。

一时间，他们仿佛骤然遁入无远弗届的无限之中。他们与大洋浑然一体，那是一片渺无人烟且充满敌意的广大浩淼的水天世界。沙克尔顿想起柯勒律治的诗句：

孤独，孤独，一切的一切，全是孤独，

孤独在一片茫茫的，茫茫的大海上。

他们自身构成了一幅让人倍感凄凉的图景——三条小船风雨飘摇，除了曾经风光无限的这次南极探险的剩余杂物，还承载着二十八个历经千辛万苦的人，而他们也正处于貌似荒唐无比的生死之搏中。但是，这一次已经无法回头，他们全都明白这一点。

船队一路向前，队员们紧紧抓住起伏不定的船帮。尽管他们航向保持得很出色，但其实没有往前走多远。海水一直不断地涌进"多克尔号"和"威尔斯号"。船员们面朝船尾坐着，海风直接刮在他们脸上，这种坐姿比面朝前方略好一些，因为可以避免被船侧飞溅的海浪打疼。

正午时分，海风的势头更猛，沙克尔顿第二次下令收帆，于是他们便一直这样航行到黄昏。傍晚，沃斯利将"多克尔号"驶到"凯尔德号"边上，提议船队继续向前航行，但被沙克尔顿断然回绝。他说，白天要想把三条船弄在一起尚且万难，更何况晚上，那简直就是不可能。他就这样直接否掉了沃斯利打算在晚上三船合在一处划桨前进的建议。

沙克尔顿坚信，始终不离不弃地聚在一起是他们能够保证自身安全的唯一机会。"凯尔德号"和"威尔斯号"都在很大程度上要仰赖沃斯利的导航技术，而沙克尔顿也很清楚，"威尔斯号"需要时刻予以关照。这不仅仅因为"威尔斯号"是三条船中适航性最差的一条，而且还因为指挥"威尔斯号"的是哈德逊，这位适应压力的能力也要差一点，况且他本人的身体和心智状况显然也越来越弱。沙克尔顿很确定，一旦"威尔斯号"与另外两船分开，它必定会失事。

他决定让三条船泊在一起过夜。他命令"多克尔号"抛出海锚，"凯尔德号"拴在"多克尔号"的船尾，而"威尔斯号"则跟在"凯尔德号"的后面。沃斯利、格林斯特里特和麦克劳德三人，用冻得僵硬的手把三根船桨并在一起，然后用帆布条捆扎起来。这个临时发明的玩意儿被固定到一条很长的缆索上，然后抛入船侧的海中。他们希望这个海锚起到刹车的作用，随着在水中被拖曳而行，它能够把三条船的船首一起顶风拽住。当海锚就位之后，三条船的船员们便停下来坐等天明了。

从来也没有像今晚这样难挨的夜晚了。天色愈来愈暗，风势也愈加猛烈，气温也降得更低了。现在根本就不可能读取准确的气温数据，不过气温至少也应该在零下 8 度（约零下 22 摄氏度）。天气奇冷，朝他们直扑过来的澎湃海浪，往往刚刚打在他们身上就冻住了。天还没有完全黑，他们就已经发觉，那个海锚显然不能够有效地将船只顶风拽住。船还是继续不断地跌入浪谷，舷侧备受海浪的横向击打。所有的船只，所有的人，所有的一切都被海浪浇得透湿，接着就会结冰。大多数人都试图躲在帐篷帆布下面，但大风却反反复复地将帆布刮起来。

在"凯尔德号"上，队员们想办法腾出足够的地方让四个人同时挤在船头的睡袋堆里，就这样他们轮着班去睡觉，但其实谁也无法睡着。然而，在"多克尔号"上，剩余的空间仅够队员们直着身子挤坐在一起，他们只能将脚见缝插针地硬伸进给养箱子之间的缝隙中。溅到甲板上的海水一直流到船底，而由于大多数队员都穿着毡靴，因此他们的脚一晚上都浸在冰冷刺骨的水里。他们尽了最大的努力往外舀水，但有时船底的水能漫到脚踝。为了不让自己的脚冻坏，他们必须不停地活动靴子里的脚指头。他们现在最大的心愿就是希望脚上冻得发痛的感觉持续下去，因为一旦感觉舒服了就意味着脚已经被冻坏了，尽管舒服也是他们求之不得的。过了一段时间之后，他们得要打起十二万分的精神来坚持活动脚趾，因为此时很容易就会不知不觉地停下来。

随着时间一点点地挨过去，他们的痛苦也愈发深重，"多克尔号"上的人们用他们唯一且可怜又可笑的武器进行反击，这武器便是咒骂。他们咒骂一切可以被咒骂的，骂海、骂船、骂水沫、骂天冷、骂大风，当然，常常还相互对骂。不过，就算骂人，他们的语气里也透着一丝祈求，就好似他们在虔诚地祈求早日脱离这潮湿而又冰冷的迷雾天。他们骂的最多的还是那个奥德-利兹，那家伙把船上唯一一副防水布据为己有，并且拒绝交出来。他在船上为自己经营了一个最舒适的小窝，为此他挤走了马斯顿，并且一点也不肯挪地方。面对那些针对他的指天发誓，他要么直接无视，要么装作一点也不在乎。僵持了一段时间，马斯顿终于放弃，来到船尾与船舵旁的沃斯利坐在一起。有好一阵，四周只有大风的哀鸣响彻在缆索之间。接着，为了宣泄忿怒，马斯顿开始唱了起来。他唱完一首歌，就停下等上一会儿，然后再唱一首。最后，他反反复复地唱着同一首歌，声音疲惫而又毫无中气。那歌的过门是这样的：

> 唐克迪罗，唐克迪罗，
> 那声声咆哮的风笛，
> 原是青青杨柳所成。

那天整整一晚上，队员们都被频繁的内急所困扰。毫无疑问，在如此的条件下，寒冷自然是一大原因，但两位内科医生都认为，他们的身体持续不断地被海水打湿，人体会从皮肤吸收水分，因而加重了他们老想小便的状况。不管是什么原因，反正内急了，你就得一次次地起身离开遮风挡雨的帆布，跑到船的背风角落去方便。大多数人还因为吃了未经烹煮的狗干肉饼而闹肚子，他们常常突然就不得不跑去船边，双手紧紧抓住横桅索，然后坐在船舷已经结冰的上缘。无一例外，所有如此出恭的人都会被海水从下面打湿。

到目前为止，三条船中情况最糟糕的就属"威尔斯号"了。这条船里的海水有时甚至可以齐膝深。水手小沃利·豪发现自己无法消除心中的恐惧，他总是担心会有虎鲸将他们掀翻到海里去。锅炉工史蒂文森每过一阵儿就会双手掩面而泣。布莱克波罗为了把毡靴留到他以为的将来去穿，所以坚持穿着皮靴，经过几个小时，他皮靴中的双脚已经完全失去知觉了。哈德逊在船舵旁已经直挺挺地坐了七十二小时了，他左边臀部感觉很疼，而随着这个部位的肿起，疼痛感便愈发严重。后来，他不得不弓起身子沾着一点边坐着，而船不住的起伏摇摆则令他苦不堪言。他的双手还有严重的冻伤。

　　连接"威尔斯号"和"凯尔德号"的缆绳交替不断地忽而绷紧，忽而松弛，每次不是沉入水中，就是升到寒风凛冽的空中。随着时间推移，这根缆绳被越来越厚的冰所包裹。"威尔斯号"上的八位船员的性命都悬系在这根缆绳上。如果它断裂开来——看样子这情况极有可能发生——"威尔斯号"就会跌进浪谷，并且在船员们还远未来得及打碎船帆上的冰并将其升起之前，就已倾覆沉没。

　　所有的船都结了厚厚的冰，但"威尔斯号"上的冰尤其厚重，使得它就像一段重木般直往下沉。海水不断涌进船身，顺着船头上的睡袋堆往下淌，然后在睡袋堆的表面留下一层冰的铠甲。"威尔斯号"每一次迎头撞上海浪，都会加重船头周边结冰的情况，而这里的冰已然体大量重，所以每隔半小时或更短的时间，他们就会派船员去船头砸冰，以防"威尔斯号"沉没。

　　最后，对于所有人来说，让人难受的还有口渴。他们当初离开那块浮冰时太过突然和没有准备，所以就连一点可化淡水喝的冰块都未带在船上。从前一天早晨开始，他们就已经没有任何淡水饮用了，队员们开始绝望地期盼着能喝上水。他们的口很干，半冻伤的嘴唇开始肿胀和开裂。有些人在吃东西时，发现自己根本无法下咽，而饥饿又造成他们晕海晕船。

第四章

将近凌晨 3 时，风势开始减弱，到早晨 5 时，大风已经降级为轻柔微风。大海也渐趋平静。

天空晴朗，一轮朝阳终于冲破地平线上的粉红色雾霭，无比辉煌地喷薄而出，如此壮景令人难忘。而天边的那一抹粉雾也很快幻化成灿烂如火的金色。

这绝不仅仅是一幅日出之图。此情此景仿佛瞬间冲入他们的灵魂，重新点燃他们心中生命的激情。他们注视着那越来越明亮的天光终于照亮环宇，昨夜黑暗中的凄苦磨难现在全都结束了。

随着太阳渐次升高，他们在船头的右舷外侧看到了克拉伦斯岛的山峰，又过了一会儿，大象岛也进入了视野，就在正前方，还不到三十英里的距离，就是他们的福地乐土。此刻，喜不自禁的沙克尔顿朝沃斯利大声喊道，祝贺他导航成功，而身体冻得发僵的沃斯利，却有点不好意思地将目光移往别处。

假设一点时间也不耽搁，他们在夜幕降临时就可以登陆了。沙克尔顿有点迫不及待，于是下令马上启程。但是，事情并没有那么简单。黎明的光亮揭示了昨夜的各种后果。许多人的脸上都留下了冻伤的惨白圈印，而几乎所有的人都得了盐水疖，患处破裂后会流出灰色的豆腐状脓浆。麦克罗伊从"威尔斯号"上向沙克尔顿喊道，布莱克波罗的双脚显然没用了，因为已经没办法恢复双脚的血液循环了。沙克尔顿自己也是一脸的疲惫不堪。平常他的声音洪亮清晰、铿锵有力，可现在也因劳累过度而变得沙哑了。无论是"多克尔号"，还是"威尔斯号"，船身结冰的情况都十分严重，而且从里到外全无幸免。他们整整花了一个小时，敲掉了大量船身上的冰，使船重新适合航行。

是到了该把海锚拉进来的时候了，奇汉姆和霍尔尼斯两人身子倾靠着"多克尔号"的船头，打算解开海锚缆绳上冻住的结，可惜他们的手指冻得太厉害，僵硬得没法活动。正当他们忙活的时候，"多克尔号"被一波海浪抬起，接着又猛地跌落。霍尔尼斯猝不及防，没有及时将头扭开，结果嘴巴撞上海锚磕掉了两颗牙齿。眼泪在他的眼睛里打转，然后流到他的胡子上，在那儿给冻住了。于是，这两位干脆放弃，不再试图解开海锚，而是一刀将它砍断，同时将剩下的拖进船里来。

三条船的船桨都和船帮冻在一起了，必须要弄开来才行。队员们努力敲掉船桨上面结的冰，但其中有两把桨实在是太滑了，结果就从桨架上滑下，落入船外的水中。还好，一把桨被"凯尔德号"抢回来了，但另一把却漂得没了踪影。

7时，三条船都最终启程了。人们都领到一份坚果食物和饼干，但大家口干得实在太厉害了，根本就没有办法吃这些干的食物。沙克尔顿建议大家生嚼海豹肉，以便能咽些血下去。一些冷冻的海豹肉块很快被分发到队员手中，而经过几分钟的咀嚼和吸吮之后，队员们获取了足够多的血汁，现在他们至少可以咽得下东西了。但是，他们生吃海豹肉的架势太过生猛，以至于沙克尔顿意识到，照此以往食物将很快被吃光，于是他命令只有在队员渴得生命堪虞时才能再动海豹肉。

三条船的船帆都已挂起，他们把船桨放入水中，同时开始划桨航行，以期抵消此刻正刮着的西南轻风的作用，目标则是大象岛的西侧边缘。

在"多克尔号"上，麦克林和格林斯特里特两人都脱掉了靴子，发现他们的脚已经冻伤，而且，格林斯特里特的伤势要比麦克林严重。令人吃惊的是，奥德-利兹主动要求为格林斯特里特按摩冻伤的双脚。他一直按摩了很长时间，然后拉开衬衣，把格林斯特里特冻得半僵硬的双脚贴在自己温暖的胸膛上。过了一会儿，格林斯特里特感到脚上开始有些疼痛，这是因为血液重新回流到已经收缩的血管里。

经过接连数小时的划桨航行，大象岛的轮廓渐渐地变得越来越大。正午时分，他们已经完成了一半的航程，到一点半时，他们离大象岛还剩下不到十五英里远。他们已经八十个小时没有睡觉了，而且由于一直暴露于风浪前，同时还要竭尽全力，因此他们的身体都仿佛要被榨干了。然而，坚信夜幕降临时就能够登陆的信念，给了他们置之死地而后生的力量。这是不进则亡的抗争，尽管他们口渴得嗓子眼冒烟，他们还是拼尽全身最后的力气奋勇划桨。

下午2时，大象岛高达三千五百英尺的座座雪峰就伫立在正前方，陡峭地凸立于海面上，相距他们绝不超过十英里。但是，一个小时之后，大象岛还在原地没动，好像位置凝固了，既没有变得再近，也没有变得更远。尽管他们再怎么使劲划桨，他们也还在原地不动，显然他们已经被岛外的一股强劲的潮汐流所控制。风向转为向北，所以他们现在是正面迎着顶头风，不得不把风帆降下来。

沙克尔顿心急如焚，总想赶紧把这队人带上岸去，于是他把三条船都召集到一块，要它们首尾相接串在一起，而"多克尔号"依然排在最前面。他似乎觉得这样便可以增加航行的速度，但其实不然。大约4点时，风向又变了，这次是转向西。他们立刻收起了船桨，升起了船帆，试图冲进现在的西风阵里去。但对"威尔斯号"而言，这简直就是不可完成的任务，因此"凯尔德号"不得不拖着它走。由于正好与海潮相逆，他们几乎一点也没有再往前进。

快到 5 点时，风停了。他们立刻重新划起了船桨。在愈来愈浓重的暮色之中，他们像发疯一般使劲划桨，希望能赶在天黑之前登陆。然而，半个小时之后，风又从西南西方向刮了起来，十五分钟不到的时间风速就达到了每小时五十英里。沃斯利将"多克尔号"划到"凯尔德号"侧旁，尖声高叫着，想要压倒狂风的声音。他跟沙克尔顿说，他认为让三条船各自在大象岛东南岸分别登陆是最佳的办法。

　　沙克尔顿这一次同意大家分头行动，至少他批准沃斯利独自前进。然而，"威尔斯号"仍旧拴在"凯尔德号"的船尾上，沙克尔顿授命沃斯利在视线范围内自主行动。"多克尔号"出发时天已经黑了。大象岛就在附近，但究竟近到何种程度，现在谁也说不清，也许十英里，也许还不到。高高的苍穹上，有一片由岛上冰川反射而来的朦胧而又苍白的光。月光底下，他们的船驶入横浪区。由于海风异常强劲，很多时候，他们不得不放开绑着船帆的绳索，以避免造成倾覆。"凯尔德号"上的队员们弓起身子，以躲避船行过程中溅起的水花飞浪。可惜，在"多克尔号"，尤其是"威尔斯号"上，人们却根本别想躲开飞浪。

　　那些操舵的人吃飞浪的苦头最大，大约 8 点左右的时候，这种情况造成的后果开始在王尔德身上显现，他已经在"凯尔德号"上连续操舵二十四小时而没有休息了，体力已到极限。沙克尔顿命令麦克奈什把他替换下来，但木匠自己也同样累得快不行了。他上去操舵了大约半个小时，尽管冰冷刺骨的寒风撕扯他的衣服，飞浪水花打在脸上，并将他整个人浇得透湿，麦克奈什的头却还是朝前耷拉下来，他睡着了。与此同时，"凯尔德号"的船尾陡地打转成顺风方向，一个巨浪朝他们横扫过来。麦克奈什惊醒了，但沙克尔顿已经命令王尔德来继续掌舵。

　　他们现在最直接的目标就是抵达大象岛的东南角。一旦到达那里，他们就可以得到陆地的保护，并找到一片地方把船拖上岸去。大约九点半时，冰川投射在夜空中的光亮显得很近，他们都以为自己马上就可以踏上陆地了。但是，就在这时，完全无法解释，他们的处境却开始逆转。从船两侧往外望去，他们发现自己的船正飞快地在海水中穿行，而那陆地却渐渐地从他们的掌握之中溜走。他们对此也毫无办法，只能继续向前挺进。

午夜时分，沙克尔顿向右舷瞥了一眼，发现"多克尔号"不见了。他惊得一下子跳了起来，赶紧瞪大眼睛透过波涛汹涌的海浪四下里仔细搜寻，但却连"多克尔号"的影子都没有见着。沙克尔顿心急如焚，命令立即点燃罗盘箱里的蜡烛，并将点亮的罗盘箱高高地挂到"凯尔德号"的桅杆上，以便它背靠船帆向外照明。但是，远处却没有出现回应的灯光。

沙克尔顿要求马上找出一盒火柴来。他指令赫西每隔几分钟就划一根火柴举起来，这样便可以背靠船帆发出光亮。每次一根，赫西就这样划着火柴，而沙克尔顿则使劲搜寻黑洞洞的海面。可惜，依然没有看到来自"多克尔号"的任何信号。

但"多克尔号"确实在尝试回复信号。她现在也就距离另两条船半英里不到，船上的人也都看到了"凯尔德号"在黑暗中发出的信号。按照沃斯利的指令，他们拿出了唯一的一根蜡烛，在帐篷布下面点燃。然后，他们举着这蜡烛，期望烛光透过帆布回应沙克尔顿的信号，可惜没有人看到他们的回复。

过了一阵之后，人们已经将无论如何也要给"凯尔德号"发回信号的念头抛诸脑后，因为"多克尔号"在猛烈的潮激浪的紧咬之下突然发生了剧烈倾斜。沃斯利差一点就无法控制住船了。船上的人赶紧收起了船帆，甚至连桅杆也拔了下来，不然眼睁着就可能在船上下狂颠的时候突然折断。他们伸出船桨，希望通过划桨来稳住船。片刻之后，这条船迎头撞上一个未被发现的巨浪，接着海面在船底裂开，船瞬间跌入黑暗的深渊。

沃斯利命令奥德-利兹拿起一支船桨，但奥德-利兹苦苦哀求放过他算了，说在这样千钧一发的时刻让他划船不合适，而且他也受不了浑身被海水打湿。他俩在黑暗中尖起嗓子互相喊叫着，而船上的其他人也从每一个角落朝奥德-利兹大骂。但即便如此，也毫无用处，最终，沃斯利十分厌恶地挥手打发他到前面去。奥德-利兹立刻就钻到船底去了，而且再也不肯挪动，哪怕他的分量已经使船失去了平衡。

　　格林斯特里特、麦克林、克尔和马斯顿都在划桨，他们全都接近于自身耐力的极限。又过了一阵，沃斯利决定再次冒险升帆。他将"多克尔号"左冲右突地带进了风口之中，并尽量使船且行且贴近风口附近，这样他们在多多少少向前进的同时，也受到惊涛骇浪的夹击。他凭着在大海上闯荡了二十八年的所有本事，终于将"多克尔号"推到目前这种相对有利的位置，但是船却几乎马上就要失控了。更为严重的是，船身由于越来越多的进水而变得运动迟缓。本来躺在船底的奥德-利兹，此时也一下子坐了起来。他似乎猛然意识到，船正在下沉，于是抓起一只罐子就开始往外舀水。齐汉姆也跟了过来，他们俩一起发了疯似的从船里往外舀水泼出。随着时间推移，"多克尔号"重新轻装浮上海面。

　　现在，大约 3 点左右，沃斯利自己也开始撑不住了。他正面迎风的时间太长，使得双眼不能正常发挥功能，他发现自己已经没办法正确判断距离。尽管他努力让自己保持清醒，但的确困乏得连眼皮也撑不开。他们在船上已经连续待了足足五天半了，这期间几乎所有人都对沃斯利刮目相看。过去，大家都认为他好激动，性情不羁，甚至没有责任心。但是，现在这一切都彻底改变了。在过去的这些天里，无论是作为整个船队的领航，还是实际指挥驾驭一条小船，他都展现了惊人的超凡能力。全队上下无一人能出其右，他也因此为自己塑造了一个崭新的形象。

　　此刻，他坐在船舵旁，脑袋一低一抬地开始打瞌睡。麦克林看他困得实在不行了，就主动要求接替他掌舵。沃斯利同意了，但当他想要往前走时，他发现自己身子都站不直。他已经连续六天坐在那里没变换过姿势了。麦克劳德和马斯顿来到后面，把他扶出了船尾，拽着他来到船前部的座位和给养箱边上。然后，他们帮他平躺在船底板上，开始按摩他的大腿和肚子，直到他的肌肉开始松弛下来。而这时，他已经睡着了。

格林斯特里特刚才也因为筋疲力竭而休息了一会儿，现在他醒了，并从麦克林手中接过船舵。他们俩都不知道眼下身处何处。但是，他们俩和其他人一样都有同一个深深的恐惧，那就是开放的外海。在大象岛和克拉伦斯岛之间有一道宽十四英里的水域，那之后便是德雷克海峡。上一次他们准确定位所有船舶的方位是在黄昏，当时大象岛离开他们约摸只有十英里。但那以后，由西南方向转出一阵风来，朝那性命攸关的德雷克海峡直刮过去。如果他们的船队被这阵风刮出去，那么想要再反回来逆风而上至大象岛的机会几乎完全不存在。更有甚者，格林斯特里特和麦克林相互坦承，"多克尔号"极有可能已经被刮到外海上去了。

"多克尔号"的指南针早些时候就被撞坏了，现在唯一能指望的就是沃斯利那只小小的银质袖珍指南针。他们俩把帐篷布展开来顶在头上，麦克林在一旁划燃火柴，为格林斯特里特查看指南针照明。但是，即使是躲在帐篷布下面，刚划着的火柴还是立刻就被风吹灭了。于是，麦克林就用自己的小刀将一根根火柴头上的火磷刮下来，然后集中燃烧以延长光亮持续的时间，以便格林斯特里特能够看清指南针。每隔几分钟，他们就钻到帐篷布下面去看指南针，希望能让"多克尔号"始终保持西南航向，这样至少不会被风刮得太深入外海。

他们的身心似乎已濒临彻底崩溃的边缘，而狂风却依然尖啸着不断增强。最惨淡的曦光出现在东边的天空，并且异常缓慢地开始明亮起来。没人说得出还要过多久，天才会亮得让人看得清楚，但肯定还得过好久好久。他们就这样眼巴巴地等待太阳出来揭示他们的命运，甚至连两天两夜滴水未进而造成的灼人干渴也忘了。每个人私下里都在悄悄地做好心理准备，以免当看到茫茫大海上一无所有，抑或运气好得能看到远处有座岛屿但却由于逆风而永远无法到达时被吓着。

渐渐地，海面变得可以看清模样了。而就在那儿，就在他们的正前方，矗立着迷雾缭绕的大象岛灰棕色的巨大山峰，赫然挡在他们小船之前，相距不到一英里。这段距离似乎不会超过几百码。这一刻并没有欣喜若狂，有的只是惊愕，以及很快就取而代之的巨大的终获解脱之感。

就在此时，事先没有一丝一毫征兆，就从那些高高的山峰顶上向下刮来一阵离岸狂风，其冲击海面的速度大约为每小时一百英里。片刻之后，一道与船只一样高的水墙朝着"多克尔号"滚压过来。

格林斯特里特高声喊道："赶快降帆！"他们匆忙地将船桨伸入水中，然后使劲朝前划，钻进了从山顶一路呼啸而下的阵阵大风之中。尽管十分艰难，可他们还是尽了最大努力让已经钻入风阵的船头始终保持向上，但这些都需要他们拿出自己业已消耗殆尽的力气。他们朝前望去，只见又一道高约六英尺的海浪正朝他们逼将过来。

有人大声喊着要叫醒沃斯利，麦克劳德使劲地摇晃他，期望将他弄醒。但沃斯利就像死了一样，匍匐在船中央那些给养箱子上，身上压着已经湿透了的帐篷帆布。麦克劳德又一次摇晃他，沃斯利还是一动不动，麦克劳德便开始踢他，反复不停地踢，终于沃斯利睁开了眼睛。他坐了起来，并立刻意识到发生了什么。

"看在上帝的份上，"他大叫道，"快把船绕过去，避开那浪头！升帆！"

格林斯特里特赶紧将舵打足，而其他人则像发了疯似的拼命将船帆升起来。船帆刚刚被风鼓起来，第一波海浪就来到他们跟前，哗地砸到船尾上。格林斯特里特差一点被甩出他的座位。片刻之后，第二波海浪又吞没了他们。"多克尔号"已经一半进水，船内积水的重量压得船开始下沉，而此时船的速度已经大部分丧失。人们此刻将所有的事都抛诸脑后。他们抓起身边任何可用的物件，开始从船里往外舀水。他们用马克杯、帽子，甚至并拢双手使劲地舀水往船外泼去。渐渐地，他们将船里的积水排净了。沃斯利操起船舵往北打，以便让船跑在大风的前面，而把追逐的海浪甩在船后。他引导"多克尔号"驶近了岸边，就在大象岛边缘高高矗立的巨大冰川下面。有很多散冰块随着海浪漂浮在周围，在船经过那些散冰时，队员们紧贴船帮伸手捞了一些上来。

片刻之后，他们已经开始贪婪地大口咀嚼和吸吮起来，那甘甜的冰水顺着他们的喉咙往下流。

第五章

整整一个通宵，沙克尔顿都在"凯尔德号"上守望着"多克尔号"。随着时间一小时一小时地流逝，他变得越来越焦急不安。他对沃斯利作为航海人的本事完全信得过，但像这样一个夜晚，所需要的就远不止航海技巧那么简单。

然而，光这个"凯尔德号"就够他操心忙活的了。王尔德仍旧掌着舵，鉴于西南大风越刮越厉害，他尽可能将船的航向切入大风之中，这样他们便不会被刮得远离大象岛。海浪撞碎在船头，飞溅的海水洒落在船底板上挤作一团的队员们的黑暗身影上。赫西一直在努力拽住连接主帆的那根缆索，但有好几次大风将缆索从他手中刮跑，文森特不得不把他替下来。

"威尔斯号"一直被拖挂在"凯尔德号"的尾部，这条船上的境况就更加惨了。哈德逊身体一侧的疼痛已经到了难以忍受的地步，这让他很难继续在舵位上坚持下去。于是，汤姆·克林将他换了下来，而比利·贝克韦尔也会时不时地轮到掌一会儿舵。瑞肯森，那位身形瘦小的人，似乎已到彻底崩溃的边缘，他独自蜷缩一隅。豪和史蒂文森在不用舀水的时候，就相互紧抱在一起，期望能多增加一点体温来取暖。

"威尔斯号"的船头差不多与每一波海浪相撞，如此一来船上的人就都得坐在膝盖那么深的水里。有点搞笑的是，坐在水里竟然还算是一种享受呢，因为积水要比空气暖和得多。布莱克波罗的双脚已经疼得无法忍受好长时间了。他从来也不抱怨，尽管他知道自己的双脚发生坏疽症只是迟早的事。将来就算能逃过一劫，这个在一年半以前偷渡而来的小伙子要想重新行走的机会也非常之渺茫。就在这天的晚上，沙克尔顿有一次跟他打招呼，想让他打起精神来。

"布莱克波罗。"他在黑暗中高喊。

"到，长官。"布莱克波罗应道。

"我们明天就会在大象岛上啦，"沙克尔顿大叫，"那里还从来没有人上去过呢，你会是第一个登上那个岛的人。"

布莱克波罗没有回答。

沙克尔顿坐在"凯尔德号"的船尾，旁边有王尔德，他的一只手放在连接他们与"威尔斯号"的缆绳上。天黑之前，他曾关照哈德逊，如果"威尔斯号"被大风刮开，他一定要顺风去找陆地，很有可能就是克拉伦斯岛，然后就在那儿等着，直到有救援船来接他们。但是，这个命令也就是例行公事而已。沙克尔顿心里很清楚，万一"威尔斯号"真的被大风吹开，那就永远也不可能再见到她了。此刻，沙克尔顿坐在"凯尔德号"的船尾，却能感到每当"威尔斯号"无奈地被海浪托举起来时，那根连接的拖缆都绷得紧紧的。回头望去，他恰好看到那船在黑暗中飘摇。有好几次，那根拖缆一下子松弛下来，"威尔斯号"也不见了踪影，而突然之间她又重新出现，整个轮廓衬映在一波白花花的碎浪前。

终于，当最初的一缕朦胧的晨曦出现在天际时，"威尔斯号"凭借其好得出奇的吉运，依然锲而不舍地紧跟在"凯尔德号"后面。而且，在船头的右舷外侧，陆地也若隐若现地俯瞰着他们，那是迷雾中露出来的巨大的黑色海岬，离开他们大约也就四分之一英里远。沙克尔顿立刻命令大家赶紧抢风转向，向西横穿大风。过了十五分钟，也许更短，大风突然停了。他们走过大象岛的东北角，终于来到了这片陆地的背风处。他们继续向西航行，苍凉雄浑的悬崖和冰川不断地在他们的侧畔往后闪去。多米尼加海鸥沿着岩石的正面尖啸打斗，而这些火山岩深深地植根于大海之中，经受海浪愤怒地冲刷。但是，这里却没有任何可供登陆的地点，甚至连规模最小的小海湾或海滩都没有。

不过，这里冰还是有的。许多大块的冰川冰滚落到海里，在海面上漂浮。队员们捞起一些小块碎冰，直接就往嘴里塞。他们围着海岛的岸线找了一个小时，可还是没能找到一块立足之地，哪怕再小也没有。后来，有人发现了一块非常小且布满砂砾的海滩，半遮半掩于一排岩石后面。沙克尔顿站到一个座位上，看了看那地方觉得好像不太靠谱。他犹豫了好一会儿，最后还是命令所有船只都朝那里开进。

在离那个小海滩还有一千码的距离时，沙克尔顿发信号让"威尔斯号"开上来，并把他接到船上去。在这两艘船当中，"威尔斯号"的吃水比较浅，因此沙克尔顿想先开着"威尔斯号"接近那片海滩，也好看看"凯尔德号"能不能从水流湍急的岩石夹道中通过。

就在同一时刻，"多克尔号"正沿着海岸线向西航行，希望能找到一个地方上岸。根据沃斯利的估算，从太阳升起到现在，他们已经航行了十四英里，经过了一个又一个的地点，却没有找到一个可以泊船的海滩。在这十四英里的整个航行过程中，他们也一直没有见到另外两艘船的踪影，而且现在已经是上午九点半了。"多克尔号"上的队员们深信，昨晚只有他们大难不死活了下来。"可怜的弟兄们，"格林斯特里特压低声音对麦克林说，"他们全没了。"

后来，当他们刚绕过一个小小的山包，便赫然发现，就在那边，他们的正前方，"凯尔德号"和"威尔斯号"的桅杆在海浪的来回冲刷下摇摇摆摆。这真是不可思议的巧合，要不是"多克尔号"一直找不到合适的登陆地点，他们就根本不可能和另外的队友会合。而假如在那十四英里的搜索航程中，他们发现了适合靠泊的避风港，那么，这两拨人现在还相隔数英里，并且都以为对方已经失事遇难了。

"多克尔号"上的人们向着他们的队友三次发出嘶哑的欢呼，可惜都被海浪的喧嚣湮没了。几分钟之后，他们的船帆才被"凯尔德号"看见，而就是在这时，沙克尔顿自己抬头瞭望，看见"多克尔号"正朝他们驶来。与此同时，"威尔斯号"已经近在岸边了。但是，它的面前还横亘着一片开阔的浅滩，汹涌的海浪泛着泡沫一次次冲上浅滩。沙克尔顿等待着最佳时机，然后他命令往岸上冲，"威尔斯号"安全地驶上了浅滩。又一波大浪涌来，她的船头抵住了岸边。

沙克尔顿还记得自己的承诺，于是就督促布莱克波罗跳上岸去，但是这小伙子却根本不动。他好像一点也不懂沙克尔顿在说什么。失去耐心的沙克尔顿一把揪住他，将他从船边上扔了出去。布莱克波罗四肢着地摔下去，打了个滚后就坐在那里，任由海浪在他身子四周涌来退走。

"站起来。"沙克尔顿命令道。

布莱克波罗眼睛朝上看了看。"我站不起来，长官。"他答道。

沙克尔顿突然想起布莱克波罗的脚有病。在终于登陆的极大欢欣中，他把这事给忘了，于是他为此感到难为情。豪和贝克韦尔跳下船去，把布莱克波罗往岸上又拉过去一些。

给养储备很快都被搬到岸上，然后"威尔斯号"再划出去，来到"多克尔号"边上。"多克尔号"上的给养和人员首先被轮番摆渡上岸，之后，随着船的载重大为减轻，"多克尔号"便可以驶过那个浅滩了。

就在三条船都被安全地拖曳到泊位停好之后，瑞肯森突然脸色苍白，一分钟后因心脏病发而整个人都垮掉了。格林斯特里特那被冻伤的双脚已经很难再支撑他的身体，他一瘸一拐地走上岸去，躺倒在布莱克波罗的身边。哈德逊自己挣扎着蹚过不断冲击的海浪，最后倒在海滩上。史蒂文森一脸的茫然，在别人的帮助下上了岸，而且远离海水。

他们终于踏上了陆地。

这只不过就是一个切入点而已，仅区区一百英尺宽，五十英尺深。在荒无人烟的海岸，这根脆弱的救命稻草还得时刻面对来自亚南极洋的怒海狂涛。不过，不要紧，他们已然登上了陆地。这是四百九十七天以来，他们第一次脚踏实地，这一片永不沉没、永不移动、受上苍眷顾的实地。

第五部分

第一章

许多队员在附近漫无目标、跌跌撞撞地走着，双脚在鹅卵石堆里磕磕绊绊，有时还会弯下腰去抓起一把石子儿；有的人甚至全身扑倒在地上，以感受身下大地那实实在在的庄严。有那么一阵，有些人就只是在那儿坐着，浑身无法控制地颤抖，一边还嘟嘟嚷嚷地跟自己胡言乱语。

就在这时，太阳出来了。他们的脸在阳光里显得死一般惨白，那是因为他们都已筋疲力尽，而且还有冻伤，更不用说每个人一直都是浑身湿透。他们眼睛周边的黑圈是那么深，以至于看上去就好像眼睛有点塌陷进去似的。

格林以最快的速度备好了一些牛奶，每个人的马克杯里都倒得满满的。他们几乎都是在牛奶还滚烫的时候就一饮而尽，那牛奶的热传遍全身上下，使他们的神经感到酣畅淋漓，仿佛周身的血脉瞬间被暖化，重新开始在血管中奔流。

从他们围着海豹油炉站着的地方算起，位于他们旁侧的海岛峭壁也就不足十五码远。那些悬崖峭壁向上直升八百英尺，然后在这个高度变得略为平整，接着再继续陡增到两千五百英尺的高度。但是，他们这个到处布满砾石的小小栖身之处，相对来说却是生机盎然——"一块丰腴之地，以南极的标准来说。"詹姆斯如是说。在海滩稍远一点的地方，十只海豹紧靠在水边悠闲地晒着太阳。在一旁很高的一块岩石上，有一个很小的帽带企鹅的群栖地，每隔一段时间，还会有一小群一小群的巴布亚企鹅从水中摇摇摆摆爬上岸来，观察这些来自海上的奇怪生物。这里还有鸟类：贼鸥、鞘嘴鹬、鸬鹚和海角鸽。

沙克尔顿站在人群当中。他摘去了头盔，很久没有剪过的长发从额头上垂下来。他的肩膀小心地弯曲着，嗓子由于一直大喊大叫而变得十分沙哑，只能发出如耳语般的声音。然而，对于最终能踏上陆地，并被他的队员们所簇拥，他由衷感到深深的满足感和成就感。

队员们本身则很少说话，他们埋头喝着自己那份牛奶。每个人似乎都沉浸在自己的思绪中。大多数人极度不稳定，不仅因为身心俱疲，还因为长时间在船上搏击奋进，他们体内的平衡暂时被打破了。喝完牛奶，有一组人就被派去打海豹。他们一共打了四只海豹回来，随后这些海豹就立刻被取下海豹油，肉也被斩成一块块肉排。格林立马开始上阵，他将所有能用的锅都拿来煎制全部的肉排。其他队员则忙着搭建帐篷，找到不会被水打湿的地方堆码好物资给养。

饭终于做好了，他们也都吃了。这顿饭既不是早饭，也不是中饭，也不是晚饭。这是时间拖得很长却又断断续续的一餐饭。他们刚吃完第一轮做好的肉排，格林就已经将更多的肉排放到了火炉上。当这一批肉排也做好时，队员们便停下手中的活计，再吃上一次。直到下午3点，他们才总算吃得肚子饱得不能再饱了。

接下来就该睡觉了。他们打开早已经湿透的睡袋，用最大的力气拧干其中的水分；不过现在拧得干与不干其实已经无所谓了。詹姆斯写道："钻进去就睡着了，就好像以前从来没睡过觉似的，而且睡得沉沉的连梦都不做，根本不会在意睡袋的干湿，况且除了企鹅的叫声四周是那么地寂静。"所有的队员大抵都是这样一个情形。"这该有多么香甜啊，"赫尔利写道，"一觉睡到自然醒，耳畔回响着大海音乐伴奏下的企鹅欢歌。倒头便睡，一觉醒来却发现一切都是实实在在。我们真的已经踏上陆地啦！"

在那个光荣的登陆夜晚，大多数队员都被叫醒过一次，为的是站一小时的岗，不过即便这样那也是其乐融融。这夜晚静得出奇，天空十分晴朗。一轮皎月辉映着小小的砾石海滩，海水潮涌潮退，构成一幅宁静至极的美景。不仅如此，沃斯利还这样写道：那些值夜班的队员在一小时的当值时间里，"喂饱自己的肚子，同时让海豹油炉的火一直燃着，然后再喂饱自己的肚子，再烘干衣服，再喂饱自己的肚子，最后，在下岗回去睡觉之前再一次喂饱自己的肚子"。

沙克尔顿允许队员们睡到第二天上午九点半再起床。但是，在吃早饭的时候，队员们当中开始流传一个很糟糕的说法，而吃完早饭之后，沙克尔顿就证实这说法的确属实，并且令人震惊。那就是，他们又得转移了。

还从来没有过比这更动摇士气的境况了。仅仅在短得可怜的二十四小时之前，他们才刚刚挣脱了大海追命般的魔掌，现在又不得不再重新回去……然而，这必要性却是不容置疑的。他们明白，纯粹是因为运气足够好，他们才得以在这里登陆。海滩端头的悬崖峭壁上留有涨潮时的明显印记，以及遭暴风雨破坏的痕迹。这表明，整个这块小海滩经常被海潮所吞噬。显然，只有天气好或者海潮不大的时候，这里才勉强能待得住人。

沙克尔顿命令王尔德带领五名队员驾驶"威尔斯号"沿海岸向西航行，看看能否找到一个更安全一些的宿营地。"威尔斯号"11时出发。其余的人则一整天都不疾不徐地干活。帐篷先是被撤掉，然后再移到海滩更高的位置重新搭起来，因为那儿有个比较平坦的土台子可以让他们安营扎寨。物资给养也移到更高处堆放，以防暴风雨来袭。

这一天，大多数时候人们就是在享受生活。他们都仍然还有些瘸瘸拐拐的，那全是拜整整六天窝在狭小的船上所赐，而现在他们头一回发现迄今所经历的艰难险阻，不仅让人难以置信，而且竟然持续了如此之久。他们能有这种感知，完全是由于一种被遗忘多时的感觉终于回归。这是一种他们现在有，但自打离开"坚忍号"后就再也没有过的感觉。那就是平安之感，是相对而言至少没有什么可害怕的那份明白。当然，现在依旧存在危险，只不过它不同于长久以来一直对他们穷追不舍的那种迫在眉睫的危难。说得更具体点，那就是他们时刻紧绷的警惕之心似乎可以放松一下了。

这也是一种享受，比如说，看鸟就看鸟，而不必为了任何附带的功利目的，不必将之视为情况变好变坏的迹象，以推断冰坂是否会打开抑或暴风雨是否来临。这座海岛本身就值得以闲暇之心来观赏。沿着海岛的岸线，悬崖峭壁就像巨大的高墙挡在大海面前。冰川从悬崖峭壁的侧旁缓缓而下并直伸入海。海浪不断地冲刷着冰川端头的冰，时不时会有一小块或者如冰山般的一大块冰跌落海中。

这块陆地的严酷也孕育了同样冷峻的天气。由于某些奇怪的气候原因，从岛的最高峰经常会往下吹来猛烈如龙卷风似的下旋风，与海面相撞那一刻就像发生爆炸似的，搅得周边的海水白浪滔天，飞沫四溅。赫西认为，这就是传说中的"重力风"，也即极地圈内的沿岸地带所特有的突生旋风的气候现象。前一天早晨差一点就让"多克尔号"遭殃的那场风暴就是其中之一。

他们一整天都在等待王尔德和他的小组返航，但是直到天黑下来，还是没有见到他们的影子。其他队员吃完晚饭就去睡了，但把仍旧燃烧的海豹油炉留着，并将炉膛的门冲着大海的方向打开，好让炉子暂且客串一把灯塔的角色。大家几乎都没有睡着，这时就听见从海上传来喊声。那是"威尔斯号"回来了。所有人都爬了起来，并一直来到水边。王尔德驾驶"威尔斯号"冲破滔天白浪返回，很快船被人们拖上海滩停好。

王尔德和他带去的五个已经筋疲力尽的队员都证实，这个地方对外来者确实不够友好。他们一连巡视了九个小时，也仅发现了一个似乎比较安全的可以宿营的地方。那是一片四周有屏障保护的小海滩，大约有一百五十码长，三十码宽，沿着海岸向西走七英里就到了。那里还有一个规模较大的企鹅栖息地，王尔德说，而其他人也声称看到了很多海豹和少量的海象。附近有一个冰川，拥有充裕的冰供他们化冻取水。

沙克尔顿感到很满意，他宣布天一亮就拔营出发。全队人在早上5时被叫醒，借着海豹油炉的光亮吃了早饭。天亮了，天气晴朗，一片宁静。三条船都被放下水，除了十箱储备给养和一些煤油为减轻船载而被留在一个很高的岩缝中以外，其它所有的东西都装上了船。这些留下的物资日后一旦有需要还可以再回来取。海潮涨得很慢，直到上午11点，浅滩上才涨起了足够行船的水。

由于布莱克波罗转乘"凯尔德号"，哈德逊转乘"多克尔号"，"威尔斯号"的分量一下子减轻了不少。在最初的两英里，各船都行进得很顺利。然而接下来，几乎没有任何征兆，大自然突然就变得狂躁不堪。刹那之间，狂怒的风在他们耳畔尖啸，而片刻之前还是一片宁静的大海也顿时汹涌起来。他们被卷进了由悬崖顶上直冲而下的一阵下沉气流之中。这一切仅持续了令人恐惧的三到四分钟，然后戛然而止。但是，这预示着天气已然改变，一刻钟之间风向已经由南风变为西南风，风力也由轻风渐次变为大风、暴风和飓风。三条船都处于这块陆地的背风处，按理因为一旁有高达两千英尺的悬崖峭壁，完全可以避开大风的袭扰。但其实不然，峭壁由于向下吸住所有从其头顶刮过的风，便造成这些风尖啸着砸向小船，再折向大海。

三条船只有紧紧贴着陆地待着，才能避免被风刮离岸边。在船左舷，陆地陡然矗立，看上去就好像悬空在他们头顶上似的。巨大的犹如醉汉一般的海浪冲击着峭壁，一时间空气中充满飞沫。在船的右舷，海面被突风搅成了一个大漩涡。这两者当中是一条非常脆弱的安全走廊，船只就沿着这条走廊向前"爬行"。他们的行船速度至多也就是"爬行"了。正午过后不久，潮水退去，海流开始朝他们正面涌来。他们将一旁的陆地作为参照物来估测前进的距离，有几次仅以英寸计，甚至干脆就停着没动。在这里升帆，那是连想也不用想的事，他们只能靠划桨。"凯尔德号"仍然是满员的四人一组划桨，但"多克尔号"和"威尔斯号"就只有三人一组了。

由于风向改变，气温一下骤降了大约 15 度（约 8.3 摄氏度），目前徘徊在 5 摄氏度左右。浪花夹杂着飞雪落下，很快就在船内侧以及队员们的头上和肩膀上冻成糊状的表层。在给船上货的时候，格林斯特里特曾把自己的手套交给克拉克拿着。但是当潮水正好涨起来时，为了尽快离开，克拉克在慌乱中上了"凯尔德号"；于是留在"多克尔号"上的格林斯特里特划桨时就没有手套来保护他的手了。现在，他的手开始冻得发僵。由于冻伤，他的手掌上的水泡越发严重，而且水泡中的液体也冻结了。水泡变得好像插进肉里的硬石头。

1 点钟过后，他们已经走完了去新营地一半的路程，来到一座突出水面的巨大岩石边上，这儿距离海岛的岸边大约有四分之一英里远。"凯尔德号"由王尔德掌舵，"威尔斯号"由克林指挥，两船都显然决定从岩石靠陆地一侧穿过。但沃斯利却莫名其妙地一时冲动，选择了从外侧绕过去。"威尔斯号"和"凯尔德号"奋力冲向了海滩，而"多克尔号"却没了踪影。

由于走的是岩石朝海的外侧，"多克尔号"现在已经离岛岸很远了，而且还遭遇到暴虐的狂风。这里的海面白浪翻滚，狂风将浪尖削去，压着浪头往下。沃斯利立刻就意识到，他犯了个非常不明智的错误，于是将"多克尔号"的船头调转回来朝岛岸开去。"赶快背对着风！"他朝桨手们喊道。但是，桨手们能正面抵挡住风已是他们所能做的极致了，而且还能这样坚持多久也未可知。

沃斯利突然跳起来，高喊着要格林斯特里特来掌舵，而他自己则接过了格林斯特里特手中的桨。沃斯利是新上来划桨，所以一下子就将船速提高了一大截。而在其他桨手位上的麦克林和克尔也努力向他看齐，慢慢地，他们一英尺接一英尺地朝那块岩石划去，并终于划到了岩石旁。他们刚划到岩石的背风处，就遭遇了冲向岩石的排天巨浪。"倒划回去！倒划回去！"沃斯利尖声喊道。

他们把船划开，也仅仅是划开了一点点。"多克尔号"三次被巨浪掀起，朝岩石甩过去，但就在此刻风却瞬间停了下来，他们也才得以真正划离岩石。格林斯特里特又重新划起了他的桨，他们继续朝陆地进发。在刚才与风浪的搏斗中，麦克林戴在右手上的手套滑落了，他看见自己裸露的手指正被冻得发白。但他不敢停下哪怕片刻来包好自己的手。

现在已经是 3 点多了。"凯尔德号"和"威尔斯号"都已经安全登陆。在海滩上发现了两头躺着的海豹，于是很快它们就被杀死，并被扒出了海豹油来生火。沙克尔顿站在那儿，将目光越过波涛汹涌的海面投向远处，希望能瞥见"多克尔号"的身影。终于，在一小片陆地的附近，灰色的迷雾中出现了一个很微小的黑点。那就是"多克尔号"，她正在努力闯进朝海滩方向刮去的大风里。眼看就要成功了，可惜突然从悬崖顶上又猛地往下袭来一股突风。

沃斯利又重新取代了格林斯特里特桨手的位置，而这一次老麦克劳德也拿起一段断桨划起来，好歹也为其他桨手增加一点绵薄之力。这还真起到了一点作用，使他们的力量刚够将船划到礁盘附近。沃斯利飞快地抓起船舵，导引小船顺利穿越那些礁石。

"多克尔号"的船头甫一触底，格林斯特里特就抬起冻僵的双腿跨出船帮，在冲刷着海滩的海水中跌跌撞撞地向岸上走去。他观察到从刚才杀死的海豹那儿升腾起蒸汽，于是便东倒西歪地冲了过去，把他那双已经完全冻坏的手一下子插进还带着血腥温热的海豹肠子里。

第二章

　　他们的确又一次站在了陆地上，而且平安无事。但是，三十六个小时之前因奇迹般登陆而来的那种喜悦，这一回却完全不见了踪影。他们意识到，就像某个人说的，"大象岛先让你们高兴是为了骗到你们"。这岛已经露出了它的真面目，而这面目却是那样丑恶狰狞。

　　然而，对新营地的一番勘察又引来严重的质疑，这里真的值得他们如此折腾地搬过来吗？这里是一小片裸岩，直径大约三十码左右，就像冰川的舌头似的伸进大海，而在其一百五十码之后就是条巨大的冰川。这片裸岩陡峭地伫立于海面之上，其最高点似乎要高于最高的水位线。但另一方面，这裸岩上什么也找不到。除了在海水边沿，这上面就连一块能让人避避风的巨砾或小岩石都找不到。

　　"再也想象不到还有什么地方能比这儿还不友好，"麦克林写道，"狂风越来越暴烈，风大得连顶着它行走都困难，而这里却根本没有遮风挡雨的掩蔽部。"正当原艉楼的那班水手在搭 4 号帐篷时，一股风刮了进来，在早已破败不堪的帆布上撕开了一条四英尺长的口子。几分钟之后，一阵猛烈的大风刮倒了 5 号帐篷——那个老旧到家的圆拱帐篷，并差不多快要将它撕成了碎片。队员们没有采取任何措施来修补帐篷，一来是因为天已经黑了，二来他们也管不了那么多了。他们只是把帐篷布尽量铺开铺好，然后在四周压上石头。接着，他们打开睡袋，虽然睡袋在乘船时又打湿了，可他们还是倒在上面就睡着了。

整个晚上，突风持续不断地从山上呼呼往下刮来。"多克尔号"被突风攥住，尽管它是三条船中最重的，也照样被搅得直打转。麦克罗伊值夜班时，他眼巴巴无助地看着一个装满破烂毯子的大袋子被大风刮进海里去。睡在地上的人们，不觉之间身上已渐渐地盖上了一层雪。到凌晨4时，所有的人都直接躺在地上睡了，因为所有的帐篷都好像会被刮跑似的，所以只能拆下来。

随后的一整天，暴风雪一直就没停过，而且还延续到第二天。上午11点之前，没有一个人从他那微不足道的睡袋的保护中醒来。现在，沙克尔顿命令所有人都出去捕猎企鹅。奥德-利兹这样写道："要说暴风雪，没别的，就是变得更猛烈了。你根本无法正面迎风，只要一张口呼吸，那劈头盖脸的暴雪就会钻进你的嗓子眼里，噎得你难受。"这里一共有大约二百只企鹅，他们捕到了其中的七十七只。"用我们多多少少已经冻伤的双手来剥企鹅皮，这简直是个痛苦不堪的活儿，"奥德-利兹继续写道，"在这样的暴风雪天气，光着手干上几分钟，就肯定会冻伤。我们也想能找到个避风雪的地方……但真正救了我们的手的，是死去企鹅的体温。"

夜里，天放了一阵儿晴，大象岛硕大的悬崖峭壁侧映在缀满繁星的夜空。早晨，新的暴风雪又开始了，但没有先前那一场那么暴烈。

这一天是4月20日，一个唯一的原因使之变得不寻常，那就是沙克尔顿终于正式宣布了人们长久以来一直梦寐以求的一件事。他将带领一个五人小组，乘"凯尔德号"前往南乔治亚岛寻求救援。现在只等"凯尔德号"一切就绪，并带足给养之后，他们就可以出发。

听到这个消息，没有一个人感到吃惊。事实上，也根本没有必要再做什么正式的宣布。这件事，早在他们尚未离开"耐心营"之前，大家其实就一直在公开讨论。他们明白，无论最后登上的是哪个岛，他们都还需要驾船做一次航行，以便为整个团队带回救援。就连航行的目的地，尽管在地图上看也许不那么合情理，也必须让大伙儿都感到满意。

目前，一共有三个可能的目标。离得最近的是合恩角，也称 Tierra del Fuego 岛①，位于五百英里外的西北方。其次是福克兰群岛的斯坦利港的居民点，大约位于正北方五百五十英里之外。最后一个就是南乔治亚岛，位于东北方八百英里多一点的地方。虽然去南乔治亚岛的路程是到合恩角路程的一倍半，但天气条件却使之成为最理智的选择。

据说，那股向东的盛行于德雷克海峡的海流每天可行六十英里，而与之同方向的暴风也几乎一刻不停。如果要航行到合恩角或福克兰群岛，就意味着要与这两大自然之力正面抗争；而单是敢于将一条长二十二英尺的小船驶进因暴风雨而海难频仍的海域就已经够胆大妄为了，更不用说还要驾驶这小船去正面迎击。但在另一方面，去南乔治亚岛的航路上，主要的风基本上都是追着船而来的尾风，至少在理论上是这样。

所有这些都一遍遍地反复讨论过。尽管"凯尔德号"最终抵达南乔治亚岛的机会有点遥不可及，但还是有很多队员真心想要沙克尔顿带上他。而留下来，遥遥无期的等待，音讯杳无，说不定还得在这鬼小岛上过冬，这一切都实在太让人提不起兴趣来。

沙克尔顿已经下定了决心，因为在此之前他和王尔德进行了长时间的反复讨论，不仅讨论应该带谁去，还讨论谁不能留下。沃斯利自然是不可或缺的。他们将航行一千多英里，穿越地球上暴风雨最剧烈的这片海域。最终的目标就是那个最宽处也不会超过二十五英里的海

---

① 西班牙语，"火地岛"之意。——译者注

岛。要导引一条无篷的小船航行这么长的距离，而且航路条件又是如此恶劣得让人不寒而栗，最后还要在海图上精准地标定坐标位置，这绝对是严重挑战沃斯利导航绝技的任务。除了他，沙克尔顿还挑选了克林、麦克奈什、文森特和麦卡锡。

克林是个坚强而又久经考验的水手，总是让干什么就干什么。唯一让沙克尔顿不能确定的，就是克林那粗鄙又总是得罪人的脾性是否能够使他熬过这需要超常耐力和漫长等待的航期。麦克奈什如今已经五十七岁了，真的不适合这样一次航行。但沙克尔顿和王尔德都觉得，他仍然是个潜在的麻烦制造者，绝对不是个应该留下来的好人选。而且，万一"凯尔德号"被冰撞坏——这种可能性并非遥不可及，麦克奈什的作用便立马显得珍贵无比。杰克·文森特的毛病和麦克奈什一样，那就是在艰苦的条件下他是否能与其他人相安无事还得打个问号，所以如果把他留下来，说不定会把情况弄得一团糟。不过从积极的一面来看，自打离开"耐心营"之后，一路上他表现得还不错，他那简单的力量也对他有利。相反，蒂莫西·麦卡锡却从来也没给别人带来什么麻烦，所有的人都非常喜欢他。沙克尔顿之所以选择他，绝没有什么复杂的理由，就是因为他是个经验丰富的海员，而且体壮如牛。

等沙克尔顿正式宣布他的决定之后，麦克奈什和马斯顿就立刻开始拆除加钉在"多克尔号"上的船板，以便用来为"凯尔德号"打造甲板。暴风雪使他们的工作条件变得极其悲惨。

其他队员则忙着把营地打造得多少舒服一点。他们靠垒箱子、码石头，再铺上帆布，搭建起能遮风挡雨的厨房。考虑到布莱克波罗和瑞肯森的身体状况，特别是瑞肯森因心脏病发作而依然虚弱，沙克尔顿格外特许将"多克尔号"倒扣过来，给5号帐篷的队员们当临时住房。队员们尽了最大的努力来解决临时住房防风防水的问题，他们在倒扣的船的一边堆起雪和泥土，在另一边则挂起毯子、衣服和碎帆布条。但是，船底下的那片湿漉漉的地面却无论如何也无法弄干，这里简直就是臭烘烘的烂泥滩，融化的雪水混杂着已经化散了的企鹅粪便。这实在是太让人难以忍受了，就连睡个觉也睡不成。暴风雪已经一连持续了三天三夜。据赫西估计，这里的风速达到每小时一百二十英里，而这大风已经将沙尘般的飞雪刮进天地间的每一个角落，甚至连他们睡袋的脚头也不放过，而自打乘船航行结束后，这些睡袋还根本没干呢。

由于暴风异常强劲迅疾，有时候连在外面走动都变得非常危险。经常会有小冰块被刮得漫天乱飞。有一次，一只十加仑重的烧锅也被风从厨房边上刮走，打着转，最终掉进海里。艉楼的那些人也是刚把盛着胡什汤的锅子放在石头上，一转眼就没影儿了，就这么彻底消失了。还有一次，麦克劳德想把他那件巴宝莉风雪大衣晾晾干，就把它铺开来，还用"跟他脑袋一般大的"两块石头压在上面。可就在他背过身去的不大工夫，大风就掀翻了那两块石头，把他的风雪大衣给刮跑了。有些人的手套也被刮掉了。虽然在垒起来的储物箱上面蒙上了一大块帆布，而且还用大块石头将帆布结结实实地压了一圈，但是风好像是从下面钻进来似的，还卷走了许多细小的物件。

尽管有这些悲催的不利条件，他们第二天还是开始了加固和改善"凯尔德号"的工作，以为未来的航行做好准备。麦克奈什、马斯顿和麦克劳德把从雪橇上拆下来的滑雪板横着架在船的上半部，以作为甲板的基础框架，然后，在上面钉上从储物箱拆下的黏合板。同时，用帆布搭顶篷的工作也开始了。"多克尔号"上的主桅杆被拆下，同"凯尔德号"的主龙骨绑在一起，希望在遭遇恶劣天气时船也不会从中间断为两截。

每隔一段时间，沃斯利就会攀爬到企鹅栖息地旁一个高一百五十英尺的岩石架上，从那里观察海冰的结构状况。在岛的岸线以外，有一条很窄的由浮冰碎块构成的冰带，不过看上去似乎并非密集得难以通过。然而，沃斯利最担心的还是这持续不断的阴霾天气，因为他没有办法用眼睛进行清晰的观测，进而也没法与他仅存的航海经纬仪相互配合验定方位。而由于不能进行观测，他们只好寄希望于航海经纬仪的读数是精准的。

格林斯特里特冻坏的双手本来已经有些好转了，但他和贝克韦尔又被派去为"凯尔德号"添加压舱物。他俩把页岩碎块装进帆布口袋扎紧，每一袋都在一百磅左右。帆布袋都冻住了，他们过一段时间就得把口袋拿到炉火边上去烤化它。灼热的炉火和粗粝的页岩片弄破了格林斯特里特手上的冻疮水泡，顿时流出了鲜血。

为了此次航行还做好了其他重要的准备。赫尔利强留沙克尔顿做了一次长谈，最后沙克尔顿在下面这封书写在赫尔利日记本上的遗嘱函上签了字：

1916 年 4 月 21 日

敬启者，也即我的遗嘱执行者们，本人针对下列条款已在本函结尾处署上了自己的姓名。设若在前往南乔治亚岛的航行中本人未能生还，本人将在此指定弗兰克·赫尔利全权监管和负责本次南极探险中所拍摄的全部胶卷的冲洗以及全部胶卷和负片的照相复制；一经冲洗，前述之所有胶卷及负片即转为弗兰克·赫尔利的个人财产；其中，所有应付给本人遗嘱执行者之款项，需依据本次探险开始之初所签订之合同条款执行。上述利用将自首次对公众展示后之十八个月后到期。

本人将大双筒望远镜遗赠给弗兰克·赫尔利。

E·H·沙克尔顿（签字）

见证人

约翰·文森特

第二天，暴风雪的烈度又创新高。好几个队员的脸上都被乱飞的碎冰碴和石块给划破了。除了生火做饭这简单的事之外，别的什么活儿都没有办法干了，队员们在睡袋里一待就是一整天。王尔德估计，要是眼下的状况不能很快好转的话，那些身体较差的队员也许就再也撑不下去。沙克尔顿悄悄地和麦克林碰了个头，问他如果在目前这种情况下，那些留下来的人们到底能坚持多久。麦克林说，他认为能坚持一个月左右。幸好到了夜里，尽管大雪还在继续下着，但狂风基本上停了。气温下降得非常剧烈。早晨，麦克奈什重新在"凯尔德号"上忙碌起来。现在只剩下给甲板铺上帆布还没有完成。埃尔夫·齐汉姆和蒂莫西·麦卡锡被派去将碎帆布缝起来，但天气实在是冷得刺骨，帆布片被冻得硬邦邦，他们每缝一针都得用老虎钳来拽。

与此同时，他们也开始考虑如何将留下来的队员们的生活起居安排得好一些。有一阵，他们打算盖一幢石头的小屋，但所有能够找到的岩石都被海水打磨得几乎变圆了；而且，这里没有任何东西可以用来替代水泥，因此这计划只好放弃。一队拿着铁镐和铁锹的队员们开始在冰川的阳面上凿挖窑洞，但是这里的冰硬得像岩石，挖掘的进度十分缓慢。

沙克尔顿一整天都在监督各项工作。他看到"凯尔德号"的准备工作已经接近于完工，于是宣布只要天气允许"凯尔德号"就立即扬帆启航。夜晚降临，天气看上去挺有希望，沙克尔顿命令奥德-利兹和文森特去化冰取水，并装满"凯尔德号"上的那两只大水桶。他俩非常卖力地在冰川里寻找淡水冰，但所有的淡水冰都受到飞溅的海水的轻微玷污，因为飞溅上来的浪花也在冰川的表面冻住了。等一切就绪，奥德-利兹给沙克尔顿取来了一点化开的淡水，沙克尔顿尝了尝。他尝出有少许咸味，但他说即使这样也没什么问题。

沙克尔顿和王尔德彻夜交谈，所涉及的话题总有近百个之多，从如果救援队不能在合理的时间里赶到该怎么办，一直到如何分配烟叶。等到再也没有更多的事可讨论时，沙克尔顿在自己的日志本里写了一封信，并把这封信留给了王尔德：

1916 年 4 月 23 日，大象岛

尊敬的先生：

如果本人未能从此次前往南乔治亚岛的乘船航行中活着回来，你一定要竭尽全力拯救探险队全体人员。从船离开此岛的那一刻开始，你就要全面执掌局面，所有人员都听从你指挥。等你一回到英国，你就必须同南极探险委员会取得联系。

本人预祝你、利兹和赫尔利能写出一本书来。本人的利益由你照看。在另一封遗嘱函里，你可以找到有关允诺做演讲的条款，你负责英格兰、整个英国乃至欧洲大陆的演讲。赫尔利负责在美国的演讲。

我完全信任你们，一如既往。愿上帝保佑你们工作顺利、生活美满。

请将我的爱带给我的亲人，告诉他们我已竭尽全力。

你忠诚的
E·H·沙克尔顿

第三章

　　整个晚上，那些轮班值夜的队员全都一直密切注视着天气变化，转机终于在凌晨时分来临。风变得温和多了。人们立即向沙克尔顿报告了这一情况，沙克尔顿随即命令天一破晓就叫醒全体人员。早晨6时不到，队员们就都起来了。

　　麦克奈什出去把剩下的最后一点活儿干完，从而完成了给"凯尔德号"安装帆布甲板的工作，而格林和奥德-利兹则开始将海豹脂肪熬成油，以便在遭遇极端恶劣天气而不得不顶风停船时可以泼洒到海面上。其他人帮着收集要带上船去的给养和装备。

　　"凯尔德号"小组将要带上六个星期的食物，其中有三箱子精心储存的雪橇运回的给养、两箱子坚果食品、一些饼干，以及可以让他们喝上一口热饮的奶粉和浓缩肉汤块。做饭得靠手提式汽化煤油炉，他们一共带了两个，其中一个留作替补。凡是能找得到的多余的小衣物之类都被卷在一起，将来可派袜子和手套的用场。另外，还有六条驯鹿睡袋。

　　在装备方面，"凯尔德号"要带上一副双筒望远镜、一只三棱镜罗盘仪、一个原本为雪橇小组准备的小药箱、四支划桨、一只舀水斗、赫尔利做的水泵、一杆猎枪和一些子弹、一只海锚和一根鱼线，外加一些蜡烛和火柴。沃斯利搜罗到所有他能找到的导航器具。他不仅带上了自己那个六分仪，还把属于哈德逊的那只也带上了，另外还有那些必要的导航表和绝不可少的海图。这些东西都被装进一个尽可能防水的箱子里。他仍然把他唯一的那只航海经纬仪挂在脖子上。当初刚从英国启程时，"坚忍号"上总共有二十四只这样的经纬仪，可现在就仅剩下这一只了。

为了送别，他们吃了一顿告别早餐，沙克尔顿特许每个人多分两块饼干和四分之一磅果酱。早餐的大部分时间，队员们都站在那儿讲着笑话。前艏楼船员们提醒麦卡锡在航行途中千万别把脚弄湿了。沃斯利得到的警告是，等重返文明之后不要一口气吃得太多；而克林则被大伙逼着表态，要为探险队其他人在被救之后留下一些姑娘。其实，空气中弥漫着的紧张是显而易见的。两组人员都明白，这也许就是他们最后的诀别了。

吃完早饭不久，太阳升起来了。沃斯利抓起他的六分仪，迅速地测得一组数据，经过计算之后，证明他的航海经纬仪是十分精准的。这看起来是个吉利的好兆头。

将近 9 点，沙克尔顿和沃斯利一起走出去，来到山上的观测点，了解岛岸外的浮冰情况。他们看到一条浮冰带与岛岸平行，距离大约有六英里远，不过浮冰带中间有个缺口，正好能让"凯尔德号"轻松通过。他们返回营地，发现麦克奈什已经完成了所有工作，船已完全就绪。

在如此困难的条件下，麦克奈什的确干了一件极其了不起的漂亮活儿。整个船都铺上了帆布绷起来的甲板，但在船尾部留了一个开放式的舱井口，大约四英尺长，两英尺宽。轭线像缰绳一样被连接到船舵，以便进行操舵。现在起码从外表看，"凯尔德号"已经完全可以胜任航行了。

全体队员都集合起来为"凯尔德号"起航送行。船搁浅停在海滩上，尾部对着大海，一条长长的缆绳系着船头。队员们试图将船推离海滩，但海岸线上那厚厚的火山砂却将船牢牢地卡住不动。马斯顿、格林斯特里特、奥德-利兹和克尔蹚进深到膝盖的冰水里，希望在其他人推船的同时，再一同将船摇松。但船还是一动不动。王尔德在大家推船的时候，尝试用船桨来撬动船头。结果，船桨折断了，船却还是撼动不了。"凯尔德号"的所有乘员，除了沙克尔顿之外，都攀爬进船里去，期望用划桨的方法将船驶离；正在他们使劲划船的时候，一个大浪朝海滩涌来，海浪退去时将"凯尔德号"带进了深水中。

船一浮起来，那五个船员坐在船上部甲板上的分量就立刻使船变得头重脚轻，朝左舷侧严重倾斜。文森特和麦克奈什被甩进海水里。他们俩一边怒气冲冲地骂骂咧咧，一边朝岸上走去。文森特同豪换了一件半干的内衣和一条裤子，但麦克奈什拒绝与任何人调换衣服，就又重新爬进船里去了。

"凯尔德号"划出了礁盘浅滩，在泊船索的另一头等待，而"威尔斯号"也下水了，船舱里装了半吨左右的压舱物。"威尔斯号"划到"凯尔德号"边上，将船上的压舱物再转移到"凯尔德号"上；第二次再来时，"威尔斯号"又往"凯尔德号"上转移了四分之一吨的压舱物，外加五百磅的石块。

沙克尔顿现在准备出发了。他最后一次和王尔德话别，俩人握了握手。给养装在"威尔斯号"上，沙克尔顿和文森特登上"威尔斯号"，船驶离海滩。

"一路顺利，老板。"岸上的人们在他身后喊道。沙克尔顿转过身，朝大家轻轻地挥了挥手。

他们驶到"凯尔德号"边上，沙克尔顿和文森特跳上"凯尔德号"的甲板，物资给养也很快转移过去。

"威尔斯号"最后一次返回去取那两个各装了十八加仑淡水的大桶，以及好几大块冰，总重在一百二十五磅左右，这是为补充淡水而准备的。考虑到这两桶水的重量，他们就把这两个桶绑在了"威尔斯号"的船尾，由船拖带过去。就在"威尔斯号"马上就要驶离浅滩时，一波巨大的潮涌由船底升腾而上，将船横着转了个方向，以整个侧舷迎着海浪。船虽平安无事，但有一只水桶的绳子松脱了，水桶掉进水里朝岸边漂去。"威尔斯号"很快卸下剩下的水桶和冰，然后去追赶已经漂走的那只桶。"威尔斯号"终于将那水桶打捞上来，而此时那桶已经差一点就要被冲上海滩了。"威尔斯号"带着这桶水再次回到"凯尔德号"。

有那么几分钟，两条船并排在一起，相互碰撞得很厉害。沙克尔顿心急火燎地想要立刻脱离开，于是便急三火四地指挥船员们迅速调整好压舱物和设备的位置。最后，两船上的人员隔着船帮相互握手，同时又开起了一点也不轻松的玩笑。然后，"威尔斯号"脱离"凯尔德号"，驶向海滩。

现在正好是 12 点 30 分。"凯尔德号"上的三张小帆已经升起，岸上的人们看见麦卡锡站在船头发出信号，要他们解开泊船缆绳。王尔德解开了船缆，麦卡锡就将船缆收了进去。人们在岸上发出三声欢呼，隔着那一波波拍岸的浪涛，他们听到三声非常微小的回喊声。

"凯尔德号"的风帆被风鼓起，沃斯利操舵将船头转向北方。

"他们以这么小的一条船却取得了惊人的速度，"奥德-利兹这样记录道，"我们一直注视着，直到他们从视线中消失，这过程非常短，那样小的一条船很快就隐没于汹涌澎湃的大洋上；每一次跌入浪谷，那船都会完全消失，连风帆也看不到。"

第四章

对于刚回头朝向岛内方向的那二十二个人来说，激动人心的时刻已经过去，而对他们忍耐力的考验才刚刚开始。他们的无助是全方位的，这一点他们也清楚。"凯尔德号"启航远行，带走了所有最好的东西。

过了一会儿，他们把"威尔斯号"又往岸上拖了拖，然后将船倒扣过来，接着他们便钻了进去。"我们就坐在那儿，里面逼仄、拥挤而又潮湿，"麦克林写道，"真不知道该如何去面对往后的一个月，那应该是……在最后获救之前我们能够指望的最短的时间了。"不过，他也承认，这是一个"最乐观的"预期，基于六个假设，其中首要的就是"凯尔德号"能够成功。

在这一点上，他们给人的感觉，至少在外表看来，是信心满满的。可是，他们不信心满满又能怎么样呢？其它任何一种态度，都等于自认难逃此劫。不管怎么说，你总不能指望一个人将自己最后生还的希望寄托于某个行动，却盼望它失败吧。

晚饭很早就吃了，队员们也几乎立刻就去睡觉了。第二天早晨，他们一觉醒来，发现这一天半是迷雾，半是飞雪，天气苍凉，极为冷峻。糟糕的天气使搭建某种掩蔽所显得更加迫在眉睫，于是所有能干点活儿的人都重新回去开工，继续在冰川侧壁上挖凿窑洞。他们一直不停地挖了一整天，然后第二天又挖了一整天，接着又是一天。但是，到了 28 日，也即"凯尔德号"开走后的第四天早晨，有件事变得再清楚不过了，那就是现在他们必须放弃在冰壁上挖洞的想法。因为无论何时，只要他们一进到冰洞里（可容纳好几个人同时进入），他们身上散发出来的热气就会烤化里面的冰，而涓涓细流就会顺冰壁和地面到处流淌。

现在剩下的唯一一种可能，就是那两条船。格林斯特里特和马斯顿建议，可以把船倒扣过来作房顶，王尔德也认同这主意。他们开始到处找石头来垒基墙。这活儿可真是要命。"现在大家身子虚弱得简直好笑，"奥德-利兹写道，"平时轻轻松松就能抱起来的石头，现在却感到重得搬不动；平时一个人就能搬走的量，现在却需要两到三人才行……跟我们眼下的情形好有一比的，那就是一个人大病初愈后的样子。"

然而不幸的是，大部分看着合适的石块都在这片海滩朝海的端头，也即意味着他们要搬着石头走一百五十码的距离，才能来到选作掩蔽所的地点。最后，当基墙垒到约摸四英尺高的时候，两条船被并排倒放在上面。他们花了一个小时在石墙顶上这里挖挖、那里抠抠才将船放平。一些剩下的废木料被横过两船的龙骨放置在反扣的船底上，然后在整个这座临时建筑的外面罩起了张开的帐篷，帐篷四角的绳索被拉到地上像搭帐篷一样固定好。作为最后一步，他们将许多帆布条缠绕在基墙四周，这样便可以防止风从石缝儿中钻进来。在基墙面朝山的那一侧，预留了一个豁口当进出的房门，上面倒挂着两条重叠在一起的毛毯，用来遮风挡雨。

最后，王尔德宣布茅屋已经盖好，大家可以进去住了。队员们收拾起自己湿漉漉的睡袋，钻了进去。他们可以随意挑选任何自己喜欢的地方，有几个人便立刻爬到由倒挂的船座位形成的上铺去了。其他人就地找位子，只要是看上去最舒服、最干爽或者最暖和就好。下午 4 点 45 分开始晚饭，队员们吃完放下碗就钻进睡袋去睡觉了。最初的那几个小时，他们因筋疲力尽而睡得很香很沉，连梦都没做。但是，午夜刚过，一场新的暴风雪又来袭，而从此时一直到清晨，他们都无法再睡囫囵觉，最多也就是断续的频率低一点。大风呼啸着从岛内的山顶上一路向下刮来，使劲地摇撼着新搭好的小屋，而且一阵紧似一阵的大风仿佛要将小船从基墙顶上拽下来。强劲的风将每一处细小的缝隙打穿，于是雪便嗖嗖地通过成千上万个小洞钻进屋里来。但是不管怎样，直到天大亮，这处避难所依旧岿然不动。

"……然而早晨起床那可真叫一个惨，"麦克林写道，"所有的一切都被大雪深深盖住，鞋也冻得硬邦邦，我们只能一点点地往脚上套，我们当中谁也没有暖和的干手套。我觉得，这个早晨是我一生中所度过的最不开心的时光，所有的尝试似乎都看不到希望，命运似乎打定主意要为难我们。大家坐在那儿乱骂，声音虽不高，但却充满紧张，显示出他们对这个我们暂避一时的小岛该有多么仇恨。"

不过，想要活下去，他们就还得做些什么。尽管这里风狂雨骤，令他们不得不时常蜷缩在茅屋中等待风雨过去，但他们还是顶着酷寒和大风干起了活，为的是把新搭的茅屋弄得更结实些。几个人重新整理了盖在屋顶上的帐篷，并把拉着帐篷的拉索拽得更紧。另一些人则围着基墙往墙缝里塞毛毯的边角，还把从沙滩上运来的砂砾堆在茅屋四周，以彻底将它封闭起来。

但是，那天晚上暴风雪又一次肆虐起来。雪也再次找到缝隙钻进来，当然不可能像头一天晚上那么多。4月30日早晨，原本一心想睡在帐篷里的詹姆斯、哈德逊和赫尔利终于放弃，搬到茅屋里和大家住在一起。赫尔利写道："没有茅屋和设备的日子几乎就无法忍受。"然而，尽管微不足道，尽管只是一点一滴，他们却让茅屋每一天都变得更加适宜居住，因为每当狂风掀开茅屋的那些脆弱的漏洞时，他们就把它封得更严实。

他们尝试在茅屋内做饭，但是仅仅过了两天，格林的眼睛就被烟熏得睁不开了，只好让赫尔利临时顶替他。他们把一个烟囱由两条船中间向屋顶外伸出去，这在一定程度上解决了炊烟的问题。但是，那些意料不到的野风这下便会频繁地从烟囱里钻进来，逼迫浓烟倒灌，搞得整个茅屋内部乌烟瘴气，人们被熏得受不了，纷纷跑到露天里，人人嗓子眼儿都呛得够呛，眼泪顺着脸颊往下淌。

白天，有足够的光线透过屋顶的帆布照进来，人们在屋内走路也还看得清楚，但还远未到日暮黄昏的时候，茅屋里面就已然变得一片漆黑，什么东西也看不见。马斯顿和赫尔利试验了一下，发现可以往一件小器皿里加一些海豹油，再将从医用绷带上撕下的小条子浸入油里当灯芯，由此便得到一粒微弱的火苗，离开不超过几英尺远的人们还可以借光阅读。就这样，他们把那些小磨难一个接一个地全都解决了。

5月2日，也就是"凯尔德号"启航八天后，或者说他们到达此岛两个星期之后，太阳终于露脸了。大家急忙把睡袋搬出来铺开在阳光下晒。这种晴好的天气一直维持到第三天和第四天。然而，即便一连晒了三天，他们的睡袋还是没有完全干透，当然，改观也是显而易见的。"……现在我们身上可比想象中要干燥得多，而且谁也没想到我们身上还能重新变得这样干爽。"詹姆斯写道。

他们经常会花很长时间来争论"凯尔德号"得用多少时间才能抵达南乔治岛，以及"凯尔德号"抵岸之后还需要多久才能看到救援船来。最乐观的人估计，到5月12日，也即一周之后，他们就能看到救援船了。保守一点的则猜测，6月1日之前，就不用想会有什么救援行动了。但这总归是关乎绝境逢生之希望的。即使在5月8日——这可比他们预估会有结果的时间要早得多，所有的人就已经在担心这个岛周边结冰的情况了，因为冰封有可能阻止任何救援的船只驶近。

这种担心并非空穴来风。这里的5月就相当于北半球的11月，而且已经过去了四分之一。冬天来临只是几周，甚至几天之后的事。

等到冬天真的来了，这个岛的四周就非常有可能被新结起来的冰所封闭，到那时无论用什么办法都无法将船只开过来。5月12日，麦克林写道："东风。希望冰坂能够再进到海湾里去，我们现在可不想要什么冰坂，我们天天都在盼着救援船。"

他们还有大量的工作要完成，不过他们却是一边干活，一边还拿眼睛瞅着海那边。有很多企鹅得去捕杀，间或还得去捕杀一两只海豹，还要收集冰块来化淡水。他们花了好长时间来捕捉鞘嘴鸥——一种很像鸽子的小型食腐鸟类，它们围着肉堆飞来飞去。一支船桨被当作旗杆插到了岛上能够到达的最高点，而绑在旗杆上的却是非常不合时宜的一面皇家游艇会的三角旗，那旗帜迎着大象岛的劲风招展，为的是向大家翘首以待的救援船发信号。

麦克林和麦克劳德忙着照看病人。克尔有颗牙蛀坏了，麦克林得把它拔掉。"我看上去一定像个脏兮兮的江湖牙医，"麦克林写道，"这儿可没那么多讲究，直接喊'到外面来，把嘴张开！'就行，这儿也没有什么可卡因或别的麻醉药。"

沃尔迪的手感染了，霍尔尼斯的眼睛生了麦粒肿。瑞肯森在上岸那天心脏病发作，现在渐渐有所好转，但他手腕上的盐水疖却始终好不起来。格林斯特里特在船上就冻坏的脚也没有任何起色，他只好待在睡袋里，哪儿也去不了。

哈德逊的情况似乎更严重。虽然他的手肯定是会愈合的，但自打在船上就开始的臀部疼痛，现在却恶化成了脓肿，这让他一直感到很疼。心理上，乘船航行时在他内心留下的创伤依然如影相随。大部分时间，他在睡袋里一躺就是好几个小时，并且一言不发。对身边发生的一切，他似乎毫无兴趣，同时也将自己置身度外。

情况最为严重的病号是布莱克波罗。他的右脚好像正在恢复，而且还有希望保住。但是，他左脚的脚趾却已经开始坏死。麦克罗伊在照顾他，眼下最操心的就是要防止已经感染的地方发展成湿性坏疽，如果出现这种情况，那些死肉就不会变硬，并极有可能扩散感染到身体的其它部位。在干性坏疽中，坏死了的部位会变黑变脆，与此同时，人体自身会建立起防护层来隔断已死的和正常的组织，以最大限度地降低感染的危险性。麦克罗伊专心照看着布莱克波罗的脚，要让它保持干燥，这样才能够在手术之前彻底隔绝坏死组织。

日复一日，他们每日所做的事情无可避免地渐渐成为其生存的惯性。每天傍晚，在吃晚饭之前，他们都要朝着大海的方向长时间地最后张望，以确定可能出现于海天相交处的船影或一缕青烟不被错过。一直等到他们确信，这一天的确没有船来过时，他们才会回到小茅屋去吃晚饭。

之后，赫西常常会弹一会儿班卓琴。但是，在海豹油灯尚未点亮之前的那一小段时间，大多数情况下都被用来聊天。虽然何时被救出是他们最主要的话题，但一边吃饭一边闲聊的内容却是无所不包，任何事都能拿来闲扯或争论。

马斯顿有一本《佩妮食谱》，在这里那可是炙手可热。每天晚上他都会把这本书借给不是这伙人就是那伙人，而借书的人也会如饥似渴地研读，谋划想象中的获救之后的美味大餐。奥德-利兹有一天晚上这样写道："我们要用大号木勺来吃饭，还要像韩国的婴儿那样，被人用木勺背在肚子上拍一拍，以便能够吃得更多些。言而总之，我们就是想敞开来吃个大饱，真正饱餐一顿。对，真正饱餐一顿，别的都不吃，就喝糖粥，还要吃黑葡萄干、苹果布丁加奶油、煎饼、鸡蛋、果酱、蜂蜜，还有面包和奶油，一直吃到发撑为止。如果有人要给我们吃肉，那我们一定开枪毙了他。我们这辈子都不想再看到肉，也不想再听到跟肉有关的任何议论。"

5月17日，麦克罗伊搞了一次问卷调查，询问每一个人，如果有机会让他选一种自己中意的食物的话，他的选择会是什么。调查结果证明奥德-利兹所说正确，人们对甜食的热望是完全一致的，而且是越甜越好。以下是个例子：

克拉克	德文郡奶油水果布丁
詹姆斯	糖浆布丁
麦克罗伊	德文郡奶油橘子酱布丁
瑞肯森	奶油黑莓和苹果馅饼
王尔德	奶油苹果布丁
赫西	加糖奶油粥
格林	苹果布丁
格林斯特里特	圣诞布丁
克尔	糖浆面团

当然，也有极少部分人的第一选择不是甜食：

麦克林	烤面包加炒鸡蛋
贝克韦尔	青豆烤猪肉
齐汉姆	猪肉、苹果酱、土豆、大萝卜

布莱克波罗最简单，他就想要一点白面包和黄油。

格林发现自己一时竟成了大家热捧的焦点，就因为他曾经当过点心师。大家似乎不厌其烦地追问他做点心师的情况，尤其是他当时能否想吃多少就吃多少。

一天晚上，赫尔利正躺在睡袋里，就听见王尔德和麦克罗伊在议论吃的东西。

"你喜欢吃甜甜圈吗？"王尔德问。

"那当然。"麦克罗伊答道。

“而且还特容易做，”王尔德说，“我喜欢吃冷的，再蘸点果酱。”

“真不错，”麦克罗伊说，“如果再来一份超大的摊蛋饼如何？”

“那可就真是绝了。”

后来，赫尔利还听到原艏楼的两个伙计也在讨论一顿混杂了肉末土豆泥、苹果浇汁、啤酒和奶酪的美餐。接着，马斯顿根据他那本食谱引经据典，跟格林就是否应该用面包屑为所有布丁打底而发生激烈的争吵。

不管用什么方法，他们靠着建造美梦让自己的精神处于极度亢奋的状态。但是，一天比一天变得更短的白昼，明白无误地预示着冬天的来临。现在，太阳要到上午 9 点过后才出来，而下午 3 点就落下去了。由于他们现在位于南极圈以北三百多英里的地方，所以他们无需面对太阳彻底消失的前景。但是，天气是变得越来越冷了。

麦克林 5 月 22 日写道：“周边的景色发生了很大的变化，所有的一切都被白雪所覆盖，而且在海滩的两端还有两大片冰壁。最近几天结冰的情况很严重，岛外致密的冰坂以人眼都可以明显追踪到的速度向四面八方扩展着，使得原本看似很近的获救机会变得非常遥远。除了特殊建造的破冰船，任何船只在这样的冰坂中都是不安全的；即便是钢铁的轮船也很快就会被撞得粉身碎骨。此外，现在的白昼之光也非常之少……”

其实，越来越多的队员都认识到目前的现实情况，至少从逻辑上说，冬天之前获救正日益变得不靠谱，如果不说是绝对不可能的话。5 月 25 日，即“凯尔德号”出发后的一个月零一天，赫尔利这样写道：“天气：飘雪，风从东方来。我们周遭尽是冬天般的环境，这预示着我们所能想象的极端恶劣和悲凉的前景。所有人都只能逆来顺受，眼巴巴地看着冬天逼近。”

第五章

　　然而，他们并没有甘心认命，不，绝对没有。也许从逻辑上说，既然船只冲破冰封来到这里的机会几乎不存在，那么，最佳的选择就是采取斯多葛式的听天由命的态度。但是，这里的处境毕竟危在旦夕。

　　"每天早晨，"麦克林6月6日这样写道，"我都会爬到小山顶上，不管发生什么事情，我总是无法遏制地希望看到有一条船朝我们开来，解救我们离开。"就连一向乐观的赫尔利也写道："全体〔人员〕每天都仔仔细细地来回眺望远处的地平线，巴望着有桅杆或一缕烟雾出现。"

　　虽然日复一日仍没有船只出现，但他们却将此归咎于种种不同的原因，比如什么冰封啦，大风啦，雾霭啦，找不到合适的救援船啦，官方推迟啦，等等，或强调单个原因，或说是以上几个原因合起来的结果，总之不一而足。但就是从来也没有人提那个也许最最有可能的原因……"凯尔德号"已经失事遇难了。

　　在一则用词十分直截了当的日志中，奥德-利兹这样写道："任谁也忍不住要替欧内斯特爵士担点心。人们都在琢磨，他进展得如何，此刻他人在何方，为什么到现在还不见他来解救我们。〔但是〕这个话题其实是个禁忌；每个人都将真实的想法藏在心底，想的和说的不一样。而且，谁也不知道别人是怎么想的，很显然，没有谁真的敢说出自己心里的真实想法。"

但是，不管他们心里怎么想，现在都无事可做，只能怀着满心的希望等待。每一天，都轮到一个人做"火夫"，从早到晚负责看护那堆火，不断添加企鹅皮以维持火不熄灭，并始终有烟升腾。另外还有一个活儿，叫作"外勤配给"，就是负责收集用来化淡水的冰，搬来每天做饭所需的冻肉。这两个活儿都挺乏味，因此有不少人就通过交换东西来逃避。通常半块企鹅肉排就能买到别人替你干一天的活儿。

在食品配额方面，也有人大肆交易，而且还形成了好几个特定食品的交换群。其中最具特点的非"方糖群"莫属，在此群里每个成员每天上交自己三块方糖定额中的一块，然后每过六天或七天就能轮到一次参加"方糖大餐"的机会。王尔德从不反对这类事情。事实上，在大多数事情上，他都允许很广泛的灵活性。这样做既可以避免矛盾，也能让队员们心里有事情去琢磨。

总的说来，队员们之间并没有什么非常严重的对立冲突，考虑到他们生存所处的恶劣环境，这一点还真是让人非常吃惊。这或许就是因为他们相互之间一直小别扭不断。每日从早到晚都有人在争吵不休，从而纾解了大量的怨气，使之终不能淤积起来引发祸端。另外，这个团队也已经降格为无阶级的社会，其中大部分的成员也因而敢于想到什么就说什么，并且也的确就是这么做的。一个人如果在夜里摸黑往外走的时候踩到了别人的头，他也极有可能被另一个人以同样的不当方式对待，而不管他以前有什么样的地位。

夜里起来到茅屋外方便一下这档子事儿，也许就是他们生存中最不和谐的一面。一个人不得不借助那一小盏海豹油灯的微光，在睡了一地的人当中摸索出去的路，而那盏油灯也就是为了这个目的才一直点着的。从物理学上说，要想不踩到别人的身体，这几乎是不可能的。接下来，就是钻出茅屋的小门了，然后迎接你的或许就是几近暴风雪等级的恶劣天气。通常情况下，几乎没有人肯涉足屋外。外面石子儿和冰碴在黑暗中狂飞暴走，看也看不清。与其面对如此境况，队员们倒宁肯最大限度地控制自己的膀胱。

然而，就这样熬了一段时间之后，王尔德再也受不了这巨大的压力了，于是他就用一个两加仑的汽油罐做成了晚上起夜用的夜壶。使用夜壶有个规矩，那就是谁最后将夜壶里的尿液高度提升到离罐口不足两英寸，他就得拎着夜壶到外面去倒掉。所以，现在如果有人内急，而外面的天气又不好，他就会睁着眼睛躺在那儿等，直到另有别人走过去用夜壶，他就可以听声音来确定夜壶里到底还有多少空间。

如果运气不好，听上去好像夜壶马上就要满了，内急的那位便会索性憋到第二天早上。但是，也并不总是能这么干，也还真有憋不住得爬起来的时候。不止一次，有人方便时尽量不弄出声响来，然后悄没声息地溜回自己的睡袋里去。后面再来的那位就一定会愤怒地发现，这夜壶已经满了，要想用就得先去倒掉。然而，这倒霉的家伙却别想得到多少同情。大多数人都把这事儿当作恶作剧，要是有谁真的为这急眼发火的话，其他人就都会嘲讽挖苦他，搞得他很快就只得作罢。

不过，由于天气的原因以及冰坂的移进移出，人们的心情随之浮动也是在所难免。太阳高照时，整个海岛都呈现出崎岖之美，阳光撒在冰川上熠熠生辉，不停地变幻出难以用言语形容的绚烂色彩。对整个团队来说，在这样的日子，你就是想不高兴都难。但是大多数时候，这座岛都远远谈不上美丽。尽管暴风比较少，但潮湿、阴暗的天气却持续得很长，从而导致了一幅格林斯特里特在某个晚上写下的景象："白天每个人都窝在睡袋里，周围弥漫着海豹油和烟叶的烟雾，又一个该死的倒霉日子就这样过去了。"

整个 5 月，团队里那些最悲观的人——以奥德-利兹为其代表——就预言有一天企鹅会迁徙到别处去，而且在冬天结束前再也别想看到一只。奥德-利兹的这种感觉十分强烈，事实上，他还为此信誓旦旦地打了好多赌。6月头上的一天，他同时就一下输掉了三个赌。

他的三个赌是这样的：其一，打赌当天不会有一只企鹅出现；其二，6月1日之后，每天出现的企鹅都不会超过十只；其三，整个6月期间出现的企鹅总共超不过三十只。可就在这同一天，他们总共就猎杀了一百一十五只企鹅。

食物已经不再是当务之急。但是，这里仍然有一些需要加以关注的事情，最明显的就是布莱克波罗的伤脚。6月初，麦克罗伊对他脚伤处的坏死组织和活组织被完全隔开感到很满意，如果再继续推迟动手术的话，情况就会变得很危险。而等着救援船及时赶到，然后将布莱克波罗送往医院进行条件完备的截肢手术，这在眼下根本连想也不要想。手术必须在下一个天气暖和的日子进行。

6月15日的黎明，天气温和而多雾。在与王尔德和麦克林商量之后，麦克罗伊决定实施手术。布莱克波罗很早以前就对这个手术做好了听天由命的思想准备了。他们仅有的很少一些手术所需的物品都准备好了，一吃完早饭，煮汤的锅子就盛满了冰，冰化成淡水之后再烧开，用来给手术器械消毒。好些个包装箱被整齐地排列在靠近炉火的地方，上面铺上了毛毯，以作临时手术台之用。

一切准备就绪，茅屋里所有无关的人都被赶到外面去等着，直到手术结束。另有两个伤病号哈德逊和格林斯特里特留在茅屋里。哈德逊躺在离得远远的角落里，但格林斯特里特横过原先"多克尔号"座位的铺位却正好位于手术台的上方。王尔德和豪也都待在里面帮忙，赫尔利则被留下来给炉火添加燃料。等屋里的人都出去了，他就开始往炉火上堆放企鹅皮。

气温开始上升，布莱克波罗被抬到临时手术台上。每一盏能找到的海豹油灯都点亮了，茅屋昏暗肮脏的内部围绕着炉火形成的一小圈中央地带变得相当明亮。温度足够高时，麦克罗伊和麦克林就脱去外套只剩下内衣，那是他们身上最干净的衣服了。

麻醉采用氯仿，这不是一种很好的麻醉药物，尤其是在接近火源的情况下。但是，他们只有这种药物，而且还仅仅有六盎司。麦克林负责掌控整个手术，现在他在等着室内的温度升高到足够的程度，以便使氯仿得以挥发。随着赫尔利不断往炉火上添加企鹅皮，室内温度攀升得很快。二十分钟不到，室内温度已经达到令人出汗的 80 度（约 26.7 摄氏度），麦克林打开一瓶氯仿，在一块医用纱布上倒了一点点。然后，他安慰地拍了拍布莱克波罗的肩膀，把纱布举到他的面前。他要求布莱克波罗闭上眼睛，并深呼吸，布莱克波罗服从地完全照办。不到五分钟，他就失去知觉了，麦克林朝麦克罗伊点了点头，示意可以开始手术。

布莱克波罗的脚被垫起来，而且一直伸出了那些垒起来的包装箱的边缘。一只空的大号铁皮罐放在了布莱克波罗的伤脚的下面。撤去绷带之后，布莱克波罗伤脚上的脚趾看上去就好像木乃伊一般，又黑又脆。王尔德从正在消毒的胡什汤罐里取了一把手术刀，顺势递给了麦克罗伊。

在茅屋最远的角落里，哈德逊把脸别过去，故意不去看手术。格林斯特里特则不同，他从高高在上的铺位往下偷看，下面所进行的一切都无一遗漏地被他尽收眼底。

麦克罗伊在布莱克波罗的伤脚底上横着拉了一刀，然后将皮向后剥离翻起。麦克林看着王尔德，发现他毫无退缩之意。"这手术真难。"麦克林心想。

麦克罗伊接着要一把扩张钳，王尔德立刻从滚烫的开水里取了一把给他。在格林斯特里特看来，这扩张钳就是一把铁皮剪刀。麦克罗伊小心翼翼地将扩张钳伸到被剥离开的皮肤的尽头，这里是脚趾与脚掌相交之处。然后，他一个接一个地把脚指头都切了下来。每个脚指头都掉进放在下面的空的铁皮罐里，发出几声金属般的叮当声。

接下来，麦克罗伊非常仔细地剔除坏死的组织，亦即变成黑色的肌肉，等伤患处清创完成，他又精心地将皮肤缝合上。终于，手术完成了；布莱克波罗的伤脚在球状关节处得到了干净利落的处理。手术总共耗时五十五分钟。

没过多一会儿，布莱克波罗开始发出呻吟，又过了片刻，他睁开了眼睛。起初他有点眩晕乏力，但紧接着他就朝两位医生微笑起来。"我想抽支烟。"他说。

麦克罗伊从那本《大英百科全书》上撕了一页下来，抓了一点口嚼烟叶放进去，然后为他的病人卷了一根香烟。茅屋里的紧张气氛立刻就舒缓下来，王尔德看着那一大锅的开水，建议用来洗洗身子。麦克罗伊和麦克林也都欣然赞同。他们找到一小块香皂，脱去背心汗衫，舒舒服服地把上身洗了个干净。热开水还有一点富余，于是他们便从第二天的份额里预支了八块方糖，给自己弄了一杯热乎乎的糖水喝。

手术进行的同时，其他队员则藏身于先前在冰川面墙上开凿的窑洞。他们利用这段时间相互理了发。

第六章

虽然冬天的冰坂大多数时间都是一直延展至天边，而且就算救援船万一能来到这里，它也会被阻滞于离岸几英里之外，但是冰坂总还是有极少的时机会移动出去。因此，救援船瞅准机会乘隙而入的可能性也就不能够完全排除。于是，那个始终挥之不去的小小的希望之光，让他们每天都虔诚地坚持攀上凌空眺望的绝壁。当然，有了这希望之光，时间也放慢了脚步。

无聊乏味的日子一天天蜗牛似的爬过去。生活中唯一的兴奋高点，就是 6 月 22 日的仲冬节。他们为了庆祝这一天，早晨吃了一餐丰盛的早饭，晚上更是加了一顿妙不可言的坚果美食布丁，其中包含二十三块饼干、四份雪橇定额食物、两瓶奶粉和十二块坚果食物。

之后，他们都躺进自己的睡袋里去，一场由二十六个不同的自编节目组成的演出开始了。许多人为了在演出中表演自己那段台词都准备了好些天，现在终于上场了，不过其中大部分的暗讽都指向格林和奥德-利兹。

赫西，弹班卓琴当然非他莫属，而克尔因为曾经在"坚忍号"上待过一年，便演唱了《斗牛士斯帕格尼》——"不过跑调跑得一塌糊涂"。詹姆斯则献上了根据《所罗门·列维》的曲调填词的当晚最受欢迎的歌：

我名叫弗兰基·王尔德哟；

我的茅屋就在大象岛。

墙无块砖，顶无片瓦；

然而，你得承认，海天万里，

这茅屋才是大象岛上最富丽堂皇的居所。

仲冬节之庆在大家为太阳归来和为老板及"凯尔德号"全体的祝酒声中落幕。他们祝酒之后喝的是"1916 版肝肠寸断酒"，它混合了水、姜、白糖，以及脱胎自普里默斯汽化煤油炉燃料的甲基化酒精。"那味道太恐怖啦，"麦克林写道，"这玩意儿唯一的作用，就是把我们大家都变成终身再也滴酒不沾的人，当然也有那么些人还要装出很喜欢的样子来……后来几个人还病倒了。"

随着仲冬节过去，就再也没有任何可以预期的节庆大事了，有的就是看不到尽头的漫漫等待………和猜想。

"我们仍然怀着极大耐心坚守在这里，"麦克林 7 月 6 日写道，"尽管日子单调得可怕，但时间还真的过得相当快。我的心已然是一片空白，我会一连几个小时就这样躺在那儿，脑子里什么也不想，彻底发呆。"

几天之后，奥德-利兹写道："王尔德总是说'那条船'下个星期就会到；但是，当然啦，他这么说主要是为了提振有些人的精神，不然他们就会患抑郁症。这是乐观主义，如果不过头，倒也是挺好的一件事。……他说……8 月中旬之前他是不会担心沙克尔顿勋爵有何不妥的。"

赫尔利 7 月 16 日记录道："该去做我的周日漫步了，其实就是去走海滩上那一百码被踩踏出来的路。只要我们觉得沙克尔顿爵士和'凯尔德号'船员们平安无事，救援也仍然可期，那就谁也不会厌倦这种散步。我们把希望押在 8 月中旬……"

于是，这便成了一个目标日期，也就是说，一旦到了这个日子，他们就会真正开始担心了。王尔德故意将这个日期尽量设得远一点，当然还得合情合理，好让他们的希望尽可能延续得长久些。

但是，此事远非那么容易。一点一点地，生存的条件正变得越来越原始。大家都很珍视的坚果食品已经吃光了，奶粉也没有了。虽然这些都非常让人留恋，但其短缺所造成的后果却无法与烟叶最终用完之后的灾难相提并论。

这灾难并非突然之间来临的。有些人总是比别人要节俭得多，他们会精打细算地用掉自己的定量。但其他那些人则不然，他们以为被困在此地的时间绝不会超过一个月，于是便寅吃卯粮，早早就将各自那份烟叶抽得精光了。

乔克·沃尔迪，以其典型的苏格兰人式的节俭，将自己的烟叶供应拖得很长，因而成为最后一位用光烟叶的人。就在他所剩下的烟叶成了全队唯一存货的那个星期里，他发现自己竟然成了没完没了的讨价还价的中心。海员们把此地巴掌大的地方搜了个底朝天，希望找到任何能引起沃尔迪地质学兴趣的奇异岩石。如有斩获，便一把攥在手里，不让沃尔迪看见，接着就用那石头同他换一烟斗的烟叶……甚至半烟斗，最后哪怕就抽两口也行。尽管为了发现任何有价值的岩石标本，沃尔迪本人也已经十多次非常仔细地彻底勘察过这块地方了，但他终究还是敌不过自己的好奇心。

又过了一阵，就连沃尔迪的烟叶也终于告罄。随之而来的是一段压抑的时光，人们抑郁得都快伤心死了。但是，想要抽烟的欲望是那么强烈，所以很快他们就开始寻找替代物的实验了。麦克劳德是始作俑者，他把自己靴子里用来隔热的胀囊薹草取出来，装进了烟斗。"那股烟味，"詹姆斯写道，"就好像草原着火的味道，却一点也没有烟草的味儿。"

尽管如此，此法却大行其道，很快许多队员就都跟着抽起了胀囊薹草。贝克韦尔想到一个能给薹草正味儿的办法。他借来所有能搜罗到的烟斗，然后把烟斗和薹草一起放进胡什汤锅里去煮。从理论上说，煮过之后再晒干，这些薹草就应该有点烟叶的味道了，可惜，"得到的结果，"詹姆斯写道，"却一点也不值当先前费劲巴力的一番折腾。"

"连苔藓也有人试过了，"詹姆斯继续写道，"我们担心说不定还有人会开始尝试海藻呢！"

还有不少不起眼却叫人心烦的事，其中就包括打呼噜。赫尔利写道："王尔德发明了一种颇有创意的办法，专门整治那些顽固的打鼾者。利兹一直用他那军号般嘹亮的鼾声，经久不断地骚扰着我们这些已经平安入睡的人。于是，他便成了这项实验方法的首个测试对象。他的手臂被套上了一个打活结的绳套，而连着绳套的绳子则透过一个个的孔眼将王尔德周边的铺位串联起来。只要睡在这些铺位上的人被鼾声所扰，他们就使劲地拽拉绳子，就像人们拉绳子让出租马车停下来那样。换做别人这方法也许管用，但利兹却是无药可救，根本就意识不到我们的信号。所以，有人就建议干脆把绳子套到他脖子上去得了。我相信，真要是那样，许多人都会使出浑身的气力来拽。"

7月的大部分时间天气都还算可以，只有极少的时候，那熟悉的突风才从悬崖上呼啸而下。但是，有一种令人恐惧的情况始终不断地威胁着他们，那就是小湾头上的冰川变化。时不时地，甚至没有任何征兆，冰川表面的某些部分就会发生开裂或者"分离"。奥德-利兹这样描述一次特别巨大的分离：

"一块硕大无比的冰体，足有一个教堂那么大，原来悬突于冰川上很久了，此刻突然崩坍，发出好似数个惊雷合在一起的巨响。冰体掉落引起滔天巨浪，大约有四十英尺那么高，而且朝我们的茅屋直扑过来，要不是有海湾里堆起的碎冰块像大坝一样阻挡，我们的茅屋兴许就已经被这巨浪冲跑了……而且，这次崩坍还将成吨重的巨型冰块直接就从这片狭长的海滩上空甩了过去。"

"马斯顿心里非常肯定，这下就算茅屋不会被完全摧毁，也一定会被淹没，于是他大吼一声'注意'。可惜这毫无必要，唯一的效果就是让那两位伤病员哈德逊和布莱克波罗也提心吊胆而已。"

尽管他们躲过了被海浪彻底从海滩上卷走的厄运，但这座小岛却还是要尽力用发大水来赶走他们。他们在 7 月初就发现，不断有水从茅屋地表的岩石缝中冒上来。说不清这水到底是从哪里来的，但很显然这是自然排水流经茅屋地基的结果。

自从发现了这一情况之后，他们就试着在一侧墙角开挖了一道排水沟，但是效果并不明显。而且，一旦出现渗水，好像就会越来越严重。他们很快发现，如果不想被地下渗水冲走，就得在茅屋最低处挖一个深两英尺的大坑。但大坑也瞬间就被水填满，他们只好再把坑里的水舀出去。他们第一次就舀出去了七十多加仑的水。从此之后，一旦天气暖和或潮湿，他们就要一直提高警惕。詹姆斯 7 月 26 日记录道：

"午夜，被别人的喊声吵醒，原来茅屋里的水已经快涨到房子基石上了。唯一能做的事就是赶紧舀水，不然就等着浑身被浸泡吧。赫尔利、麦克罗伊、王尔德和我自己立刻起身，一共舀出了五十加仑的水。清晨 5 时，又有这么多的水要舀出去，而吃早饭前要舀的水还要多。"

不单是舀水这活儿让人厌烦，那水本身也够恶心的，浑汤似的还夹杂着企鹅的粪便。也真是运气好，他们往外舀水的集水坑正好就挖在烧饭的炉子前面。

几个月来，这茅屋内部藏污纳垢，早已变得肮脏不堪。确实，他们通常都称茅屋为"猪圈"或"温柔小筑"。只要有可能，他们就会将新的石头带回来铺到地上，但绝大多数时间这些唯一能够找到的石头都冻在野地里。茅屋内部极其昏暗，不经意间就会把食物碎屑掉落到地上。而现在，由于水和室内温度高的原因，这些食物渣滓就开始腐烂，散发出另一种让人难以忍受的恶臭。

快到 7 月底了，哈德逊臀部的脓肿已经长得有如足球那么大了。麦克罗伊不赞同立即切开，因为存在感染的风险，但哈德逊实在是太痛苦了，所以手术还必须要做。麦克罗伊最终在没有打麻药的情况下施行了手术，去除了两品脱多的恶臭无比的积液。

"在这里很难有个人的位置，"麦克林写道，"住在一间烟熏、肮脏又随时都危在旦夕的茅屋里，空间刚够把我们所有人塞进来，而且在同一口锅里舀水喝……零距离躺在身上长着巨大脓肿的病人边上，这一切简直太恐怖了，但我们依然非常开心……"

后来，"我把自己的驯鹿皮给了布莱克波罗，那是我从'大洋营'带回来的……他的睡袋比我的还要破；可怜的兄弟，他熬过劫难的机会微乎其微"。

随着 7 月即将过去，被强压了很长时间的焦躁情绪，正变得越来越难以击退。

赫尔利在 31 日写道："今天似乎格外单调乏味，那些将我们限制在王尔德角的狭窄范围内的悬崖峭壁，犹如监狱的高墙一般陡然从迷雾中露出峥嵘，邪恶而不可接近。如果说我们还有什么事情去做，不管有用没用，时间的压力都会减轻许多，而眼下我们唯一的锻炼就是在这八十码长的海滩上来来回回地散步，或者爬上瞭望点去眺望天边，希望发现航船的桅杆。我们急切地期盼下一个月的到来，因为原先预计我们届时就会得救。从'凯尔德号'离开之后到现在，谁都早已厌倦了掰着手指计算［救援船］到达的日子。"

尽管程度不同，但所有人都一样焦虑不堪。在他们没完没了争论何时及如何才能获救的时候，总是有一种可能性很少被提及，那就是"凯尔德号"遇难沉没。大家都觉得，哪怕就是在讨论中提一句此事，那都会招来霉运；如果有人真的提起此话题，人们就会认为他简直是在胡说八道，一点没品位，就好像他亵渎了某种神圣的东西似的。

尽管他们仍然不情愿公开地提到"凯尔德号"也许已经失事的可能性，但已经不再避讳在私下里心照不宣地承认，也许真的已经发生了什么事。沙克尔顿已经走了有九十九天了……一种观点逐渐在他们中间蔓延开来，那就是他们也许在等待永远也不会到来的东西。

如果真如此，麦克林最终在 7 月 31 日的日记中这样写道，"那就意味着要乘'斯坦库姆·威尔斯号'去进行驶向迪塞普逊岛的航程。那肯定会是异常艰难的航行，但如果这一天真的到来，我仍然希望我能被选中登船。"

除此之外，他们还为自己设定了最后的期限，即 8 月中旬。然而，时间好像已经完全静止了。

8 月 1 日是个周年纪念日，首先，两年前的今天，"坚忍号"从伦敦启航，一年前的今天，她经历了第一次严重的海潮压力。赫尔利如此总结道：

迄今为止的所有记忆，"就像混乱不堪又幻象交叠的噩梦一般掠过我们的心头。过去的一年似乎过得飞快，虽然我们待在这里安全地生活了仅四个月，但这后面的一段时间却好像远远长于前面的八个月。毫无疑问，这一点是由于我们天天数日子，天天巴望一再延后的救援而引起的，另外，我们也确实没有……什么正事可干……日复一日的守望和时刻焦虑地为'凯尔德号'上的弟兄们的安危担忧，这一切更加拖住了本已非常缓慢在流逝的时光"。

每一天他们都会花更多的时间爬到峭壁上的观测点去瞭望，搜寻救援船的踪迹。8 月 3 日，奥德-利兹写道："……仍然被致密的冰坂所包围……我们的燃料和肉食都已经相当短缺了……人们现在已公开讨论沙克尔顿爵士的一去不归。谁也不喜欢去想他有可能已经失败，永远也到不了南乔治亚岛，但是，目前考虑一下当前的局势也许还是非常有意义的，因为王尔德已经下令要细心保存每一节绳子和羊毛，还有所有的钉子，其出发点就是我们也许有可能不得不乘船驶向迪塞普逊岛……"

要进行这样一段航行，他们的装备实在是缺得太多了。唯一留下来的船帆就是"威尔斯号"上的小得有些可笑的三角帆，因此，他们得把那些业已朽烂的帐篷布拼接起来，做成一挂主帆。这里甚至没有一根可以竖起来的桅杆。"威尔斯号"上的桅杆被卸下来做了"凯尔德号"上的后桅，而"多克尔号"的桅杆则贡献出来给"凯尔德号"加固龙骨。但既然他们手中还有五把船桨，也许还能做些什么。

于是，便有了这样的记录。

8月4日（詹姆斯）："生活极其单调乏味。"

8月5日（赫尔利）："……像废人一样坐在睡袋里，反反复复地读着那几本同样的书。"

8月6日（赫尔利）："今天的天气也许是船只到港的最理想的天气。"

8月7日（麦克林）："今天，哈德逊起床到外面待了一段时间；他太虚弱了，就连向麦克罗伊招招手也会摔倒在地。"

8月8日（赫尔利）："……我们今天舀了四次水……比平日要多很多。"

8月9日（格林斯特里特）："沃尔迪发现了一份旧报纸（或者是报纸的残留部分），日期是1914年9月14日，所有人都如饥似渴地将这份报纸读了又读。"

8月10日（麦克林）："我一直在观察雪海燕，它们真是了不起的小鸟。有时候，它们会被拍岸的白浪扑倒，冲上海岸，但它们很快就恢复过来，重新展翅飞翔，继续捕食去了。"

8月11日（奥德-利兹）："马斯顿早上5时出去了，不过海岸倒是很清爽……"

8月12日（麦克林）："我情不自禁地为国内的亲友担忧。如果能确定他们已经知道了我们的情况，那我也就无所谓了；但是，我知道他们其实该有多么担心……"

8月13日（詹姆斯）："开始焦急地寻觅救援船。该是时候啦……"

8月14日（詹姆斯）："最近，我们一直在吃海藻，煮着吃。味道贼奇怪，不过好歹也换换口味啦。"

8月15日（奥德-利兹）："今天时不时地会下雪。"

8月16日（麦克林）："……在瞭望点上急切地盼望救援船出现，大多数人都上了山，心情焦急地在海天交际处搜寻她的踪影。有的人干脆已经对救援船的到来不抱任何希望了……"

8月17日（赫尔利）："冰坂今又重现……"

8月18日（格林斯特里特）："两个海湾都是冰坂，厚重的冰坂延展到天边，直到肉眼无法看见的地方。"

8月19日（奥德-利兹）："再继续自己骗自己下去已经没有丝毫的益处了。"

第六部分

第一章

4月24日，星期一……12:30，我们与同伴们告别，扬帆起航，开始了驶向南乔治亚岛求援的总长八百七十英里的航程；下午2点遭遇一股冰流，我们花了大约一小时才冲出来。此时，我们已经浑身湿透地来到无冰的开放洋面，但心里因冲出险阻而感到无比欣慰。

——麦克奈什的航海日志

4月24日，星期一。

野营评级。192/262。

中午12点30分乘"詹姆斯·凯尔德号"离开。航向北北东，航行八英里，然后东转，航行一英里，来到由东向西运动的一股冰流的缺口处。

风：至午后4时，西北西向6级［大约时速三十英里］

——沃斯利的航海日志

那一群向他们挥手告别的小小身影，黑白分明地衬映在茫茫一派的白雪上，当"凯尔德号"跃上益发强势的浪涌波峰时，他们眼前呈现的就是一幅凄楚可怜的画面。

沃斯利驾驶着船朝北航行，沙克尔顿站在他身边，一会儿紧盯着船前方逼近的冰块，一会儿又转过身去看那些留在他们身后的队员们，如此交替往复。但似乎没有过多久，那些人影就再也无法辨认了。

很快，整个大象岛的轮廓就清晰地显现在船后方，硕大崎岖的岛岬和冰川壁都沐浴在阳光中。在其右侧，陡然立于海面之上的小小的康沃利斯岛，正从瓦伦丁海角后面转入他们的视线；时间不长，克拉伦斯岛的皑皑雪峰也清晰可见，优雅地若隐若现于淡紫色的迷雾中。海水中，偶尔有一只海豹或一小群企鹅从旁边游过，好奇地看着这个陌生的大家伙在海面上驶过。

下午2点，"凯尔德号"驶抵那一片冰区。看来这是一条厚密的浮冰带，那些年代久远的古老浮冰不知何时崩裂融化成千千万万个形状各异的冰块聚集在一起。它们和着一条绵长的西向浪涌的大气磅礴的韵律而上下起伏，发出阵阵嘶哑的沙沙声。

沃斯利向东转舵，与冰带并行，搜寻他和沙克尔顿今天早些时候在大象岛上看到的那个缺口。他们用了一个小时才终于来到这个缺口，但马上就发现其实这缺口也塞满了崩裂的浮冰块和大片细碎的冰碴。尽管如此，沃斯利还是调转"凯尔德号"的船头，开始穿越这冰带中的缺口。

"凯尔德号"顷刻间便淹没于那些巨大无比的奇形怪状的浮冰之中，顿时显得十分渺小，而有的浮冰甚至比"凯尔德号"的桅杆还要高出一倍，巨冰随着大海慵懒的运动而来回摆动或上下起伏。露出海面的部分纯净雪白，但海面下的部分则是幽蓝幽蓝的。

沃斯利想方设法驾船穿行于七拱八翘的巨型冰块之间，但好多次都是刚躲开这边的冰块，就又撞上了那边的冰块，于是沙克尔顿决定他们最好还是划桨。

所有的船帆都降了下来，船员们小心翼翼地爬到上层甲板上，并伸出了他们的船桨。划桨极其别扭，因为他们现在坐着的位置与桨架几乎齐平。不过还好，风终于停了。沙克尔顿接掌了船舵，敦促桨手们快划。已经是下午 4 点多了，天色也开始暗下来。

然而，过了大约一个小时之后，这里的冰块开始变得稀疏起来，他们很快便来到冰坂的北边缘，并再次进入了无冰的开阔洋面上。桨手们高兴地钻回到甲板下的座舱里，个个都如释重负。

风向逐渐转向东南，这是将他们带往北方的最佳风向。沙克尔顿命令升帆，等帆全都升好之后，他就叫克林、麦克奈什、文森特还有麦卡锡到船前部去睡会儿觉，说他和沃斯利会留下来彻夜值守，观察浮冰的情况。

等一切全都搞定，沙克尔顿便转过头去向船后回望。此时，仅仅能够看出大象岛是一团很大很大的黑影。他就这样一声不吭地凝视了好几分钟。

当然，那里是个让人不敢多看的地方，但饶是如此，才似乎使它显得更加可怜。二十二个人留在那里避难，此时此刻，他们就宿营在危机四伏又时刻会被暴风雨侵袭的一弯狭小的海滩上，孤立无援、与世隔绝，仿佛被扔在了另一个星球上。他们的处境只有在这条小得有点滑稽的船上的六个人才知道，而这六人的职责就是要证明所有有关机会的法则都是错的，同时还要带着救援力量返回。这是多么惊人的一份信任。

夜色愈浓，成千上万颗繁星刺破深蓝色的天空，一面小小的三角旗在"凯尔德号"的主桅杆上猎猎招展，小船后的尾浪翻滚，这一切在星光熠熠的苍穹上勾画出一个不规则的圆。

这两个人相傍而坐，沃斯利掌舵，沙克尔顿则紧紧地跟他挨在一起。南风凛冽，大海涌动。他俩主要的担心还是浮冰，所以无论是沙克尔顿还是沃斯利都瞪大了眼睛盯着海面。他们这天晚上曾经过一个偶尔出现的大冰块，但到了晚上 10 点钟，海面好像完全干净了。

沙克尔顿时不时地会为他们俩卷烟卷，两人谈到了很多事情。显然，半年来一直压在沙克尔顿肩头的责任重负，已经被他无比强大的自信心所一点点地克服掉。他想跟人讲话，想要确认自己一直以来的行动都是明智的。

他向沃斯利倾诉，把队伍一分为二是他做出的一个十二万分困难的决定，为此他也痛心疾首。但是，总得有人去寻求救援，而这个重任绝不是随便交给哪个人就可以的。

至于说到此次航行本身，他似乎不同寻常地充满了疑虑，他问沃斯利如何看他们成功的概率。沃斯利说，他坚信他们一定会成功，但沙克尔顿显然对这一点远没有那么确信。

根本原因就在于他感到这件事非其所长。他在陆地已经证明了自己。毋庸置疑，他已经充分展示了同一切艰难险阻进行坚忍不拔的斗争并最终取得胜利的无与伦比的能力。但是大海却是另一种完全不同的敌人。大海与陆地不一样，在陆地上一个人只要有足够的勇气和忍受一切困难的意志就能成功，但与大海的搏斗则是需要实打实拼的体力的厮杀，而且无退路可逃。这是一场同永不会疲倦的敌人进行的战斗，而人类从来没有真正赢过；因此，他所能期望的最好结果就是不被打败。

这让沙克尔顿感到极其不安。他现在所面对的敌人是如此强大，他个人的力量根本不可能与其相比，而且目前的处境也让他高兴不起来，因为在海上勇敢和决心几乎可以忽略不计，在这里能活下来就是胜利。

况且，除了这一切之外，他还已经劳累到极点，恨不得这次航行赶紧结束，而且越快越好。假设他们只要能够到达合恩角，他对沃斯利说，他们就能缩短三分之一的航程。他明知道这是不可能的，但他还是问沃斯利，他是否认为东南风会一直持续到他们完成这个设想。沃斯利很同情地看着他，摇了摇头。"根本别想。"他回答道。

将近 6 时，黎明的第一缕晨曦划过天空，随着天色越来越明亮，他们俩都放松下来。现在，就算碰到浮冰块，至少他们也能看清楚了。

　　沙克尔顿一直等到 7 时，才叫醒了其他人。克林开始摆弄那只煤油炉，折腾了好大一会儿，才总算点燃了。然后，他在炉子上架起汤锅。最后，他们终于吃上了早饭。

　　等大家都吃完早饭，沙克尔顿宣布从现在开始轮班值守，四个小时在岗，四个小时休息。沙克尔顿说，他将和克林及麦克奈什值第一班，沃斯利、文森特及麦卡锡值另一班。

第二章

　　要将他们所面临的所有困难按大小排序，这从来就是不可能的，但是就那些已知的威胁而言，其中最大的无疑就是浮冰，尤其是夜间的浮冰。因为一旦疏忽撞上浮冰块，那他们的航行分分钟都可能夭折。沙克尔顿计划在向东转向南乔治亚岛之前，尽可能以最快的速度往北航行。

　　其后两天，他们的运气一直不错。风始终稳定地从西南方向吹来，大部分的时间风力达到暴烈级别。截至 4 月 26 日中午，根据日志记载，自打离开大象岛，他们总共已经走了一百二十八英里，而且一路上连个浮冰的影子也没见着。

　　然而，这两天却也是一种历练，其间他们经历了似乎无尽的磨难，每次一种地变着花样向他们袭来，这就是他们孤舟闯海的生活。一直，或说永远也少不了的就是海水，那无所不在的难以躲避的海水。有时，风在船头掀起的飞浪横过船尾，暴雨般的海水洒落下来，除了站在舵位上的人之外，这对他们还不会造成太大的痛苦。更糟糕的是当船头起伏之时，那相对无声却又实打实的海水涌向船尾并扑进船舱。但最最恶劣的就是正当船身陷入浪谷之时恰逢一排大浪打来。于是，绿莹莹泛着白沫的海水滚过船舱上部的甲板，飞溅到船舱里，并透过覆盖甲板的帆布上的十多个破洞，像冰冷的溪流一样滴滴答答地落进船里，犹如破屋偏遭连夜雨一般。在离开大象岛之后的二十四小时之内，船的甲板盖顶就已经开始下凹，形成十多个小窝窝兜满了水。

当然，站在舵位上的人是最受罪的，所以每班四小时的值守期间，他们每个人都要轮流到舵缆前来值一小时二十分钟的班。但是，那两个正式值守的人也只是相对好过一点而已。当他们不用往船外舀水，或不用升降船帆，不用移动石块来改变压舱位置的时候，他们的时间就花在了躲避甲板顶壁往下漏的水上。不过，一点用也没有。毫无例外，最后他们都只能紧紧抱在一起，任凭顶篷漏下来的海水顺着后背往下淌。

他们所有人都穿得大致相同——很厚的毛内衣，毛线裤，很厚但又宽松的绒线衫，外面再套一件轻华达呢的巴宝莉风雨衣。他们头上里面戴着毛线织的帽子，外面再戴一顶巴宝莉野外帽，在脖颈处有收口。他们脚上一般穿两双袜子，一双高到脚踝的毡靴和驯鹿皮做的翻毛皮靴，而那翻毛在外的一面其实早已经磨得看不到任何毛的痕迹了，光秃秃的毫无效用。船上更是连一套油布防雨服都没有。

这样的穿法只适合非常干冷的天气，对在颠簸不已、水花四溅的船上并不适合。身上穿着这样的衣物，其实是有点类似灯芯吸油一样的效果，就是一点点地将所有冰冷的水滴都吸收掉，直到再也吸不进更多的水时就这样维持住。

他们最多也只能想办法与折磨人的海水困境和平共处，就像他们在前往大象岛途中那样，尽可能保持身体坐着不动，这样每次被海水浸湿之后，都可以避免身体与衣服上新浸湿的地方发生接触。但是，在一条飘摇中的、全长二十二英尺的船上保持静坐不动是极其困难的。

船舱里的水间隔不久就必须抽干，通常是每班值守两到三次，每次抽水还得两个人才行，即由一个人操控抽水的压杆，另一个人则把住水中那一直插到船底的冰冷的黄铜管。即使戴着手套，紧紧把住铜管的那个人的双手也会在五分钟之内就被冻得发麻，于是两个人就频繁地相互调换位置。

船上的苦难并不是仅仅针对那些值守的人。他们从一开始就发现，就连睡个觉也是困难重重。他们的睡袋都布置在船头，那里是全船最干的地方。要去到睡袋那边，你就得手脚并用地在船底的压舱石上艰难地爬行。越是接近船头，可活动的空间就越有限，到最后不得不完全俯下身去向前蠕动，挤在座位的底面与压舱石之间钻过去。

等终于来到船头，你接着就得想办法钻进睡袋里去，最后当然还得解决入睡的问题。劳累自然会帮点忙，但即使如此，船头的晃动却是比其它任何部位都剧烈。有好多次，他们的身体被高高抛起，接着又重重地摔回压舱石上；又或者，由于一波海浪打来，船上下大幅颠簸，使他们受到来自身子下方的剧烈撞击。"凯尔德号"一共配备了六只睡袋，原本每个人都可以有一只。但沙克尔顿很快就建议说，他们可以合用三只，而将另三只用来当垫子，这样就不会被石头硌得慌。大家立刻表示同意。

他们还发现，在甲板顶篷下连坐直身子的空间都没有。头一两回吃饭的时候，他们都试图弯腰埋头来吃，但这样他们的下巴就顶在了胸口上。以这种姿势吃饭，咀嚼吞咽就变得异常困难，唯一可行的办法就是伸展身体匍匐在船底的石头上。

但是，无论他们采取何种姿势，不管是坐着、倚着还是躺进睡袋里去，同船的颠簸相抗争是永远也不会停止的。放在船底的两千磅重的压舱石，使"凯尔德号"的任何动作都特别剧烈，一有海浪涌来就会猛地往上跃起。沃斯利认为，船的压舱石装得太多了，他提议沙克尔顿扔掉一些石头。但沙克尔顿却持一种显而易见的谨慎看法。要想检验沃斯利是否正确，唯一的办法就是扔掉一些石头，但扔了就永远也捡不回来了。沙克尔顿觉得，与其冒将船减得过轻的风险，还不如继续忍受船的剧烈颠簸。

由大象岛出发以来，他们一直情绪高昂，以为终于可以很快重回文明世界了。正如麦克奈什日记中所记的那样，"全身湿透，却一路兴高采烈"。

　　但是，经过两天连续不断的各种磨难，他们的好心情已荡然无存。到 4 月 26 日中午，沃斯利确定他们离开大象岛之后已经走了一百二十八英里，并测得了此刻的方位。之后，与他们如影相随的万般磨难才一下子变得真实起来。唯一能够安慰他们的，就是他们还在往前走，尽管速度极其缓慢，大约每半小时才前进一英里。

　　4 月 26 日测得的确切方位是南纬 59°46′，西经 52°18′，这使得"凯尔德号"仅仅偏离南纬 60°线十四英里。他们刚刚缓慢地越过将"狂乱的南纬 50°区"与"尖啸的南纬 60°区"相隔开的那条线，之所以会有这两个称谓，主要还是因为这两个纬度区分别拥有各自的气候特征。

　　其实，这里就是德雷克海峡，地球上最令人生畏的海域，没有之一。在这里，大自然获得了证明自己的平台，可以尽情展示其无所不能的威力。其结果令人刻骨铭心。

　　一切起于大风。在南极圈附近有一个浩瀚的区域，大约在南纬 67°左右，这里始终存在洋流低压。这区域就好像一个巨大无比的排水池，所有来自北边的洋流高压都会持续不断泄入此区域，还伴随着几乎永不停止的、烈度如同飓风的西风。在美国海军《南极航海指南》枯燥乏味而又常常刻意轻描淡写的语言中，对这些风的描述倒是非常直截了当：

　　"它们常常具有飓风的烈度和阵风的速度，时速有时甚至可以达到一百五十至两百英里。如此暴烈的风在别处闻所未闻，除了在热带气旋中之外。"

　　在这个纬度区间，与地球上的任何地方都不同，海洋完全环绕地球，其间没有任何陆地将其阻断。在这里，从时间生成的那一刻开始，这些风就一直毫不客气地驱动海水顺时针环绕地球运动，从起点开始，绕行一周再回到起点，一路上它们不断增强自己或者相互消长。

由此而产生的巨浪，在闯海人中间历来都充满了传奇。这巨浪被称为合恩角巨浪或者"花白胡子"。据估计，这些巨浪从一个波峰到另一个波峰的长度超过一英里，而据某些被惊骇的水手报告称，其浪高可达两百英尺，虽然科学家并不认为这种巨浪的高度会经常超过八十或九十英尺。论及它们运动的速度，那在很大程度上就是靠瞎蒙的，但许多水手声称，通常都可以达到五十五英里的时速。每小时三十节也许是更加准确的说法。

查尔斯·达尔文于 1833 年在火地岛首次见识这样的巨浪，他在日记中写道："那场景……足以让新水手做一个星期关于死亡、恐怖和沉船的噩梦。"

正如在"凯尔德号"上的所见所闻，这些巨浪肆虐的场景的确构成了人们如此看待它们的最充分的理由。在难得一遇的阳光灿烂的时候，巨浪呈现出钴蓝色，给人以无限深邃的感觉，其实也确实如此。但是，绝大多数时候，此地的天空都是阴云密布，整个海面也变得灰蒙蒙一片，昏暗而又毫无生气。

这些海水的巨峰一路强势推进，不发出任何声响，但偶尔当其飞沫滔滔的波峰蹿上如此高度时也会发出嘶嘶声，而且其向前突进的速度是如此之迅猛，以至于在万有引力的作用下顿失平衡，波峰与波峰砰然相撞。

每隔九十秒或不到九十秒的时间，"凯尔德号"的船帆就会松弛下来，因为这时有巨浪尾随迫近，那巨浪也许高出小船五十英尺，随时都作势要将小船埋葬于成亿吨海水之下。幸而，由于浮力所创造的奇迹，"凯尔德号"被越抬越高，直至跃上突进之中的涌浪的表面，并意外发觉小船已然为浪尖上的滔天白浪所包围，同时向前突飞猛进。

一遍又一遍，每天总会上千次地重新上演这样的活剧。没过多久，对于"凯尔德号"上的人们来说，这一切就不再那么让人惊心动魄了，相反他们倒觉得也不过如此，周而复始而已，就好像一群人已经适应了居住在活火山阴影里的恐惧感。

他们几乎很少会想起南乔治亚岛。那岛离得太远了，去那儿求援的想法也太理想化了，所以想想都叫人丧气。仅仅靠着这么个理想是无法坚持继续前行的。

相反，生命现在是以小时甚至分钟来计算的，这是一连串无穷无尽的磨难，为的就是要从此时此刻这地狱般的境地逃离开去。当一个人被叫醒去值守时，他生存的焦点就是为了那个时刻，即四个小时之后，重新抖抖索索地钻回他现在离开的冰冷、潮湿且硬如顽石的睡袋里去。在这四个小时的值守中，还有一些划分得更细的活计：比如轮到那地老天荒的八十分钟操舵，其间当班者被迫完全暴露在无比歹毒的飞浪和寒冷面前；又比如辛辛苦苦往外泵水、不辞劳累整理压舱石等等。当然，还有其他更加数不胜数的小磨难，持续时间也就一两分钟，比如每一次被冻得人发麻的飞浪浇湿之后，总有那么两分来钟的间歇，这时队员们的衣服由湿冷而一点点转暖，令他又能再次动动身子，而此时飞浪也会再次袭来。

这种情况一而再、再而三地周而复始，直到他们的肉体和心灵都达到一种麻木的状态，而小船发狂似的古怪动作，持续不断的苦寒和潮湿都因而变得可以接受，就好像很正常一样。

4 月 27 日，离开大象岛三天之后，他们的运气开始变差。大约在中午，一场阴冷、犀利而又宛若迷雾的雨开始下起来，风也慢慢地朝北转向，就在船的正前方。

他们现在离开大象岛大约一百五十英里左右，仍然远未脱离那个随时可能遭遇浮冰的海域。他们再也承受不起继续被风往南刮的结果了，哪怕就一英里也不行。沙克尔顿和沃斯利花了几分钟讨论各种可能性，最后决定，唯一的选择就是要尽全力让"凯尔德号"钻入风阵。

于是，一场拼搏开始了，船一次又一次地抢风变向，这一过程中还令人讨厌地不断拍打海水。叫人更加受不了的是，他们纯粹就是在受惩罚，而除了守住自己的阵脚之外，他们一无所获。但到了晚上11时，风渐渐小了，并转入西北方向，这让他们大大地松了口气。午夜时分，沃斯利开始值守，这时他们已能够恢复往东北方的航向。

4月28日黎明，只有一阵西北轻风徐徐地吹，这是他们四天前离开大象岛以来所遇到的最好的天气。但是，无论是队员还是装备，却都出现了情况恶化的迹象。沙克尔顿恐惧地发现，他在"大洋营"曾发作过的坐骨神经痛又复发了。所有人都被他们腿脚上的一种逐渐增强的紧绷绷的不适感所困扰。

约摸上午九十点钟的样子，麦克奈什突然一屁股坐到底舱正中，拔掉了脚上的靴子。他的双腿、踝关节和双脚全都浮肿了，惨白惨白的，明显是由于缺乏活动和长期持续浸水的缘故。沙克尔看到了麦克奈什双脚的状况，故而建议其他人也把鞋脱了，结果情况完全一样。文森特的境况还要糟糕得多，他明显是痛风发作了。沙克尔顿在药箱里找了找，递给他唯一可能有帮助的药——一小瓶金缕梅爽肤水。

由于长时间浸水，沃斯利的航海书籍受到了严重损毁，这是个更为严重的问题。这些书籍受损，意味着他们失去了走出这片被遗弃大洋的路径。虽然，他们采用了一切措施来保护这些书籍，但是在做观测时总还是必须拿出来的。

对数书的前后封面都已经泡软了，而且浸水的情况还继续往内里的书页扩展。航海历书，包括其所附的太阳和星星位置图，受损的情况就更惨。由于是用低廉的纸张印刷的，所以很快黏在一起，必须十分小心地剥离才能将书页分开来。

在观测方位这件事上，沃斯利起初是试图窝在底舱里来完成的。但是，这一点也行不通。要想坐直身子本来就极端困难，读取精准的数据就更不可能。他觉得最好的办法就是跪在舵手座席上，再由文森特和麦卡锡托住他的腰部。

4月28日中午刚过，西北方向过来的相对较好的天气就结束了，风慢慢地往西移去，并开始增强。到黄昏时，风一点点地移到了西南偏南，风力也几乎升到了飓风的烈度。夜晚降临，密布的阴云遮挡了天上的繁星。现在，掌舵只能靠观察主桅杆上迎风招展的三角旗，同时始终保持相应的航向，以便使三角旗朝着左舷船头外飘扬。

这天晚上仅有一次机会可以让他们准确地检查航向是否正确，于是他们点燃一根火柴照在罗盘上，以确定风向依然来自同一罗盘象域。他们只有两根蜡烛，一直严格保管着，为的就是在那个似乎已经十分遥远的特定时刻派上用场——即最终登陆南乔治亚岛。

4月29日，也即第五天，黎明出现在阴沉天空下的激浪翻滚的大海上。沉沉一线，乱云飞度，几乎就是掠着海面而过。风就在船的正后方尾追而来，"凯尔德号"吃力地朝前驶去，犹如一位怨声载道的老妪不情愿地被人催着加快脚步前行。

马上就到中午的时候，阴云密布的天空中裂开了一道口子，沃斯利赶紧拿出了六分仪。他这回时间赶得正巧，因为几分钟之后，太阳便投下了冬日里如惊鸿一瞥般短暂的微笑，随即便又隐去。不过，沃斯利已经做好了方位观测，沙克尔顿也记录下了航海时计的读数。方位计算出来了，"凯尔德号"目前位于南纬58°38′，西经50°0′，也就是说，他们六天前离开大象岛以来已经航行了两百三十八英里。

他们几乎完成了预定航程的三分之一。

第三章

三分之一的刑期已经服完。

从白天直到晚上，西南风始终未停，而且风势还越来越大。待到4月30日早晨，悲凉灰暗的天空开始一点点变得明亮起来，海面上白浪滔天，飓风疯狂的尖啸声歇斯底里地从帆索上下横穿而过，"凯尔德号"则被接踵而至的浪头推向波峰。温度下跌到几近0度（约零下18摄氏度），凛冽的寒风似乎在告诉人们，在不太远的距离之外，它正在将冰坂吹开。

随着上午的时光流逝，在"凯尔德号"上掌舵变得越来越像一场战斗。每小时六十节的飓风把船头往海水里压，船尾后面又不断有巨浪卷来，随时都可能将船横着扭过来。到中午时，与其说船在航行，不如说它是在翻滚，忽而又冲向另一边，而且每当有浪打来船里都会进好多水。仅用抽水泵已难以招架，其他人也被叫起来往外舀水。接近中午，船开始结冰。

做出最后的决定已然无可避免，但沙克尔顿仍大着胆子尽量往后拖延。他们一边抽水，一边舀水，一边敲掉已经结起来的冰，所有的时间都一直在奋力拼搏，努力抬高船尾使之始终咬紧风阵。正午……1点钟……2点钟。可惜，一切努力都没有用。船根本就不是大海的对手。沙克尔顿不情愿地下令收帆改向。船帆被降下，海锚，那个大约四英尺长的帆布锥形物被拴在一条很长的船首缆绳头上。海锚拖曳在水中，如此一来，"凯尔德号"的船头便得以昂起迎风。

困难情况立马得到改善，至少冲上甲板的海水少了。然而，船却犹如被困住的猛兽，像喝醉了似的与每一波冲过来的海浪磕碰在一起，然后再歪斜着冲向一旁。因为有海锚紧紧地拽着，船头打着转地剧烈奔突，简直就没有一刻，哪怕一瞬间的消停。现在唯一能做的也只有坚持和忍耐。

没过多久，刚卷起来的船帆就开始结冰，每一个飞浪打来，船帆所承载的负重就会增加。还不到一个小时，船帆就已经冻成了冰坨坨，由于船的上部变得很重，所以船的行动越来越迟缓。因此，船帆必须移走，克林和麦卡锡被派到船前部去，在敲掉船帆表面所结的冰之后，他们把船帆移到甲板顶篷下面已经拥挤不堪的底舱。

但是，船桨的表面也结起了冰，而且越积越厚。其中有四个船桨拍打着桅杆的支索。随着冰积到一定程度，这些船桨就成了微型的舷墙，可以在海水还未结冰之前就将其挡住，不让它泼进船里来。沙克尔顿焦急地观望着，希望甲板上的冰不要积得太重。黄昏的光线已经越来越暗，他感到如果再不采取措施，而是听之任之，那么到不了第二天早晨就可能出危险。他命令沃斯利、克林和麦卡锡和他一起上到起伏不定的甲板上去。

他们费了好大劲，才把船桨上的冰都敲下来，然后将其中两支定位于船侧。另外两支则被绑到桅杆的支索上，高于甲板十八英寸，这样扑来的海水就会被挡掉。

他们花了二十多分钟才把一切搞定，而这时天已经黑了，他们身上也都湿透了。他们重新钻回到底舱，漫漫长夜开始了。

每一位当班值守的人都要在颤抖中挨过极度艰难的四个小时，一边瑟缩在甲板之下，浑身不仅湿透而且都快冻僵了，一边坐在舱底那些令人厌恶的石头上，还要在不停的摇摆颠簸中极力保持腰板挺直。

在悲苦不已的七天中，这些压舱石使船员进食变得非常困难，而且还妨碍人们舀水，就算是搬动调整这么个简单的动作，也被这些石头弄得颇有些复杂。至于说睡觉，只要还有这些石头在，那基本上就不可能了。

不过，其中最糟糕的还是要算移动这些石头。每隔一段时间，总要搬动调整石头的布局，以保证压舱重量均匀合适，因此，这就意味着船员不仅要把石头端起来，而且还得蹲或跪在其它石头上，常常搞得人痛苦不堪。现在，那些石头的每一个尖角、每一处湿滑的表面都为船员们所熟悉，并且深恶痛绝。

此外，烦人的还有驯鹿的毛。这些毛是从睡袋里掉落出来的，起初也就是小小的纷扰而已。但不管你清除了多少落毛，其后续者总是源源不断，似乎无穷无尽。现在驯鹿毛已是无处不在，船两侧的船帮上、座位上，还有压舱石上都有。一小绺一小绺的湿驯鹿毛还会粘在人的脸上和手上。船员们睡觉时呼吸都会吸到驯鹿毛，偶尔还会因吸入过多而被憋醒。驯鹿毛还落到舱底堵塞抽水泵，同时也越来越经常地出现在食物中。

随着漫漫长夜渐渐逝去，人们发现船本身发生了微妙的变化。首先，渗过顶层甲板不断往下滴的水珠越变越小了，最后完全停止不再滴了。同时，船的表现也明显没有那么暴烈了，不仅不再狂野地颠簸起伏，相反，即便随波逐浪也越来越有节制。

黎明的第一道曙光揭示了其中的缘由。吃水线以上的整个船身都已经完全被厚冰包裹，很多部位厚达半英尺，连接海锚的缆绳也增粗到成年男人大腿那么粗。在此重量下，船至少下沉了四英寸，那模样与其说是船，倒不如说更像一台浸过水的废弃车床。

沃斯利正在当班，他立刻派麦卡锡去叫醒沙克尔顿。沙克尔顿急忙赶来，看到如此情景之后，他心急火燎地下令把所有人都叫起来。他自己操起一把小斧子，就小心翼翼地往前爬去。

他极其当心地开始用斧背敲击冰层，以免弄穿甲板。相隔片刻，就会有海浪朝船身撞来，海水漫过他的身体，但他坚持敲冰将近十分钟，其他人则在一旁焦急地注视着。此时，他已经被冻得全身发僵，根本不能保证自己抓紧并保持平衡。于是他爬回到底舱，水从他衣服上直往下淌，大胡子也差不多冻硬了。他身体颤抖得很厉害，就把斧子交到沃斯利的手中，要他继续敲冰，同时还提醒他到了甲板上一定要十二万分小心。

就这样，他们每一个人都轮流上阵敲冰，根据个人情况坚持到不能再坚持，一般来说很少超过五分钟。他们必须先敲出一个能用手抓住的地方，还有一个能用双膝抵住的地方。如果想站在犹如玻璃一样且不断摇晃的甲板上，那无异于自杀，因为如果有人摔倒掉进海里，其他人绝对来不及收起海锚，升上船帆来救他。

在下面的底舱里，沙克尔顿发现这里也开始结冰了。长长的冰柱从甲板下面倒挂下来，而船舱底的积水也已经快要冻结了。

他叫来克林，两个人一起点燃便携式煤油炉，希望这炉火能散发出足够的热量，将底舱的温度提高到冰点以上。除非船舱里积水能够被暖化到一定程度，以便用抽水泵将之抽出船外，否则，就有压得船沉没的危险。

他们在甲板上艰苦奋斗了一个小时，终于发现"凯尔德号"开始恢复她往日的浮力。但他们还是继续敲冰不止，直到绝大部分的积冰被铲除干净。此外，在海锚缆绳上依然残留了一大块冰，可惜他们不敢贸贸然去接近它。

沙克尔顿招呼大家都下到底舱来"喝点牛奶"。他们在煤油炉四周围成一圈，都冻得快要感冒了。真难想象他们冻得都已经麻木的身体还能散发出什么热量，但显然他们做到了，因为那些倒挂在甲板下的冰柱已经开始融化，冰水滴滴答答落在他们的头上。没过多久，船舱里的积水也暖化了不少，可以用抽水泵往外抽了。

沙克尔顿仍然叫克林将煤油炉继续烧着，但到了中午，煤油炉那刺鼻的烟雾呛得人没法呼吸，就只好把炉火熄灭了。又等了几分钟，空气才恢复了清新。接着，他们又闻到一股新的味道——恶臭，带点甜酸的臭味，就像肉变质后的那种味道。麦克奈什发现这气味是从睡袋那边传来的，而事实上睡袋已经开始腐烂了。更深入地检查之后，他们发现其中两条睡袋里面其实早已是黏糊一片。

整个下午，船身表面又渐渐地积起了一层冰。天将晚时，沙克尔顿决定不能就这样来赌"凯尔德号"的运气，赌它到明早都会平安无事的，这样做太危险。于是，他再一次下令将船身的积冰敲干净。他们又花了一个小时，终于完成了这件事，在各人喝了一份热牛奶之后，他们安顿下来等待天明。

西南飓风仍然在尖啸，没有露出一点减弱的迹象。当晚的每一班值守，都好像是在填写无穷无尽、分秒必究的计数表。每一分钟都要记录，分分秒秒都要实际挨过并最终检查过。这期间，任何能够打破此种折磨人的单调乏味的危难情况，就连一次都未曾出现过。终于，大约早晨6点，东边的天空开始出现鱼肚白，他们再次发现船又重新背负起了危险万分的沉重积冰。一旦光线允许，船上的冰甲就会第三次被毅然决然地敲除干净。

今天是5月2日，是飓风肆虐的第三天。整天都是多云，不可能进行任何方位观测。现在，不明白自己位于何处的焦虑，已经成了他们雪上加霜的新的困难。

9点过后，风从未如此轻微地停歇过，而且这里也没有什么地方近得可以马上赶过去。几分钟之后，"凯尔德号"被海潮推上波峰，正好撞上一波浪。一阵最小的颤抖——或者说最轻的摇晃，横贯船身，而海浪继续向前翻滚。但这一次，船并没有转身插入风阵。海锚不见了。

第四章

此刻出现一阵混乱，接着他们感到船歪歪斜斜地向右舷侧滚过去，与此同时，船跌进浪谷，他们立刻就本能地明白发生了什么。

沙克尔顿和沃斯利都挣扎着抵住脚跟往前看。船首绳缆的最端头已经磨断，拖曳在海涛之中。原来绳缆上的那一大坨冰不见了踪影，海锚也随之消失了。

沙克尔顿把头伸到下面，朝其他人高声喊着，要他们把三角帆拿出来。他们把已经冻成一团糟的三角帆拽了出来。克林和麦卡锡匍匐在晃动的甲板上朝前爬去，身后拖着那块三角帆。那些升帆用的索具也都结冰冻住了，必须要把冰敲掉才能用。过了漫长的一两分钟，他们把升降索上的冰敲得差不多了，就将三角帆作为风暴帆升上了主桅杆。

缓慢且又极不情愿地，"凯尔德号"的船头再一次转向进入了风阵里，所有人都感到绷紧的肌肉一下子放松了。

舵手现在的任务就是要尽最大的努力让船紧紧咬住风往前走，一次次地反复抢风掉向，船则随之大幅摆动。这活儿要求持续不断的高度警惕，再也没有比这更难受的了，而且船还要时时刻刻正面迎击狂涛飞浪和刺骨寒风。

还算幸运，飓风持续在减弱，11 点时沙克尔顿决定冒险升帆。三角帆被从主桅杆上降下，收缩了的四角纵帆和后桅帆被升了起来。

此时，"凯尔德号"四十四小时以来第一次又重拾东北航向，航行得以恢复正常。但这是一个非常散乱的航线，船跑在紧紧撵着它的滔天巨浪之前，船头也因强劲的尾风而半埋在海水中。

中午没过多久，忽然不知从何而来，一只游荡的巨型信天翁就出现在他们的头顶上。与"凯尔德号"形成强烈反差，那信天翁轻松而又优雅地一飞冲天，是那么富有诗意；它双翅一动不动地被飓风托起，御风而翔，有时它会一下子降到离船不到十英尺的高度，然后几乎完全垂直地乘风而上达一两百英尺，为的就是再来一个毫不费力的漂亮俯冲。

或许这就是大自然的反讽之一。一边是大自然中最大也最无可比拟的精于飞翔的生灵，其从一侧翼尖到另一侧翼尖的整个翼展长度超过十一英尺，对它来说再猛烈的暴风雨也不在话下；而另一边却是可怜巴巴的"凯尔德号"，大自然派信天翁来仿佛就是为了嘲讽这苦苦挣扎的一叶孤舟。

一小时又一小时，那信天翁不停地在头顶盘旋，鸟儿飞翔的姿态优雅美丽，美得让人如醉如梦。人们心中不免油然而生仰慕之情。沃斯利评论说，这只信天翁若飞去南乔治亚岛，全程也许只需十五个小时或更少。

仿佛是为了强调他们的凄惨处境，沃斯利这样记载道："装驯鹿毛的袋子凌乱不堪，既脏又黏糊糊，让人徒叹奈何，而且气味儿还特别恶劣，分量也特别重，所以我们就把其中两只最糟糕的袋子扔进了海里。"每一只都重约四十磅。

后来，他又写道："麦迪［麦卡锡］是我所见过的最压不垮的乐天派。我把他从舵位上替换下来的时候，船都结了厚厚的冰，波涛汹涌，而他却开心地咧嘴笑着示意我把脖子压低点。'今儿天真好，老板'，就在这之前，我心里还有点难受……"

从下午到晚上，天气逐渐好转，没有那么暴烈了；至5月3日，风减弱为徐缓的西南和风。随着中午临近，云层开始散开。没过多久，大片大片的蓝天就出现了，很快太阳也洒下金灿灿的阳光。

沃斯利拿出六分仪，此刻观测实在不费吹灰之力。他观测完毕，得出的数据显示他们现在的方位为南纬 56°13′，西经 45°38′，也就是说他们驶离大象岛已有四百零八英里之远。

他们已经走完去南乔治亚岛一半略多一点的路程。

于是，在仅仅一个小时或者再多一点点的时间里，"凯尔德号"的面貌已然彻底改变。队员们与大海的搏斗赢了一半，温暖的太阳照耀在头顶上。不当班的人也不再挤在逼仄昏暗的船舱里。相反，睡袋都被他们拉出来，挂到桅杆上去晾晒。队员们脱下一些衣服，还有靴子、袜子和毛衣等，统统都被拴在船帆升降索和支索上。

"凯尔德号"此时此刻绝对是一幅超乎任何人想象的最最狼狈不堪的情景。这条长二十二英尺的船，浑身上下都是东拼西凑的补丁，又旧又破，但却敢于独闯地球上最凶险暴烈的海域；其索缆上现在像万国旗似的挂满了褴褛衣衫和破烂睡袋。船上共有乘员六人，他们的面部都被烟灰弄得黑黑的，而且还被蓬乱的长胡子遮去一半，身体因长期浸泡在盐水里而变得惨白。另外，在他们的脸上，尤其是手指上，都明显地留有一个个丑陋的圆瘢，那都是生冻疮之后掉皮掉肉留下的标记。他们的腿自膝盖以下全都伤痕累累，那是他们在船底的压舱石上无数次艰难爬过造成的。所有的人还受到手腕、脚踝和臀部的盐水疹的困扰。但是，如果有谁不期然目睹了眼前这非同寻常的一幕，毫无疑问，最令他感到惊叹的却是这六个人的精神状态……身心放松，甚至还有点隐隐的欢乐之情，就好像他们是在休闲野游一般。

沃斯利拿出日志本，这样写道：

> 海浪平稳，南向涌浪，
> 天空碧蓝；白云飘动。

很好。天气晴朗。

能够把我们的湿衣服弄得干一些。

距里斯港 347 迈［英里］

到了晚上，照耀了一天的太阳已经出色地完成了晒干衣物的任务，而当他们在夜里钻进睡袋里时，那感觉简直美妙极啦，至少相比而言是如此。

好天气一直从这天夜里持续到第二天，也就是 5 月 4 日；船帆的索具上又再一次挂满了需要晾晒的东西。风从东南方来，风速不超过十五节。仅偶尔有海浪打到船上来，所以他们当天一共只抽了两次水。

沃斯利在中午又做了方位观测，目前方位是南纬 55°31′，西经 44°43′，二十四小时内他们又前进了五十二英里。

连续两天的好天气绝对是个奇迹，所有的船员都感到越来越有信心了，虽然还不是那么明显，但肯定没错。一开始，南乔治亚岛对他们而言不过就是一个地名而已，无限遥远而又虚幻得无法企及。

但现在不同了。此时此刻他们距离南乔治亚岛最近的突出端点也不过两百五十英里。由于已经完成了四百五十英里的航程，剩下的距离至少是可预见的了。再过三天，至多四天，他们就能到达那里，最终大功告成。因此，由于原本看似不可能的目标现在已变得指日可待，那种特有的急切心情又开始感染他们每个人。其实，现在已经没有什么看不清的了，只需要稍稍多一点了解，多一点小心和多一点仔细，就能确保一切可以预防的方面不再出差错。

当天晚上，风稳定地保持着东南的风向，虽然风力已经极大地加强，而且还间或突现几近四十节的暴烈阵风。5 月 5 日天刚亮，天气就又回归到熟悉的老路子上去了——天空阴云密布，大海波涛汹涌，实在让人生厌。风对着左舷船帮刮，于是海浪也跟着随心所欲地泼洒过来。到 9 点钟，所有的一切就又都和以前一样湿透了。

除此之外，如果不是傍晚时风向慢慢往北和西北转去，这一天很显然还是一个平淡无奇的日子。同时，风速也在增加，天黑时已经刮起了飓风。

那天晚上，掌舵导航十分困难。夜空乌云密布，主桅杆上那面曾经帮助他们确定航道的三角旗，已经被连续不断的飓风一点点地刮跑了。现在，他们只能依靠对船本身的感觉，以及观察船头前方海浪翻滚的白花花的边际来把握方向。

午夜，在喝了一点热牛奶之后，沙克尔顿换班值守，而且他还要独自掌舵，因为克林和麦克奈什此时正在下层的底舱内排水。他的眼睛刚刚适应了黑暗的环境，就在此时他一转身发现船尾部的夜空上露出一丝光亮。他朝大家高喊，告诉他们这个好消息：西南方向已经开始放晴。

片刻之后，他听到一阵嘶嘶声，同时随之而来的还有低沉而又含混的咆哮声，他急忙转身再次向后看去。云层中的那道明亮的裂隙，其实是一排巨浪的波峰，正迅疾地直扑他们而来。他一个急转身，同时本能地埋下了头。

"天哪，抓紧！"他大声喊道，"大浪来啦！"

在漫长的一瞬间，什么也没发生。"凯尔德号"只是船身越抬越高，这波巨浪闷雷似的吼叫响彻天空。

接着，巨浪袭船，"凯尔德号"落入山岳般的惊涛骇浪之中，整个船身几乎同时上下左右飞速翻腾。船仿佛就要被抛入空中，沙克尔顿也几乎就要被朝他砸过来的势如洪涛的海水冲得离开座位。连接船舵的绳缆忽而松弛忽而紧绷，船就像微不足道的玩具在海浪中发疯般地打旋。

片刻之间，周围除了水什么也不存在。他们甚至都不知道船是否已经翻掉。但紧接着一切又都过去了；海浪继续翻涌向前，"凯尔德号"尽管遍体鳞伤，而且船里快漫过座位的积水也压得它就快不行了，但却仍然奇迹般地漂浮在海上。克林和麦克奈什随手抓起什么东西就拼命地往外舀起水来。过了一阵，轮到沃斯利等人换班，他们打仗似的冲出睡袋，加入到这场战斗中来，急得发狂似的往船外泼水，因为他们明白，如果不能赶在下一波巨浪打来之前排水减重的话，"凯尔德号"到那时就会彻底玩完。

沙克尔顿一直站在舵位上观察着船尾的天空，希望能再及时发现有所预示的一缕光亮，但后来半缕也没出现。他们拼尽全力抓狂地往船外抽水、舀水和泼水，"凯尔德号"终于非常缓慢地重新浮上海面。

压舱石已经被冲得移位了，指南针的玻璃面板也碎裂了，但是他们显然打赢了这一仗。他们花了整整两个小时才把船里的积水清除干净，而这期间他们一直是浸在膝盖深的冰水中。

克林开始寻找他那只汽化煤油炉。终于，还真给他找到了，那炉子高高地楔入了船的拱肋里，但是炉子完全被杂质堵塞住了。他用了半个小时在黑暗中捣鼓那炉子，他的耐心一点点地失去。最后，他咬紧牙关，一字一顿地咒着那炉子。接着，炉子居然点着了，他们最终喝上了热牛奶。

第五章

5月6日一早就出现了一个非常凶险的情景。由西北方刮来的狂风时速接近五十节，"凯尔德号"不管不顾地拼命钻入风阵，试图保持一个朝向东北的航向。而每一波海浪涌过，都会将一部分浪峰倾倒在船身上。

但是，这似乎并不是真的那么要紧。他们已经历了太多的海浪冲撞、摔打和被浇得透湿，对这些现在已然到了完全麻木的地步。再者，昨晚上的海浪也已经或多或少改变了他们的心态。十三天来，他们一直饱受几乎一刻不停的飓风和浩瀚怒海的折磨。他们一直就是弱者，只是默默承受着这一切强加于他们的苦难。

然而，但凡被激怒到极点，那么在上帝的这颗星球上，几乎不存在任何一个生灵会坐以待毙而不反戈一击，当然，极少的另类除外。这是一种未曾说出口的意志，正如他们此刻所感受到的。他们被一种愤怒的决心攫住，无论如何，都一定要将此次航程进行到底。他们认为自己已经为此付出了足够的代价，理应赢得最终结局。十三天来，他们接受了德雷克海峡对他们的一切恣意暴虐，所以现在，看在上帝的份上，也该让他们成功了。

沃斯利测出了目前的方位，这进一步坚定了他们的决心。此时坐标为南纬 54°26′，西经 40°44′。如果这一数据准确，他们现在距南乔治亚岛最西端仅区区九十一英里，而且，很快就会出现接近陆地的种种迹象——一些海藻或漂浮的木头之类。

然而，就好像要嘲笑他们的决心似的，整个早晨海浪都在气势汹汹地翻腾不已。到了中午，海面的情况已经变得十分凶险，虽然沃斯利力主继续航行，但沙克尔顿却认为不能再鲁莽前进了。1点钟，沙克尔顿下令逆风停航。大家围拢过来，降下了风帆。三角旗又升上了主桅杆，他们又一次开始在风中忽前忽后地戗风而动。

他们全都闷闷不乐，甚至包括沙克尔顿，尽管他从一开始就要求大家尽一切努力保持心情愉快，以免闹出不开心来。但这也太让人受不了啦，眼瞅着就要到了，若天气好也许最多再航行一天，可现在却不得不停下来。

沙克尔顿的压力太大了，竟为了一件很小的事大光其火。一只短尾的小鸟出现在船上方，惹人心烦地飞来飞去，就好像蚊子嗡嗡叫着要落下来似的。沙克尔顿忍了它好几分钟，然后一下跳了起来，一边骂着一边怒火中烧地挥动双臂去打那只鸟。但他立刻意识到自己带了一个很不好的头，于是马上就重新坐下，一脸懊恼的表情。

后来，一下午就再没有出什么事。临近黄昏时，克林开始为大家准备晚上的胡什汤。一两分钟后，他招呼沙克尔顿快到下面来。克林递给他一杯水，要他尝尝味道，沙克尔顿呷了一小口，然后脸上的表情立刻凝重起来。第二桶淡水也被污染了，那桶曾在"凯尔德号"从大象岛启程时挂在船外漂过一段时间。桶里的水有一股确定无疑的海水的咸味，显然是有海水渗透进去了。不仅如此，那水桶最多也只有一半是满的，说明大量的水早已漏掉了。

克林问沙克尔顿该怎么办，沙克尔顿气急败坏地回答说，还能怎么办，这是他们唯一的淡水，只能照样用了。

克林就走去做胡什汤了。汤做好了，大家都小心翼翼地尝了一口，结果发现简直咸得让人受不了。

对沙克尔顿来说，这一发现意味着加快结束航程的必要性已经变得十分明确。天刚一黑，沃斯利已站在舵位上，沙克尔顿走到船尾，两个人就聊起了眼下的境况。沙克尔顿说，他们的食物应该还能坚持两个星期，但他们的水只够一个星期之用，而且还是咸的。因此，必须尽快登陆。

这样就带来一个无法绕开的问题，他们还能到南乔治亚岛吗？沙克尔顿问沃斯利，他们先前的导航到底有多准确。沃斯利摇了摇头。他说，如果运气好，误差也许在十英里范围内，但是任何时候出错总是有可能的。

他们很清楚，除了一两个很小的小岛之外，南乔治亚岛以东就是什么陆地也没有的一片大西洋，一直连接到将近三千英里之外的南非。假设由于计算错误或遭遇向南的飓风，他们与南乔治亚岛失之交臂，那么他们就再也没有第二次机会了。南乔治亚岛这片陆地将会位于他们的上风口，他们绝无可能逆风而上抵达该岛。他们不敢错失良机。

他们还算幸运，夜幕降临时，西北向的飓风逐渐停息，天空开始放晴。凌晨1时，沙克尔顿确定现在已经安全，可以上路航行，于是他们将航向重新调整到东北方。

现在的第一要务就是要确定船所处的方位，可是自黎明之后，浓重的迷雾就渐渐围拢过来。他们看不见太阳，只能看到一个朦胧的轮廓。沃斯利整个上午都拿着六分仪不离手，希望浓雾很快散去。数小时之后，他拿出笔记本，半是绝望地写道："观测条件极为不利。大雾弥漫，船像个跳蚤似的上下颠簸……"

一般说来，在观测时，用六分仪就能够将太阳的外圈向下拉到地平线上。现在沃斯利所能够做的，最多也就是透过重重迷雾去观测太阳模糊不清的影子，以便估摸出太阳的中心点。他一遍又一遍地反复观测，其理论依据就是只要算出这些观测数据的平均值，他就能获得一个八九不离十的结果。他最终得出的方位坐标为南纬 $54°38'$，西经

39°36′，距南乔治亚岛的突出端点六十八英里。但是，他提醒沙克尔顿不可将所有筹码都押在这上面。

按照最初的计划，他们应该绕到南乔治亚岛的西侧一端，从威利斯岛和鸟岛之间穿过，然后掉头向东并沿着南乔治亚岛的海岸航行到利思港的捕鲸站。但是，这个计划的前提是必须有相对良好的导航条件，同时也不存在什么淡水短缺的问题。现在，只要能登陆，在哪里已经无所谓了。因此，他们改变航向往东，希望能尽快抵达南乔治亚岛西海岸的任何地点，至于具体是哪个地点已无关紧要。

另外，淡水短缺的实际情况可比他们最初想象的要严重得多。这不仅仅因为淡水已经变咸，而且水还受到不知何时渗入桶里的沉淀物和驯鹿毛的污染。这令人恶心的水必须用药箱里纱布过滤才能喝，而且，也就是勉强能喝而已，但同时却也会更加让他们感到口渴。况且，沙克尔顿还将每人每天的淡水配额减少到半杯，并取消了夜间值守上岗前的热牛奶供应。当天下午，沙克尔顿宣布，在剩下的航程里，他们只能够每两天喝一次胡什汤。

整个下午，全船上下弥漫着一种越来越浓的期盼情绪，好像他们现在就应该能看到已经靠近大陆的种种迹象，比如鸟类或海带什么的。但是，周边却什么也没有。随着夜晚临近，这种期盼的情绪变成了焦虑，既奇怪又反常。

根据沃斯利的估算，他们现在距离南乔治亚岛的海岸应该不到五十英里。但大家都认为沃斯利的估算是很粗略的，所以这个距离很可能还要短。

在南乔治亚岛的西海岸，连最小的人类居住地都没有，更遑论有什么灯塔抑或浮标来导引他们靠岸。事实上，即使到今天，南乔治亚岛的西海岸在地图上也只是粗略绘制。因此，显而易见，他们有可能会在黑暗中突然撞上海岸，酿成大祸。

另一方面，他们不仅害怕会茫然撞上南乔治亚岛的海岸，同时更恐惧他们会坐失登岛的良机，即在夜里与海岛擦肩而过，而且还一点不知道。其实，他们说不定早已经与南乔治亚岛错过了。

天已经完全黑透了，"凯尔德号"循着东北东的航向跌跌撞撞地前行，风在其左舷一侧刮着。船员们睁着留有盐渍眼圈的双眼朝夜幕中望去，希望能及早发现黑影婆婆的陆岬；他们还竖起耳朵去捕捉任何不同寻常的响动，或许能听到海浪扑打在礁石上的声音。但是，能见度实在是太糟糕了，厚厚的云层遮蔽了所有的星光，而迷雾也依然笼罩在水面上。唯一能听到的声音就是海风从缆索之间呼啸而过的呜咽，以及怒涛翻滚的海浪声。

当然，口干舌燥令他们的期盼更加急迫，也将心急火燎中的每一分钟拉得更长。然而，尽管有这些不如意和前途难料，大家心里却都有一股被压抑的兴奋劲。每一班值守的人都会天马行空般地猜想还有多久就能在捕鲸站登陆，以及上岸后洗澡、换上干净衣服、在真正的床上睡上一觉，然后围着桌子好好地吃顿饭该是怎样的一幅场景。

时间慢慢地在流逝，尽管周边还是没有任何预示他们已经接近陆地的迹象。凌晨4时，轮到沃斯利当值，沙克尔顿留下来没走，就在舵位旁陪他一起守望陆地的出现。他们现在的时速为三节，按理说早晨6时他们就应该离岸边只有十五英里不到的距离，但还是没有任何迹象能证明这一点，就连最小的冰块或是一小绺海藻也没有。

早上7点了，应该距离海岛仅十二英里，可惜仍无迹象。充满期望的情绪渐渐被一种愈发强烈的紧张心情所替代。南乔治亚岛上有部分山峰高度将近一万英尺，因此现在完全应该能看到。

8时，又该沙克尔顿接班了。但没有人再关心交接班的事。相反，大家全都挤进船舱，在一种争先恐后的氛围中朝船的前方和两侧搜索瞭望，一下子变得既充满期待又万分忧虑。但是，仍然只有大海和天空，而且一如既往毫无变化。

上午9时，沙克尔顿派克林下去准备胡什汤。汤烧好后，大家匆匆喝完就急忙返回自己位置去继续守望了。

这是一个奇特的时刻，一个充满渴望和期许的时刻，当然也不乏心照不宣的悲凉疑惑。一切眼看着就要结束。这该是个令人兴奋甚至欣喜若狂的时刻。然而，在他们内心深处，一个喋喋不休的声音依然不肯安静，那就是他们也许什么也守望不到。如果那海岛就在那儿的话，他们应该在几个小时之前就看到了。

接着，十点半刚过，文森特发现了一簇海藻，又过了几分钟，他们的头顶出现了一只鸬鹚。希望重新燃起。鸬鹚几乎不会飞到离陆地十五英里之外的地方。

很快，迷雾开始散开，尽管速度很慢。乱云依然低低地掠过海面。但能见度已经大大改善。中午，迷雾完全散去。始终波涛汹涌的洋面依然伸展向四周的天边。

"陆地！"

那是麦卡锡的声音，坚定而又充满信心。他手指着正前方。陆地就在那边。那是一座黑黝黝的崎岖山峰，两侧挂着一片片的积雪。山峰从云中露出，也许只有十英里之遥。片刻之后，浮云像大幕一样飘过海面，遮去了刚才的景物。

但已经没有关系了。陆地就在那儿，他们全都看到了。

第六章

沙克尔顿是他们中间唯一说话的人。

"我们成功了。"他说，声音里透着点异样的颤抖。

其他人却一声不吭。他们抬头盯着前方，期待陆地能再次出现，以最终确定这一事实。一两分钟之后，当云团又一次被吹开，陆地重新出现了。

无力而又傻呵呵的笑绽放在他们咧开嘴的脸上，不是因为胜利，甚至也不是因为开心，而仅仅是因为无以言表的最终解脱。

他们让"凯尔德号"保持笔直的航向朝最早看到的那个点开进，不到一个小时，他们就已经抵近得可以描画出这片陆地的总体轮廓。沃斯利拿出他的笔记本来，在上面画起了地形速写。

他拿这幅速写同海图进行比较，发现此地似乎与德米多夫角相吻合。如果是真的，那就意味着他的导航几乎无懈可击。他们现在距南乔治亚岛西端突出部大约仅十六英里，而那里就是他们一开始就计划要到达的那个地点。

到两点半，"凯尔德号"与海岸之间的距离已经连三英里都不到了。在海岬那陡峭的侧坡上，他们已经能够看到那里有一片一片的绿色地衣，以及显露在积雪当中的那一团团黄褐色的草丛。这是十六个月来，他们第一次看到正在生长的活物。而再过一个小时或者略多一点的时间，他们就能站在这些地衣和草丛之中了。

一切似乎都十分完美，然而好景不长。几分钟之后，一阵暗涌狂涛发出的低沉的隆隆之声便传到他们的耳朵里。就在他们的正前方和右侧，突如其来的一波立浪朝着天空澎湃激射。等他们凑得更近些，当合恩角暗流盲目地冲上那些连航海图都未加标注的礁石，他们就能从其背后望见那一排排气势磅礴的长卷浪直奔海岸而去。

整个局势突然发生了颠覆性的变化。现在，登陆的事儿连想也不用想了，至少在这儿是没戏了，因为如果他们的船撞入那些巨大的碎浪，恐怕连十秒钟也活不了。而出这种事，对他们而言一点也不值，残酷但却毫无意义。陆地就横亘在他们面前，而他们也经历了千辛万苦才来到这里。然而，虽然征程已经结束，但避难地却出乎意料地拒绝了他们。

他们甚至都不能再继续保持这个航向。克林急忙从沃斯利的手中接过船舵，好让沃斯利铺开航海图，与沙克尔顿一起研究一番。他们必须迅速做出决断。

设若前面的那个点就是德米多夫角，而且看起来也几乎可以肯定那儿就是，那么航海图显示了两种找到避难所的可能途径。一是去哈康国王湾，以船右舷一侧沿海岸往东大约十英里处；二是去威尔逊港，就在他们目前正要前往的那个端点的北边。

但是，哈康国王湾大致处于一个东西向的位置上，这样就几乎完全暴露在正在劲吹的西北风面前。更为严重的是，他们要一直不停地航行到夜里，才勉强能够抵达海湾的入口，而不管拱卫那里的礁盘是何种样子的，他们都注定要摸黑闯过。

另一方面，尽管威尔逊港离开他们仅四英里之遥，而且很有可能还能提供更好的避难条件，但不幸的是，该港的位置恰好正面迎风，使他们在目前的海况条件下根本无法驶近。

结果，虽然理论上有两个可供选择的可能性，但实际上任何一个都不值得去冒险。到下午3点，陆地离他们只有两英里了。他们或可轻而易举地在四十五分钟之内抵达，但他们若真的那样做，那他们就死定了。

于是，下午 3 点 10 分，沙克尔顿下令掉头转向。他们朝右舷转舵，然后再次面朝大海的方向驶去，以期在海上停船直到翌日天明，期望届时驶近海岸会容易些，抑或能够找到一条可闯过礁盘的航道。

沃斯利又把他的导航日志拿了出来，在上面这样写道：

"……强大的西向涌浪。

极其严重的激浪。

停航过夜，风在增强……"

他们选定一条东南偏南的航道，打算驶离海岸到足够远的地方，这样便可以安全停泊，等待天明。当船赶在追风之前偏向右舷的时候，他们谁也没有吭一声。每个人都在尽力给自己宽心，努力克服内心极度的失望。但真真切切的现实却是，他们还得再熬一个夜晚。

接近下午 5 时，天光开始转暗，"凯尔德号"右舷船尾外侧的天空呈现出鲜活甚至愤怒的橙红相间的暮色，随之便又慢慢褪去。晚 6 时，天完全黑了。

天上厚厚的乌云压顶，风力也在逐渐增强，并开始朝西刮去。克林做好了一些胡什汤，但由于淡水桶里的水已经接近桶底，所以煮出来的东西就特难吃。如不刻意努力，还真咽不下去。

风发出不祥的声音，每隔一小时就会来一次。晚上 8 点，天开始下雨。但没过多久，雨变成了雨夹雪，雨夹雪又变成冰雹，噼里啪啦地砸在甲板篷上。至 11 点，暴风雨达到飓风的烈度，"凯尔德号"遭遇由四面八方席卷而来的逆浪，粗暴地将船推来搡去。

他们一直被这狂暴的尾斜浪搡着走，直到午夜。尽管他们完全不清楚自己到了哪里，但沙克尔顿确信他们离开海岸已经足够远了，可以停下来了。黑暗中，克林和麦卡锡小心翼翼地往前摸去，撒下了主帆和三角帆，然后再将三角帆挂上主桅杆。"凯尔德号"的船头迎风抬起，由此开始了黎明前的漫长等待。

于是，这后半夜便好似永无尽头，时间仿佛被拉长，秒变成分，分再变成小时。风声横贯整个夜晚，呼号尖啸竟如此狂烈，这是他们一生中都未曾听到过的。

5月9日的黎明终于来了，但其实根本就没有真正的黎明。只是，夜的狂野黑暗渐渐被浓密的灰雾所取代。风的实际速度只能靠估算得出，虽然现在的风速至少也有每小时六十五节。逆浪的厉害程度也是前所未有，此外，有飓风在后推波助澜的西向涌浪似山岳般朝内陆横扫过去。排山倒海的巨浪迅疾地冲向海岸，波峰竟高达四十英尺，甚至更高。

"凯尔德号"可怜巴巴的破烂主帆被狂风刮得直挺挺的，而每一波涌浪袭来，船都会跃上波峰浪尖，在狂怒的飓风中瑟瑟颤抖。强大的飓风几乎就要将甲板篷上遮盖的帆布彻底撕去；而人在此处也极难呼吸。周边大气完全湿透，其中仅有少量的空气，更多的是雨和雪，以及为风所驱的迷雾，就好似生生被从海面剥离一般。

能见度已经降至船四周很小的范围内，即使近在咫尺的周边也看不清楚。在这个范围以外，就全都是毫无区别的茫茫黑暗，并且从旁传出尖利的呼号，一刻也未曾间断。

虽然他们连自己在哪里都没有一点概念，但却非常清楚地了解一件事，即南乔治亚岛黑黝黝的悬崖峭壁就在下风处的什么地方等着他们，并无可撼动地将巨大的海浪冲击一次次地挡回去。他们希望知道到底还有多远。

说来难以置信，但整个上午风确实越刮越大，到中午时分，从西南方向而来的狂风时速已接近八十节。做饭是根本不可能了，不过他们也没有一点胃口吃东西。他们的舌头由于干渴而肿了起来，嘴唇开裂并开始出血。现在，只要愿意，谁都可以能吃多少干粮就吃多少，不少人在一点点地细嚼慢咽，但没有口水使他们很难咽下吃的东西。

"凯尔德号"的船头始终逆风。他们往船尾方面观望，试图瞥见南乔治亚岛，或是能看清前一天下午让他们走投无路的危险礁盘。整个上午，他们都听见它越来越近的脚步声。透过狂风凄厉的呼号和滔天恶浪，从深深的海底传来怦怦的心跳，这更多的是感觉到而非听到的——那便是一排又一排的海浪撞碎在海岸上的冲击力，犹如混乱的震荡波经过海水的传导而不停地拍击着"凯尔德号"。

接着，差不多快要到 2 点的时候，他们终于看清了自己现在的位置。一阵怪风刮过，将云雾撕开，两座山峰赫然显露在一排悬崖峭壁之上，冰川垂直的立面也直接插入海涛之中。海岸线看起来就在一英里之外，或许再远一点点。

但更加重要的是，在刚才的那一瞥之中，他们还惊恐地看到，那拍岸白浪同他们之间的距离也非常近，正是在这个点上，海水已不再像涌浪那样运动，而变成了一波快似一波的长卷浪，朝着陆地自取灭亡而去。每当涌浪从船底滚过，他们都能瞬间感觉到巨浪对船的撕拽，像要将船咬住并朝海滩掷去。此刻，仿佛所有的一切，狂风、洋流，甚至大海本身，都为了同一个目的而齐心协力，那就是要完全彻底地消灭这条一直威武不屈的小船。

没有别的选择，只能升起风帆，拼命逃离岸边而钻入恶魔般的飓风的风口之中。但是，这没办法做到。没有船，尤其是像"凯尔德号"这样的船，能在如此恶劣的海况条件下顶风而上。

沙克尔顿冲到船尾，从克林手中接过连接船舵的绳索。克林和沃斯利爬上甲板篷，身子趴在篷顶往前爬去。假如他们一上来就站着的话，他们早就被海浪打翻或是被狂风刮下海了。他们终于爬到了主桅杆跟前，于是便一把抱紧桅杆，然后十二万分小心地慢慢站起身来。风实在是太大了，他们很难将三角帆收下来。但经过几分钟的艰苦努力，他们还是成功了，"凯尔德号"的船首立马就朝下冲进了浪谷。他们俩向前冲去，很快就把三角帆固定在前桅支索上。

麦卡锡也被叫来和他们一起升主帆，因为一旦暴露在飓风中，仅凭他俩的合力是挡不住狂风将主帆从他们手中刮跑的。

终于，主帆牢牢地升起在桅杆上，而且还做了收缩，接着后桅帆也搞定了。沙克尔顿将"凯尔德号"的船头扳过来转向东南，狂风瞬时像实心的庞然巨物砸了"凯尔德号"一个趔趄，差一点就将她掀翻。沙克尔顿紧张地朝船舱下面的麦克奈什和文森特高喊，要他们赶紧调整压舱石的位置。他们跪在压舱石上，使出浑身的力气发疯似的搬石头，顶着右舷一侧堆起来，于是"凯尔德号"严重偏倾的姿势有所纠正。

船刚向前走了半条船的距离，第一波海浪就扑了过来，将船死死挡住。海水从桅杆顶上浇下来，而在奇大无比的张力的作用下，船首的木板纷纷开裂，海水从一道道裂缝处喷射进来。船往前走一点，海浪就立马将它截停。这种情形一遍遍重复出现，直到看起来船板随时都可能崩开，抑或桅杆被彻底拔去。

海水现在是上上下下一起往里涌。积水上升很快，两个人连续不断地排水都控制不了，于是沙克尔顿把所有人都叫来干这一件事，三个人负责用排水泵抽，一个人用两加仑的汤锅往外舀水。另外留下一人，一旦有谁看起来吃不消了，就立马上去替换。

但是，尽管他们拼尽了全力，他们也只不过是在原地稳住不动。云层偶尔也会散开来，显露出位于左舷船尾那边的海岸，还是和以前一样离得很近。经过一个小时的抗争，他们证实了那个大家一开始就有所怀疑的真相，即这是无法完成的任务。任何船都不可能在如此强烈的暴风雨中顶风而行。

沙克尔顿确信最后的时刻离得不远了。

然而，他们其实一直是在往前移动。因为参照本身就模糊不清的海岸线轮廓，自然就觉察不到这一点，但这却是千真万确的。

他们突然发现这一点是在 4 点钟，当时暴风雨裂开了一道口子，在船首左侧出现了一座巨大的怪石嶙峋的山峰。这是安年科夫岛——一座伸出海面两千英尺的山头，离开海岸五英里远。他们立刻意识到这岛正好位于他们的航道上。

尽管"凯尔德号"的船头是冲着海上的，但它没有力量阻止飓风将它带向下风。因此，船真正的航行轨迹是侧行而非前行。同时，"凯尔德号"也没有任何方向可以转过去。船后是海岸，而根据海图，左舷一侧有一条连续不断的礁盘。仅右舷一侧是开阔的海域，但那恰恰又是船没法走的航道，因为飓风就是从那个方向刮来的。

因此，没别的办法，只能坚守东南航向，并尽可能靠近和咬住风，再祈求上苍保佑他们的船能靠上这个小岛，如果它还能有幸坚持那么久的话。不过，这两种结局似乎都不大可能。

天开始黑了，天空比之前多少要晴朗一些，而在大多数时间里，安年科夫岛看上去就是个映衬在夜空下的不起眼的黑色轮廓。

相比之下，岛的实际景象就更加峥嵘。由于几乎完全被狂野残暴的暴风雨所裹挟，他们拼命挣扎以求仍能漂浮于海面。就在船的左舷一侧，横亘着这个顽固的庞然大物，而且它还执拗地在黑暗中越来越逼近小船。没过多久，他们就听到了海浪撞击悬崖峭壁发出的低沉怒吼。

只有立于舵位上的人才能看到所发生的一切，其他人根本不敢停下手中舀水的活儿，因为他们害怕稍有停息积水便会多到来不及排。每隔一段时间，他们就相互交换正在做的事儿，以便大家都能喘口气。口渴早就不算什么了，眼下唯一的正事就是要竭尽全力保住脚下的船不出意外，其它的一切都不值一提。当班的时候，每位舵手一想到下面那些人的焦虑心情，就会十分肯定地朝下面高声喊道："船会跑开的，船正在跑开来。"

但是，船并没有跑开来。7 点 30 分，他们已贴近这座小岛，庞然高凸的岛礁俯瞰着处于下风处的一切。狂澜撞击小岛西侧所发出的声音，甚至把飓风的尖啸怒吼都盖了下去。惊涛拍岸，在悬崖上撞得粉碎而又翻腾着白沫的退浪，围着"凯尔德号"的四周打着旋儿；由于相距太近，他们不得不仰起脖子才能看到头顶上方那高耸的雪峰。

沃斯利在心里大呼遗憾。他想起了自己那本日记，自从"坚忍号"由南乔治亚岛出发后，他就一直坚持记，算来已经有十七个月了。就是这本日记，外皮已经破烂，里面也完全被海水浸透，现在正躺在"凯尔德号"的船首舱里。如果船失事沉没，日记也会随之而去。沃斯利对于死亡并没有想得太多，因为此刻死亡之于他们已是非常明白而又无可避免，反倒是有一点让他想了很多，那就是永远也没人知道，他们竟然真的就差那么一点就成功了。

他站在舵位上，一言不发，神情紧张，稳起身子来迎接那打碎一切的最后撞击，随着这一击，"凯尔德号"的船底将被看不见的暗礁彻底撕开。他两眼注视前方，水从他的脸上往下流，从他的大胡子上往下淌，东边的天际渐渐显露出来。

"船跑开来啦！"他拼命喊道，"船跑开来啦！"

往外排水的人停了下来，每个人都举头仰望，只见繁星闪烁在下风处的天空。那小岛已经不再挡住他们的去路。他们不明白怎么会这样，甚至也不明白为什么，也许是海潮中某些出乎意料的漩涡将他们带离了海岸。但此时没有一个人停下来寻求答案。他们只知道一件事，他们的船得救了。

现在，仅剩下一个障碍，那就是"密斯雷德岩"，它位于安年科夫岛最西端外四分之一英里的地方。因此，他们将航向转为东南，几乎钻进了风阵。不过，这一切似乎比以前要容易得多。巨浪拍岸的呼号变得微弱了，至9时，他们明白自己已安然度过了一切危难。

他们突然一下子就感到无以言表的极度疲乏、麻木，甚至无动于衷。飓风似乎也拼斗得筋疲力尽，抑或它明白自己输了，因而很快就偃旗息鼓，彻底消停了。在短短三十分钟的时间里，风向已经转到西南偏南。

他们也抢风掉向，将航向改为西北，远远地避开南乔治亚岛。海浪仍然很高，但已然没有了先前的凶狠恶意。

他们继续往船外舀水，一直忙到午夜，才将"凯尔德号"的积水减少到三个人就能应付裕如的程度。这时，沃斯利结束了观察值守，下到船舱里去睡觉，而沙克尔顿、克林和麦克奈什还继续留在岗位上。

他们重新感到口渴难耐，而且比先前更加严重。但是，现在仅剩下一二品脱的水，沙克尔顿决定要留到第二天早晨才能动。

凌晨 3 点 30 分，沃斯利接班观察值守。将近 7 时，南乔治亚岛重新出现在视野中，位于船右舷一侧十英里之外。

他们确定了一个直达那片陆地的航行路线，但由于风向转到西北，而且风力已经减得很弱，"凯尔德号"很难完全跟着这条路线前进。于是，整个上午，他们一直很稳定地航行，但速度却慢得让人难以忍受。中午，他们再一次与德米多夫角正面相对，正前方有两个引人心动的冰川，那儿一定能找到可融化成淡水的积冰。但很明显，天黑之前他们是到不了那里的。

于是，他们便掉头向哈康国王湾进发。他们向前航行了二十分钟，一直都非常顺利，但紧接着那该死的风又转过向来阻挡他们。风由东边而来，也即直接从哈康国王湾那边吹来。

船帆全部降下，沙克尔顿掌舵，其他人则轮流划桨，每班两人。这时海潮也转了方向，朝南涌去，从而与海风一道将他们挡在海岸外。他们当下所有的努力，其结果也仅仅是稳住了自己的阵脚而已，这一点很快就变得非常明显。然而，到了 3 点钟，他们已努力行进至离陆地足够近的地方，可以看到海湾里那片礁滩后面相对平静的海面。他们还发现了一条看起来比较安全的通道。但是，他们在天黑之前是不可能通过那里的，仅靠划桨无法办到。

孤注一掷进行最后尝试的时刻到了。再在海上过一夜，且再无一滴淡水，说不定还会再遭遇一场飓风，所有这些他们根本连想都不愿再想。

他们急忙将所有的船帆都升起到最高点，朝着那片礁滩当中的狭窄通道开去。但这就意味着要直接顶风钻入风阵，而这却是"凯尔德号"难以办到的。这船近来共停驶过四次，也曾尝试逆风抢入过四次，但四次均以失败告终。

此时已是下午4点多，天色开始暗淡下来。他们驾驶着"凯尔德号"向南航行了一英里，努力使船与风尽可能保持正横态势。接着，他们又一次往右舷抢风掉向。这次他们总算得偿所愿，勉强插入风阵。

船帆立刻被降了下来，同时船桨也伸入海中。他们划了大约十分钟的时候，沙克尔顿用手指了指右舷外的峭壁当中，那儿有一个小小的水湾。

小水湾的入口被一个独立的小礁石所挡，涌浪拍击在礁石上摔得粉碎。但他们还是发现了一个可以通过的缺口，不过这缺口非常狭小，通过的最后一刻都不得不将船桨收进来。

大约驶过两百码的距离之后，就是一片陡峭的布满砾石的海滩。沙克尔顿站在船头，手里攥着已经磨断了的海锚索的残留绳头。终于，"凯尔德号"被一波涌浪抬起，接着船的龙骨搁上了岩石。沙克尔顿赶紧跳上岸去，紧拉着海锚索不让船再滑走。

其他人也第一时间争先恐后地跟着爬出船外。

此时是1916年5月10日下午5点，他们终于又踏上了南乔治亚岛的土地，而在五百二十二天之前，他们正是从这里启航的。

他们听到一声清脆的水滴声。几码之外，有一涓淡水细流从高高的冰川上潺潺而下。

片刻之后，六个人全都跪在地上，尽情喝了起来。

第七部分

第一章

　　这一刻安静得出奇，几乎没有一点喜庆的气氛。他们完成了不可能完成的任务，却也付出了惊人的代价。现在，一切都已成为过去，他们只知道自己有说不出的累，甚至累得体味不到任何兴奋，而只是懵懵懂懂地觉得他们成功了。尽管如此，他们还是围成一圈相互握了握手，这似乎是必定要做的事。

　　然而，即使在这胜利的短暂时刻，悲剧性的威胁依然存在。小海湾里的激浪特别汹涌，推搡着"凯尔德号"的船首来回打转，船身也不断碰撞在岩石上。

　　他们跌跌撞撞地跑回海滩，但脚底的岩石很坚硬，他们的双腿又虚弱得没有力气。等他们跑到船边，船舵已经被撞得掉了下来。必须将船身彻底抬高并脱离海水，也就是说，船内的负荷物要全部卸载掉。他们于是排成一队，开始了从船上往海滩传递储备物资的苦活。待到全部物资卸载完毕，那些令人厌恶的压舱石就统统被扔出船外去了。

　　接着就要把船移到一个更安全的地点，而这时他们身体的极度虚弱才清楚地显露出来。尽管他们把自己所有的力气都合在一起使了出去，他们所能做的也就是来回地撼动船而已。这样试过六次之后，沙克尔顿发现，除非先休息休息，吃一点东西，否则再怎么继续也是白搭。

一根不是很粗的绳缆被固定在"凯尔德号"的船头，另一头则绑到一块大砾石上。他们把船留在了水边，任凭它不断地撞击着岩石。

在他们左侧大约三十码开外的地方，看上去好像有一个很小的山洞，于是他们拖着睡袋和一小部分储备物资朝那儿走去。结果，这儿只不过是峭壁之间的一处狭小的坑洼。但是，硕大的冰柱横七竖八挂在洞口，一根根少说也有十五英尺高，组成了一堵门墙。他们爬了进去，发现这个洞大约有十二英尺深，给他们栖身是绰绰有余。

克林生了一堆火，为大家准备胡什汤。8点钟，他们吃完了饭，沙克尔顿就要求所有人都去睡觉，并让他们轮班留一个人在"凯尔德号"上值守。他愿意值这第一班。其他人则很快钻进了潮湿却也惬意的睡袋，没过几秒钟他们就全都沉沉入睡了。

一切都非常顺利，直到凌晨2点左右，汤姆·克林正在船上值守，一波特别巨大的海浪朝"凯尔德号"打来，船脱开来了。克林总算抓住了船头的绳缆，同时大声呼救。但是，等其他人醒来并一路跑到海滩上的时候，克林已经被船拖带到几乎没顶的海里。

大家一起伸手去拉，终于把船重新又拉回到岸上。他们再一次尝试将船拖到海滩上去，这次是硬推着船向前，但依然还是体力不敌。

他们几乎就要彻底累垮了，但即使是他们拼上命也要睡觉的渴望，此刻也无法与有可能失去船的现实危难相提并论。沙克尔顿决定，他们都要在船边一直待到次日天明。

他们坐下来，静候早晨的到来。但是，睡觉是根本不可能了，因为时不时地他们还得去挡住船，不让它从岩石上滑下来。

沙克尔顿在心底估摸着目前的情势。他原先只是希望把此地作为暂时停靠点，一方面补充淡水，一方面也顺势休息几天，然后再沿着海岸绕到利思港去。但是，"凯尔德号"的船舵已经没了，况且如果他们实在要休息，也必须先把船拖到完全没水的地方。而要做到这一点，唯一的办法就是拆去甲板篷来减轻船的重量，否则他们根本没有那个力气把船抬起。然而，一旦真的把甲板篷给拆了，那这船也就没法再出海了。

沙克尔顿一边坐在岩石上等待天亮，一边努力思索，终于得出结论，与其航行到利思港，倒不如就留在岛的南面，然后派三个人从陆路去北边搬救兵。

如果是走海路的话，大概要先绕过岛的西端，再沿着北边的海岸航行，总里程要超过一百三十海里。要是走陆路，直线仅区区二十九英里的距离。这两种方案之间的唯一不同就是，在四分之三个世纪里，尽管一直有很多人来到南乔治亚岛，但迄今还未有一人横穿过这个岛，理由很简单，因为这根本办不到。

南乔治亚岛上的山峰高度都不到一万英尺，按照登山的标准来看这算不上高。但是，岛的内陆则被专家这样形容："锯齿状的逆断层横贯整个崎岖嶙峋的山脉隆起，并且错综凌乱地一直伸向北海的冰川。"一句话，根本无法通行。

沙克尔顿心里很明白，但也别无选择。早饭后，他宣布了自己的决定，大家和往常一样默默接受了，没有提任何疑问。沙克尔顿说，他将和沃斯利、克林一起徒步前往北边，只要条件适宜立刻就出发。

启程前还有些事要先办妥。麦克奈什和麦卡锡领受的任务是拆除"凯尔德号"上的甲板和其它多余的船板，沙克尔顿、克林和沃斯利则要用一些零散的石块和干草把山洞的地面垫高。由于痛风发作，文森特只好待在睡袋里。

中午，麦克奈什已经卸掉了"凯尔德号"上半部那些搭出来的东西，极大地减轻了船的重量，于是他们决定尝试把船抬起来。这回总算行了，但也还是有些勉强。他们真的是几英寸几英寸地把船往高处推，而且每隔几分钟就得停下休息片刻。午后1时，船已经被安全地移到最高水位线以上的地方。

下午的晚些时候，沙克尔顿和克林爬上小山坳尽头的一处台地，在那儿他们发现岩石之间有一团团雪白的东西。原来，这些竟是一窝窝的信天翁宝宝。沙克尔顿回去取来猎枪，打死了一只大鸟和一只小鸟。他们把两只鸟做成晚饭吃了，沃斯利这样描述那只成年信天翁："好吃，但肉太硬。"麦克奈什更简单："美味极了。"

　　之后，他们便痛痛快快地一觉睡了整整十二个小时，中间没有任何打扰。第二天上午，他们都感到异乎寻常的舒服。当天晚些时候，麦克奈什欣喜若狂地记录道："我们已经有五个星期没这么舒服过了。我们午餐吃了三只小的和一只大的信天翁，还有一品脱的肉汁汤，我敢说这可比我有生以来喝过的任何鸡汤都要香。我一直在想，要是我们［困在大象岛上］的队友能吃到这样的美味，他们会怎么说。"

　　与此同时，沙克尔顿和沃斯利在周边做了一点探勘，发现这儿的确是一片几乎无法穿越的旷野。除了他们宿营的小山坳之外，所有的悬崖和冰川几乎都是垂直矗立，奇险无比。

　　于是，沙克尔顿决定还是先用"凯尔德号"航行到哈康国王湾的端头，大约有六英里的距离。从航海图上看，那边的台地似乎要好走得多，而且离本岛另一端的斯特罗姆内斯湾也比这里近约六英里，而捕鲸站也就设在那里。

　　虽说这是个不长的航程，但沙克尔顿还是觉得队员们并没有准备好，因此，他们花了两天时间休整，美美地大吃了一通。他们的体力一点一点地得到恢复，长期绷紧的神经也完全放松下来，曼妙无比的安全感攫住了他们每一个人。然而，他们明白自己对困在大象岛的队友们所肩负的责任，而这令眼下的光明和美好稍稍有些失色。

　　5月14日被确定为向哈康国王湾的端头航行的起航之日，但当天一早天气就狂风大作，暴雨倾盆，航行被迫推迟到第二天。下午，出现了天气放晴的可喜迹象。麦克奈什写道："我来到山坡顶上，在草地上躺了下来，心中回想起在家的美好时光，那时也是这样坐在山坡上，眺望山脚下的大海。"

第二天黎明，他们就起床了。"凯尔德号"重新装上了给养物资，随后被轻轻松松地推下了水。早晨8时，船驶离小山坳后进入开阔的海湾。一股西北风轻快地吹着，而不久太阳也穿云而出。

这是一段极其无忧无虑的航程，"凯尔德号"一路轻盈地穿行于细浪翻腾的海波之中。过了一阵之后，他们竟开始唱起歌来。对沙克尔顿而言，要不是他们浑身上下邋里邋遢的外表，他们很容易就被误认为是外出去搞野餐会。

正午刚过，他们就绕过了一座很高的悬崖，来到一片可遮风挡雨的稍稍有些坡度的砂石海滩。这里栖息着数百头海象，足以无限供应他们食物和燃料。他们于12点30分上岸。

"凯尔德号"被拖到海水涨潮线以上的地方，然后他们将船倒扣过来。麦卡锡用石头在船帮下垒起支撑的基座，等把船固定妥帖之后，他们在里面挨个铺好了睡袋。最后，他们决定给这个地方取名"辟果提营"，与狄更斯的小说《大卫·科波菲尔》中的那个贫穷但却诚实的家族同名。

沙克尔顿非常急切地要立即上路，主要是因为此时正在换季，用不了多久天气就肯定会变坏。另外，现在正值满月，而他们在夜间跋涉时也确实需要借助月光。然而，第二天，也就是5月16日，天亮时多云，而且还下雨，就这样他们被困在倒扣过来的"凯尔德号"下面几乎整整一天。这期间，他们就讨论跟此行相关的种种情况，而麦克奈什则在一旁帮他们修整靴子，以便于爬山。他从"凯尔德号"上拔下了四打两英寸长的螺钉，给陆行小组成员的每一只靴子都钉上八颗螺钉。

5月17日，天气依然不适宜出行，狂风大作，雨夹着雪。沃斯利跟随沙克尔顿往东走，一直来到海湾的最头上，希望尽可能多探查岛上内陆的情况。由于能见度很差，这次行动并不那么成功，但沙克尔顿自己感到还满意，因为那儿似乎有一面积雪的山坡由海湾的端头直插岛的腹地。

他们一开始打算用一架小雪橇来拖运给养物资，麦克奈什便用一些浮木扎了一架非常粗糙的雪橇。不过等他们实际试了试，才发现那玩意笨头笨脑，根本就拖不动，于是这主意只好放弃。

5 月 18 日这一天，天气仍然不尽如人意，沙克尔顿急得差一点就不管不顾地上路了。他们度过了非常紧张的一天，不仅将自己的考虑又重新过了一遍，还一直巴巴地期待天气出现转机。

最后他们决定轻装上路，甚至连睡袋都不带。陆路组的每一位成员都将带上自己那份三天定量的配给和饼干。另外，他们还要带上一只满装的汽化煤油炉，其中的煤油足够他们做六顿饭之用，还要带一只煮东西的小锅和半盒火柴。他们还带有两个指南针、一副双筒望远镜和五十英尺连接在一起的绳子，以及木匠的那把可能会当冰镐派用场的手斧。

唯一经过沙克尔顿特许的奢侈物件就是沃斯利的日记本。

黄昏时分，天气转机来了。天空出现了放晴的迹象。沙克尔顿跟麦克奈什碰了个头，他是留下来的三位中的负责人。沙克尔顿向他作了最后的吩咐，并在麦克奈什的日记中写了这封信：

> 尊敬的先生：
>
> 我就要出发前往本岛东岸的胡斯维克了，以解救我们被困的全体队员。我留下你来负责由文森特、麦卡锡和你自己组成的留守组。你们一定要坚持到救援抵达。你们有充足的海豹肉，而且靠你们的技能，还能打到飞禽和鱼儿作为补充。我们给你们留下一支双筒猎枪，五十发子弹（以及其它配给）……你们还有一切必需的装备，如果我一去不能复返的话，也可以维持你们生活相

当长一段时间。你们最好等冬天结束之后，再尝试绕岛航行到东岸去。我前往胡斯维克的行路方向是正东。

我有信心在几天之后将你们解救出来。

您真诚的

E·H·沙克尔顿

1916 年 5 月 18 日于南乔治亚岛

第二章

其他人都入睡了，但沙克尔顿却怎么也睡不着，于是他就一趟趟地走出去看天气。天正在开始变晴，只是非常非常缓慢。沃斯利也一样，到了午夜就干脆起来了，也是想看看情况到底如何。

然而，到凌晨2点，一轮皎月洒下如银的月辉，空气是那么清新美妙。沙克尔顿说，出发的时间终于来了。

最后的胡什汤做好了，他们三下五除二就喝完了。沙克尔顿希望走的时候尽量不引起太大的动静，以免在留下的人心中加重他们离去的伤悲。他们只用了几分钟就收拾好了少得可怜的装备。然后，大家一一握手道别，沙克尔顿、沃斯利和克林从倒扣的"凯尔德号"船身下钻了出来。麦克奈什送他们走了两百码远，接着又一次和他们每一个人握别，祝他们好运，然后慢慢地走回了"辟果提营"。

凌晨3点10分，最后的旅程终于开始。他们三人沿着岸边一直走到海湾的端头，再从那儿向上走，攀登一面相当陡峭并覆盖着积雪的山坡。

沙克尔顿走在最前头，他那飞快的脚步确定了行进的速度。在最开始的一个多小时里，他们一刻不停地向上艰难跋涉。脚下松软的积雪一直没到脚踝，很快他们就感到两腿发沉。幸好，等他们到达大约两千五百英尺的高度时，山坡豁然平展开来。

在他们随身携带的海图上，只标出了南乔治岛的海岸线，而且即使是海岸线也有很大一部分缺失了。岛的内陆部分更是一片空白。于是，他们只能靠自己的眼睛来辨别方向，沙克尔顿急切地希望立刻就能确定前路的情况。大约早晨 5 点，一场浓密的大雾从四面八方围拢过来，将所有的一切全都笼罩在弥漫扩散的蓝盈盈的冷光之中，就连他们脚下的积雪也只有在踏上去的那一刻才感觉是真实的。沙克尔顿觉得，要是能用绳子将他们三人绑在一起，一定会安全得多。

天破晓了，沃斯利估计他已经走了有五公里，随着太阳越升越高，迷雾也开始消散。他们眯起眼睛往远处探望，看到了一个被冰雪所覆盖的巨大湖泊，稍稍有点向左偏离他们往东走的预定路线。碰到这湖真是难得的好运，从湖面上横穿过去一路都会如履平地，于是他们开始往湖那边赶去。

他们顺着一条很好走的下山路线走了一个小时，尽管期间遇到越来越多的冰缝。一开始，冰缝比较窄浅，但没过多久就变得越来越大，也越来越深，显然他们仨正在从一座冰川的表面往下走。这种情况非同寻常，因为冰川极少会泄空为湖泊，然而眼下却正是如此，冰川湖引人入胜地在他们面前伸展开去。

早上 7 时，太阳已经升得蛮高，它燃尽了雾霭最后一点痕迹。他们突然发现，这座湖泊一直延展到地平线的尽头。

他们正在朝波塞申湾进发，那里是一片开放的海域，就在南乔治岛的北岸。

其实，他们已经走完了七英里，并且只差一点点就可以完成对全岛的穿越。但是，这对于他们绝对毫无用处，即便他们能够从脚下那垂直入海的海岬上下到底，那里也没有可供他们继续沿着走的岸线。冰川直接插入海中。他们别无选择，只能原路返回，于是重新开始往上走。

最糟糕的是，这会浪费他们很多时间。假设时间充裕的话，他们或许会勘探出一条最佳路线，然后，该休息就休息，待到身体完全适合，天公也作美时再出发。但是，为了抢时间，他们根本就顾不了这许多了。他们既没有睡袋，也没有帐篷。如果因天气骤变而被困在这大山里，他们将无力拯救自己。南乔治岛上的暴风雪可是地球上最臭名昭著的之一。

经过两个小时艰苦卓绝的跋涉，他们又重新回到平地，并朝着东边进发。8 点 30 分，他们看见前方横亘着一排小山，总共四座，彼此峰峦相依，就好像攥紧的拳头上的指关节似的。沃斯利用手指着说，他们最近的路线应该在第一和第二座山峦之间。于是，他们便决定朝那个方向走。

9 点钟，他们停下来吃第一顿饭。他们在雪地里挖了一个坑，把汽化煤油炉放了进去。他们将雪橇干粮和饼干搅和在一起煮，并趁热吃了个精光。他们于 9 点 30 分再次上路。

从此处开始，越往上变得越来越陡。在沙克尔顿的带领下，他们一英尺一英尺地奋力向上挪。他们攀爬在几乎完全垂直的一面坡上，需要用手斧在表面凿出搁脚的凹坎来。

终于，大约在 11 时 15 分时，他们登顶了。沙克尔顿是第一个往四下里张望的人。他看到脚下的峭壁飞落一千五百英尺，直抵谷底。那里到处散落着跌得粉碎的冰碴，而这都是从他现在蹲着的地方掉落下去的。他朝另外两人招招手，要他们自己也来看看。这里根本没有办法下去。此外，在他们的右手边是错综交织的冰峰和罅隙，是一片不可能通过的地带。在他们的左手边，则是一排陡然插入海中的冰川。但正前方，也就是他们预定路线的方向，有一面微微隆起的雪坡，绵延伸展约八英里。那里便是他们必须到达的地方，只要他们还能够下到那里的话。

他们刚刚经过三小时艰苦卓绝的拼搏才爬到峰顶，现在却别无选择地只能后撤，踩着先前凿出的凹坎下去，看看是否能找到另外一条路，也许要绕过第二座山岭。

他们特许自己休息了五分钟，然后沿着来路往下走。就他们身体而言，下山相对要轻松很多，也只花了一个小时，但这心里总不是滋味。到达谷底后，他们围着这山的山脚绕了一圈，行进在突悬的冰峰和巨大无比的冰河裂隙之间。这道冰河裂隙是一条新月形的沟壑，深一千英尺，长一点五英里，完全是被风生生刮出来的。

他们在十二点半停下来又吃了一顿胡什汤，然后再继续往上走。这回的攀爬非常折磨人，比前一座山岭还要陡峭，他们在上坡中途的地方就不得不开始用手斧在其表面凿踏脚的凹坎了。如此的高度和精力的耗竭对他们而言是可怕的压力，他们发现不可能这样稳定地继续下去。每隔二十分钟左右的时间，他们就要四仰八叉地躺下来，手脚也都伸出，同时，大口大口地吸着稀薄的空气。

最终，大约下午 3 点，他们看到了这座山岭的真面目，一个蓝盈盈的冰雪山头。

从山顶往下看，就会发现由此下山会和前一座山岭一样，完全没有一点一滴的可能性，因为这里也陡峭得令人恐惧。而且，此时还多出了一个威胁，那就是下午即将结束，厚重的迷雾正在山下深谷中形成。回首望去，他们看到从西边也正涌来更多的雾霭。

他们的处境再简单不过了，除非他们能及时从山顶下去，否则就会被冻死。沙克尔顿估计目前的高度为四千五百英尺。在这样的高度，晚间的气温很容易就会降到 0 度（约零下 17.8 摄氏度）以下。他们无处藏身避寒，身上也仅有薄薄的破衣烂衫。

沙克尔顿急忙转身，立即开始下山，其他两位紧随其后。这回，他尽最大可能保持情绪高昂，一边在坡面上凿出踏步，一边横着绕过第三座山岭侧面，然后再一次向上走。

他们已经尽可能地加快步伐，但其实他们已经没有什么速度可言了。他们的双腿不可思议地一直抖动着不听使唤。

最终，4 点钟过了好久之后，他们总算拼到了山顶。这里的山脊非常尖削，沙克尔顿可以骑在上面，两腿分跨在两侧。天色迅速黯淡下去，他小心翼翼地朝下面窥探，发现往下的山势虽然陡峭，但还不至于像前两座山那么邪乎。在快要接近山底的地方，山坡似乎倾斜着朝平地伸展出去。但到底是否真是如此却难以确定，因为整个山谷浓雾弥漫，光线也十分昏暗。

另外，原本在他们身后悄悄爬上来的雾霭，现在却以极其迅疾的速度接近，作势要将一切吞没，让他们在这刀锋般的山脊上两眼一抹黑，陷于步步惊心的境地。

已经没有时间犹豫了，沙克尔顿立刻侧过身子来。他发了疯似的开始在峰壁上开凿踏步，然后一点点地往下挪，一次下一英尺。空气中逼进一股凛冽的寒意，太阳也马上就要落山。他们确实在逐步下降，但是速度却慢得叫人抓狂。

三十分钟之后，像冰一样坚硬的积雪表面开始变软，说明这里坡度已经没有那么陡峭了。沙克尔顿突然停了下来。他似乎猛然意识到，他现在手中所做的一切完全没有意义。以他们目前的速度，必定需要好几个小时才能下到山底。而且，现在要退回去也太晚了。

他用手斧劈出一个小平台，然后招呼另两人快下来。

目前的处境已无需多做解释。沙克尔顿语速飞快地简单说道，他们面临一个必须当机立断的抉择：假如他们继续待在原地不动，一小时后他们就会被冻僵，但也可能两个小时，抑或再长一点。他们必须再往下降低高度，而且还得能多快就多快。

于是，他建议从这儿滑下去。

沃斯利和克林听得目瞪口呆，尤其是如此疯狂的决定竟然出自沙克尔顿之口。然而，他并不是开玩笑……他甚至连一丝笑意也没有。他是认真的，他们很清楚。

但是，如果中途撞上岩石怎么办，克林想知道。

你说我们还能待在原地吗，沙克尔顿这样回答，声音提高了不少。

那如果这面坡，沃斯利争辩道，最后没有平缓地斜出去呢？要是还有另一个峭壁又该如何呢？

沙克尔顿的耐心完全消失了。他再次厉声问道："你们说我们还能待在原地吗？"

那显然不能，沃斯利和克林尽管不情愿，但也不得不承认这一点。再者，眼下也确实没有比这更好的下山办法。于是，就这么决定了。沙克尔顿说，他们要一块儿往下滑，一个抱住一个。他们迅速坐下来，解开将三人连在一起的绳子。每个人再把自己的那段绳子绕成一个坐垫。沃斯利两腿交叉勾紧沙克尔顿的腰，手臂紧紧抱住沙克尔顿的脖子。克林再如此这般地抱着沃斯利。他们仨就像是坐在平地雪橇上似的，可惜他们并没有雪橇。

做完这一切不过一分多钟的时间，沙克尔顿连一分一秒的反应时间都没多给。他们前后一抱紧，他立马就往下滑去。接下来的瞬间，他们的心脏几乎停跳。他们蓄势待发的姿态仅持续了零点几秒，接着尖利呼啸的风声就猛地直往耳朵里灌，白乎乎的雪嗖嗖地从身旁飞溅掠过。"下……下……"他们口中这样尖叫着，倒不一定是因为害怕，其实根本就是情不自禁，是耳中和胸口急速加大的压力使他们脱口而出。他们越来越快地往下冲……冲……冲。

接着，他们刷地一下冲上平地，速度也开始减慢。片刻之后，他们在冲入一堵雪堆时完全停了下来。

三个人终于回过神来。他们上气不接下气，心脏狂跳不已。但是，他们却开怀大笑，不能自已。就在百八十秒钟之前，他们所面对的还是多么可怕的一幅前景，而眼前却已然变成了激动人心的巨大胜利。

他们向上仰望，在那昏暗的夜幕下，只见浓雾正漫卷过山峦顶峰，也许有两千英尺高。他们油然生出一种特别的自豪来，就是那种在绝境中接受了绝无胜算的挑战，而最终却力挽狂澜完美胜出的自豪。

吃了饼干和定量干粮之后，他们开始往东走上覆盖着白雪的山坡。摸黑走山路是很危险的，每一步都需要十二万分的小心，不然就可能掉进冰缝里去。在他们的西南方向，朦朦胧胧的暗淡光线映射出山峦起伏的侧影。经过一个小时提心吊胆的跋涉之后，那道昏暗的月光升到了山岭之上，那是一轮满月，银辉直接洒在他们的路途上。

多么美妙的一幅图景啊！在月光的照耀下，冰缝的边缘清晰可辨，积雪的每一条脊线也都映出阴影。他们继续向前，友好的月亮为他们照亮前路。就这样，直到午夜之前，他们一直走走停停，不断小憩，因为体力上的困乏正在成为新的负担，而只有当他们明白他们确实正在接近目的地时才感觉放松一些。

大约十二点半左右，他们到达四千英尺的高度，山坡也平缓地伸展出去；然后山坡开始向下，稍稍有些起伏地伸向东北方，也就是说，这面山坡确实应当通向斯特罗姆内斯湾。他们满怀信心地顺着山坡往下走。然而，天变得越来越冷，又或许是他们感觉越来越冷。深夜 1 点，沙克尔顿同意暂停一下，吃点东西。一点半，他们重新上路。

他们往山下走了有一个多小时，就再次看到了海水。那边，月光勾勒出穆墩岛的轮廓，它正好位于斯特罗姆内斯湾的正中。随着他们一路推进，其它熟悉的地标也陆续进入眼帘，他们兴奋地为彼此指点着。再有一两个小时，他们就能下到山底了。

但是，克林首先看到右手边有一道冰缝，再往前看，他们发现有更多的冰缝横在他们前行的路上。他们停了下来，一时给弄糊涂了。他们正站在一条冰川之上。然而，斯特罗姆内斯湾周围是不存在冰川的呀。

他们明白了，是太过急切的心情残酷地欺骗了他们。前面这座小岛并不是穆墩岛，而路过的那些地标物也不过是他们想象力的创作而已。

沃斯利拿出海图，另两人也在月光下围拢过来。他们一定是已经下到了一个叫作福图纳湾的地方，这里是南乔治亚岛海岸线上众多的凹入式小海湾之一，位于斯特罗姆内斯湾的西边。这意味着他们又要循着来时的脚印原路返回了。他们痛苦地失望至极，只好转身回去再次艰难攀高。

经过两个小时艰苦卓绝的拼搏，他们绕过了福图纳湾的边沿，重新找回已经失去了的落脚点。到 5 点钟，他们已经重新往回走了绝大多数路程，此时来到另外一排山峦跟前，这些山与前一天下午挡住他们去路的那些山颇为相像。只不过这一次，这里似乎有一条小路。

他们已经累得到了崩溃的边缘。他们在岩石后面找了一小块可暂且栖身的地方坐了下来，三人伸出臂膀紧紧搂在一起取暖。沃斯利和克林几乎立刻就睡着了，沙克尔顿自己也一个劲儿地点头打瞌睡。突然，他猛然抬起头来。常年在南极探险的经验告诉他，这是个危险的信号，如果就这样睡过去，很有可能就被冻死了。他挣扎着硬挺了漫长的五分钟没睡，然后又叫醒另两人，告诉他们说，你们已经睡了半个小时了。

即使已经简短地休息了一下，可他们的双腿仍然很僵硬，一伸直就非常疼，于是当他们重新上路时就感到十分别扭。穿过山岭的那个山隘口在他们上方一百英尺处，他们朝那里艰难地走过去，一路上谁也没说话，心里都在担心山的那一边会是怎样一番情景。

6 点钟刚到，他们就穿过了山隘口。在黎明的第一缕晨曦中，他们发现前面的路上再也没有任何悬崖绝壁挡道，而他们能够看到的也就只有一片平坦舒缓的坡道。在峡谷的后面，斯特罗姆内斯湾西面的那些高高的山丘远远地矗立着。

"这好得都不像真的了，"沃斯利说。

他们开始下山。当他们下到两千五百英尺的高度时，他们停下来做早饭。克林挖了一个洞来放汽化煤油炉，沙克尔顿跑去踩点，想看看前路上都会有什么情况。他用凿踏步的办法爬上一座小山丘。从山顶望出去，下面的情况简直一点也不令人鼓舞。山坡似乎通到另一个绝壁处就断了，当然眼下还难以确认。

他起身下山，就在这时，他听到一个声音。那声音细微而又不稳定，但极有可能是汽笛的鸣叫声。沙克尔顿很清楚，现在是早晨 6 点 30 分，而此时捕鲸站的人们通常都已经起床。

他疾奔下山去告诉沃斯利和克林这个激动人心的好消息。他们一阵狼吞虎咽就把早餐吃完了，接着沃斯利从头颈上取下航海时计，三个人紧紧围成一圈，个个目不转睛地盯着时计的指针。如果沙克尔顿所听到的确实是斯特罗姆内斯湾畔的汽笛声，那么 7 点钟人们还会再次拉响上班的汽笛。

现在是 6 点 50 分……6 点 55 分。他们甚至连大气也不敢出，生怕发出什么声音。6 点 58 分……6 点 59 分……精确到最后那一秒，汽笛的鸣叫声终于刺破了早晨清新的空气。

他们相视一笑，然后无言地握了握手。

就是这个——从山脚下传来的一声工厂的汽笛声，竟也能让人如此激动万分，这实在有些古怪。然而，对于他们而言，这声汽笛声是自 1914 年 12 月以来，也即度过了那难以置信的十七个月之后，他们从外部文明世界听到的第一个声音。在这一瞬间，他们感到了一股势不可挡的自豪感和成就感。尽管他们的探险凄凉地失败了，甚至都没有接近原初设定的目标，但是他们心中很清楚，不管怎么样，他们已经完成的远比当初想要去做的多得多。

沙克尔顿仿佛急不可待地要立即下到山下，因此，虽然左边有一条显然更加安全但也更长一些的路线，他还是选择继续往前直走，到那个陡峭的坡道去碰碰运气。他们收拾好所有的东西，只除了那个油已耗尽而不再有用的汽化煤油炉。他们每个人都仅剩下一份干粮和一块饼干。因此，他们急匆匆地往前赶，在深深的积雪里挣扎着前进。

然而，就在五百英尺以下，他们发现沙克尔顿确实看到在缓坡尽头有一处绝壁。那绝壁陡峭得令人不寒而栗，简直和教堂的尖顶有得一拼。但是，他们此刻已然没有那个胃口再折返回去了。沙克尔顿被从崖边放下去，他在悬崖的冰壁上砍凿立足的踏步。当五十英尺长的绳索全部放完的时候，另外两个人再下到他所站立的地方，然后再周而复始地一遍遍重复这一过程。他们的确在取得进展，但速度太慢，也很危险。

他们花了整整三个小时一点点往下降，终于在 10 点左右降到了山底。从这里有一段平缓的坡道直通到峡谷里去，然后又在另一侧陡然矗立。

这是一段漫长的攀登，全程将近三千英尺，他们实在太累，太累。但是，现在就剩下最后一座山峰了，他们硬撑起自己的身体向上攀。中午时分，他们已经完成了一半路程，12 点 30 分，他们到达了一个小台地。最后，在 1 点 30 分的时候，他们登上了最后一座峰顶，站在那儿向下俯瞰。

在他们脚下两千五百英尺的地方铺展开来的，就是斯特罗姆内斯湾捕鲸站。一艘大帆船停泊在湾内的一个码头上，一条捕鲸小艇正驶入海湾。他们看见在码头和棚屋周围忙碌的人们的细小身影。

有好长一阵，他们就这样一言不发地凝视着。现在似乎也的确没有什么更多的话可说，或至少没有什么必须得说。

"我们下去吧。"沙克尔顿平静地说。

越是接近最终成功，他那熟悉的谨慎习性就又回来了，他下定决心，这次任何差错都绝对不能出。脚下的台地需要十分当心，其四周侧面为严酷而又被冰雪覆盖的坡道，就好像一只碗的外边，由各个方向朝着港口向内倾斜下垂。如果有人因没有站稳而失足，那么就会笔直地摔落下去，因为中途几乎没有任何东西可以抓住。

他们沿着山顶的边缘探寻着，终于发现一道小沟壑，那里似乎可以有个立足点，于是他们便从这儿往下攀去。一个小时之后，沟壑的四壁也越发陡峭起来，一条小溪从沟壑中央流淌下来。随着他们越走越远，这小溪也变得越来越深，直到没过他们的膝盖。小溪冰冷刺骨的水来自白雪皑皑的高山峻岭。

大约3点钟，他们往前张望，看到这条溪流戛然汇入一道瀑布。

他们来到瀑布的边沿，俯身探望。这里的落差大约有二十五英尺。但这却是唯一的出路。那道沟壑来到这里就已然有了峡谷的宽度，两则也是直上直下，根本不可能有路径可以下去。

现在唯一可行的就是从这道岭上翻过去。他们费了一番功夫，找到了一块巨大的砾岩，足以吃得住他们三人的重量。于是，他们将绳子的一头拴在巨石上。三个人全都脱掉了巴宝莉外衣，然后用这些衣服分别将手斧、烧饭锅以及沃斯利的日记本包裹起来，然后朝旁边掷落。

克林是第一个下去的。沙克尔顿和沃斯利将他放了下去，他一下到底部就大口大口地喘息，痉挛得说不出话。接着，沙克尔顿自己也穿过瀑布水流攀爬下去。沃斯利是最后一个下来的。

这个入水动作寒彻全身，但是他们毕竟已经站到山脚下，而从这里开始，大地几乎都是平坦的。那条绳子不可能收回了，但他们捡起了硕果仅存的三样东西，开始朝捕鲸站走去。现在，要走的路只有一英里远。

几乎同时，三人不约而同地想到了自己的这副尊容。他们的头发垂挂在肩头，络腮胡子被海盐和海豹油搅和得乱七八糟。他们的衣服不仅肮脏透顶，还破烂得差不多就剩布条条了。

沃斯利伸手到汗衫下面，小心翼翼地拿出四个已经生锈的安全别针。这些别针他已经珍藏了将近两年。他用这四枚别针巧妙地将裤子上最重要部位的破布条别了起来。

第三章

　　马蒂亚斯·安德森是斯特罗姆内斯湾捕鲸站的工头。他从来也没见过沙克尔顿，但是和南乔治亚岛上的每一个人一样，他知道1914年"坚忍号"就是从这里启航……而后又毫无疑问地带着全船的人失事沉没于威德尔海。

　　然而，此时此刻，他的思绪却和沙克尔顿以及那命运多舛的帝国穿越南极探险隔着十万八千里。他现在操心的是眼下这个漫长的工作日，清晨7时就开工，这会儿已是下午4点多了，他早已累得要死。他站在码头上，监视着手下的一群工人从一艘船上卸给养物资。

　　正在这时，他听见一声高喊，便回头望去。两个十一岁左右的小男孩在狂奔，不像是在嬉闹，而是充满了恐惧。在他们身后，安德森看到了三个人的身影。他们走得非常慢，筋疲力竭地往他这边走来。

　　他有点搞糊涂了。他们都是陌生人，这肯定没错。这倒没有什么特别怪异的，但是奇就奇在他们并不是从船只到达的码头那边过来，相反却是从小岛腹地的大山那边过来的。

　　等他们走近了，他方才看清他们个个胡子拉碴，整个脸除了眼睛全是漆黑一片。他们的头发长得可以和女人有一拼，几乎一直披到肩头。也不知是怎么搞的，他们的头发还很枯槁和僵直。他们的穿着也是稀奇古怪，没有穿一般船员都会穿的绒线衣和靴子。相反，这三位却好像穿着风雪大衣，不过也很难确定，因为他们的衣着实在是太破烂了。

这时，工人们都停下了手中的活计，一眼不眨地盯着慢慢走近的三个陌生人。那工头走上前去迎接他们。走在三人中间的那位开口说的是英语。

"麻烦你们带我们去找安东·安德森好吗。"他温和地说。

工头摇了摇头。安东·安德森已经不在斯特罗姆内斯湾了，他解释道。他已经被捕鲸工厂的正式厂长托拉尔夫·瑟勒所取代了。

那英国人似乎很高兴。"太好啦，"他说，"我和瑟勒很熟呢。"

工头领着他们朝瑟勒家走去，也就在右手边大约一百码的地方。码头上几乎所有的工人都丢下活儿，跑来看出现在港口的这三位陌生人。他们排在道路旁，充满好奇地望着工头和与他同行的那三个人。

安德森敲响了工厂厂长家的门，片刻之后，瑟勒自己来开门了。他穿着衬衫，仍然在得意地捋着自己大大的两撇八字胡。

当他看见这三个人，他倒退了一步，脸上现出不可思议的表情。他完全惊呆了，沉默了好一阵儿才开口说话。

"你们到底是谁？"瑟勒终于问道。

中间那个人往前走了一步。

"我名叫沙克尔顿。"他用极平静的声音说。

又是一阵沉默。有人说，瑟勒转过头去，哭了。

尾声

　　仅有另外一支队伍同样完成了横穿南乔治亚岛的壮举。不过，那已经是四十年后的事了。1955 年，在邓肯·卡尔斯非凡的领导下，一支英国测绘队也横穿了南乔治亚岛。这支测绘队由极富经验的登山队员组成，而且路上所需的装备也是一应俱全。即便如此，他们也依然感到一路上危机四伏。

　　在其 1955 年 10 月的现场描述中，卡尔斯解释说，横穿南乔治亚岛有两个可供选择的行进路线，一个是"高路"，一个是"低路"。

　　"就距离而言，"卡尔斯写道，"两者相距不过十英里；但就困难程度而言，两者很难相提并论。"

　　"我们今天的跋涉要容易得多，也从容得多。我们个个身体健壮，还有雪橇、帐篷、充足的食物和大把的时间。我们当然也会另辟蹊径，但总是从容不迫且肯定有机会向前突进。我们对路上的危险也是择其轻者而从之，只接受可以分析应对的风险。我们成功与否都不承载任何人的生命之托，除了我们自己的。我们走的是高路。"

　　"而他们，沙克尔顿、沃斯利和克林……却走了低路。"

　　"我真不知道他们是如何做到的，但也许他们别无选择：三位生逢南极大探险英雄时代的男子汉，仅凭维系他们的一根五十英尺长的绳索和一把手斧就横越了南乔治亚岛。"

　　捕鲸站为沙克尔顿、沃斯利和克林提供了一切力所能及的舒适条件。他们先是花了很长时间美美地洗了一个舒舒服服的澡，然后理发剃须。他们穿上了从捕鲸站仓库里拿来的新衣服。

那天晚上，吃了一顿丰盛的晚餐之后，沃斯利乘上捕鲸船"萨姆森号"绕过南乔治亚岛朝"辟果提营"驶去。麦克奈什、麦卡锡和文森特还在那边等着。

"萨姆森号"第二天早晨抵达哈康国王湾。他们重逢时的细节很少有人知道，但那留守的三个人一开始确实认不出沃斯利了，因为他的外表已经发生了旧貌换新颜的巨大变化。他理了发，剃了胡须，还穿上了崭新的衣服。麦克奈什、麦卡锡和文森特被接上了捕鲸船，"凯尔德号"也装上了船。"萨姆森号"于第二天，即 5 月 22 日，返抵斯特罗姆内斯港。

与此同时，沙克尔顿已经安排好使用大型捕鲸船"南天号"的事宜，他们将乘此船返回大象岛去解救滞留那里的其余队员。

当天晚上，举办了一场非常简陋的招待会，被沃斯利描写为"大房间里挤满了船长、大副和水手们，人们抽烟弄得满屋子烟雾腾腾"。四位白发苍苍的挪威老船长走上前来。他们的代表用诺尔斯语发言，由瑟勒翻译。他说，他们在南极海域已经航行了四十多年，他们一定要和仅凭一条二十二英尺长的小船就穿过了德雷克海峡，从大象岛来到南乔治亚岛的这几位好汉握握手。

于是，这房间里的每一个人都站了起来，那四位老船长拉着沙克尔顿、沃斯利和克林的手，祝贺他们所取得的成就。

许多捕鲸人都蓄着胡子，穿着厚厚的毛衣和高筒橡皮靴。这里没有任何繁文缛节，也没有高谈阔论。他们也没有什么奖章或纹饰要颁授，有的只是对如此壮举发自内心的敬佩，或许也只有他们才能充分欣赏壮举的伟大。他们的真诚赋予此情此景一种虽简洁但却令人深深感动的庄严。从此以往，尽管后来者的荣耀也有很多，但或许还没有哪一个能超越 1916 年 5 月 22 日晚上。这个夜晚，就在南乔治亚岛上的一间又黑又脏的仓库库房里，空气中弥漫着鲸鱼尸体的腐烂气味，南大洋的捕鲸者们一个接一个地走上前去同沙克尔顿、沃斯利和克林一一握手。

第二天早晨，自翻山越岭抵达斯特罗姆内斯港还不满七十二小时，沙克尔顿和他的两个同伴就启程前往大象岛。

由此，将开始一系列令人发疯般沮丧的救援行动，前后历时竟超过了三个月。期间，团团围住大象岛的冰坂似乎决计要阻挡一切救援船进入，使他们无法救走滞留岛上的队员们。

"南天号"捕鲸船从南乔治亚岛出发后仅三天就同冰坂遭遇，不到一周之后，船被迫返回港口。然而，十天之后，沙克尔顿从乌拉圭政府那里争取到了一艘小型测绘船的租用权。他要用这艘称为"佩斯卡研究所一号"的船去实施营救滞留队员的第二次行动。六天后，该船也跌跌撞撞地返回了，因为在与巨冰遭遇时沙克尔顿极力坚持推进而受重创。

第三次营救行动使用的是坚固的木质双桅纵帆船"艾玛号"，由沙克尔顿租用。该船在海上待了近三个星期，这期间主要是力保船本身平安无事，几乎没机会实施救援。"艾玛号"从未开进到距离大象岛一百英里以内的地方。

此时是 8 月 3 日，自从"凯尔德号"驶向南乔治亚岛以来，已经差不多有三个半月了。随着之后一系列营救行动的接连失败，沙克尔顿的心情变得益发焦急起来，就连沃斯利也说，他从来也没有看到过沙克尔顿如此心急如焚。他锲而不舍地坚持向远在英国的政府呼吁，希望能派出一艘合适的破冰船来冲破冰坂的封锁。现在英国政府的回应来了，1901 年曾载着司各特前往南极大陆的"发现号"终于从英国起航了。但是，还得等好几个星期这船才能抵达，沙克尔顿可没有那个心情在这儿什么也不做地干等。

于是，他又向智利政府申请租用一艘古老的海上拖船——"叶尔秋湖号"。他承诺绝不会将此船驶入任何冰区，因为此船的船体是钢结构的，而且其适应海上气候变化的能力值得怀疑，从而更别提冰坂什么的了。他的请求获得批准，"叶尔秋湖号"于8月25日启航上路。这一次，一切都顺风顺水。

五天后的8月30日，沃斯利在航海日志中记录道："早上5点25分，全速前进……11点10分［上午］……陆地隐约可见。破浪前进：我们穿行于巨冰、暗礁和冰山之间。下午1点10分，营地在西南方出现……"

对于滞留大象岛的二十二名探险队员来说，8月30日的到来与其他任何一天没有什么不同。日出时分，天气晴朗，也有一点冷，看起来会是个美好的日子。但是没过多久，厚厚的云层就聚拢过来，海天之间再一次变色，正如奥德-利兹所记录的，"视野中一派阴沉，不过我们早就习以为常了"。

一如往常，几乎每一个人都自行跋涉到那个可以瞭望远方的悬崖顶上，再一次地安慰自己说，还是没看到一条船来。他们现在更多的是出于习惯，而不是出于希望才来瞭望。这已然成了一种他们业已习惯了的仪式，他们登上山顶时并没抱任何期望，下山回到小屋时也同样没有失望。自打"凯尔德号"开走之后，到现在已经有四个月零六天了，他们之中已经没有一个人还相信"凯尔德号"已经成功航行到了南乔治亚岛。现如今，派出一个小组乘"威尔斯号"历经艰辛去迪塞普逊岛也只是个时间早晚的事。

吃完了早饭，所有的人手都去忙着铲茅屋周边的积雪。但是，上午晚些时候，潮水变得很浅，他们决定把铲雪的活往后放一放，先去海滩捡拾笠贝，那是一种可以在小海湾的浅水里捡到的小型贝类海鲜。沃利·豪正在做饭，他做的这顿午饭有清炖海豹脊骨，那可是一道人人都喜欢的佳肴。

大约 12 点 45 分，胡什汤就做好了。所有的人都钻进茅屋里来，只有马斯顿除外，他跑到瞭望崖顶画草图去了。

几分钟之后，他们听到了他沿着小道一路跑来的脚步声，但是并没有人在意。他只不过是回来吃午饭晚了而已。接着，他的脑袋就探了进来，上气不接下气地朝王尔德说，弄得别人还以为他出了什么事。

"我们是不是点个烟火发信号啊?"他问。

瞬时间，一片寂静，接着，仿若心有灵犀，他们一下子全都明白了马斯顿说的是什么意思。

"还没等到谁做出回答，"奥德-利兹这样记载道，"所有的队员就一窝蜂地朝外冲去，你推我搡，手中的海豹胡什汤也翻得到处都是，由于所有人都同时往门口——或说是洞口挤去，那门墙立刻就被撞碎成了布条条，于是，原本一下子难以从门洞里跑出去的那些人，便得益于这撞击而从'破墙'的残垣断壁中钻了出来。"

有些人穿上了靴子，可还有些人却根本顾不了这许多。詹姆斯把靴子也穿反了。

是啊，确定无疑，有一条小轮船离海岸只有大约一英里之遥。

麦克林向瞭望崖顶冲去，一边跑一边脱掉身上的巴宝莉风雪大衣。到了崖顶后，他将衣服拴在充作旗杆的船桨柄的旗绳上。但是，由于旗绳搅在一起卡住了，他只能把衣服升到一半高的位置。(沙克尔顿一看到半高的信号旗，便心里一沉，后来他说，因为他当时还以为这表示有队员罹难了呢。)

赫尔利把所有能找到的薹草都集中起来，然后往上面倒了一些海豹油和他们仅有的两加仑煤油。他费了老大的劲儿都点不燃，最后随着一声爆响终于点燃了，却火比烟还大。

不过没关系。那船已经朝海岬这边开来了。

与此同时，王尔德也已经跑到水边，从那儿发信号给船指引最佳的靠岸位置。豪打开了一罐珍贵的饼干，并忙着把饼干分给身边的人们。然而，很少有人停下来接受他的馈赠。在这令人激动万分的时刻，即便是如此难得的美味也失去了魅力。

麦克林回到茅屋，把布莱克波罗拉起来靠在自己的肩膀上，然后将他背到王尔德附近的一块大石头上，让他也能亲眼看到这扣人心弦的场景。

船越开越近，在离岸只有几百码的地方停下了。岸上的人们看到，从小轮船上卸下了一条小船。先是有四个人下到小船上，紧接着的是他们再熟悉不过的那个强壮而方正的身影——沙克尔顿。刹那间，欢呼声响成一片。是啊，岸上的人们太激动了，许多人咯咯地傻笑着。

几分钟之后，小艇已经近得连沙克尔顿的声音都能听见了。

"大伙都好吗？"他大声喊道。

"都好。"他们回答。

王尔德指引小船穿过乱石靠到一个安全的位置，但是因为海滩周边还结着冰，船不可能完全靠上岸，只能泊在几英尺之外的地方。

王尔德力劝沙克尔顿上岸，别的不说，至少也该来看看他们把那茅屋加固得有多好，他们可是在里面度过了漫长的整整四个月呢。但是，尽管笑容可掬，一脸轻松，沙克尔顿却还是显然十分心急，只想赶紧离开这里。他拒绝了王尔德的请求，督促大家以最快的速度抓紧上船。

其实，根本无需任何催促，他们个个争先恐后地从岩石上跳进小船里去，想也不想就把所有的私人物品全都留在身后，而一个小时前那些东西还是那样不可或缺。

第一船的人被送到了"叶尔秋湖号"上，接着又是第二船。

整个过程中，沃斯利都一直焦急地从大船的舷桥上往下注视着。

最后，他在日志中这样记录道："2点钟，一切顺利！终于结束了！2点15分，全速前进！"

麦克林写道："我待在甲板上，看着大象岛渐渐远去……我还能看见我那巴宝莉 [大衣] 依然飘扬在清风中的山坡上，毫无疑问，它还将继续在海燕和企鹅的惊叹中翻飞下去，直到哪一天被我们所熟悉的暴风撕成碎片。"

极地的漫漫长夜，封冻在冰中的"坚忍号"，1915 年 8 月 27 日

"坚忍号"被撞毁的残骸，1915 年 10 月末

在浮冰上的"耐心营"中的弗兰克·赫尔利与欧内斯特·沙克尔顿，1916 年初

"詹姆斯·凯尔德号"的救生船航行：从 1916 年 4 月 24 日至 5 月 10 日，共航行 850 海里抵达南乔治亚岛

朝着大象岛航行的"詹姆斯·凯尔德号"、"杜德利·多克尔号"与"斯坦库姆·威尔斯号", 1916 年 4 月

沙克尔顿、沃斯利和克林当年穿越的南乔治亚岛冰川之一

"在大象岛被熏得黝黑"：王尔德等二十二人在小屋前的合影（小屋被船覆盖着），1916 年 5 月 10 日

得救了：“一切安好！”

1916 年 8 月 30 日，“坚忍号”沉没十个月之后

图书在版编目(CIP)数据

熬：极地求生 700 天/(美) 阿尔弗雷德·兰辛
(Alfred Lansing)著；岱冈译. —上海：上海译文出版社，
2017.3（2025.5重印）
（译文纪实）
ISBN 978 - 7 - 5327 - 7323 - 7

Ⅰ.①熬… Ⅱ.①阿… ②岱… Ⅲ.①纪实文学—美
国—现代 Ⅳ.①I712.55

中国版本图书馆 CIP 数据核字(2016)第 176585 号

图字：09 - 2013 - 339 号

熬：极地求生 700 天
[美] 阿尔弗雷德·兰辛 著 岱 冈 译
责任编辑/张吉人 王 师 装帧设计/邵旻工作室 未氓设计工作室

上海译文出版社有限公司出版、发行
网址：www.yiwen.com.cn
201101 上海市闵行区号景路159弄B座
江阴市机关印刷服务有限公司印刷

开本 890×1240 1/32 印张 10.5 插页 2 字数 195,000
2017 年 3 月第 1 版 2025 年 5 月第 9 次印刷
印数：19,001—21,000 册

ISBN 978 - 7 - 5327 - 7323 - 7
定价：55.00 元